W
pogoni
za
miłością

SABINE
HEINRICH

W pogoni za miłością

Z języka niemieckiego przełożyła
Małgorzata Mirońska

Copyright © for the Polish edition by Dom Wydawniczy PWN Sp. z o.o., 2015
Grupa Wydawnicza PWN
ul. Gottlieba Daimlera 2
02-460 Warszawa
tel. 22 695 45 55
www.dwpwn.pl

Wydawca: Marcin Kicki
Współpraca: Dąbrówka Mirońska
Przekład: Małgorzata Mirońska
Redakcja: Renata Lewandowska
Korekta: Tatiana Hardej, Joanna Morawska
Layout: Ewa Modlińska
Skład i łamanie: Sławomir Drachal
Projekt okładki: Katarzyna Ewa Legendź
Zdjęcie na okładce: Nullplus/Vetta/Getty Images
Produkcja: Maria Czekaj

Tytuł oryginału: *Sehnsucht ist ein Notfall*
Copyright: © Verlag Kiepenhauer & Witsch GmbH & Co. KG,
Cologne/Germany, 2014

Druk i oprawa: PWP Interdruk, Warszawa
ISBN 978-83-7705-779-7

Dla Marty

To nie jest to, czego się doznaje,
nie tylko to, co się czuje,
nie to, czego tęsknie wypatrujesz,
miłość jest tym, co się robi.
Kettcar, *Ratunek*

31 grudnia

– Ewa, muszę ci coś powiedzieć, tylko mi nie przerywaj, dobrze? No więc, wyprowadzam się. Nie chcę tak dłużej żyć. Odchodzę od niego. Zaczynam wszystko od nowa. Sama, ale szczęśliwa. A mieszkanie jest po prostu piękne, właśnie je obejrzałam. Czyste i zadbane. Wyobraź sobie, na piętrze znajduje się wanna i centralne ogrzewanie. Jeszcze nigdy nie miałam centralnego ogrzewania, zawsze tylko piec. Moja decyzja jest nieodwołalna, koniec tej szopki, zobaczymy, jak sobie beze mnie poradzi. W piwnicy leży jeszcze sterta prania. I wiesz co? Nawet jej nie tknę! Dała mu Bozia dwie ręce, niech pierze! Dziecinko, pomożesz mi przy przeprowadzce? Nie ma tego dużo. W przyszłym tygodniu już mnie tu nie będzie. No, to tyle.

– Babciu?

– Tak, tak, wiem, jesteś bardzo zapracowana. Nie chcę ci przeszkadzać. Wujek Richard ma przecież duzy bagażnik. Zresztą, ja niczego nie potrzebuję, niczego stąd nie zabieram.

– Babciu, dobrze się czujesz? Jest sylwester, niedługo północ, właśnie biorę prysznic, a ty mi tutaj wyjeżdżasz z tekstem, że zostawiasz dziadka?

– Właśnie tak, zostawiam twojego wspaniałego dziadka i bardzo się z tego cieszę. Szkoda, że tak późno przejrzałam na oczy. Posłuchaj, jeśli chcesz wziąć sobie coś z mieszkania, to wpadnij. Może być jutro, pojutrze też mi pasuje. Zapytam wujka Richarda, czy mógłby zamówić kontener. Wyrzucę wszystko, jak leci.

– A co na to dziadek?

– Jeszcze nic nie wie, stary dureń, jutro mu powiem, to się zdziwi. Ale czekaj, zdaje się, że właśnie schodzi, muszę kończyć. Aha, broń Boże, nie zapomnij zdjąć prania. Cześć, dziecinko!

Brzdęk, odłożyła słuchawkę.

– Tak, babciu. W żadnym razie nie wolno zostawić prania na sznurze na przełomie roku, to przynosi nieszczęście*. Wiem. Wszystkiego dobrego na nowej drodze życia… – mówię do głuchego telefonu.

Johannes tymczasem rozsiadł się na desce klozetowej obok wanny i wciska mi do ręki kieliszek szampana.

– Masz na rozgrzewkę. Nie mogła zaczekać, aż skończysz się kąpać? Jakaś superpilna sprawa?

– Czekaj, zaraz ci powiem – wychylam duszkiem musujący napój i oddaję mu pusty kieliszek. – Mogę jeszcze jeden? Albo nie. Przynieś całą butelkę. Babcia rozpoczyna nowe życie. Podziękowała dziadkowi za współpracę i wyprowadza się do nowego mieszkania. Na zdrowie! Szczęśliwego Nowego Roku!

– Co takiego?! – Potrząsa głową z niedowierzaniem. – Pewnie już sobie golnęła, poprawiła czekoladką z likierem wiśniowym

---

* W wielu krajach dawnej Europy dwunastu nocom na przełomie roku przypisywano szczególne znaczenie. Odprawiano wtedy magiczne obrzędy i rytuały. Niektóre z nich przetrwały do dziś. Na przykład w domu musiał panować nienaganny porządek. Pilnowano, by zdjąć ze sznurów pranie. Wierzono, że demon mógłby je ukraść i w nadchodzącym roku użyć jako całunu dla któregoś z domowników [wszystkie przypisy pochodzą od tłumaczki i redakcji].

i teraz gada, co jej ślina na język przyniesie. Jest sylwester, jest okazja, wiadomo.

– Myślę, że mówiła serio.

– W takim razie lepiej przyniosę butelkę wódki. Jakiś nowy dziadek na horyzoncie? Ja nie mogę, co to się teraz wyprawia! Staruszki szaleją.

– Chyba zwariowałeś! Babcia ma siedemdziesiąt dziewięć lat, wtedy myśli się o poduszce elektrycznej, żeby wygrzać stare kości, a nie o nowych facetach. No co tak stoisz? Rusz się, do jasnej ciasnej, i przynieś więcej alkoholu, bo inaczej ja poszukam sobie nowego. Lepszego...

Johannes parska śmiechem, ale idzie do kuchni i wraca z butelką szampana. Nalewa mi do pełna, a butelkę stawia na umywalce.

– Babci kompletnie odbiło, ciężki przypadek – mówię do główki prysznica. Kieliszek trzymam tak, żeby nie dostała się do niego nawet kropelka wody. Zimny szampan w ustach plus gorąca woda na skórze dają fantastyczny efekt. Kątem oka widzę, że Johannes się rozbiera. Układa starannie swoje rzeczy na białej szafce obok umywalki. Co się dzieje? Czyżby nowa odsłona starego chłopaka? Chociaż nie przypuszczam, żeby... Seks pod prysznicem wygląda tak podniecająco tylko na filmach. W realu najlepiej sprawdza się łóżko. Johannes wchodzi pod prysznic i przysuwa się do mnie, najwyraźniej bez żadnych podtekstów. Aha, chce się dobrać do wody, nie do mnie...

– Nie rozumiem babci. Skąd jej to nagle przyszło do głowy? Właśnie teraz. Okay, gdyby to jeszcze Kati albo Anna postanowiły wręczyć swoim chłopakom czerwoną kartkę na dwie minuty przed końcem meczu. Do widzenia, kochanie, tylko ruchy, ruchy, bo Nowy Rok chcę spędzić wyłącznie w swoim towarzystwie. I żebyś mi się tu więcej nie pokazywał!

– Myszko, twoje dziewczyny nie są takie szybkie. Wolne żarty! Jak już złapią jakiegoś Bogu ducha winnego chłopinę, z rąk go nie wypuszczą, zanim nie dopną swego. Kati postarała się już o jedno dziecko i chyba przebąkuje coś o drugim, a twoja niedościgła Anna co tydzień organizuje casting na potencjalnego tatusia. Na razie bez większych sukcesów.

– Skąd to możesz wiedzieć, mądralo?

– Ach, przestań. Kobiety, kto was zrozumie? Przed trzydziestką królowe życia, przebojowe dziewczyny, ze śpiewem na ustach i plecakiem zdobywacie świat, a jak wam stukną trzy dyszki, gadacie tylko o dzieciach. Kury domowe, nie, kwoki wysiadujące jaja na grzędzie. Nuuuuda! Na szczęście ty jesteś inna i za to cię kocham. My razem zdobywamy świat. Chodź, najdroższa, wypijmy za Patagonię! Tylko my dwoje i szlak „W"*. W przyszłym roku damy czadu! Świat będzie leżał u naszych stóp.

– Ach, Johannes! Ty też mogłeś poczekać. Zabierasz mi całą ciepłą wodę. Maaaarznę! – Odklejam się od niego i, nurkując pod jego ramieniem, wychodzę spod prysznica. – Muszę sprawdzić, co się dzieje z babcią. Nowy rok zapowiada się ciekawie. Chyba aż za bardzo…

– Co takiego? Nie będzie sylwestrowego seksu pod prysznicem? Protestuję! To może chociaż szybki numerek bez gry wstępnej… Też nie? To po co przyniosłem szampana?

– *Sorry*. Nie ma czasu, zajączku. Muszę jeszcze zdjąć pranie, przecież jest sylwester.

– Wszystko jasne, mamusiu. Jeśli to ma dopomóc naszemu szczęściu… Tylko się pospiesz, zaraz północ, żeby potem nie było na mnie.

---

* Szlak „W" – szlak turystyczny w Parku Narodowym Torres del Paine położonym w Patagonii, na południu Chile.

Nowy Rok

Pierwszy stycznia stanowi niewidzialną granicę między czasem przeszłym a tym, co dopiero się wydarzy. Każdy postanawia wtedy coś zmienić w swoim życiu. Można rozpocząć jakąś dietę cud, rzucić palenie, względnie inne nałogi. Albo dziadka. Albo leczyć kaca, stwierdzam, kiedy myślę o wczorajszym wieczorze. Głowa mi pęka. Moje noworoczne postanowienie brzmi: leżeć do góry brzuchem na sofie. Wieczorem będę z siebie bardzo dumna, ponieważ wytrwałam w swoim postanowieniu. Dzielna Ewa.

Razem z Johannesem mieszkamy już trzy lata pod jednym dachem, a ja codziennie nie mogę się nacieszyć, że udało mi się postawić na swoim. A ściśle mówiąc, postawić moją sofę i wyeksmitować jego kanapę.

– Musisz jak najszybciej zacząć znaczyć swój teren. A przede wszystkim nie pozwól mu zmontować jego starego ivara ze studenckiej chaty, nawet „tylko chwilowo", bo wtedy będzie cię straszyć do końca życia. To była bardzo dobra rada jednej z przyjaciółek.

I rzeczywiście, coś w tym jest. Nauczyciele najwyraźniej mają słabość do regałów. Nawet kiedy Johannes już dawno ukończył staż, tylko pod groźbą eksmisji i z wielkim bólem serca rozstał się ze swoim ukochanym ivarem. Teraz mieszka u nas billy. Johannes prawdopodobnie usłyszał od swoich kumpli: „Dopilnuj, chłopie, żebyś miał w mieszkaniu normalne krzesła. Te zbzikowane fizjoterapeutki przez cały dzień siedzą na zielonych albo różowych piłkach gimnastycznych".

Fakt. Albo wylegują się na miękkiej sofie. Która obowiązkowo nie może być ze skóry, bo byłoby za zimno. I potrzeba wełnianego koca.

Sofa jest idealna. Zwłaszcza gdy znudziło się leżenie w łóżku i szukamy miłej odmiany. Cudownie! Po prostu począłapać w pidżamie na ten ideał, wpełznąć pod koc i umościć się na poduszkach. Moja stara pluszowa krowa Milka, nazywana częściej Milusią, leży mi na brzuchu. Robię nam instagram i przesyłam na #fromwhereIcouch.

Niestety, w naszym domu panuje ścisły zakaz zapalania świec zapachowych. Aż dziwne, że Johannes zaraz po swoim wprowadzeniu się tutaj nie powiesił żadnej tablicy ze znakiem zakazu – takiej okrągłej z przekreśloną świeczką. To byłoby w jego w stylu. Johannes organicznie nie znosi świec zapachowych. Wszyscy mężczyźni nienawidzą świec zapachowych. Kiedy moja przyjaciółka Kati rozstała się z Janem, zamiast zalewać się łzami, postanowiła uczcić swoją wolność i poprowadziła nas, dziewczyny, w procesji przez całe mieszkanie. W każdym pokoju zapaliła jedną świecę zapachową, a następnie wręczyła nam po kieliszku szampana. Nazwała to „eksegzorcyzmami".

Słabe to jednak musiały być egzorcyzmy, bo cztery tygodnie później Jan znów się wprowadził. Ale dostał warunek: koniec pijackich libacji i demolki w mieszkaniu. Teraz demoluje je w nieco mniejszym zakresie ich słodka latorośl, mały Leo. Jeździ po całym mieszkaniu na swoim rowerku i czasem o coś zawadzi. Tata jeździł swoim góralem, ciągnąc za sobą przyczepkę z baterią piwa. Kumple byli zachwyceni, Kati tylko zgrzytała zębami z wściekłości. Do czasu…

Ach, Johannes, dlaczego nie my? Nie chcę być królową życia, nie chcę wędrować przez dzikie ostępy i górskie szlaki, chcę mieć dziecko. Basta, Ewo! Dziś żadnych takich myśli, zwłaszcza że i tak masz za ciężką głowę. Fakt. Czyli co? Drzemka na sofie i słodka bezmyślność. Pierwszy stycznia również za oknem nie wygląda jakoś nadzwyczajnie, jest południe, a dzień nie chce być jasny. Johannes wrócił z joggingu, słyszę w kuchni znajome „tak-tak-tak-tak" – on po prostu nie umie leżeć odłogiem, kiedy nie śpi. Twierdzi, że normalni ludzie kładą się do łóżka tylko wtedy, gdy chce im się spać. Ja wprost przeciwnie. Człapię w moich miękkich skarpetach do kuchni. Jego buty do biegania stoją w przedpokoju na gazecie z ubiegłego roku, przemoczone wkładki wyjął i powiesił na kaloryferze.

Tak-tak-tak-tak, Johannes kroi paprykę w romby. To jego sprawdzony sposób, żeby się zrelaksować, to jest jego supermęska joga.

Ale to ja mam dziś na sobie idealne spodnie na jogę.

– Cześć, misiu maratończyku. Pobiegałeś trochę? Serce tak mocno ci bije. – Łapię go od tyłu i przykładam ucho do jego pleców. – Bum, bum, bum jak młot pneumatyczny.

– O tak, było genialnie. Nie ma to jak porządnie się zmachać. Krew od razu szybciej krąży w żyłach. Są jakieś wieści od babci?

– Nie. Cisza w eterze. Dasz mi kawałek czerwonej? Kawaląteczek, prooszę. Stoję za nim i macam na oślep po deseczce. To prawie jak loteria. No i trafiłam. Ku swemu zdziwieniu trzymam w ręku czerwony romb. Może powinnam zacząć grać w lotto?

– Ręce przy sobie! Chyba nie chcesz, żebym ci poszatkował twoje śliczne paluszki, co?

– Nie mam odwagi do niej zadzwonić.

– Wyobraź sobie, że tak długo już wytrzymałaś, a potem nagle zatrzymujesz się na ostatniej prostej – zastanawia się głośno, nie przestając machać nożem. – Mogła sobie zaoszczędzić mnóstwo stresu, gdyby działała wcześniej. Przypadek twojej babci jest bardzo pouczający. Każdy powinien wyciągnąć z niego wnioski dla siebie.

– A więc to tak? Zrywamy ze sobą. Już? Teraz? To może zacznę cię pakować? – Siadam na parapecie i opieram stopy o żeberka kaloryfera. – Właściwie mam już swoje noworoczne postanowienie. Przechodzę na dietę niskokaloryczną, to mój priorytet. A poza tym jakoś nie chce mi się z tobą żegnać…

– To mi się podoba, zawsze wiedziałem, że jesteś mądrą dziewczynką. – Przesyła mi całusa. – A wracając do twojej babci, Ewa, zastanów się tylko. Przecież teraz w tym zaawansowanym bądź co bądź wieku nie znajdzie żadnego nowego faceta. Chociaż muszę przyznać, że trzyma się całkiem nieźle. Mimo to. Powinna to była przemyśleć dwadzieścia, nie… czterdzieści lat temu. Wtedy miałaby dużo większe szanse na jakiegoś sensownego chłopa.

– Cholera, wkurzasz mnie! Czy zawsze musi chodzić tylko o facetów? To ty się zastanów i przestań mi tu robić wodę z mózgu! – Częstuję go kuksańcem pod żebro.

– Au!

– Dobrze ci tak! Może dopiero teraz uświadomiła sobie, że czuje się samotna. Zdarza się, prawda? Wiek nie ma tu nic do rzeczy. Nawet bardzo zaawansowany. Bądź co bądź…

Patrzy na mnie pytająco. Czy jego matematyczny umysł nie ogarnia najprostszych spraw?

– Jo, daj mi prawdziwego całusa!

– Teraz to całusa, coooo? No dobra, niech ci będzie. W ramach bezterminowej gwarancji, że nie wytniesz mi takiego numeru jak twoja babcia dziadkowi. – Bierze talerz z papryką, całuje mnie w czubek nosa i wychodzi z kuchni. – Idę sprawdzić klasówki z matematyki! – woła z korytarza.

– W Nowy Rok? – pytam zaskoczona. – Nie będziemy oglądać skoków narciarskich? Przecież zawsze to robimy.

– Nie, od dziś częściej coś nowego. Ty chcesz się pozbyć paru kilogramów, tylko nie przesadzaj, bo nie cierpię tych wieszaków, co to udają kobiety, twoja babcia dziadka, a ja wyrzutów sumienia, że nie oddam prac klasowych pierwszego dnia po feriach.

– Postaw wszystkim szóstki i napisz u dołu, że Ewa serdecznie ich pozdrawia.

Okay, kochana sofo, wróciłam. Sięgam po pilota, włączam telewizor i czuję, że robię się senna. Babcia stoi u samej góry skoczni narciarskiej, na belce, i nie ma odwagi skoczyć. Chcę ją popchnąć, Johannes chce ją powstrzymać. Tymczasem dziadek stoi przy mikrofonie sprawozdawcy sportowego i nawija jak stary kadrowiec. Że zaległości treningowe, że niedostateczne wspieranie młodego narybku, że utalentowanych skoczków narciarskich nam nie brakuje, ale… Ogólnie rzecz biorąc, wygląda to fatalnie, a jak tak dalej pójdzie, możemy zapomnieć o medalach olimpijskich. Kiedy babcia skacze, budzę się z krzykiem. Mój policzek jest podejrzanie wilgotny. Ciekawe, dlaczego ślinię się przez sen, tylko gdy leżę na sofie?

Na dworze zrobiło się ciemno, chociaż na pewno nie jest jeszcze późno. A może straciłam poczucie czasu? Ze swojego posterunku widzę smugę światła w korytarzu. Jo siedzi w najmniejszym pokoju, który służy mu jako pracownia, i wprowadza w czyn swoje noworoczne postanowienie. Ja też zmienię to i owo, obiecuję sobie. Ale dziś wystarczy, jeśli z sofy przeniosę się na łóżko. To akurat nie powinno mi nastręczyć większych trudności. Gorzej będzie z odchudzaniem. Uwielbiam jeść.

2 stycznia

Gabinet jest dziś zamknięty – przerwa świąteczna – dlatego korzystam z wolnego czasu i składam wizytę babci. Otwiera mi drzwi w swoim ulubionym fartuchu. Niebieskim z czerwonymi guzikami i bordiurą na bocznych kieszeniach, w których ma zawsze zapalniczkę i chusteczkę do nosa. Z materiału. Innych babcia nie uznaje. Stara szkoła. Taką solidną chusteczką może w razie czego wyczyścić również zasmarkane nosy dzieciaków z sąsiedztwa. Obejmuję ją serdecznie i idę za nią do mieszkania. Jest bardzo ciepło, za ciepło. Nic dziwnego, piec buzuje na całego, aż iskry lecą. Na węglu babcia nie oszczędza. Siada na sofie i pije małymi łyczkami colę. Obok leży otwarta paczka marlboro. Setki, innych nie pali.

– Zaproponował mi więcej pieniędzy na prowadzenie domu, żebym została. Nagle taki hojny, myślałby kto!

– Bardzo się wściekał?

– W ogóle. Kiedy mu powiedziałam, żeby się wypchał razem ze swoją dobroczynnością, z miejsca zmienił front. Kazał mi wszystko zabrać. Jemu od dawna nie zależy i też ma wszystkiego powyżej uszu. Myślisz, że mnie zaskoczył? Nieeee, ani trochę. A co innego mógł powiedzieć? Przecież wie, że i tak niczego nie wyrwę mu z gardła. Biorę tylko swoje rzeczy. Zmieszczą się w jednej reklamówce. No, ostatecznie w dwóch. Resztę może sobie zatrzymać! Starą pralkę i jeszcze starszy odkurzacz.

– Babciu!

– W nowym mieszkaniu są trzy pokoje. Drugie piętro, wszędzie laminat. Kafelki w łazience i piękna, duża wanna w tym samym pomieszczeniu co ubikacja. Wszystko na jednym i tym samym piętrze.

– Babcia opiera się wygodnie i kładzie stopę na taborecie. Wydmuchuje przez nos dym z papierosa. – I wiesz co? Nie muszę niczego kupować. Starsza pani, nie pamiętam nazwiska, która przedtem tam mieszkała, przenosi się do domu starców i wszystko zostawia.

– Więc naprawdę przeprowadzasz się do swojego pierwszego własnego mieszkania? Jakoś nie mogę sobie tego wyobrazić. Kiedy zaczynasz?

– Jeszcze nie wiem.

– Jak to? Myślałam, że…

– Fachowcy podesłani przez spółdzielnię jeszcze odnawiają łazienkę. Ale na pewno już niedługo. Ewa, nie masz pojęcia, jaka jestem szczęśliwa!

Nagle taka hej, hej i do przodu, moja babcia. W wieku siedemdziesięciu dziewięciu lat!

Miała dziewiętnaście, kiedy spotkała dziadka na przystanku autobusowym. Właściwie był umówiony z inną dziewczyną, ale ta nie przyszła. Zamiast tego z autobusu wysiadła babcia. Przeznaczenie czy ślepy los? Bóg jeden raczy wiedzieć. „Gdybym spóźniła się na ten autobus, moje życie wyglądałoby zupełnie inaczej", mawiała czasem babcia, wznosząc oczy do nieba. Zawsze myślałam, że to żart. Jeszcze zanim padło pierwsze wyznanie miłosne, zaszła w ciążę. Ślub wzięli w salonie, krótko przed Wielkanocą. Babcia miała już wysoki brzuch. Szósty miesiąc. Mama przyszła na świat w lipcu. Barbara, patronka górników. Dziadek nic nie wiedział o narodzinach swojej pierworodnej, był na szychcie, kilkadziesiąt metrów pod ziemią. Szczęść Boże!

Drugie Dziecko przyszło na świat dwa lata później, o trzecim wiedzieli wszyscy, prócz babci. I to był dopiero numer. Zobaczyła je podczas zakupów i zaniemówiła. Jakaś kobieta ze wsi trzymała za rękę jasnowłosego chłopczyka, który wyglądał, wypisz, wymaluj, jak jej syn Richard. Obie kobiety stały naprzeciwko siebie bez słowa. Babcia nigdy nie opowiedziała dziadkowi o tym spotkaniu. Cokolwiek by powiedziała, niczego by to nie zmieniło. W krytycznych momentach jak ten powtarzała swoje życiowe motto, które pozwoliło jej przetrwać już niejedną burzę. „Załamywanie rąk nic ci, człowieku, nie pomoże. Co się stało, to się nie odstanie".

Dziś babcia widuje tego chłopca co dwa tygodnie w aptece. Przyrodni brat jej własnych dzieci sprzedaje tabletki, które lekarz przepisuje babci na serce. Ale i to skończy się niebawem. W pobliżu nowego mieszkania znajduje się inna apteka.

– Nie potrzebuję nawet pościeli. Poprzednia lokatorka zostawia mi kilka zmian.

– Jak to?

– A tak to! – Babcia śmieje się zadowolona – W domu starców nie trzeba mieć własnej pościeli.

– Ale swoje koszule nocne chyba ze sobą bierze, co? Babciu, na litość boską, przecież nie możesz spać w cudzej pościeli! Twoje prześcieradła są jeszcze w całkiem niezłym stanie i pachną domem. Weź je, co ci szkodzi.

– Nieee, chcę się pozbyć wszystkiego, co mi przypomina dziadka. Wszyst-kie-go. Czy tak trudno to zrozumieć? – Patrzy na mnie z wyrzutem.

– To może chociaż kilka osobistych rzeczy. Na pewno ci się przydadzą… – sugeruję delikatnie. – Może pojedziemy do Aldiego, zrobimy małe zakupy, a przy okazji weźmiemy parę kartonów po bananach.

– Po co?

– Po jajco! Żebyś miała w co się zapakować!

– Nie, Ewuniu! Ani myślę pakować tego całego kramu. Nie chcę niczego i już. Koniec dyskusji. Twój wujek zamówił dziś kontener, wyrzucę wszystko, jak leci. Weź sobie, co chcesz, bo później już nie będziesz miała sposobności.

– Możemy również sprzedać kilka rzeczy na eBayu. Babciu, w twojej sytuacji liczy się każdy grosz. Myślisz, że dziadek coś ci wypłaci? Zapomnij, moja kochana. Zawsze miał węża w kieszeni, sama wiesz to najlepiej. Gdzie są wyciągi z konta z ostatniego miesiąca?

– Leżą w środkowej szufladzie.

W babcinej szafie, która stoi w salonie, mieści się całe jej życie, obok majtek, halek i pończoch. I tak nie musi chodzić na górę, kiedy rano myje się w kuchni – prawdziwej łazienki nie ma w górniczych domkach przy kopalni, tylko osobna toaleta bez umywalki. Wanna do kąpieli stoi w piwnicy. Ciepła woda jest tylko wtedy, gdy babcia wcześniej nagrzeje wodę w bojlerze. Witajcie w dwudziestym pierwszym wieku!

Pod kilkoma warstwami pachnącej lawendą bielizny leży zielony skoroszyt. W pasku rozpoznaję moje pismo: „Ewa Ludwig IIa". Babcia wbrew temu, co mi tutaj zapodaje, jest wzorową niemiecką gospodynią i nie lubi niczego wyrzucać bez potrzeby. Na przykład moich starych szkolnych teczek, w których trzyma swoje dokumenty.

– Możesz mi powiedzieć, gdzie, do licha, są inne wyciągi z konta?

– To już wszystkie. – Babcia wzrusza ramionami i wypuszcza kółka.

– Naprawdę nie ma nic więcej? – pytam zdziwiona. – Wielkich skoków finansowych raczej z tym nie zrobisz, co babciu?

– Ano, nie zrobię, masz świętą rację, wnusiu. Lewe biodro tak mi czasem dokucza, że z ledwością mogę się ruszyć. – Babcia podnosi się ciężko z fotela, a jej opięte nylonem stopy szukają po omacku kapci, które leżą pod stołem. – Wystarczy, że serce mi skacze.

Nie jestem do końca pewna, czy ze szczęścia, czy z powodu arytmii, która też jej dokucza, niestety. Gdyby babcia była moją kumpelką, zarzuciłabym jakiś męski dowcip. Ale brakuje mi odwagi.

– *À propos*, gdzie właściwie podziewa się dziadek?

– Pojechał, czort wie dokąd. Autobusem.

I tak koło się zamyka.

Dziwne. Z upływem lat dom domek dziadków jakby jeszcze zmalał. Mieszkałam tutaj razem z babcią, w małej komunie babcia plus Ewa, ponieważ dziadka najczęściej nie było. To znaczy był, w swoim ukochanym ogródku działkowym. To stanowiło jego terytorium, jego królestwo i babcia nigdy nie miała tam wstępu, a może po prostu nie chciała. Nigdy jej o to nie pytałam. Zwłaszcza że taki stan rzeczy bardzo mi odpowiadał. Pod nieobecność dziadka mogłam spać z babcią w jej wielkim łożu pod puchową kołdrą.

U babci były na porządku dziennym: normalnie zabroniona poniżej lat dziesięciu, względnie jedenastu, telewizja, ciastka z kremem i cola na śniadanie, a wieczorami babcia siedziała w fartuchu przed drzwiami domu i gawędziła z sąsiadami z górniczego osiedla. Okno sypialni na górze pozostawało zawsze uchylone, zasypiałam po kilku minutach. Monotonne trajkotanie na ulicy uspokajało mnie, kołysało do snu. Johannes niestety wciąż nie może pojąć, że do zasypiania potrzebuję cicho grającego w tle radia.

– Babciu, mogę sobie wziąć twój rożen?

– Stary grat! A bierz, bierz, tylko najpierw musisz go porządnie wyszorować. Będziesz piec kurczaki czy co? Jeśli mnie pamięć nie myli, w kuchni najlepiej ci idzie jedzenie, nie pichcenie. Od tego masz Johannesa, święty człowiek.

Zawsze tak rozkosznie pachniało w całym domu, kiedy babcia piekła w soboty na rożnie kurczaka. Do tego były oczywiście gumowate bułeczki.

– Ach, babciu, mam! – wykrzykuję radośnie. – Zabieram ci ściereczkę do kurzu!

– Tak, dziecino! Weź sobie ściereczkę, ty głupia dziumdziu. – Babcia śmieje się z fotela.

Mam sentyment do tych flanelowych szmatek. To było moje pierwsze poważne zajęcie w gospodarstwie domowym – ścieranie kurzu z meblościanki. Barok z Gelsenkirchen*, wiadoma sprawa. Pełen drogocennego mienia moich dziadków. I czego tam nie było: kolorowe wazoniki, fotografie dzieci w złoconych ramkach, porcelanowe pieski i kotki, a nawet jedna baletniczka i ręcznie malowany talerzyk, pamiątka ze Schwarzwaldu. Pani Wolter chciała w ten sposób w latach siedemdziesiątych wyrazić sąsiedzką wdzięczność za to, że babcia wystawiała za nią pojemnik na śmieci, kiedy jej ulubiona sąsiadka była na urlopie. Babcia nigdy nie miała okazji odwdzięczyć się jej podobnym talerzykiem. Nigdy nie była na urlopie.

---

* Barok z Gelsenkirchen – pierwotnie określenie ciężkich, bogato zdobionych mebli na wysoki połysk, fornirowanych drewnem szlachetnym. Do połowy dwudziestego wieku w Niemczech uchodziły one za obiekty prestiżowe, głównie w środowiskach robotniczych Zagłębia Ruhry. Terminem tym z czasem zaczęto określać staromodny, drobnomieszczański i przeładowany styl wystroju wnętrz. Obecnie jest to synonim kiczu i bezguścia.

– Piec, babciu. Co jest z piecem? Jak mam wysuszyć włosy, jeśli będziesz miała kaloryfery?

– Musisz sprawić sobie taki sam. Tylko gdzie teraz szukać dobrego zduna? – Babcia uśmiecha się do mnie i kiwa głową. – A pamiętasz, jak nas obtańcowała raz twoja świętej pamięci mamusia? Nigdy tego nie zapomnę.

– Ja też, babciu, ja też…

– Po kąpieli oglądałaś *Dobranockę* oparta plecami o piec i suszyłaś włosy. No i tak je konkretnie wysuszyłaś, że zaczęły ci się tlić. Dobrze, że miałam pod ręką wazon z kwiatami…

– Śmierdziało jak diabli – mówię cicho. Czuję łaskotanie w nosie. Nie, tylko nie płakać. Przecież to są historie, które w nas pozostają, nawet jeśli nie będzie już tego domu. I tego pieca…

– Babciu? Naprawdę chcesz to zrobić? Naprawdę chcesz się wyprowadzić, tak po prostu z dnia na dzień zakończyć tutaj swoje życie?

– Tak, Ewuniu, klamka zapadła. Robię to teraz, bo jak mówią: lepiej późno niż wcale, i wierz mi, dziecko, naprawdę nie czuję się tak, jakbym kończyła moje życie. Skąd w ogóle taki pomysł? Chodź, pomóż mi się podnieść. Przyniosę węgiel z piwnicy, bo inaczej piec zgaśnie. Co jak co, ale trzeba przyznać, że dobrze mi służył przez wszystkie te lata. Tylko kręgosłup już nie ten co kiedyś…

– Wezmę jeszcze solniczkę, mogę? Tę fajansową z drewnianą pokrywką, która stoi w kuchni na kredensie.

– Jak sobie chcesz. – Patrzy na mnie sceptycznie.

Biała solniczka z fajansu ozdobiona pomarańczowym kwiatem z lat siedemdziesiątych. W domu zawsze musi być sól i nie można jej rozsypać. To przynosi nieszczęście, babcia święcie w to wierzyła. Ale co jej to dało, że zawsze miała w domu sól? Może kiedyś przez nieuwagę ją rozsypała…

3 stycznia

– O, właśnie tutaj! Nieee, bardziej z lewej strony, centymetr nad sta-nikiem. No, może dwa. Ach! Nie, chwila moment…

– W porządku, pani Fender, proszę się nie denerwować. Jest pani w dobrych rękach. Zaraz znajdziemy to problematyczne miej-sce i już niebawem będzie pani biegać jak fryga.

Zawsze mnie to trochę śmieszy, kiedy pacjenci leżą przede mną i próbują mi wytłumaczyć, gdzie są unieruchomieni. Zwykle trwa to dobrych parę minut. Wtedy wyobrażam sobie czasem grubą bie-dronkę, która leży na wznak i rozpaczliwie próbuje stanąć na nóżki. Może jakiś dobry żuczek pospieszy jej z pomocą. W tym przypadku to ja wcielam się w tego żuczka, który zrobi co w jego mocy, żeby postawić na nogi panią Fender. Niestety, moja biedronka jest tak spięta, że niewiele mogę zdziałać pomimo najszczerszych chęci. I kwalifikacji, to przede wszystkim.

– Proszę zamknąć oczy, głęboko oddychać i spróbować się odprężyć.

– Kiedy jakoś nie mogę…

– W takim razie proszę sobie wyobrazić piękną ukwieconą łąkę, nad którą po bezchmurnym niebie płyną obłoki…

Zdarzają się tacy pacjenci, którzy potrzebują leciutko ezoterycznego nastroju w gabinecie fizjoterapeutycznym – niechże więc go mają!

Pani Fender też bardzo lubi płyty relaksacyjne. Mnie nikt nie pyta o zdanie. Ta słodka muzyczka doprowadza mnie do szału. Dlaczego nie Linkin Park?

– Nieee… Pani Ludwig, chyba jednak ciut, ciut niżej i chyba bardziej z prawej strony.

– Pani Fender, coś mi się zdaje, że nawet gdybym uciskała całe plecy, będzie bolało wszędzie. I tu, i tu, i tu. Po prostu wszędzie.

– Racja – wzdycha. Jej ciało osuwa się bezwładnie, jakby kapitulowało.

Teraz jest tam, gdzie ją chciałam mieć. Świetnie. Mogę zaczynać. Słodkie tony fletni Pana wypełniają kabinę, a ja mogę wreszcie przystąpić do pracy z nerwami pacjentki. Po trzech minutach pani Fender usnęła.

Wcale nie muszę wytężać głowy, moje ręce same wiedzą, co mają robić.

Zegar ścienny w gabinecie terapeutycznym pokazuje, że dochodzi wpół do dziesiątej i Johannes ma właśnie pierwszą przerwę. Pewnie razem ze Steffenem siedzą w pokoju nauczycielskim i omawiają następną wycieczkę klasową. To ich konik.

Czasem myślę, że ci dwaj młodzieńcy przeszli płynnie z klasy maturalnej prosto do pokoju nauczycielskiego. Chyba nie studiowali między szkołą a pracą, nieprawdaż?

– Au! – Pani Fender budzi się nagle ku mojemu niezadowoleniu.

– Tak, pani Fender, znalazłam zgrubienie. Rozmasuję je teraz, żeby zlikwidować napięcie. Przepraszam, jeśli trochę zaboli.

Ciekawe, co robi w tej chwili babcia? Czy pełna obaw i niepewności sprawdza swoje karty do bingo. Gdyby trafiła główną wygraną, nie musiałaby czekać na mieszkanie po staruszce. Kupiłaby sobie nowe. Jeszcze lepsze. To zdumiewające, jak ona to wszystko znosi. Jeśli chodzi o mnie, nawet nie chcę myśleć o rozstaniu z Johannesem. W ogóle sobie tego nie wyobrażam. Ciekawe, jak to jest ze starymi ludźmi? Czy miewają kłopoty sercowe? Być może kiedyś to po prostu się kończy. I bardzo dobrze. Nikt nie potrzebuje takich zmartwień. Zwłaszcza że złamane serce często trudniej wyleczyć niż zwykłe dolegliwości.

Pod moimi dłońmi stopniowo robi się cieplej i bardziej miękko. Takie napięcie w plecach można naprawdę dobrze wygnieść, wymasować, rozetrzeć, techniki są różne, napięcia w związku niestety nie… Moja przyjaciółka i koleżanka po fachu Anna uważa, że na kłopoty sercowe istnieje tylko jedno skuteczne lekarstwo – Andi, Alex lub Daniel. Jest dostępne bez recepty, ma jednak działania uboczne. Anna zna się na tym jak mało kto. W poniedziałki leży regularnie w trzeciej kabinie, a ja głaszczę jej wtedy głowę i po raz setny wysłuchuję opowieści o zawodach miłosnych, wylanych łzach i nieprzespanych nocach. Mógłby z tego powstać całkiem niezły scenariusz na przedpołudniowy serial dla gospodyń domowych.

– Nie, Anno, nie ma problemu. Wcale mnie nie zanudzasz. Co tydzień opowiadasz mi coś nowego, dziś na przykład usłyszałam nowe imię, może jeszcze dowiem się czegoś ciekawego. I wiedz, że zawsze czekam z niecierpliwością na dalszy ciąg…

Czy babcia płacze? Ja płakałabym jak bóbr. Nie, jak sto bobrów.

W pokoju robi się jaśniej, a to znaczy, że pani Fender może powoli się budzić. To była dobra inwestycja, żeby dodać do instalacji oświetleniowej timer, ponieważ dzięki temu urządzeniu budzenie się jest dla pacjentów znacznie przyjemniejsze. Jeszcze raz pogłaskać delikatnie całe plecy i mogę delektować się błogim wyrazem twarzy pani Fender.

Jak ja to lubię, kiedy panie i panowie, wychodząc z gabinetu po skończonym zabiegu, prawie płyną, jakby mieli chmurę pod stopami. Serce rośnie.

Ani jednej wiadomości w komórce, która ładuje się w naszej kuchence. Gniazdka elektryczne zostały przydzielone według zasług, do mnie należy to przy samym parapecie. Tak naprawdę musiałam ostro zawalczyć o tę „lokalizację", ponieważ gniazdko Anny jest pod stołem.

SMS do Johannesa, godzina 10.41
Cześć, Misiu. Właśnie o Tobie myślę. A ty? Mam jakieś szanse z VIIIa? Co u Ciebie? Buziaczki!
W kabinie numer cztery leży następna biedronka. Oboje mamy nadzieję na chmurkę w czterdzieści pięć minut. Dlaczego wszyscy po Bożym Narodzeniu są tacy spięci? Prawdziwa zagadka. Przecież to takie cudowne rodzinne święta...

SMS do Johannesa, godzina 11.37
Ach, jak ta kawka cudownie pachnie. A Twoja? (_)*
Całuski.

Światło przytłumione, głos pacjenta w dwójce – wręcz przeciwnie. Pan Albert pyta mnie już po raz czwarty o moje wykształcenie i kwalifikacje. I, tak, panie Albert, jest pan prywatnym pacjentem. I, tak, to może czasem boleć, również prywatnych pacjentów. Nie, panie Albert, dzisiaj nie mam niestety dla pana chmurki. Przykro mi.

SMS do Johannesa, godzina 12.30
Ładna historia, zapomniałeś komórki? Dwadzieścia minut temu byłeś ostatni raz w sieci. Widziałam! Co się z Tobą dzieje? Żyjesz jeszcze? Buziaczki, Ewa Kontroletti.

SMS do Johannesa, godzina 12.31
Bardzo mi przykro.

SMS do Johannesa, godzina 12.32
Wcale nie jest mi przykro.

Dlaczego ptaszek nie odpowiada? Dlaczego Johannes nigdy mi nie odpisuje? Jesteśmy ze sobą już sześć lat, a mimo to wciąż nie mogę się do tego przyzwyczaić.

– No, Thore, opowiadaj, co porabiają twoi wspaniali piłkarze z Werder Brema?

– Przecież jest przerwa zimowa, więc nie grają.

– No tak, ale jestem głupia. Każdy przedszkolak o tym wie, prawda? A jak tam się miewa twój brzuszek? Nadal boli? – Sadzam mojego ulubionego pacjenta na leżance, a następnie obu rękami ujmuję jego głowę. Thore ma zaledwie pięć lat i już cierpi na zespół jelita nadwrażliwego. Wyjątkowo perfidna dolegliwość. Często dręczą go silne bóle brzucha. Pod nadzorem dietetyka zmieniono mu jadłospis, mimo to jednak wciąż nie czuje się dobrze.

– To też jest głupie. – Patrzy rozżalony na swoją matkę.

– W ostatni weekend znów było bardzo źle. Mało brakowało, a wezwalibyśmy karetkę.

– Och, tak mi przykro.

– Z początku myśleliśmy, że może w Boże Narodzenie zjadł za dużo słodyczy. Wie pani, trudno odmówić dziecku, zwłaszcza w święta. Ale to nie mogło być to. Naprawdę nic z tego nie rozumiem.

– Uważaj, Thore, najpierw zajmiemy się twoimi plecami, trochę je pogniotę, poklepię, ale nie za mocno, a potem przez chwilę potrzymam ci głowę. Jak zawsze. To nie będzie bolało, obiecuję, a jeśli tak, masz u mnie duże lody. Umowa stoi?

Patrzę chłopcu prosto w oczy, a on śmieje się głośno.

– Au!

– Thoooore! Jak będziesz mnie okłamywał, ja dostaję loda! Cwaniaczek jeden. Widział kto takie rzeczy?

Skarcony malec robi skruszoną minkę, a ja zaczynam delikatnie centymetr po centymetrze uciskać mu plecy. Zobaczymy, czy te głupie bóle brzucha wreszcie ustąpią.

Kiedy Thore przychodzi do gabinetu, od razu robi się trochę jaśniej. Jak to jest mieć takie urocze dziecko? Łapię się na tym, że patrzę z zazdrością na jego matkę. Thore ma piękną i miłą mamę i byłoby bardziej uczciwe, gdyby przynajmniej jego ojciec, który także przychodzi regularnie z synem do gabinetu, był brzydki i niesympatyczny, ale życie tak rzadko przecież bywa fair, a niektórym naprawdę daje w kość, myślę filozoficznie i uśmiecham się do Thorego.

– Gotowe?

– Tak, gotowe niestety. Dziś musisz obejść się smakiem. Nie będzie lodów dla Thorego kłamczuszka.

I hop, już zeskoczył z leżanki.

– W przyszłym tygodniu przyjdzie z nim ojciec – informuje mnie jego piękna matka, poprawiając jedwabną apaszkę.

Wszystko jasne. *Adieu*, idealna rodzinko.

– Tak, tak, widziałem, że pisałaś.

– No i co? Palce ci odpadły czy jak? Dlaczego mi nie odpisałeś? Ani razu… – mówię z wyrzutem, czekając na stosowne przeprosiny.

Johannes znów siedzi przy biurku i sprawdza schroniska młodzieżowe. Za kilka tygodni wyrusza w góry ze swoimi gimnazjalistami. Wycieczka klasowa to prawdziwe wyzwanie dla opiekuna.

– Naprawdę za tobą tęskniłam. Nie wierzysz? Dzisiaj miałam taki zasrany dzień, wszyscy byli spięci jak cholera, a ja musiałam wygniatać świąteczne problemy. Palców nie czuję od tego wygniatania.

– I równocześnie wysyłałaś do mnie SMS-y? Jeden za drugim, jeden za drugim, jak szalona. Przecież możesz zadzwonić, jak jest coś ważnego.

– Johannes? Mówić, rozmawiać? Ty i ja. Kapujesz?

– Co jest, myszko?

– Nic, myszko, tak sobie tylko pieprzę głupoty. – Znużenie w moim głosie wreszcie podziałało. Odwrócił się. Chyba się popłaczę ze szczęścia.

– Kiedy zaczynaliśmy właśnie nasze *love story*, a ja byłam z dziewczynami na Ibizie, ty z chłopakami w Szwecji, co wieczór wisieliśmy na telefonie, czasem do białego rana, pamiętasz? I nigdy nie mieliśmy dość. Opowiadaliśmy sobie wszystko, co się wydarzyło w ciągu dnia. Ja tak: „I poszłam na lody". A ty tak: „Super!". A jak tak: „Nooo. Śmietankowe". A ty tak: „Fantastycznie". A potem uprawialiśmy telefoniczny seks na plaży. Z grą wstępną. Ty w Szwecji, a ja na Ibizie.

Kiwa głową i nic nie mówi.

– Jeśli teraz dam ci całusa w pępuszek, to za ile czasu do ciebie dotrze? A jak dam całusa trochę niżej, to będzie trwało dłużej czy nie? Wszystko pamiętam. Wszyściutko.

Patrzy na mnie z uśmiechem.

– A rachunki telefoniczne też pamiętasz? Za te nasze wieczorne pogawędki… i nie tylko pogawędki, mogliśmy razem gdzieś wyjechać. – Jego wzrok szuka mojej aprobaty. Nie, misiu, nie przyznam ci racji, choćbyś pękł!

– Sześćset siedemdziesiąt osiem euro i trzydzieści dwa centy. Rachunek za komórkę mam jeszcze w swojej skrzyni skarbów pod łóżkiem i wiesz co? Nie żałuję ani centa – burczę zła jak osa. Ta dyskusja jest niepotrzebna, ponieważ na tę akurat kwestię mamy całkowicie odmienne spojrzenia. Jakbyśmy żyli na dwóch różnych planetach. Jemu wcale nie chodzi o pieniądze. Chodzi mu o zasadę. To nie moja bajka, *sorry*.

– Najdroższa, telefon komórkowy jest przewidziany dla nagłych przypadków.

– Johannes, tęsknota jest nagłym przypadkiem.

Wstaje i bierze mnie pod rękę.

– Pokój między narodami? Jeśli chcesz, mogę ci to wysłać SMS-em?

– Ach, Jo. Napisz mi coś miłego. Przecież to dla ciebie bułka z masłem, dasz radę. Bo inaczej urwę ci nos moimi spracowanymi rękami. – Kładę mu głowę na piersi. – Co mamy dziś na kolację? Nutellę?

– Obawiam się, że wszystkie łyżeczki wyszły. – Wyciska mi całusa na czubku głowy. Zawsze tak robi, kiedy czuje, że przegiął. Że niby taki dobry tatuś…

– O ludzie! – Patrzę na niego, zadzierając głowę i przytulam się do jego ramienia. – Czyli nie pozostaje mi nic innego jak jeść nutellę z chlebem? Toż to barbarzyństwo!

– Może być ewentualnie łyżka do zupy…

– Spadaj, młotku!

Ach, więc po prostu niech nie odpowiada na moje SMS-y. Jakoś to przeżyję. Ale kiedy tak siedzi przy komputerze i ze zmarszczonym czołem przegląda schroniska młodzieżowe w Harzu dla swoich gimnazjalistów, nie mogę oderwać od niego wzroku. Mój Boże, czy ten mężczyzna nie jest cudowny?!

– Przyjdziesz?

– Nie, bardzo mi przykro, to jeszcze chwilę potrwa, muszę koniecznie sprawdzić, czy w pobliżu schroniska, które ostatecznie wybrałem, nie ma jakichś podejrzanych spelunek. Żebym nie musiał potem co wieczór wyciągać stamtąd za uszy moich urwisów. Wiesz, o co chodzi?

Wiem, wiem. Nie wodzić na pokuszenie niewinnych dzieciątek, cha, cha, cha! Jak nie, to nie, mówi się trudno. Będę w samotności raczyć się nutellą i wspominać stare dobre czasy. Idę do łóżka i kładę pusty słoik na jego poduszce.

4 stycznia

Dzień dobry, czekoladowo-orzechowy potworze!
Musiałem wcześniej wyjść. Razem ze Steffenem chcemy jesz-
cze przed rozpoczęciem lekcji trochę się poruszać. Sport to zdrowie,
przecież wiesz. Tak smacznie spałaś, że nie chciałem Cię budzić. Czy
kochane rączki jeszcze bolą? Położyłem Twoje rękawiczki na kalory-
ferze, żeby się ogrzały. Będzie Ci milej na rowerku.
Całuję,
Jo.

Ach, spójrzcie tylko, karteczka. Analogowy SMS. Więc moje wczorajsze pieprzenie głupot jednak na coś się przydało. Jeszcze kilka
takich edukacyjnych wieczorków i będzie dobrze.

Zgodnie z porannym rytuałem należy najpierw posiedzieć
w szlafroku na parapecie, strząsnąć z powiek resztki snu i dojść do
ładu. Pięć minut gapić się bezmyślnie na ulicę. Na stopach mam
grube skarpety, stopy trzymam na gorącym kaloryferze. Dwa
tygodnie temu o tej godzinie na dworze było jeszcze granatowo,
a gwiazdy błyszczały. Jest niebo przed Bożym Narodzeniem i po

nim. Teraz świat przybrał barwę ciemnoszarą, a gwiazdy redukują godziny nadliczbowe. W styczniu ktoś wymienia niebo.

Zastanawiam się, czy Johannes w ogóle kładł się do łóżka, ponieważ w nocy go nie czułam. Nigdy jednak się do tego nie przyznam, bo mam taką swoją teorię, że ci, którzy nocą we śnie wypuszczają się z rąk, zrobią to już wkrótce na jawie. A to źle wróży przyszłości. Wspólnej przyszłości oczywiście.

Jak by to było, gdyby Johannes tu nie mieszkał? Kiedy o tym myślę, dochodzę do wniosku, że wcale nie najgorzej. Co tydzień wchłaniałabym nowy słoik nutelli, a w weekend nawet dwa. A co mi tam!

Ach, cholera, co za kretynizm! Nie chcę mieszkać sama. Już nie. Bez Johannesa naprawdę żyłabym tylko nutellą, to on gotuje. I to jak! I naprawdę miło jest przychodzić wieczorem do domu, kiedy już pali się światło. Nawet jeśli to tylko lampa w jego pracowni.

Pod prysznicem leży szczoteczka do zębów Johannesa i zawsze, kiedy za nim tęsknię, wypożyczam ją sobie. Bez wyrzutów sumienia. Gdyby o tym wiedział, dostałby białej gorączki. Ale się nie dowie, chi, chi, chi!

Łazienka staje się tabu, kiedy on przebywa w środku. Chce sam siusiać i sam się kąpać albo brać prysznic, i zrobić sobie dobrze pod prysznicem – naprawdę myśli, że tego nie widzę. Ach, ci mężczyźni...

Dla uczczenia dzisiejszego dnia golę sobie nogi jego superczystą maszynką z podwójnym ostrzem. Uuuuh, Ewa, tststs. Zajebiście. Z fantazją. I nagle – dobry humor. I to w styczniu! Niesamowite. Tak szybko może się zmienić sytuacja. Cześć, świecie, to ja, Ewa! Gładkie nogi, lśniące zęby. Ręce są znowu sprawne i ciepłe, zaraz włożę je w ogrzane rękawiczki i jazda – juhuuuu!

Dziś błękitno-srebrne skarpeteczki w stylu disco, które wiszą jeszcze na składanej suszarce. Ale, ale... Dlaczego pod suszarką stoją sportowe buty mojego cudownego mężczyzny?

Jeśli dobrze pamiętam, właśnie zażywa sportu! Razem ze swoim nieodłącznym druhem Steffenem. Cholera. Tak szybko zmienia się sytuacja. Dzwonienie nic nie da, przecież komórka mu dynda. Dosłownie i w przenośni – a może teraz naprawdę mam do czynienia z nagłym przypadkiem?

Gabinet fizjoterapeutyczny, w którym pracuję od kilku lat, znajduje się na trzecim piętrze nad supermarketem. Jako fizjoterapeutka nie powinnam oczywiście korzystać z windy, bo przecież teoretycznie mogę się pochwalić najwyższą formą. Nie tylko intelektualną... W praktyce zwykle wygląda to tak, że gdy tylko wejdę na klatkę schodową, rozglądam się czujnie na wszystkie strony. Jeśli zlokalizuję jakichś pacjentów, chcąc nie chcąc, wdrapuję się po schodach. A jeśli nie, tym lepiej, wsiadam do windy i jadę. Bez wyrzutów sumienia.

Anna już się przebrała i właśnie robi poranną herbatę. Ze względu na naszych pierwszych pacjentów ogrzewamy ręce filiżanką herbaty.

– Proszę cię, Ewa, nie podniecaj się tak, przecież to tylko buty. Panikować z powodu jakichś trampek czy tam adidasów? Nonsens. Może poszli na jogę, a do tego potrzeba tylko grubych skarpet.

– Na jogę? Chłopaki? Jogę? Człowieku! Chyba całkiem cię porąbało!

Anna stoi oparta o zlew i mierzy mnie wzrokiem, który mówi: „Puknij się w łeb i przestań gadać bzdury!".

– Ewa, dziecko drogie, nie zapominaj, że mówimy o Johannesie. Co miałby robić z samego rana przed pierwszą godziną lekcyjną? Posuwać dyrektorkę?

No tak, to też jest sport.

Patrzę na świecę, jedyną, która pozostała w naszym wieńcu adwentowym. Jeszcze nie całkiem się wypaliła, dlatego wieniec nadal leży na sosnowym stoliku. Nie odrywam oczu od płomienia, kto pierwszy zamruga, ten przegrywa.

– Może robią ćwiczenia wolne, a jeśli tak, to po co im buty sportowe? Tylko by przeszkadzały.

W drodze do pierwszej kabiny i do swojego pierwszego pacjenta Anna woła jeszcze do mnie przez ramię:

– Pamiętaj, to tylko buty sportowe...

Takiego obuwia pan Albert długo nie miał na nogach. Siedemdziesięciokilkulatek cierpi na artrozę. Przenikliwy ból w okolicy barków uniemożliwia mu normalne funkcjonowanie. Pół roku temu zmarła mu żona. A ponieważ osteopatia uznaje i akceptuje zależność między ciałem, psychiką i umysłem, nie mam wątpliwości, że ten ciężar okazał się po prostu zbyt duży dla jego ramion. Mój pacjent siedzi już na leżance ze zbolałą miną, a ja proszę go, żeby położył się na brzuchu. Organizm posiada własne mechanizmy samoleczenia, którym jednak czasem trzeba pomóc. W końcu po to tutaj jestem.

– Twarz proszę do otworu, panie Albert. Dziękuję. Teraz podniosę leżankę. Czy chce pan, żebym położyła panu na ramiona okład z borowiny? Coś ciepłego?

Kiwa w milczeniu głową. Czyli chce. W drodze do pojemnika z leczniczym błotem wyciągam z kieszeni spodni komórkę. Ktoś nagrał mi się na pocztę głosową. Babcia. Prosi, żebym do niej zajrzała, jakaś pilna sprawa, ewentualnie zadzwoniła do wuja Richarda. Od Johannesa znów żadnej wiadomości, czyli norma. Ten sportsmen nawet się nie domyśla, jak się teraz czuję.

– Panie Albert, ważna sprawa. Czy mógłby pan poprosić swoją córkę, żeby później, najlepiej przed snem nasmarowała panu plecy maścią?

– Przecież jest w Monachium.

– To może ktoś inny?

– Nie, hmm... moi sąsiedzi. Ale... nie... wykluczone.

– W takim razie zaraz po pracy wstąpię do pana na kilka minut i sama to zrobię, a pana proszę, żeby pan dziś wypoczywał.

– Bardzo pani uprzejma, pani Ludwig, ale ja przez cały boży dzień nie robię nic innego, tylko wypoczywam. I wie pani co? To jest pioruńsko męczące!

Wierzę. Przyglądam się mu dyskretnie i zaczynam sobie wyobrażać, jak babcia poznaje pana Alberta. Dlaczego dwoje starszych sympatycznych ludzi miałoby spędzić samotnie jesień życia? Mogłabym zabawić się w swatkę i niby to przypadkowo...

– Ewa? Przyjdziesz na chwilę? Dzwoni pan Pauli, chodzi o termin wizyty dla Thorego. – Moja szefowa stoi w recepcji i przyciska do piersi słuchawkę. – Pyta, czy mogłabyś przyjąć go trochę później, coś mu wypadło. Chyba tego dnia później odbiera go od matki. – Podaje mi słuchawkę.

– Tak, Ludwig przy telefonie, o co chodzi? – pytam, odruchowo poprawiając włosy, chociaż i tak mnie nie widzi.

– Halo, dzień dobry, pani Ludwig, wiem, że Thore zawsze ma wizytę o tej samej godzinie, ale coś nam się przesunęło i byłbym wdzięczny, gdybyśmy mogli przyjść trochę później. Nie chcemy tracić wizyty. Czy to możliwe?

Przerzucam kartki w terminarzu i stwierdzam, że w tym czasie mam już niestety umówiony zabieg. Wizyta została wpisana na różowo, a to znaczy, że chodzi o prywatną pacjentkę.

– Trudna spraaaawa – mówię do siebie. – Hm, co by tu zrobić?

– Ach, pani Ludwig. Bardzo proszę, na pewno coś pani wymyśli. Thore i ja upieczemy dla pani ciasto.

– Taaak? Obawiam się, że będzie zielone. Barwy Werder Brema. Nie jestem pewna, czy by mnie to ucieszyło. – Rysuję kółka i gwiazdki w terminarzu.

– A jakie ciasto by panią usatysfakcjonowało? – pyta. – Proszę się nie krępować. Sernik, szarlotka, keks? A może jakiś tort... Dla pani wszystko.

Uśmiecham się szeroko do telefonu i pstrykam palcami do szefowej.

– Ach, właściwie nie jestem taka wybredna. Ale obawiam się, że będzie pan musiał upiec coś naprawdę wyjątkowego dla pacjentki, która ma wtedy wizytę.

Wymachuję rękami i pokazuję długopisem na różową datę. Czy mogę ją zmienić? Kiwa głową i odchodzi. Czyli mogę.

– Spróbuję zamienić wizytę z pacjentką, więcej nie mogę, niestety, panu zaproponować. – Boję się, że w przeciwnym razie mógłby zrezygnować z wizyty, a Thore jest przecież moim ulubieńcem, moim słoneczkiem.

– Super, pani Ludwig. Jest pani prawdziwym skarbem.

A ty, przystojniaku, ratujesz mi życie! Absolutnie bombowy pan Pauli powiedział, że jestem skarbem. Czy to nie piękne? Mniejsza o kontekst.

– Wszystko jasne. Biorę babkę marmurkową. Może być z czekoladową polewą. I koniecznie proszę pozdrowić Thorego.

– Załatwione. Pani mówi, ja słucham. W takim razie widzimy się w przyszłym tygodniu. Jeszcze raz bardzo dziękuję. Jestem pani dłużnikiem.

Mów do mnie jeszcze! Odkładam słuchawkę, zamieniam terminy wizyt i przy imieniu Thore rysuję różowe serduszko.

A z pacjentką jakoś to wyjaśnię. Jeśli nie będzie mogła, po prostu nie przyjdzie. Będę miała okienko. I mnóstwo czasu, żeby wysyłać do Jo SMS-y. Jeden za drugim, jeden za drugim…

– Jest ktoś w domu? – wołam już od progu.

– Tutaj! – dobiega krótki odzew z gabinetu Johannesa. Mój przyjaciel siedzi przy komputerze z bardzo ważną miną.

Stoję w drzwiach i chociaż bardzo się staram, nie mogę dostrzec niczego niezwykłego.

– No?

– No? – odpowiada pytaniem i odwraca się do mnie niespiesznie. Siedzi na swoim fotelu flimonie. Tak nazywam jego półkulę na sprężynowej nodze, którą sobie zafundował, żeby nie garbić się przy biurku.

– Poruszałeś się trochę? No… tak po linii sportowej… – Cholera. Przecież nie chciałam mu zadawać tego pytania.

– Trochę tak. Byłem popływać.

Był popływać?

Był popływać!

– Jeszcze ci tego nie mówiłem, żeby nie zapeszyć, ale teraz już mogę. Przekupiliśmy dozorcę, wiesz, dobry koniak i te sprawy… – uśmiecha się od ucha do ucha – i teraz dwa razy w tygodniu razem z kolegami z grona nauczycielskiego będę chodzić na basen, we wtorki i czwartki. Dziś wypadłem bardzo słabiutko. Z trudem udało mi się zaliczyć kraulem dwie długości, zupełnie nie mam formy.

– Poszedłeś po prostu popływać? Nie do sali gimnastycznej?

– No tak, jak na to wpadłaś? Przecież nie będziemy o siódmej rano budować poręczy asymetrycznych. Jak minął dzień? Musiało się dużo dziać, bo nie napisałaś ani jednego SMS-a.

– Absolutnie fantastycznie, inaczej nie mogę tego określić. Ale jestem skonana, padam z nóg. Zaraz idę spać.

– Czekaj, tylko chwilkę. Wiesz, kto dziś do mnie zadzwonił? Twoja babcia. Nie mogła się z tobą skontaktować. Chyba wyłączyłaś komórkę. Ciekawostka... Chce, żebyśmy jej napisali rozwiązanie umowy najmu. Twój dziadek też postanowił się wyprowadzić z Saturnweg. Nic dziwnego, po takim ciosie. Spójrz, zacząłem już nawet pisać. – Odchyla się na bok, żebym mogła spojrzeć na monitor.

Szanowni Państwo,
niniejszym rozwiązujemy stosunek najmu posesji przy Saturnweg 3 w terminie do 15 lutego. Zgodnie z umową najmu z dnia 1 marca 1965 roku okres wypowiedzenia jest przewidziany na cztery tygodnie. Nie zapewniamy kolejnego najemcy.

Kilka linijek i gotowe. Mój Boże, jakie to proste! Smutne. Po tylu latach. Zdejmuję płaszcz, rzucam go na podłogę i siadam obok. W pokoju Johannesa jest ciepło i kiedy tak tkwię pomiędzy stosami zeszytów oparta o regał, czuję się naraz bezradna jak małe dziecko.

Łzy napływają mi do oczu i mam nadzieję, że Jo ich nie widzi. Johannes leci na dzielną Ewę, która zawsze ma wszystko pod kontrolą. Miała. Czas przeszły. Wygląda na to, że w tym roku będę beczeć jeszcze częściej niż w zeszłym. Głupia sprawa.

Z braku lepszego pomysłu łapię pierwszy z brzegu zeszyt, zasłaniam nim twarz i udaję, że jestem mocno zainteresowana tymi przeklętymi klasówkami. Guzik mnie obchodzą! Nienawidzę matematyki.

– Zaraz to wydrukuję, tak? Chcesz podpisać za babcię?

On naprawdę nie widzi, że się smucę. Pytanie za sto punktów: czy tak świetnie udaję, czy on jest taki tępy?

– Nie, powinna to sama załatwić. Nie lubię takich numerów.

– Daj spokój, skąd nagle te skrupuły? W takim razie ja podpiszę za twoją babcię i jutro to wyślemy. Chciałbym mieć to już z głowy. Przecież to tylko mieszkanie. Pięćdziesiąt pięć metrów kwadratowych. Starych i zmurszałych, jak związek twoich dziadków.

Wyobrażam sobie, jak uprzątamy to stare i zmurszałe mieszkanie.

– W piwnicy muszą stać jeszcze moje sanki. Drewniane, już takich nie robią… Zawsze na nich zjeżdżałam z tej góry na samym końcu ogrodu, wiesz? – opowiadam, czując lekkie ukłucie w sercu. Opuszczam zeszyt na kolana, a moje spojrzenie krzyczy: „Jo, przytul mnie, prooooosze!".

– Góra? Chyba raczej usypisko – mówi lekceważąco. – Rozumiem, że tobie wszystko wydaje się tam o wiele większe, niż jest w rzeczywistości. Ale ty, moja droga, już od bardzo dawna nie jesteś małą Ewą, Ewunią. To zupełnie naturalny proces. Dwoje ludzi przestaje się rozumieć i każde z nich idzie swoją drogą.

– Czy to właśnie wyczytałeś w swoim programie nauczania? – pytam z przekąsem. – Tylko że tutaj chodzi o dwoje ludzi z krwi i kości, a nie o działania na ułamkach.

Przezroczysty kabel drukarki rozbłyskuje na błękitno. Polecenie jest w tym momencie wysyłane do drukarki, której zupełnie obojętne, czy będzie drukowała zadania domowe dla VIIIa, czy rozwiązanie umowy najmu domu babci i dziadka.

– A wiesz, że dziadek chyba się na mnie obraził? Zastanawiam się tylko dlaczego. Kiedy dzwoniłam dziś rano, bez słowa odłożył słuchawkę. Nawet nie raczył poinformować babci, że jestem przy telefonie. Po prostu sobie poszedł i już. Rzygać się chce.

– O co ci właściwie chodzi? Krytykujesz zachowanie dziadka, równocześnie jednak chciałabyś, żeby ci dwoje pozostali razem. Wydrukować kopertę? Mam w Excelu wzór.

– Pozwolił jej najzwyczajniej w świecie głodować. Na wszystko żałował pieniędzy. Tam nie ma żadnego uczucia, tylko zimno. Antarktyda to przy tym mały pikuś. Doskonale rozumiem babcię. Ona coś mówi, a on nie odpowiada. Co najwyżej warczy na nią jak podwórzowy kundel na łańcuchu. Od lat. Teraz szuka nowego lokum. No proszę, tak to sobie sprytnie wykombinował. Pewnie wprowadzi się do następnej rezydencji dla seniorów, gdzie dostanie wikt i opierunek.

Johannes przesuwa myszkę po czarnej podkładce i wstawia tekst do szablonu. *Copy/paste*.

– Wujek Richard na własne oczy widział wyciągi z konta. Jeśli pracowałeś kiedyś w kopalni, masz forsę. Z głodu nie umrzesz, spokojna głowa. I jeszcze ci zostanie na drobne przyjemności. Piwko z kolegami, wycieczka do kina albo do operetki. Babcia przez wszystkie te lata harowała jak wół od świtu do nocy w supermarkecie u pana Schmitta bez deklaracji podatkowej, a potem dorabiała jeszcze jako sprzątaczka. A teraz ma głodową emeryturę i nie śpi po nocach, zastanawiając się, jak zwiąże koniec z końcem. To się nazywa sprawiedliwość, cholera jasna!

Johannes słucha jednym uchem i dalej steruje myszką, uszczęśliwiony, że wszystko tak cudnie mu się udaje z tym cholernym programem. Patrzcie i podziwiajcie, jaki jestem świetny! Czuję, jak wzbiera we mnie gniew.

– Johannes, po czyjej właściwie jesteś stronie? – wybucham, nie panując już dłużej nad sobą – Nie masz pojęcia, co się tam wyprawia. Twoi rodzice po trzydziestu pięciu latach gruchają jak dwa gołąbki i jedzą sobie z dzióbków. Twoi dziadkowie też mają się znakomicie, tylko pogratulować, a twój brat żyje w nudnym jak flaki z olejem małżeństwie i zgrywa się na supertatusia i głowę rodziny w tej swojej drobnomieszczańskiej do bólu połowie bliźniaka z volvo w leasingu. Śmiechu warte. Człowieku, nawet sobie nie wyobrażasz, że może być inaczej. I co ci dały te twoje wyprawy dookoła świata? Te twoje matematyczne studia? – Patrzy na mnie bez zrozumienia, jakbym urwała się z choinki. On naprawdę nic nie kuma. No, idiota do potęgi entej – Zaraz, zaraz, jak to było: cześć, nazywam się Ewa Ludwig. Moja matka wcześnie umarła, mój ojciec zaraz potem się zmył, bo nie wytrzymał ciśnienia, a moja kochana babcia po sześćdziesięciu latach wspólnego i nie zawsze szczęśliwego pożycia rozstała się z dziadkiem.

– Ewa, wyluzuj. Nie tak emocjonalnie. Po co te nerwy?

– Nie mogę ani wyjść za mąż, ani umrzeć. Ślubu nie będzie tak czy siak, a jeśli chodzi o pogrzeb… – mówię przez zaciśnięte usta – chyba jednak jeszcze trochę poczekam. A swoją drogą chciałabym zobaczyć którąś z tych wspaniałych uroczystości. Czy może masz także dla takiej sytuacji wzór w Excelu?

– Ewa, nie wygłupiaj się. Co cię nagle ugryzło? Tutaj nikt nie umiera ani nie bierze ślubu. Zejdź na ziemię, dziewczyno.

Johannes zamyka dokument, zapisuje „wypowiedzenie_mieszkania_dziadekbabcia.doc" i wyłącza komputer.

– Czy twoi dziadkowie mają pozostać razem tylko dlatego, że są już starzy, i tylko dlatego, że ich mała wnuczka Ewa tak bardzo, bardzo chciałaby wierzyć w miłość do grobowej deski? Zrozum, tam już nic nie ma, tylko popiół i zgliszcza. Pobudka, śpiąca królewno. – Wygląda na zdenerwowanego. – Czy mogłabyś teraz z łaski swojej podrobić lub, jak wolisz, sfałszować podpis swojej kochanej babci? Ja podpiszę za niedobrego dziadka, zaraz to wyślemy i odłożymy sprawę *ad acta*.

– Odłożyć *ad acta*? – Szczęka mi opada. Nie wierzę, że to powiedział. Naprawdę jest taki bezduszny, taki bez serca? – Nie! Na pewno tego nie podpiszę, masz to jak w banku. I wielkie dzięki za ten genialny w swojej prostocie tekst „tutaj nikt nie umiera ani nie bierze ślubu". Już dawno zrozumiałam, że nie chcesz się ze mną ożenić. Może jestem naiwna, ale nie głupia.

5 stycznia

W środy pracujemy tylko do czternastej. To mały luksus, na który szefowa pozwala sobie i nam. Siadamy wtedy do wspólnego obiadu jak jedna wielka rodzina. Szefowa jest w siódmym niebie.

Zwykle sama coś przygotowuje, a jeśli nie, wówczas idziemy na zupę pomidorową do kawiarenki w sąsiednim budynku. Dziś szefowa serwuje nam „zupę dnia" w naszej małej kuchni. Marchewkowa z imbirem i grzankami. Ugotowała ją u siebie i teraz podgrzewa. W brzuchu mi burczy, zapach imbiru unosi się w powietrzu. Siedzę na swoim „zaklepanym" miejscu na ławie kuchennej z podciągniętymi nogami, Anna kuca jeszcze pod stołem i wystukuje SMS-a. Jej komórka pracuje bez wytchnienia. Poziom naładowania baterii już w południe wynosi zaledwie siedemnaście procent, w porywach osiemnaście. Czasem siedzimy tu razem i rzucamy się na prezenty od naszych pacjentów: tanie wino musujące, likier bananowy, śliwki w czekoladzie, lukrowane pierniczki, czekoladki Merci i sto rodzajów innych pralinek. Może powinnyśmy otworzyć sklepik?

Szefowa żartuje wtedy, że to firma rodzinna – jej ulubiona – i uśmiecha się lekko. Tak naprawdę jesteśmy za stare na jej córki.

Ale my nie zamierzamy być aż tak skrupulatne, żeby liczyć lata, a ja z niewypowiedzianą radością przyjmuję tę rolę. Ja nie mam matki, a ona córki.

Różnica polega na tym, że Petra Winkler nigdy nie miała dzieci. Nigdy też nie wyszła za mąż. Od kilku lat jest w nieformalnym związku z pilotem, którego nigdy nie ma w domu. Serdecznie współczuję. Tak się jakoś złożyło, że odniosła sukces zawodowy, znacznie gorzej poszło jej natomiast w prywatnym życiu. Tu zabrakło jej szczęścia. Kiedy skończyła trzydzieści lat, postanowiła założyć gabinet terapeutyczny – i zrobiła to, co widać na załączonym obrazku, ale zanim się obejrzała, stuknęła jej czterdziestka, a jej partner rzucił ją dla dużo młodszej kobiety, która natychmiast zaszła w ciążę.

Aż do tego czasu zajęta pracą zawodową nie zdawała sobie sprawy, że w ogóle chce mieć dzieci. Kiedy wreszcie to sobie uświadomiła, było już za późno. Zegar biologiczny tyka nieubłaganie, spóźnisz się choćby minutę i potem żałujesz do końca życia. Smutna historia. Kiedy się nad tym zastanawiam, zawsze czuję na plecach lodowaty dreszcz. Myśl, że Johannes każe mi czekać tak długo, aż nie będę już mogła urodzić dziecka, a potem zwiąże się z inną kobietą i zostanie szczęśliwym tatusiem, sprawia mi niemal fizyczny ból.

Petra powtarza regularnie, że już to przebolała, przetrawiła, przepracowała, i dodaje, że *summa summarum* jest zadowolona z życia. Nawet bardzo. Kiwamy wtedy głowami i nic nie mówimy, ale i tak wiemy swoje. Gdyby naprawdę tak było, nie miałaby żadnych oporów, żeby leczyć kobiety w ciąży i niemowlaki. A nawet nie chce o tym słyszeć.

– Niestety, moje kochane, nie mogę dziś zostać dłużej, muszę jeszcze pojechać do babci. Dziadek zachowuje się wobec niej jak ostatni kretyn, a nowe mieszkanie wciąż nie jest gotowe. Fachowcy, rozumiecie?

– Uważam, że to po prostu super – mówi z błyskiem w oku Anna – jedna kobieta, jedna decyzja. Twojej babci należy się medal. I tak trzymać.

Ktoś dzwoni do drzwi gabinetu. Jak na komendę strzyżemy uszami.

– Nikogo nie ma w domu – chichocze Anna i dmucha do talerza z gorącą zupą.

– Siedźcie, dziewczynki, nie przeszkadzajcie sobie. Sama pójdę i zobaczę, kto się tam dobija – mówi z westchnieniem szefowa i podnosi się z miejsca.

– W nowym mieszkaniu będą zrywać linoleum i starą wykładzinę dywanową i jeszcze wstawią nowe okna. Babcia będzie miała przytulne gniazdko na stare lata. Kto wie, może jeszcze przygrucha sobie jakiegoś miłego emeryta? Dziadek chyba też nie ma jeszcze nowego mieszkania, ale tym akurat się nie martwię. Szczerze? Wisi mi to.

Drzwi otwierają się i do środka wchodzi nieśmiało Thore. Ojej, a to co?

– Thore? – Natychmiast do niego podchodzę. Chłopiec stoi w drzwiach dziwnie spokojny, w oczach ma strach. – Co tutaj robisz? Brzuch cię boli? Czy coś się stało? No, mówże wreszcie!

– Tata wieszał obraz i coś mu przeskoczyło. – Chwyta mnie za rękę. – A teraz okropnie go boli szyja. I… i w ogóle nie może nią ruszać.

– Ewa, czy mogłabyś tu przyjść? – Szefowa woła z recepcji. – Pan Pauli potrzebuje twojej pomocy. Pospiesz się, proszę. – Thore ciągnie mnie na korytarz, niemal wyrywając mi rękę ze stawu barkowego.

– No, chodź już, chodź, Ewa, bo tatę naprawdę straaaasznie boli. A ty potrafisz tak dobrze trzymać głowę, że od razu ból mija. Potrafisz czy nie? – Jest całkiem wzburzony.

– Panie Pauli, co się stało? No jasne. Thore, uspokój się. Poradzimy sobie, obiecuję.

– Pani Ludwig, tak mi przykro, że nie przyniosłem obiecanej babki marmurkowej, ale naprawdę... – Stoi przykurczony i trzyma się za szyję.

– Nie teraz, później mi pan wszystko opowie – przerywam mu w pół słowa. – Idziemy do trójki. Proszę za mną.

Nie mam czasu na przebranie się. Białe spodnie, które zawsze noszę w pracy, zdążyłam już zamienić na wełnianą sukienkę. Skąd mogłam wiedzieć, że będę miała jeszcze jednego pacjenta? Cóż, wypadki chodzą po ludziach. Ojciec Thorego wlecze się krok za krokiem jak stuletni starzec.

Mój Boże, jak żałośnie może wyglądać nawet taki normalnie superfacet, kiedy jest zablokowany i próbuje się poruszać.

– Proszę usiąść i spróbować siedzieć prosto.

– I jeszcze na dodatek nie mogę złapać oddechu. Najpierw pomyślałem, że to serce. Ale serce mam jak dzwon, więc skąd nagle...

– Mmmm... Chwileczkę...

– Stałem na drabinie i chciałem zawiesić równo obraz. Duży był... i ciężki jak diabli.

– Proszę teraz stanąć i spróbować pochylić się do przodu. Da pan radę? – Ustawiam się za nim i przyglądam się z uwagą kręgosłupowi.

– Nie! Ach! Cholera, nic z tego.

– Okay, nie ma problemu. Proszę, niech pan usiądzie.

– Czy tata dostanie loda, bo... bo przecież go boli? – pyta ostrożnie Thore. Mały spryciarz.

– Tak mi głupio – stęka mój pacjent. – Normalnie nie jestem takim mięczakiem.

– Rozumiem, takie bóle to naprawdę koszmar, niedawno był tu hokeista, chłop jak dąb, a płakał jak niemowlę – sprzedaję mu bajeczkę dla grzecznych dzieci, w którą uwierzy albo nie. – Położę pana teraz na naszej specjalnej macie do ugniatania. Może widział pan coś takiego w TV markecie? Wibruje i trochę rozgrzewa.

– W TV markecie? Niesamowite. Widzę, że w tym gabinecie pracuje się z najnowocześniejszym sprzętem medycznym. Brawo, jestem pod wrażeniem. – Jakie to urocze, ledwie dyszy, a próbuje być dowcipny. Za swój śmiech natychmiast zostaje ukarany przenikliwym bólem.

– Kosmiczna technika, panie Pauli. – Też się uśmiecham, na szczęście całkowicie bezboleśnie, i pomagam mu położyć nogi na macie. – Jest pan w tej chwili tak usztywniony, że wszystko, co robię, sprawia panu jeszcze większy ból. Ale bez obaw, najdalej za kwadrans minie.

Thore stoi obok z niewyraźną miną, przestępując z nogi na nogę. Biedne dziecko, martwi się o ojca.

– Wyleczysz tatę, prawda? – pyta cicho. Patrzę na niego zdumiona. Jeszcze nigdy nie widziałam go w takim stanie. Thore już od dłuższego czasu przychodzi do mnie na zabiegi i zawsze zachowuje się bardzo dzielnie.

– Mamy przecież nie ma, a my chcieliśmy tylko iść na basen. Tata uczy mnie pływać żabką – odpowiada na moje niepostawione pytanie.

– Posłuchaj, Thore. Kiedy Aaron Hunt z Werder Brema dozna kontuzji podczas treningu, najpierw też musi się wykurować, żeby w sobotę wrócić na boisko.

Piłka nożna. Jest jak lep, na który zawsze złapie się ten słodki chłopiec.

– Ale tata nie jest taki superancki jak Aaron. – Thore przewraca oczami, uważając to za oczywiste.

Uśmiecham się nieznacznie. „I tu się mylisz, mój mały, twój tata jest na maksa superancki. Ten cały Aaron może się przy nim schować", myślę, ale na wszelki wypadek nie mówię tego na głos.

– Thore, to może jeszcze trochę potrwać. Wiesz co? Idź do poczekalni i pilnuj, żeby nikt nie wszedł do środka, dobrze? A przy okazji, jak się będziesz nudził, możesz mi zrobić taaaki dłuuuuuugi łańcuch z biurowych spinaczy. Znajdziesz je w czerwonym pudełku. A ja tymczasem nareperuję twojego tatę.

Tobiaszowi Pauli przemieścił się jeden z kręgów piersiowych. Przesuwam go z największą ostrożnością na właściwe miejsce i po skończonym zabiegu naklejam mu na plecy plaster kinesio. Plastrowanie dynamiczne, tak to się fachowo nazywa.

– Ludzie zawsze myślą, że Prosiaczek ma na plecach taśmę klejącą, jeśli kawałek plastra wystaje spod trykotu – wyjaśniam mu mimochodem, żeby wiedział, co ja tu z nim właściwie robię.

– Prosiaczek? – pyta zdziwiony, nie odwracając się do mnie. – Dlaczego akurat Prosiaczek?

– No tak, oczywiście. Zapomniałam, że takie rozmowy najlepiej mi wychodzą z pańskim synem. Dobrze, w takim razie krótki wykład. Plastry kinesio są to japońskie elastyczne taśmy, które poprawiają mikrokrążenie i eliminują ból, aktywując naturalne dla organizmu procesy znieczulania.

– Bardzo fachowo.

– Jeśli jest pan zainteresowany, dodam jeszcze, że stosują je często sportowcy. Może widział pan kiedyś piłkarzy oklejonych różnokolorowymi taśmami?

– Rzeczywiście, przypominam sobie. Thore jest przecież wielkim fanem piłki nożnej i nie przepuści żadnego meczu.

– No właśnie. To nie są ozdoby, jak myślą niektórzy, tylko widoczny efekt kinesiotapingu. Jestem zwolenniczką tej naturalnej metody fizjoterapeutycznej. Czarna czy różowa?

– Ach, więc mam wybór? Świetnie. Czy ma pani może coś ze zwierzętami? Dla szczególnie dzielnych chłopców?

– Gdyby był pan naprawdę dzielny, znalazłoby się coś ze zwierzętami – przekomarzam się z nim, sięgając po czarny plaster.

– W takim razie niech będzie różowa. Później poproszę Thorego, żeby mi coś na tym narysował. Na przykład świnkę…

– Super! Jak Balotelli. – Thore wmaszerowuje do gabinetu i patrzy z zachwytem na „ozdoby" na plecach swojego ojca.

– Kto? – słysząc to melodyjne nazwisko, oboje wybuchamy śmiechem. Thore zaciska usta, pewnie jest na nas zły, ale oczy mu błyszczą zazdrośnie, więc jemu też nalepiam różowy plaster na ramieniu.

– A ponieważ Thore był taki dzielny, prawdziwy bohater, tata zafunduje mu duuuuuuże lody – postanawiam głośno, wyręczając tatę, i sprzątam gabinet.

– Pod warunkiem, że Ewa pójdzie z nami. Thore, synu, dobrze mówię?

– Taaaak!!!

O kurczę, tego się nie spodziewałam! Zaprosił mnie na lody. Czy to wypada? Przecież jest żonaty.

– Zdaje się, że jestem ostatnim pacjentem, tak? Po prostu słów mi brak, żeby wyrazić moją wdzięczność za to, co pani dla mnie zrobiła. – Obraca się na prawo i lewo, kręci szyją i uśmiecha się od ucha do ucha, na pewno myśli, że jest taki super hiper. Ach, ci mężczyźni, czasem zachowują się jak dzieci. Śmieszne. – Powiem pani w zaufaniu, że to był pomysł Thorego. Mój mądry syn mi doradził, żeby oddać się w pani ręce.

– Przykro mi, ale muszę jechać do babci. Już i tak jestem mocno spóźniona, a obiecałam, że do niej wstąpię zaraz po pracy. I proszę nie zapominać, że w przyszłym tygodniu mam u pana ciasto. – Mrugam do niego.

– Do babci, coś takiego. – Najwyraźniej mi nie wierzy. – Szkoda.

– Tak, do babci. Dziwi to pana? Ale może zaprosicie mamę, co, Thore? – pytam, patrząc przy tym na jego ojca.

– Przecież mamy nie ma – odpowiada krótko malec. Pomagam Tobiaszowi Pauli włożyć płaszcz. Obaj zakładają równocześnie czapki. Ojciec i syn wyglądają razem kapitalnie i opuszczają gabinet w najlepszym humorze, machając mi na pożegnanie.

W kuchni Anna patrzy na mnie pytająco. Nie mam ochoty składać wyjaśnień.

– Co z moją zupą? Pewnie dawno wystygła? – mówię szybko, uprzedzając wypadki. – Umieram z głodu.

– Ale ten facet jest nieziemski...

– Jest, i co z tego? Daj sobie na wstrzymanie. Ma żonę. I dziecko. No, to ja się zbieram. Kupię sobie hamburgera na stacji benzynowej przy autostradzie. Albo tradycyjny zestaw. Kiełbaska plus frytki. To do jutra. Pa.

– Zapachniało mi tym zestawem...

– Dobra, dobra, miałaś swoją zupę.

– Zupinę. Trochę cienka...

Babcia i dziadek mieszkają, odkąd tylko pamiętam, przy Saturnweg. Ta miła, nieco senna uliczka znajduje się w górniczym osiedlu we wschodnim Zagłębiu Ruhry. Równoległe ulice nazywają się Marsweg i Jupiterweg. Planistom musiało być bardzo wesoło, kiedy postanowili ochrzcić ulice górniczego osiedla nazwami planet. Drogę Saturna przemierzałam już wszelkimi możliwymi pojazdami: w wózku dziecięcym, na trójkołówce, z wózeczkiem dla lalek, na wrotkach, na różowym rowerku, szarą damką, motorowerem, moim pierwszym samochodem, samochodem dziadka, a już wkrótce pokonam ją w samochodzie z wielkim napisem „Przeprowadzki. Szybko, tanio i bezpiecznie". Coś w tym rodzaju.

– Dziadka nie ma. Wynosi się z samego rana i zjawia dopiero wieczorem – mówi babcia.

– A ty?

Babcia siedzi na sofie i wzrusza ramionami. Poszło jej oczko w pończosze.

– Ja? To samo co zawsze. – Patrzy trochę smutno do swojej coli, którą zawsze pije ze szklanego naczynia po musztardzie. Babcina musztardówka była już tak często myta, że z ledwością można rozpoznać nadruk. Telewizor ryczy, aż uszy puchną, i zagłusza wzdychanie babci. Opiekunowie zwierząt karmią zająca, pingwina i spółkę.

Kładę się na sofie z głową na jej kolanach. Dwadzieścia centymetrów ode mnie żarzący się papieros. Znam babcię tylko z papierosem. Ciekawa sprawa, okropnie mnie drażnią staruszki z petem w zębach. U niej to nie razi.

– Wiesz co? – Babcia odstawia musztardówkę. – Chciałam obejrzeć zasłony, ale autobus nie dojeżdża do Kaufhalle. No i zostałałam w domu.

Dla babci każdy sklep, który ma w asortymencie więcej niż trzy artykuły, jest domem towarowym. Kaufhalle! Śmieszne, przecież tak nazywano małe markety spożywczo-przemysłowe w NRD. Skąd ona to wytrzasnęła?

– Więc po prostu musisz się przesiąść, przecież zawsze tak robiłaś.

Babcia nie należy do tych kobiet, które na starość lubią snuć niekończące się opowieści o dawno minionych czasach swojej młodości. W ogóle nie opowiada. Czasem nie mogę się oprzeć wrażeniu, że przedtem babci po prostu nie było. Kiedy pytam o jej rodzinę, za każdym razem próbuje mnie zniechęcić, dość skutecznie niestety. Sięga wtedy do prawego ucha i złości się na aparat słuchowy. Wężyk się zapchał. Tere-fere, znam cię jak własną kieszeń. „Babciu! Jak miała na imię twoja zmarła siostra?" „Co, Ewuniu, myślisz, że trzeba zmienić baterie?" „Twoja matka. Gdzie ostatnio ją widziałaś?"

– Ach, do diabła z tym rupieciem! Wyłączam go, bo zaraz mnie krew zaleje!

Nie ma szans, żeby wyciągnąć z niej choćby skrawek informacji o młodej babci, jeśli ona tego nie chce.

– Babuniu, jeśli ci bardzo zależy, mogłybyśmy razem wybrać się do sklepu i obejrzeć zasłony! Przyjechałam samochodem. No, decyduj się, czas ucieka. A jak już coś sobie wybierzesz, pójdziemy na kebab. Może być?

Babcia znów wzrusza ramionami i zaciąga się w zamyśleniu papierosem.

– Ach, głupstwo. Szkoda benzyny. Zresztą, mają tylko firanki. Nie potrzebuję nowych.

Szczypię ją delikatnie w podbródek.

– Babciuuu? Naprawdę nie chcesz wziąć niczego więcej ze swojej starej poczciwej chałupki? Żadnych sentymentów? Nic, w ogóle? To może chociaż ubrania, książki, jakieś drobiazgi. Razem to szybko spakujemy i będzie po kłopocie. A potem znów wypakujemy, jak już będziesz na swoim.

Babcia zaciąga się głęboko. Kłęby dymu buchają równocześnie z nosa i ust. Z mojego stanowiska mogę zajrzeć jej do nosa. Gdyby nos był dużo, dużo większy, a dymu dużo, dużo więcej, mógłby to być też wulkan.

– Właściwie mogłybyśmy pojechać tylko na kebab – mówi po namyśle. – Zasłony przecież nie uciekną.

– Kebab też nie. Jak tu zostaniemy, zrobimy sobie prawdziwą kolację. Nie ma to jak domowe jedzenie. Co powiesz na tłuczone ziemniaczki z sadzonym jajkiem? Przecież nie możesz żyć tylko kebabem. Żołądek to nie śmietnik. – Siadam i robię surową minę.

– A wiesz, co jest najlepsze w tej mojej przeprowadzce? – Patrzy na mnie z chytrym uśmieszkiem. – Jak już będę na swoim i nikt nie będzie mi mówił, co mam robić, a czego nie, będę mogła jeść tyle kebabów, ile dusza zapragnie! Ponieważ jestem dorosła... Ale cicho, sza! To nasz sekret. – Babcia dopija colę i gasi papierosa.

– Babciu, pytanie za sto punktów. Dlaczego nigdzie nie widzę kartonów? Jakoś mi tu nie pachnie przeprowadzką. Nie zaczęłaś się jeszcze pakować?

– Nie. A po co? Ta pani z administracji jeszcze do mnie nie zadzwoniła. – Wzrusza ramionami. – Dalej nie wiem, kiedy wreszcie będę mogła ruszyć z przeprowadzką. Ewa, to się musi udać, prawda? Przecież, skoro mi obiecali to mieszkanie, to chyba teraz się nie wycofają. Jak myślisz?

Zerka niepewnie w moją stronę, nieczęsto widuję u niej takie spojrzenie. Babcia ma optymizm we krwi. I nigdy nie upada na duchu. Raz na wozie, raz pod wozem. Ile razy to już słyszałam? Babcia jest człowiekiem czynu. „Zdaj się na innych, a będziesz w czarnej dupie", chętnie mówi i podwija w myślach rękawy.

Tym razem sprawy idą nie po jej myśli. Chce czy nie, musi zdać się na innych, ponieważ, nie da się ukryć, trochę się pospieszyła, niestety. Rozstała się z dziadkiem, nie podpisawszy uprzednio umowy najmu. Teraz się boi, że z jej nowego pięknego mieszkanka będą nici. Skąd, u licha, ja mam to wiedzieć? Nie mogę jej zagwarantować, że wszystko będzie tak, jak to sobie zaplanowała. Chociaż bardzo jej tego życzę. I tak siedzi przez cały dzień z ręką na telefonie, pali jednego papierosa za drugim i, pijąc colę, czeka na wiadomość, że wreszcie może przystąpić do działania.

– Babciu, nie denerwuj się, moja kochana, pomyśl o swoim sercu – daję jej pod rozwagę. – Przecież robią jeszcze okna i podłogi. A to musi potrwać. Za to mogłybyśmy już spokojnie zacząć pakować to i owo, a to i owo wyrzucić. To takie fajne! Lusterko z pękniętą ramką? Do kosza! Wazonik z urwanym uchem? Do kosza! Czasopisma sprzed pół wieku? Do kosza! A wiesz, że wyrzucanie to nowa joga?

– Joga?

– No tak, joga. Innymi słowy, odprężenie fizyczne i psychiczne – wyjaśniam, widząc jej zdziwione spojrzenie. – Im mniej masz w domu, tym lepiej. Mniej sprzątania, mniej stresu i w ogóle. Minimalizm, babciu, minimalizm.

Znowu konsternacja w oczach.

– Czyli zero pierdół w chałupie.

– Aaaa, teraz rozumiem.

– *Do you ever feel like a plastic bag, drifting through the wind, wanting to start again?** – śpiewa Katy Perry w moim radiu samochodowym. Tak, czasami. Ostatnio jakby częściej, niestety. Właśnie teraz. Katy – moja duchowa siostra.

Kto tak naprawdę jest bardziej pusty: A1 czy ja? Jeszcze pięćdziesiąt sześć kilometrów do Kolonii. Słupki przelatują w regu-

---

* *Do you...* (ang.) – Czy kiedykolwiek czułaś się jak plastikowa torba znoszona przez wiatr, która chce zacząć wszystko od nowa?

larnych odstępach obok mnie. W samochodzie jest cieplutko jak w małej jaskini. Najchętniej spakowałabym babcię i zabrała ją ze sobą do domu, do Kolonii. Wtedy siedziałaby bezpiecznie na fotelu pasażera w moim małym czerwonym wozie strażackim. Gdybym jeszcze zamontowała składaną drabinkę i gaśnicę i gdybym miała koguta na dachu, mogłabym z powodzeniem gasić pożary. Co zresztą i tak cały czas robię. „Ewa wkracza do akcji", Ewa tu i tam, Ewa tralala. Czy ktoś mógłby mnie przytulić? Znam kogoś takiego… Nie odrywając wzroku od autostrady, szukam po omacku mojej komórki w ciemnym samochodzie. Numer Johannesa mam zapisany w palcach.

– Ewa, to ty? Dobry wieczór.

– Fiu, fiu! Tak oficjalnie.

– Co jest?

– Mmmm, właściwie nic. Siedzę jeszcze za kierownicą, chciałam tylko cię usłyszeć. Masz taki cudownie męski głos…

– Okay, Ewa, jestem już w domu, na pewno zaraz się spotkamy. Jedź ostrożnie.

– O, jak mi dobrze. Johannesie, mój ukochany, jesteś jak balsam na mą duszę. Ja też myślałam o tobie przez calutki dzień i już nie mogę się doczekać, kiedy cię zobaczę i uściskam. Ach, i dziękuję za propozycję, że napuścisz mi wody do wanny. Tak, poproszę o mnóstwo piany. Dziękuję, najdroższy.

– Załatwione, cześć.

„Dziadek odjeżdża autobusem", mówi babcia. Dokąd jeździ? Zawsze dobrze się dogadywaliśmy z dziadkiem. Ten mały człowieczek, chyba nawet mniejszy od babci, nosi uczesanie na jeża, dawniej jeż był brunetem, dziś już bardzo posiwiał. I okulary *à la* Helmut Kohl, którego bardzo podziwia. A do tego ma gruby brzuch, piwny oczywiście. Jako dziecko często się martwiłam, że przez ten brzuch mógłby utknąć w podziemnym korytarzu między dwoma ścianami węglowymi, jak korek w butelce. Będzie mi go brakowało, ponieważ naprawdę kocham mojego dziadka. Babcię kocham inaczej, mocniej, ale dziadek też jest drogi memu sercu. Dziadek pokazał mi, jak się robi procę, a potem odstrzeliliśmy grubego kocura z naprzeciwka, który polował na młode wróble. W ogrodzie sąsiada, bardzo srogiego jegomościa, rozsypaliśmy nocą nasiona kwiatów i pokładaliśmy się ze śmiechu na widok jego zrozpaczonej miny, a jeszcze bardziej miny jego małżonki, kiedy na ich wypielęgnowanej z taką pieczołowitością grządce błękitnych hortensji nagle, nie wiadomo jakim cudem, wyrosły wielkie żółte słoneczniki. Dziadek pozwalał mi potajemnie jeździć samochodem na wielkim parkingu Ikei, kiedy miałam piętnaście lat.

Wszystko zachowywaliśmy w największym sekrecie – babci nigdy nie pozwalaliśmy uczestniczyć w naszych sabotażowych akcjach. *Top secret*, wiadomo. Dziadek tylko raz się na mnie wkurzył. Ale za to jak! Do końca życia tego nie zapomnę. Wtedy bladym świtem wróciłam z imprezy, a on jak cerber czekał na mnie w ciemnościach. Nie usłyszał samochodu. Więc jak dotarłam do domu? Na piechotę?! Sama?! Tak, sama. A co, nie mogę? No i dostałam po pysku. Należało mi się, fakt. Teraz to rozumiem, wtedy jeszcze nie. To był pierwszy i ostatni raz. Dziadek nie ma w zwyczaju krzyczeć. To typ introwertyka. Powściągliwy, małomówny, ma zadatki na brutala. Ostatnio prawie nie rozmawiał z babcią. Mijali się tylko w przejściu. Dziwne, że tego nie zauważyłam. Dopiero teraz wszystko nabiera sensu. Dokąd jeździ, u diabła, tym autobusem? O tej porze roku ogródki działkowe świecą pustkami. Ludzie wolą grzać się przy piecu w swoich górniczych domkach, dopiero wiosną wyjdą na słońce i zaczną grzebać w ziemi.

Johannes już śpi. Na podłodze w korytarzu stoi flakonik z olejkiem do kąpieli, z przyklejoną do niego karteczką.

Nie wypływaj za daleko.
Buziaczki!
Jo (Twój kąpielowy)

Patrzę na niego z rozczuleniem. Leży od ściany, na swojej połowie łóżka. Moja stara pluszowa krówka leży na mojej połówce. Śpię od brzegu, tak uzgodniliśmy na samym początku, ponieważ w nocy często biegam do toalety, słaby pęcherz, a nie chcę przełazić przez Johannesa. W nocy, żeby się dobrze wyspać, Jo potrzebuje absolutnej ciszy i egipskich ciemności. Dlatego, zanim położy się do łóżka, wyłącza wszystkie sprzęty grające po kolei, zasuwa szczelnie zasłony i gasi wszystkie światła. Nawet czerwone światełko *standby* w telewizorze zakleił taśmą. Ja, przeciwnie, boję się ciemności. Mam wrażenie, że leżę w grobie. Skradam się do niego na palcach. Chcę go powąchać, poczuć jego zapach. Jo pachnie tak cudownie, a najlepiej za uchem. Tam człowiek pachnie tak, jak naprawdę pachnie. To jest ciepły i delikatny zapach. Zbliżam nos do jego twarzy, jestem już tuż-tuż, kiedy łapie mnie nagle i wciąga do łóżka.

– Chodź spać.

– Czekaj! Jeszcze nie zdjęłam kurtki i butów.

– Krówka też już śpi. Słyszysz, jak chrapie?

– Zaraz do was przyjdę. Śpijcie smacznie, moje kochane stwory.

Wychodzę po cichu z pokoju i rozbieram się w kuchni. Brr, ale zimnica. Szczękając zębami, szybko włączam kuchenkę gazową. Kiedy właściwie przestaliśmy chodzić razem do łóżka?

6 stycznia

Cholera! Zapomniałam! Anna ma dziś urodziny. Święto Trzech Króli. Szefowa zawiesiła girlandę na szklanych drzwiach gabinetu. Wielkie dzięki za ten sygnał. Anny jeszcze nie ma, i bardzo dobrze. W podbramkowej sytuacji jak ta liczy się każda minuta. W torebce mam francuską pomadkę, nówka sztuka, marka też niczego sobie, dostałam ją od szefowej pod choinkę. Mogłabym ją szybko zapakować, tylko w co? Wiem! Na stoliku w poczekalni zawsze leży sterta kolorowych czasopism, wyrwę kartkę i w razie czego powiem, że to designerski papier ozdobny. Potrzeba matką wynalazku. Ale nieeeee, bez sensu. Szefowa na pewno to zauważy, przecież nie jest ślepa. I będzie jej przykro. Anna też dostała od niej pomadkę, tylko o ton ciemniejszą. Panika. Cukierki Wick? Nie. Kompletny idiotyzm. Co robić? Tonący brzytwy się chwyta, jak mówią, ja chwycę się mojej torebki. Właściwie torby, a tak naprawdę wielkiego brązowego worka ze skóry ekologicznej. Baaaardzo praktyczny. Może się w nim zmieścić cały dział artykułów gospodarstwa domowego. Ach, spójrzcie tylko, czego tu nie ma! Obłęd. Właśnie szukałam otwieracza do butelek. No proszę, są i moje okulary do nurkowania! Jakim cudem się tutaj znalazły? Au! Agrafka też jest. Cholera, Anna może być tu w każdej chwili, co jej powiem? „Wszystkiego dobrego w dniu urodzin, jutro coś ci podrzucę". A może by tak wydrukować jakiś wesoły obrazek z internetu? Też odpada. Nie ta okazja. Cholera, naprawdę nic nie mam? Zanurzam coraz głębiej rękę w czeluściach worka i – ooo, ale fajnie, są nawet kruche ciasteczka. Były. Wszystkie okruszki zebrałam pod paznokciami. Dobrze mi tak. Jestem złą przyjaciółką. Okay. Ostatnia szansa. Zmajstrować talon. Na stole w kuchni leżą pomarańcze – talon na krem przeciwko pomarań-czowej skórce! Genialne! A tak w ogóle przydałby się jej, nawet bardzo. Nie, jak będzie chciała, sama sobie kupi. Pomarańcze, pomarańcze, pomarańcze. Co się robi z pomarańczy? Sok, a do soku najlepszy jest… No, oczywiście. Bon na koktajl! Tak, super, to jest to, babski wieczór zakrapiany alkoholem. Moja przyjació-łeczka Aneczka będzie w siódmym niebie.

Drzwi otwierają się powoli i do kuchni wchodzi z uroczystą miną szefowa, niosąc przed sobą tort ze słoniem Benjaminem, który kupiła na dole w supermarkecie. Tradycja gabinetu.

– Słuchaj, czy mamy jakiś prezent dla Anny? Z okazji urodzin od koleżanek z pracy? – pytam, chrząkając wymownie.

– Od koleżanek z pracy, taaaak? – Mina szefowej nie wróży niczego dobrego. – Chyba już to omówiłyśmy.

O, kurczę! Naprawdę?

– Ty zajmujesz się czerwoną portmonetką, która tak bardzo podobała się Annie. Gdzie ją masz? Zaraz, zaraz, jeszcze kartka. Muszę się podpisać.

– Ja?

– A kto? Ty. Nie masz portmonetki? – Próbuje ustawić maleń-kie świeczki na torcie lodowym. – Ewa, nie czas na żarty.

– Tak, więc… ja, powiedzmy… – jąkam się, obserwując, jak wkłada świeczki w tort. – Nie do końca zdawałam sobie sprawę, że… więc…

– …nie załatwiłaś, wiem. Przewidziałam to oczywiście i sama wybrałam się do sklepu. Podpisz się tu. Mam u ciebie dwadzieścia sześć euro. – Otwiera z uśmiechem kolorową pocztówkę, z której rozbrzmiewa *Happy Birthday*.

– Tak mi głupio, naprawdę. – Chowam ręce do kieszeni i stwierdzam, że z tego wszystkiego nawet nie zdjęłam płaszcza.

– Ewa, daj spokój. Dobra z ciebie dziewczyna, tylko czasem pamięć ci szwankuje. Przecież znam cię nie od dziś. Już dobrze, nic się nie stało. Wiem, że masz teraz urwanie głowy. *À propos*, jak się czuje twoja babcia?

Nie udaje mi się odpowiedzieć, ponieważ w tym samym momencie wpada jak bomba nasza droga jubilatka.

– Mam urodziny!

Spoglądamy na siebie porozumiewawczo, bierzemy głęboki oddech i wykrzykujemy chórem nasze rymowane życzenia:

Zimowe dziewczyny śmiało idą przez świat,
naszej zimowej dziewczynie życzymy stu lat!
Szczęścia, zamęścia, z bajki księcia,
grubego portfela, gości co niedziela!
Dużo zdrowia też życzymy,
w razie czego wyleczymy
gratisowo.
I nasz wierszyk, nasz prześliczny zaczynamy już na nowo…

Anna robi skromną minkę, dziękuje za piękne życzenia, ale przez cały czas zerka na tort.

– Ojojoj, jaki piękny tort. Z moim ulubionym słoniem. Aż szkoda go jeść, co? Dziewczyny, jesteście naj, naj, naj. Tylko te świeczki trochę mnie martwią.

– Dlaczego? – Szefowa unosi brwi – Coś z nimi nie tak?

– Strasznie ich dużo.

Fakt. Osiągnęłyśmy już wiek, kiedy liczenie świeczek na urodzinowym torcie przestaje być takie ekscytujące jak jeszcze parę lat temu. Anna bierze do ręki prezent, zdejmuje papier ozdobny – tym razem prawdziwy – i mówi z szerokim uśmiechem:

– Moja ty nieoceniona Ewo! Że też pamiętałaś! A już się bałam, że nie zrozumiesz mojej aluzji z portmonetką. Kto by pomyślał, że masz taką czułą antenę!

– Ewa ma nawet antenę radiową. – Nasza szefowa się śmieje i obejmuje mnie po matczynemu.

– Kogo macie pierwszego w kalendarzu? – pyta Anna i wyciąga butelkę szampana ze swojego drelichowego plecaka giganta, który z powodzeniem mógłby konkurować z moją torbą. – Ja mam zapisanego pana Kampsa. Jak sobie łyknę, będzie miał taką mobilizację, że do końca życia jej nie zapomni. Szkoda, że nie jest trochę młodszy…

Peng! Korek leci po kuchni.

– To ja znikam. Za pięć minut mam u siebie niemowlaka – mówię, wciąż jeszcze zawstydzona.

– Ale dziś wieczorem stoi, coo? Babski wieczór zakrapiany wódą. Zarezerwowałam stolik u Hiszpana. Mówię ci, ten to dopiero robi odlotowe drinki. Dwie kolejki i jesteś ugotowana. Bardzo ekonomicznie, coo?

– Noo, ale czy koniecznie muszą być drinki? Może tym razem weźmiemy dla odmiany butelkę wina. Ja stawiam. Po naszym ostatnim upojnym wieczorku koktajlowym mam jeszcze ślad na kolanie. Ciekawe, czy w ogóle się go pozbędę… – mówię i w tej chwili czuję swędzenie na lewym kolanie.

– A co? Znów planujesz wywrotkę na środku ulicy? – Śmieje się do mnie, ponieważ sama zna odpowiedź. – Nic takiego dziś się nie zdarzy. Zostawiłam rower w domu. Komunikacja miejska jest zdecydowanie bezpieczniejsza.

No, ba! Pamiętam, jak leżałyśmy, chichocząc jedna przez drugą na ulicy, pomiędzy naszymi rowerami. Jakaś kobieta w sztucznym futrze uparła się, żeby nam pomóc. Szkopuł w tym, że sama była po kilku głębszych. Mało brakowało, a zwaliłaby się na nas jak kłoda. Miasto (pijanych) kobiet. Ta refleksja przyszła dopiero po jakimś czasie. (Po niewczasie).

– No jasne. Będzie odlotowo, jak zawsze. Ale czy pozwolisz, droga jubilatko, że się uprę i napiję się czegoś innego? Przecież wiesz, że nie przepadam tak za drinkami jak ty. Nie lubię mieszać i w ogóle…

– Co w ogóle?

– Głowa już nie ta co kiedyś.

– Przesadzasz, moja droga. Ćwiczenie czyni mistrza. I to jest chyba jedyna rzecz, która mnie, kobietę już przecież niemłodą, naprawdę cieszy.

Powiedzieć teraz Annie, że wolałabym spędzić ten wieczór z Johannesem, byłoby grubym nietaktem. Anna nienawidzi tych „koedukacyjnych wieczorków". Chyba że są to wieczorki zapoznawcze. Dobrze to rozumiem. Jako singielka nie chce w swoje trzydzieste czwarte urodziny być konfrontowana z faktem, że inni ułożyli sobie życie i mają partnerów, ponieważ w głębi duszy Anna nie pragnie niczego innego, jak świętować ten dzień ze stałym facetem. Ale za żadne skarby świata się do tego nie przyzna. Dlatego nabieram wody w usta i nic nie mówię. Pójdziemy tylko we dwie. Babski wieczór to babski wieczór. Zero płci przeciwnej.

Johannes może dalej planować swoją wycieczkę klasową i zamartwiać się bezpieczeństwem wychowanków obojga płci. Naiwne dziecię. Jak będą chcieli napić się piwa, kupią sobie parę zgrzewek i rozpracują je w pokoju. Proste.

Przy akompaniamencie nieustającego dzwonienia komórki Anny idę się przebrać. Białe spodnie, dziś dla odmiany różowy T-shirt i wygodne sportowe buty. Moja pierwsza pacjentka nie ma nawet sześciu miesięcy i już w drodze na świat, w kanale rodnym mamy przesunęła sobie jedną ze swoich mięciutkich kosteczek. Musiało jej się bardzo spieszyć. Przypadek w sam raz dla doświadczonej osteopatki, a za taką właśnie się uważam. Poza tym przepadam za takimi słodkimi oseskami. Mogłabym je łyżkami jeść. Nastawiam ogrzewanie w trójce na maksymalną temperaturę. Malutka musi mieć ciepło.

SMS do Johannesa, godzina 12.47
Jo, na śmierć zapomniałam, że Anna ma dzisiaj urodziny. Zaraz po pracy idziemy na tapas i jednego (!) drinka. Wolałabym spędzić ten wieczór z Tobą, chyba wiesz? Buziaczki.

Kiedy Trzej Królowie pukają do drzwi gabinetu, żeby jak co roku odśpiewać piosenkę i napisać kredą na drzwiach swoje inicjały, słyszę, jak Anna wygłasza standardowy tekst:

– Chłopcy, mam dziś urodziny. Zaśpiewajcie mi jakiś kawałek Lady Gagi, a gdybyście jeszcze mogli dopisać do swoich liter A jak Anna, to byłby dla mnie naprawdę bombowy prezent. Coooo?

– Sto lat, sto lat...!

Tort nie wygląda tak okazale jak na początku, ale taki już los wszystkich tortów. Słoniowi Benjaminowi brakuje trąby. Dostała ją jedna z pacjentek Anny, która przyniosła jej bukiet kwiatów i książkę. Jakiś ciężki romans, sądząc po tytule. To jest właśnie piękne w tym zawodzie. Jak tylko nasi pacjenci mogą znów się poruszać i nic ich nie boli, są niewiarygodnie wdzięczni i wierni. Można zmienić faceta, ale nigdy fryzjera, ginekologa, a już w żadnym razie fizjoterapeuty.

SMS od Johannesa, godzina 17.20
Jeśli już tak bardzo musisz się napić... Zamocz w piwku parasoleczkę. Dobrej zabawy!

Punktualnie o dziewiętnastej ostatni pacjent znika za drzwiami gabinetu. Fajrant! Anna stoi w naszej łazience i przygotowuje się na wielkie wyjście. Złoty flakon z pałeczkami zapachowymi zdjęła z niskiego stoliczka i postawiła pod umywalką, a na jego miejscu rozłożyła paletę do makijażu. Żelazko popiskuje cicho „pi, pi", sygnalizując, że – tak samo jak ona – ma odpowiednią temperaturę. Szacowna jubilatka pomyślała o wszystkim, przynosząc ze sobą perfekcyjny strój wieczorowy. Plus dodatki.

– Minikiecka? Co jeszcze zamierzasz?

Siadam na wiklinowym krześle i przyglądam się jej z uwagą.

– *Wake up in the morning feeling like P. Diddy** – śpiewa Anna, tańcząc przed lustrem. – A ty co? Gdzie twoja seksowna mała czarna? Naprawdę chcesz tak iść? – Patrzy na mnie z dezaprobatą.

Dżinsy, półbuty na płaskiej podeszwie, bawełniany podkoszulek i bluzka koszulowa w wiśniowo-czarną kratę.

– Dlaczego nie? Masz jakieś obiekcje?

---

* *Wake up...* (ang.) – Budzę się rano, czując się jak P. Diddy.

– Bo dziś będziemy szaleć na całego. Drżyjcie, chłopy i chło-
piska. Jestem singielką i mam urodziny. Tej nocy spodziewam się
wielkieeego prezentu. Ostatecznie może być trochę mniejszy…

– Bez komentarza.

– A co tu jest do komentowania? Na hormony nie ma mocnych.

– Taka prawda. – Kiwam głową ze zrozumieniem.

– Dobra, niech ci będzie, nie masz stroju wieczorowego, jeszcze lepiej. W tym zgrzebnym przyodziewku przynajmniej nie jesteś
dla mnie konkurencją, której będę musiała połamać paznokcie. –
Puszcza do mnie oko, a ja nie mogę powstrzymać się od śmiechu.

Stary dowcip fizjoterapeutów: w naszym zawodzie długie
paznokcie są surowo zabronione.

– Co się z tobą dzieje? Czy w tym torcie z Benjaminem było
jakieś zioło? – pytam, nie przestając się śmiać.

– Szefowa jest bardziej kompetentna w tym temacie. To ona go
kupiła. Okay, koniec pogaduszek, podaj mi szminkę. Tę koralową,
o właśnie tę. Naszych ust korale wytyczą bojowy szlak na szklan-
kach kolońskich klubów.

– Gdzie startujemy? Masz jakiś pomysł? – Zaczynam się
malować, a Anna przejeżdża mi woskiem po włosach i lekko je
rozwichrza.

– Muszą wyglądać na naturalnie potargane. O, tak jest chyba
dobrze. Piękna jesteś, wiesz? Ale na twoim miejscu zapuściłabym
włosy do ramion. Tylko nie zmieniaj koloru. Naturalne blondynki
są na wagę złota. Zwłaszcza w krajach południa. *À propos*, zarezerwowałam stolik u Hiszpana przy Rathenauplatz. Tapas!

– Chwila! – Zatrzymuję potok jej słów rezolutnym machnię-
ciem ręki, które najlepiej wychodzi policjantom z drogówki. – Najpierw muszę zobaczyć, o której mam jutro pierwszego pacjenta.
Żebym nie słaniała się na nogach, bo będzie wstyd.

Robię w tył zwrot, żeby iść do recepcji i zajrzeć do terminarza, ale Anna chwyta mnie za ramię i krzyczy mi prosto do ucha:

– Dopiero o dziesiątej!

– Au!

Łapię się za ucho i patrzę na nią zdziwiona.

– Skarbie, nie doceniasz mnie. O wszystko zadbałam!

Anna to profesjonalistka, bez dwóch zdań.

Chichocząc jak szalone, zjeżdżamy windą na parter i wpadamy prosto w objęcia zimnej kolońskiej nocy. Gabinet jest położony w północnej części miasta, w dzielnicy Agnes. Wsiadamy do tramwaju przy Ebertplatz i jedziemy do Rudolfplatz. Dwie podchmielone kobiety, jedna z nich w wyzywającym makijażu, gotowa na wielkie łowy, nie są niczym niezwykłym w czwartkowy wieczór w Kolonii.

Czwartek jest naszym cichym piątkiem, wszystkie kluby w mieście należą wtedy do kolończyków. W piątki nadciągają tłumnie wyszczekane asystentki lekarzy z terenów podmiejskich – tipsy, solarka, makijaż permanentny – żeby celebrować ostatni wieczór przed ślubem. Biała limuzyna długa jak wąż boa, męski striptiz, seksowne stroiki, zbiorowa histeria. Obnoszą na wydekoltowanych biustach zawieszone na srebrnych, względnie złotych sznurkach sklepiki z napojami wyskokowymi. Prawdziwym hitem jest wódka w buteleczkach w kształcie penisa. Cena nawet przystępna – jedno euro. Ich godność jest do tego gratis.

Mamy z Anną taki pomysł, żeby iść na karnawał wystylizowane na te baaardzo przystępne dziewczęta. Będziemy udawać, że świętujemy nasz wieczorek panieński. Karnawał to dobry czas na zmianę stanu cywilnego. Dlatego pomysł wydaje nam się taki przedni. Perfidny. Nikt z bawiących się na ulicach Kolonii ludzi nie będzie wiedział, czy naprawdę żegnamy się z panieńskim stanem, czy tylko robimy sobie jaja w podniecających wdziankach. A w naszym słynnym kolońskim karnawale trzy rzeczy są najważniejsze. Po pierwsze – kostium, po drugie – zabawa w doborowym towarzystwie, po trzecie – dużo piwa oczywiście!

Do tej pory nie udało się nam jednak podzielić rolami: która z nas przywdzieje seksowny mundurek stewardesy z napisem *last call* na plecach, a która będzie robiła za bardzo chętną pokojówkę. Ale tipsy – obowiązkowo!

W barze tapas Anna z miejsca narzuca ambitne tempo. Zdziwiłabym się, gdyby było inaczej. Moja przyjaciółka nie ma w zwyczaju wylewać za kołnierz. Zanim jeszcze na stole zjawia się pierwsza oliwka, kieliszki z cavą zdobią koralowe stemple naszych ust. Resztki koloru z warg zmywa czerwone wino. Mniejsza o to, i tak jesteśmy śliczne.

– Nic się nie dzieje. Żenada – wzdycha nieco sfrustrowana Anna, skanując wzrokiem mężczyzn w restauracji. – Czy ja o czymś nie wiem? Ewa? Może dziś jest znów międzynarodowy dzień zakochanych? Same parki, ja cię… – Jest wyraźnie rozczarowana. Wielkie łowy nie zapowiadają się najlepiej. – Bo wiesz, w czwartki zawsze po jodze dla parek chodzimy na tapas i patrzymy sobie obłudnie w oczy – przedrzeźnia wyimaginowaną kobietę. – To takie romantyczne.

Niewiele myśląc, wchodzę w rolę mężczyzny:

– Jeśli mnie potem dopuści, tak ją wygrzmocę, że głowa mała.

– Akurat ty naprawdę nie możesz się skarżyć. – Anna nieoczekiwanie zmienia front. – Johannes jest przecież totalnie dobrym facetem. Ze świecą takich szukać. Dziewczyno, masz w domu prawdziwy skarb!

– Tak uważasz? Może jaśniej?

– Bardzo proszę. Przede wszystkim, facet ma klasę. Grzeczny, kulturalny, bezproblemowy. Czy powiedział ci kiedyś, że nie powinnaś robić tego czy tamtego? Był zazdrosny? Zrobił ci awanturę? No pewnie, że nie. Zawsze czeka na ciebie z obiadkiem, kiedy wracasz zmęczona po pracy, to on organizuje wasze fantastyczne wyprawy i jest po prostu bankiem. Mało ci jeszcze? – pyta, kręcąc głową. – Aha, byłabym zapomniała o bardzo istotnym szczególe. I wygląda jak starszy brat Ryana Reynoldsa.

– Nie da się ukryć – mówię cicho, bawiąc się okruszkiem chleba. Anna ma rację, bez dwóch zdań.

– A widzisz. Więc o co ci właściwie chodzi, droga przyjaciółko?

– O nic, już dobrze. Na razie mniej więcej wszystko gra. Ale…

– Ale…

– Brakuje mi odrobiny szaleństwa.

– Fiu, fiu, biadolenie na wyższych poziomach. Nasza pani hrabina się nudzi. To potworne, niewybaczalne. Musisz jak najszybciej zapisać się na warsztaty dla niespełnionych kobiet. Nie widzę dla ciebie innego ratunku. Dwie wódki, *por favor**! – woła donośnie Anna w stronę baru. Już ktoś tam usłyszy.

Gdy tylko jakaś restauracja ma w menu coś hiszpańskiego, Anna natychmiast zaczyna się popisywać swoją – mierną na razie – znajomością języka hiszpańskiego.

Ponieważ właściciel tej akurat knajpki urodził się w Kolonii Nippes i nic a nic nie rozumie z jej nawoływań, moja iberystka spieszy z elokwentnym wyjaśnieniem, że rodzice muszą pochodzić na mur-beton z północnej Hiszpanii, a tam w Andach mówią po prostu jakimś badziewnym dialektem. Andy, skąd jej to przyszło do głowy? No, tak, cała Anna.

---

* *Por favor* (hiszp.) – proszę.

Nie wzbraniam się, a jako dziewczyna z Zagłębia Ruhry wiem, co wypada, a co nie: nigdy nie odmawia się wódki!

To jest niegrzeczne i kiedy Anna wstrząsa się po wypiciu swojej pięćdziesiątki, ja bardzo grzecznie i kulturalnie wlewam w siebie swoją, po czym mówię: „Pij, pij, będziesz łatwiejsza".

– Mam swoje plany i chcę konsekwentnie je realizować, i nie zawsze być tylko wesołą kumpelką, z którą fajnie spędza się czas. Jesteśmy ze sobą już sześć lat i ja też do tej pory myślałam, że wszystko jest ładnie, pięknie. Dużo podróżowaliśmy, to prawda, i patrząc na to z boku, można by uznać, że jesteśmy dla siebie stworzeni, a nasza relacja kwitnie. Ale powoli zaczynam odnosić wrażenie, że on uważa to za coś oczywistego. Że mnie uważa za coś oczywistego. No jasne, ze mną można fajnie się bawić, zdobywać szczyty, schodzić do jaskiń, pływać kajakiem albo nurkować pośród raf koralowych, cholera, znowu te korale, ale prawdopodobnie nigdy się ze mną nie ożeni. Do tego o wiele lepiej nadają się inne kobiety. Nie kumpelki. Dobrze widzę, że nie chce zrobić ani kroku dalej.

– Jaki krok masz na myśli, skarbie? – Anna unosi lewą brew.

– Dzieci!

– Liczba mnoga?

– No tak, można zacząć od jednego dziecka. Ale mnie marzy się dwójeczka. Najlepiej bliźniaki. – Uśmiecham się do siebie.

– Powiedziałaś mu to? – Anna drąży temat. – Pozwól, że coś ci wyjaśnię. Znam się co nieco na facetach i znam też twojego Johannesa, wprawdzie nie tak dobrze jak ty, ale wystarczająco. To jest facet z krwi i kości. Matematyk, nie poeta, który będzie czytał w twoich myślach i wył do księżyca. Tacy jak on potrzebują zdania głównego, nie podrzędnego, żeby zrozumieć pewne sprawy. Konkret, głupia babo, konkret! Inaczej nigdy się nie doczekasz tych swoich wymarzonych bliźniaków!

– Myślę, że sam powinien to poczuć, a jeśli nie, to niech się buja! – mówię przez zaciśnięte zęby. – Są sprawy, których nie trzeba wypowiadać na głos. – Podnoszę rękę i wołam na kelnera:

– Jeszcze dwa razy to samo!

– O, *sheet*, zawsze popełniam ten sam błąd. Kto pije z tobą wódkę, zaraz ma ochotę strzelić sobie w łeb.

– Przecież to ty zaczęłaś…

SMS do Johannesa, godzina 22.17
Jesteśmy jeszcze w barze tapas, Anna właśnie zamówiła espresso. Jeśli chcesz, możesz do nas dołączyć. Będzie nam miło.

– Odłóż wreszcie tę komórkę, bo cię palnę! – sztorcuje mnie Anna. – Koniec świata z tymi związanymi babami… To znaczy, mam na myśli w związkach. Popatrz lepiej na kelnera. Jest na czym oko zawiesić, co? O la la, naprawdę jest niezły. – Cmoka z uznaniem. – Założę się, że to tylko jego dorywcza robota. Tak w ogóle studiuje w akademii wychowania fizycznego i…

– Nigdy nie wdawaj się w romanse z kolesiami z gastronomii – natychmiast ją gaszę. – Nie dość, że mają beznadziejne godziny pracy, to sami są beznadziejni. Myślisz, że zaprosi cię do kina albo do teatru? Wolne żarty. Rozsiądzie się przed telewizorem z baterią piwa i będzie się gapił na Eurosport albo króliczki Playboya. Sama już nie wiem, co gorsze…

– …a ćwiczenia na poręczach to jego ulubiona dyscyplina. Nie miałabym nic przeciwko, gdyby pogimnastykował się ze mną w łóżku.

SMS od Johannesa, godzina 22.21
Przedni dowcip. Anna nigdy w życiu nie zamówiłaby espresso. Tylko nie przeholuj. Dziękuję za zaproszenie. Oboje wiemy, co wypada, a co nie: Ty proponujesz, ja odmawiam ☺

– To gdzie teraz ruszamy? – napiera na mnie żądna przygód Anna. – Tylko mi nie mów „do łóżka". Chyba, że weźmiemy ze sobą tego dobrze zbudowanego macho. Podobno są dobrzy w te klocki. I lubią przywalić, jak im coś nie pasuje. Taka tradycja.
– Zapomnij. Przecież jest w pracy. A poza tym to jest babski wieczór, więc przestań kombinować, okay? – Wycelowuję w nią palec wskazujący. – Kierunek: Tag. O tej godzinie w grę wchodzi tylko spelunka. Dojrzałam do dżinu z tonikiem. Jednego! Czy wiesz, co to znaczy stoczyć się na samo dno, panienko?
– Odmarsz!
– Tak jest, panie kapitanie!

SMS do Johannesa, godzina 22.45
Anna dziś rząądzi, w końcu to jej dzień. Jeśli nie bęęędzie mnie w domu do północy, zadzwoń po ffffacetów z ADAC*. Niech mnie wywaląąąą na zbity pysk. Buziaczki.

SMS od Johannesa, godzina 22.46
Wszystko jasne. Nie zapomnij kupić bułek.
PS
Następnym razem zdejmij rękawiczki, zanim wyślesz mi SMS-a.

---

* ADAC (niem.) – Powszechny Niemiecki Automobilklub, który angażuje się między innymi w bezpieczeństwo w ruchu drogowym.

Tag jest zatęchłą piwnicą w belgijskiej dzielnicy. Ciekawostka, bo jedno do drugiego ma się nijak. Klub jest ewidentnie undergroundowy, otoczenie wręcz przeciwnie. Mieszkają tu w dużej liczbie palanty z reklamy i frajerzy z mediów, którzy do bladego świtu jeżdżą po ulicach swoimi bryczkami w leasingu i płaczą, że nigdzie nie mogą znaleźć wolnego miejsca parkingowego, a potem fotografują to swoje nieszczęście i prezentują całemu światu na swoim fashion-blogu. Żałosne.

Lokal trzeba znać, inaczej nie ma szans, żeby go znaleźć. Drzwi wejściowe są sprytnie zamaskowane i wyglądają tak, jakby latami nikt ich nie otwierał. Pełny kamuflaż. Od góry do dołu wymazane kolorowymi sprejami, spod których wyziera goła blacha, co stanowi najlepszą ochronę przed paniusiami w brylantowych kolczykach i facetami z kijami do gry w golfa. W tym klubie drzwi pełnią funkcję bramkarzy. Nowobogackie tałatajstwo, won!

Zawsze mnie intrygowało, kim są właściciele tego przybytku. Punki czy anarchiści? Tak czy siak, mieli głowę do interesu.

Schodzimy tonącymi w mroku schodami, mijając po drodze dwie megapakowne kanapy, które musiały tu trafić prosto ze śmietnika albo są klasykami designu, a w takim przypadku nawet nie chcę wiedzieć, ile za nie wybulili, i wchodzimy do głównego pomieszczenia. Jest małe, ciepłe i wypełnione po brzegi. Jak ja.

Trio jazzowe gra jakiś zakręcony kawałek, a ja już się zastanawiam, jak wytłumaczę barmance, że chciałabym dobry, nie ten tani dżin.

Tracę z oczu Annę, która mniej więcej po minucie znika w falującym tłumie i gęstej zasłonie dymnej, spotkała trójkę znajomych, którzy wyśpiewują jej urodzinową serenadę. Pijacki chórek na trzy głosy.

– Ach, pani tutaj? Własnym oczom nie wierzę. Już wiem! Przyszła pani do tej nory, żeby mi przynieść plaster ze zwierzętami? Cóż za poświęcenie!

– Pan Pauli! Rzeczywiście, niesamowity zbieg okoliczności. Góra z górą się nie zejdzie… – mówię, przyglądając mu się ostentacyjnie. – Wczoraj paralityk, a dziś stoi przy barze wyprostowany jak świeca i popija… O właśnie, co pan pije? Whisky z lodem. Nie moja bajka. Słowem, odwaliłam kawał dobrej roboty. Pan też tak uważa?

– Tobiasz, jestem Tobiasz.

– Ewa – mówię do Tobiasza. – Dżin z tonikiem – rzucam do zielonowłosej barmanki.

– Ale na lody nie chciałaś ze mną iść, chociaż tak prosiłem, tak nalegałem. Powinienem był z miejsca zaproponować dżin z tonikiem.

– Gdzie jest Thore?

– Mój syn? – Patrzy na mnie spod oka. – Wysłałem go po fajki. Niech się chłopak wprawia.

– Cooooo?

– A co ma być? To jest klub, nie przedszkole. Nie zawsze go mam pod ręką. Śpi dziś u swojej matki i zostanie tam aż do soboty. Potem znów będzie ze mną.

– Och.

Dałam ciała, szlag by to trafił. Po kilku wódkach, morzu wina i oceanie szampana, które w siebie wlałam, najwidoczniej nie panuję już nad twarzą. Może powinnam skoczyć do toalety i przynajmniej przypudrować nos?

Nic mam pojęcia, co takiego zdradza moja mimika, kiedy Tobiasz mówi:

– Jestem wzruszony. Nie wierzysz? Nareszcie ktoś się cieszy z tego newsa. Od razu mi lepiej.

Cholera. Uśmiech.

Wyciągam słomkę z dżinu, co on dwie głowy nade mną komentuje:

– Słusznie. Zawsze mówię: won z tym badziewiem. Byłaś już tu kiedyś? Dziwne, że cię przeoczyłem. Taką kobietę…

– Jakieś inne frazesy na składzie?

– Super! Daj mi w pysk. Wtedy będę miał dobry powód, żeby jutro znów cię odwiedzić w gabinecie.

– Przykro mi, nie robimy korekcji nosa, ale znam jednego zdolnego chirurga plastycznego, więc jakby co…

O kurczę, temu to Bozia nie poskąpiła urody, facet jak marzenie. Nawet w wytartych dżinsach i bawełnianym podkoszulku wygląda fantastycznie. Aż mnie kroci, żeby zmierzwić tę ciemną czuprynę. I te oczy, zielone jak malachity. Nie, szarozielone. Jeszcze lepiej.

– Więc zaproponuj jakiś temat – odbija piłeczkę. – Byle z sensem.

– Czym zajmujesz się zawodowo?

– Aaaach. Zawód. Super. Bardzo sensowny temat, zawsze na czasie. – Uśmiecha się, prezentując dwa rzędy śnieżnobiałych zębów. – Już się bałem, że zaraz wyjedziesz z jakimiś bzdetami. Konflikt na Bliskim Wschodzie albo kryzys gospodarczy w Grecji.

– Jeszcze za mało wypiłam. Ale nic straconego, zaraz to nadrobię. Lubisz metaxę?

– Jestem kuratorem. I lubię metaxę.

Co, serio? Niesamowite! To jest przecież super. Niemal idealne. Tobi, jesteś moim człowiekiem. No proszę, zawsze mi się podobał, a teraz jeszcze zyskuje przy bliższym poznaniu.

Cieszę się jak głupia z jego pracy. Mniejsza o metaxę. Jak pięknie! A on uśmiecha się zadowolony. Każdy lubi komplementy, a najbardziej te zasłużone.

– O rany! Tak entuzjastycznie. Nie ukrywam, że moje ego nadyma się jak balon. Mężczyźni są jednak próżni. Tak, tak, ja też uważam, że mam fajną pracę. I uwielbiam to robić. Serio.

– A ja uwieelbiam torty. Jeść, nie piec, ale to szczegół. W gabinecie zawsze myślałyśmy, że zajmujesz się jakimiś artystycznymi pierdołami. Sztuka współczesna czy coś w tym guście. Właśnie dziś Anna, moja przyjaciółka, dostała od nas na urodziny tort ze słoniem Benjaminem. Kiedy któraś z dziewczyn ma urodziny, wtedy zawsze kupujemy...

– Ewa! Stop, zatrzymaj się. Czy ty w ogóle mnie słuchasz? Nie jestem cukiernikiem. Skąd taki pomysł? Chyba jednak masz już dość.

– ...tort ze słoniem Benjaminem.

– Jestem kuratorem. Ewa, słyszysz? Kuratorem. I rzeczywiście zajmuję się, jak to nazwałaś, artystycznymi pierdołami, ze sztuką współczesną włącznie.

– I żadnych tortów? W ogóle? Nic a nic? To może chociaż pączki...
– Wzdycham zawiedziona. – Napijesz się ze mną wódeczki?

Kurator. Kurator. Odwracam się, żeby zamówić kolejkę, a przy okazji szukam dyskretnie mojej komórki. Sprawdzić. Wikipedia. Kurator. Cholera, Ewa. Za bardzo pijana. Tak czy siak w piwnicy nie ma zasięgu. Wspinam się na stołek barowy, klękam na nim, po czym prawie kładę się na barze i szepcę konfidencjonalnie do barmanki.

– Dwie metaxy i jedna odpowiedź. Ale pssst... – Numer z utrzymaniem równowagi nie zawsze wychodzi.

Nie ma metaxy – Barmanka patrzy na mnie, mrużąc oczy. – Może być zwykła czysta. To jak, podać?

– Nie, tylko nie czysta. To dobre dla prostaków. Dama nigdy nie pije czystej.

– Sambuca?

– Tak, niech będzie sambuca. Obojętne. Powiedz mi jeszcze, czym zajmuje się kurator? Ale pssst...

Odwracam się do Tobiasza, żeby sprawdzić, czy przypadkiem nie podsłuchuje. Nie, czyli jest dobrze.

– Z ziarnami kawy?

– Nie, bez. Przecież nie chciałam drinka. A kurator?

– Sześć euro i osiemdziesiąt centów. Wiesza obrazy.

– Aaaaaaach! To dlatego wczoraj zrobił sobie kuku, gdy wieszał ten cholerny obraz.

– Słucham?

– Dzięki. Mam wszystko, czego mi trzeba.

Schodzę z taboretu, modląc się w duchu, żeby nie spaść na główkę, i podaję mu triumfalnie kieliszek z metaxą. Nie spadłam, czyli jeszcze panuję nad sytuacją.

– Masz! Pij! Jesteś fachowcem od wieszania obrazów!

– Hmm, fachowiec od wieszania obrazów, tak. A ty jesteś masażystką erotyczną!

– Pomarzyć dobra rzecz. Gdybym była masażystką, taką jak myślisz oczywiście, po terapii byłby jeszcze seks. Zdrowie. Za spotkanie.

– *Cheers!* Myślałem, że to jest standardowa usługa dla prywatnych pacjentów. A nie jest?

– Zaraz naprawdę cię walnę. Pokazać ci, jaki mam prawy sierpowy? No, to uważaj sobie. Jestem fizjoterapeutką, osteopatką, bioterapeutką z państwowym dyplomem i specjalizuję się w osteopatii niemowląt i dzieci. I jestem naprawdę dobra. Twój syn jeszcze nigdy się nie skarżył. Zero reklamacji. – Wow. Ma się to gadane, nawet z trzema czy czterema promilami we krwi. – Masażystka erotyczna. A to dobre! Czego chcesz? Ty jesteś fachowcem od wieszania obrazów. Ja też to potrafię. Wielkie rzeczy, masz się czym chwalić. W swoim mieszkaniu zawsze wszystko robię sama. Nie wierzysz? Mam Klimta. Prawdziwego Klimta.

– No, no, prawdziwego Klimta? Domyślam się, że nabyłaś go drogą kupna w pewnej wielkiej szwedzkiej galerii, która handluje także regałami, sofami, talerzami i świeczkami.

– Nie, w Ikei. Pasuje ci?

– Ewa, jak natychmiast nie przestaniesz być taka słodka, będę musiał bezzwłocznie cię pocałować.

I zanim ten fachowiec się obejrzał, staję na palcach. On wychodzi naprzeciw moim oczekiwaniom. Bez mrugnięcia okiem.

Chwila zaraz po pierwszym pocałunku zawsze jest taka sama. Człowiek czuje się idiotycznie. Patrzeć? Nie patrzeć? Dowcipkować? Przynieść wódki? Zamknąć dziób i udawać niewiniątko? Nie! Dalej całować!

– Ostatnia kolejka, dla was też. – Zielonowłosa barmanka wcina się nieproszona w nasz inauguracyjny pocałunek.

– Napijesz się jeszcze czegoś? – szepce mi do ucha Tobiasz, trzymając mnie w objęciach. Potrząsam głową, a on podaje dalej tę informację. – Dokąd teraz? – pyta.

– Nie mam pojęcia. Która godzina?

– Młoda.

– A konkretnie?

– Dopiero czwarta.

– Dopiero? – Ogarnia mnie przerażenie, kiedy stwierdzam, że jesteśmy ostatnimi gośćmi w Tagu. Nigdy w życiu coś takiego mi się nie przydarzyło. Straszne, co ja powiem w domu? Luzik, coś się wymyśli po drodze. Za dobrze mi, żeby już się żegnać.

– Keller?

– Widzę, panienko, że znasz wytworne lokale. – Krzywi nos i całuje mnie, już uśmiechnięty. – Okay, zbierajmy się, zanim nas stąd wyrzucą.

Keller to miejsce, w którym zawsze coś się dzieje. Zulpicher Strasse, ulubione imprezownie studentów jedna obok drugiej, na całej długości ulicy. W biały dzień mało kto czuje się na tyle wyluzowany, żeby się przyznać, że tu zagląda. Prócz studentów, ale ci się nie liczą. O czwartej nad ranem „poważni ludzie" spotykają się tu jednak w porozumieniu, że „nikt spoza" się o tym nie dowie. Wychodzimy z Tagu, zapinając po drodze kurtki. Tobiasz idzie za mną i lekko mnie popycha. Odwracam się do niego i rozchylam usta. No, już, całuj! Stoi nade mną, więc musi się odrobinę pochylić. Tym razem nasz pocałunek jest zdecydowanie dłuższy i bardziej intensywny. Hamulce powoli puszczają, jak to po alkoholu. I ogólnie zrobiło się bardzo przyjemnie.

Wychodzimy i nagle rozlega się ciche „pling". Ach, znowu komórka.

– Jesteś rozchwytywana.

– Przez grzeczność nie zaprzeczę. Chwila. Ach, nie. Głupstwo, to nie może być nic ważnego. Na pewno Anna. Później.

Wyciszam dzwonek w komórce. Teraz tylko nie myśleć o Johannesie.

– To jak, idziemy czy nie? – ponaglam mojego towarzysza. – Bo jeszcze się rozmyślę… – Tobiasz łapie mnie za rękę i chowa ją do kieszeni swojej kurtki. Jest zimno.

Keller świeci pustkami, a ludzie, którzy tam jeszcze są, mają takie samy plany jak my. Obściskiwać się. Lokal idealnie się nadaje do tego celu, ciemno tu jak w piekle. Obskurne „karty menu", które dostaliśmy zaraz przy wejściu, wymuszają na nas niejako konsumpcję alkoholu. Nie pijesz, nie wchodzisz. Proste. Co do mnie, chętnie bym się jeszcze napiła, widzę tylko mały problem – więcej w siebie nie wleję, nie ma takiej możliwości. Wtedy Tobiasz zamawia dwa dżiny z tonikiem.

– Ale poproszę ten dobry dżin… – zaczynam swoją ulubioną kwestię i wtedy przypominam sobie, że tutaj wcale nie chodzi o dżin. Śniadolicy barman z kucykiem ma na sobie czarny podkoszulek z logo Uriah Heep w rozmiarze XXL. Nawet mu w nim do twarzy. I zamiast dwóch dżinów pan Heep stawia nam na ladzie cztery.

– Ojej! Aż cztery? – Odwracam się, żeby zobaczyć, kto jeszcze zamówił dżin z tonikiem, nikogo jednak nie widzę. Ale o co chodzi, panie starszy?

– W tygodniu od czwartej rano mamy tu „Wypijanie resztek". Taka promocja. – Śmieje się zadowolony. – Co? Nie dacie rady? Założymy się? – No to bomba. Pan Heep to mój człowiek. Dżin jest bez żadnego badziewia. Zero słomki, zero limonki i żeby zachować konsekwencję – zero lodu. Wygląda jak mineralna. Za to już po pierwszym łyku mogę sklasyfikować ów przezroczysty płyn jako bezapelacyjnie „sportowy". Teraz możemy pogadać.

– Wiesz, co to jest pocałunek z karmieniem? – pyta nagle Tobiasz, głaszcząc mnie po plecach.

– Pocałunek z karmieniem? Nie, nigdy nie słyszałam – szepcę do jego ust.

Tobiasz upija łyk ze swojej szklanki. Całuje mnie, a dżin leje się chłodną strużką prosto do moich ust. Otwieram gwałtownie oczy i połykam dżin. Pocałunek z karmieniem. Teraz już wiem!

– Więcej!

Daje mi następny pocałunek z dżinem. To znaczy karmi mnie…

– Więcej! Mamy cztery szklanki.

– Tss, Ewa wiecznie nienasycona.

– Ale nie jesteśmy kiczowaci, co?

– Jesteśmy na maksa. Masz z tym jakiś problem? – Tobiasz podnosi się z wysokiego stołka, staje między moimi nogami i ujmuje moją twarz. Zamykam oczy, w głowie mi się kręci, serce wali młotem i prawie nie rozmawiamy. Uriah Heep zmienia muzykę. *Good bye* w wykonaniu Spice Girls. To jakiś żart?

– Obawiam się, że nas wyrzucają – mówi nagle Tobiasz. – Wszystko, co dobre, szybko się kończy. Muzyka też. Ludzie, przecież tego się nie da słuchać!

– Dlaczego? Spice Girls wcale nie są takie złe. Byłam kiedyś w Dortmundzie na ich koncercie i wyobraź sobie, że Mel C wystąpiła w trykocie BVB. Ekstra, co? *I'll tell you what I want, what I really really want**.

– To jest kawałek do wyrzucania gości. No, co tak patrzysz, aniele mój przecudny? Na pewno jest już wpół do siódmej – Tobiasz spogląda na swój retro casio i marszczy czoło.

– Jednak nie, za kwadrans siódma.

– *What?* – Próbuję zachować zimną krew, oczyma wyobraźni widzę Johannesa stojącego pod prysznicem i nagle przypominam sobie o jego SMS-ie. Nie zapomnij kupić bułek.

Wychodzimy na ulicę. Wcześniej padał śnieg. Miasto już nie śpi, samochody przemykają po świeżej warstwie śniegu.

– Musisz zaraz iść do pracy? Moja ty biedna, pracowita pszczółko!

– Spoko. Pierwszego pacjenta mam o dziesiątej. Jakoś to przetrzymam. Bardziej się martwię o mojego pacjenta. Ten to dopiero może być biedny!

Tobiasz całuje mnie czule w wierzch dłoni.

– Prawie mu zazdroszczę. Czy on też dostanie różowy plaster? Kinesiotaping, pamiętam!

– Nie, no coś ty! Trzeba sobie zasłużyć na takie wyróżnienie. Tylko baardzo dzielni chłopcy.

---

* *I'll tell you...* (ang.) – Chcę powiedzieć ci, czego chcę, czego tak naprawdę, naprawdę chcę.

– Chodź do mnie. Mieszkam rzut beretem od twojego gabinetu. Uwielbiam śnieg.

– Nie. Tak. Nie.

Do licha, przecież nie mogę teraz do niego iść. Jestem pijana, fakt, ale coś mi tam jeszcze świta. Całowałam się z nim, fakt. Za późno robić z siebie cnotkę. Ale aż taka łatwa nie jestem. Co to, to nie.

– Ewa, więc przynajmniej zjedzmy jeszcze razem śniadanie na dworcu, kiedy już spędziliśmy razem noc.

– Za kwadrans siódma, niech to diabli. Kiedy ostatni raz tak zabalowałam? – mamroczę w zamyśleniu. Znów staje mi przed oczami Johannes. Właśnie się ubiera. Za chwilę wyjdzie do pracy. Co robić? Włączyć komórkę czy nie? Na pewno dzwonił już siedemnaście razy i napisał trzydzieści SMS-ów. Martwi się, a ja obściskuję się w najlepsze z jakimś przystojniakiem.

Cholera.

– Chodź, croissant i latte macchiato na dworcu. Lekkie śniadanie dobrze nam zrobi.

– A mogłoby być odrobinę cięższe? Co powiesz na pieczone kiełbaski i colę? Na kaca najlepszy jest solidny posiłek. Wiem to od mojej babci. – Całujemy się dalej bezwstydnie. Usta mam pewnie purpurowe jak przejrzałe wiśnie. Jest piekielnie zimno. Podmuchy lodowatego wiatru szarpią nasze okrycia, ale nam to nie przeszkadza.

Nie docieramy do dworca. Nie będzie ani lekkiego, ani cięższego śniadania. Po drodze zahaczamy o hotel. Sto dziesięć euro. Tobiasz podaje kartę kredytową recepcjonistce w granatowym mundurku. Uciekam wzrokiem. Szkoda, że nie jestem przezroczysta. I kiedy Johannes w VIIIa tłumaczy swoim uczniom działania na ułamkach, ja w tym samym mieście o tej samej godzinie w hotelu klasy średniej uprawiam seks z innym mężczyzną.

7 stycznia

Palce mi drżą. Serce wali głucho, zaraz imploduje. Nogi mam jak z waty. Nie mogłam iść do domu, nie dałam rady, po prostu. Tam, gdzie łóżko po stronie Johannesa jest jeszcze ciepłe, a po mojej zimne. 9.17 – już po wszystkim, w tym anonimowym hotelowym łóżku drzemaliśmy pół godziny. Nago, ramię przy ramieniu. Nie obcy, ale też nie bliscy sobie. Teraz stoję pod prysznicem w naszym gabinecie. Woda jest tak gorąca, że wydaje mi się, jakby się gotowała. Opieram się o zaparowaną szklaną ścianę. Odcisk mojej dłoni natychmiast spływa. W ogóle mnie tu nie ma.

Na pożegnanie pocałowaliśmy się w ponurym hotelowym korytarzu, bez języczka. Byłby *hardcore*, nie francuski pocałunek. Chuch miałam zabójczy, a mój język nadawał się tylko do wyszorowania. Najlepiej szczotką ryżową. Jego pewnie też. Poszłam przed siebie ze zwieszoną głową. Po raz pierwszy w życiu opuściłam hotel bez walizki, a mimo to czułam się tak, jakbym dźwigała młyński kamień.

Jak właściwie znalazłam się pod tym prysznicem?

– Ewa, skoncentruj się na litość boską! – napominam się. – Za piętnaście minut masz pierwszego pacjenta. I to on przede wszystkim musi to jakoś przetrzymać. W szufladzie leży szczoteczka do zębów. Musisz doprowadzić się do porządku.

– Jeszcze piętnaście minut? Więc mam dużo czasu.

– Nie! Natychmiast odkręć zimną wodę, zmocz swój głupi łeb i obudź się wreszcie. Koniec balu, panno Lalu.

– Jeszcze trochę, tylko minutkę. – Osuwam się do brodzika i czuję na skórze deszcz ciepłych kropelek.

– Ewa? Wszystko w porządku? – Szefowa puka do drzwi łazienki.

– Tak, tak, zaraz przyjdę! – wołam, usiłując rozpaczliwie zapanować nad moim przepitym głosem.

– Pan Albert będzie za chwilę – woła przez drzwi, naciskając klamkę. – A twoja babcia właśnie dzwoniła. Masz wyłączoną komórkę. Idziesz wreszcie?

– Tak, idę, już idę. Tylko się ubiorę – uspokajam ją szybko. Akurat, już to widzę.

– Stara, nie pękaj! – mój wewnętrzny głos nie przestaje dodawać mi odwagi. Jakie to wzruszające. – Jedno po drugim. Wstawaj, kobieto. Wyjdź spod prysznica i porządnie się wytrzyj. Nie, nie tak! Energicznie, raz, dwa, trzy. Masz gumę do żucia?

– Gumę do żucia? Chyba mam. Chyba… – Zastanawiam się, co teraz robi Johannes i co teraz robi Tobiasz. Johannes i Tobiasz, Johannes i Tobiasz. A ja?

– Dzień dobry, drogi panie Albert. Jak tam pańskie kolano?

– Dzień dobry, pani Ludwig. No cóż, szczerze mówiąc, nie najlepiej. Pogoda pod psem, rozumie pani. Kiwa głową niepocieszony. – Tak świeżo pani pachnie.

– Dziękuję. Bardzo pan miły. Mydło rumiankowe, gorąco polecam. Specjalnie dla pana wzięłam prysznic, żebyśmy mogli, nie tracąc czasu, z miejsca zabrać się do pracy. *Time is money*, jak mówią

Anglicy. – Mydło rumiankowe, gorąco polecam? *Time is money?* Boże drogi, co ja tu bredzę?

– Czy ma pani dzieci, pani Ludwig, jeśli wolno spytać? – Moi pacjenci uwielbiają mnie wypytywać o moje życie prywatne, kiedy obmacuję ich rzepki kolanowe tudzież inne zdezelowane części ciała. Ale proszę, nie dzisiaj. Jutro, pojutrze, tylko nie dziś, nie teraz. Błagam!

– Nie, nie mam dzieci. Chociaż powiem panu w sekrecie, że bardzo bym chciała. Niech pan popatrzy, panie Albert. Pańskie kolano ma się coraz lepiej. Jeszcze niedawno było całkowicie unieruchomione, a teraz zgina je pan prawie pod kątem dziewięćdziesięciu stopni. Czy to boli?

Starszy pan leży na plecach na stole lekarskim, a ja mam pod ramieniem jego chorą nogę i poruszam nią ostrożnie – mam nadzieję! – w przód i w tył, w przód i w tył. W rzeczywistości przytrzymuję się jego nogi. Skacowana rehabilitantka udaje trzeźwą. Żałosne. Po prostu dno.

– Nie, pani Ludwig. Dziwne, ale naprawdę nie boli. Czy ma pani męża?

Aktualnie nawet dwóch, jak sądzę. To była wersja optymistyczna. W rzeczywistości ani jednego. To wersja pesymistyczna.

– Skąd to pytanie, panie Albert, czyżby zamierzał mi się pan oświadczyć? – dowcipkuję bez przekonania.

– Ależ pani Ludwig! – Śmieje się ubawiony. – Mam siedemdziesiąt sześć lat i zawsze byłem wierny mojej małżonce. Gdyby pani ją znała… Anioł, nie kobieta.

Wszystko jasne! Kochany losie, zsyłasz mi właściwego pacjenta we właściwym czasie. Wielkie dzięki! Trafiony zatopiony.

– Panie Albert, musi pan jeszcze trochę popracować nad muskulaturą. Zatelefonuję później do pańskiego lekarza i spytam, czy możemy przeprowadzić elektroterapię.

– Co takiego? – W głosie mojego pacjenta wyłapuję histeryczne nutki.

– Bez obaw. To tylko tak groźnie brzmi – natychmiast go uspokajam. – W tym celu przykleję panu na udzie taką małą elektrodę, wtedy przepłyną minimalne impulsy elektryczne i spowodują skurcze mięśni. Proszę się nie bać, to naprawdę nic nie boli. Nawet pan nie poczuje, słowo skauta. – Słowo skauta? Może powinnam sama zaaplikować sobie elektrowstrząs. Ale taki konkretny, żeby mnie porządnie kopnęło.

– Ach, patrzcie tylko, toto żyje. – Anna siedzi na swoim miejscu w kuchni z filiżanką kawy i szczerzy się do mnie z miną konspiratorki.

– Małe sprostowanie: egzystuje. Trudno to raczej nazwać życiem – wzdycham. – A w ogóle to cześć, Anno. Miło cię widzieć. Gdzie przepadłaś tak nagle? – pytam od niechcenia, majstrując przy ekspresie do kawy. Wielka filiżanka czarnej z jeszcze większą ilością cukru.

– Nagle? Trzy razy cię zagadywałam. Nie, co ja mówię! Pięć. Kompletnie nie reagowałaś. A swoją drogą wcale ci się nie dziwię. Taki towar... – wzdycha rozmarzona. – I napisałam ci jeszcze SMS-a. Nie czytałaś?

A niech to! Moja komórka. Cholera. Muszę natychmiast ją włączyć. Johannes. Na pewno się o mnie martwi.

Pierwszy raz nie wróciłam na noc do domu, do mojego „jeszcze-nie-męża". Komórkę mam w kieszeni płaszcza. Kiedy idę do garderoby, już z daleka czuję swąd. Oj, będzie się działo! Awantura jak się patrzy. Kiedyś musi być ten pierwszy raz... Telefon jest zimny i dziwnie martwy w mojej dłoni. Chwila wahania. Co robić? Wracam do kuchni. A jeśli nas widział? Albo w Keller był ktoś, kogo on zna? Nie, wykluczone, przyjaciele Johannesa nie bywają w takich miejscach. Chyba nie… O Boże, a jeśli tak? Anna obserwuje mnie spod oka.

– Ewa? Był tu przed chwilą kurier. Zostawił dla ciebie tę paczuszkę. – Szefowa kładzie na stole niewielki kartonik.

– Paczuszkę? Jaką paczuszkę? – rejestruję z opóźnieniem. Nie mogę się skoncentrować. Z bijącym sercem włączam telefon komórkowy, spodziewając się istnej burzy „pling". Pyta mnie o PIN. Urodziny Johannesa: 1704. Poszukiwania w sieci. Kręci mi się w głowie. „Pling", raz, dwa, trzy. No? Cisza. Nic więcej?

SMS od Anny, godzina 2.57
Ty zdradliwy padalcu! Stoisz przy barze i obściskujesz się jak jakaś podfruwajka. Nie chcę wam przeszkadzać i idę sobie. Wyglądacie fantastycznie. Zobaczymy się w gabinecie. Buziaczki.

SMS od Johannesa, godzina 6.30
Hej, pijaczko, idę do szkoły bez bułek. Mam nadzieje, że po drodze nie umrę z głodu.
Możesz przynieść obiad, jeśli skończyłaś już balować. Tylko nie zgub się gdzieś przypadkiem.

SMS, nieodebrane połączenie, godzina 8.40
Babcia

Nic więcej? Nic więcej? Niemożliwe! Znikam na całą noc, a on pisze tylko, że poszedł do szkoły bez bułek? Myśli o swoim brzuchu zamiast o swojej ukochanej. To się nazywa podłość i znieczulica! Nie szuka mnie, nie odchodzi od zmysłów, nie dzwoni na policję.

Mogłabym naprawdę leżeć nie wiadomo gdzie. Okay, gdzieś tam leżałam. Ale…

– No więc, jeśli o mnie chodzi, to czuję się dobrze. Zero kaca i w ogóle. Bo nie byłam taka głupia i względnie wcześnie poszłam do łóżka. Sama. A ty? – Anna zdrapuje resztki bezbarwnego lakieru z paznokci i myśli, że nie wiem, co się tam dzieje pod tymi ciemnymi loczkami. Aż huczy od domysłów i spekulacji. Dziwne, że tego nie słyszę.

– Ja też. – Nie spuszczam wzroku z komórki. Człowieku, Johannes. Czy mam mu teraz odpisać? Nie.

– Było wprawdzie ciemno, jak nie powiem już gdzie, ale… – Anna zawiesza głos. Komediantka. – …dobrze widziałam, że to był ojciec Thorego, co? Ciekawa sprawa, co tam robił sam, bez swojej pięknej żony.

Anna zmierza konsekwentnie do celu. Zaraz wybuchnie. Wiem to na pewno.

– Nie są już razem – odpowiadam lakonicznie. A może Johannes domyśla się, co w trawie piszczy, i złości się na mnie? Obraził się? Wkurzył? Chce mnie ukatrupić? Tak czy inaczej, czarno to widzę, oj czarno.

– I znów się zobaczycie? Kiedy i gdzie? No, mów już! – Anna robi się coraz bardziej natarczywa. Cholera, przyczepiła się jak rzep do psiego ogona. Zaraz tak powiem tej kumoszce, że w pięty jej pójdzie!

– Nie męcz mnie, okay? – Podnoszę na nią wzrok. – Czuję się koszmarnie i nie chce mi się gadać. *Sorry*. Jutro ci wszystko opowiem, co tylko zechcesz. Próbuję jakoś przetrwać ten dzień i nigdy więcej nie tknę alkoholu. Przysięgam.

– A ja będę twoim świadkiem. – Śmieje się szyderczo i spogląda na paczuszkę. – No, otwórz wreszcie, bo aż mnie skręca.

Ciekawość to pierwszy stopień do piekła, droga przyjaciółko.

– Od kogo to?

Nie mam pojęcia. Nadawca wolał pozostać anonimowy. Tajemnicza przesyłka jest kwadratowa i na oko waży jakieś trzysta, czterysta gramów. Potrząsam nią kilkakrotnie. Czerwony papier został oklejony taśmą w kropki. Na górze napisano flamastrem jedno słowo, moje imię „Ewa". Nic więcej. Żadnego nadawcy, żadnego adresu zwrotnego.

– Wygląda bardzo słodko… – Anna już od dłuższego czasu rozpakowuje oczami przesyłkę.

– To na pewno jakiś pacjent. Jeszcze jedne czekoladki Merci w mojej długoletniej karierze. Oto cała tajemnica.

– A ja jestem chińską księżniczką! – parska Anna. – Czy ten format przypomina ci czekoladki Merci? Chyba jeszcze nie całkiem wytrzeźwiałaś, skarbie. – Anna coraz bardziej się niecierpliwi i nawet tego nie ukrywa. A ja dziś ruszam się jak mucha w smole.

Naszym oczom ukazuje się kolejne pudełko, raczej pudełeczko, również oklejone taśmą w kolorowe kropki. Drapię moimi nieistniejącymi paznokciami papier, żeby dostać się do środka. Aha.

– Puszka coli? Co to za nowa moda? A nie łaska było przysłać dwie? – Anna jest wyraźnie rozczarowana. Ja raczej zdziwiona.

– I aspiryna… – Ręce mi drżą. Kurczę, o co tutaj chodzi? To jakiś żart?

Jest jeszcze liścik. Anna wyciąga szyję w nadziei, że uda się jej zerknąć na karteczkę i przeczytać bodaj słowo.

Kochana Masażystko,
nie chciałbym, żeby Cię rozbolała głowa, kiedy będziesz myśleć o naszej wspólnej nocy, dlatego przesyłam Ci tabletkę musującą, która uśmierzy ból. Cola zadba o odpowiedni poziom cukru we krwi.

Ja z największą radością zająłbym się całą resztą. 0170-7339814.
Czy mam Cię odebrać z pracy?
Twój fachowiec od wieszania obrazów

Karteczka wypada mi z rąk. Czuję, jak mój puls przyspiesza. Sto, sto dziesięć, sto pięćdziesiąt. Szaleje jak dzikie zwierzę w klatce, nawet bez coli. Na aspirynie narysował serce.

– Kto to przysłał? A ten liścik? Miłosny, cooooo? Ewa, czy to tabletka na ból głowy z serduszkiem? – Anna siedzi na swoim krześle i majta nogą. W górę i w dół, w górę i w dół. Dość tego! Koniec przedstawienia.

Biorę pod pachę puszkę coli, liścik miłosny w zęby i wychodzę z kuchni. Tabletkę na ból głowy z serduszkiem chowam do kieszeni spodni.

– Ewa! To nie fair, tak się nie robi. Nie możesz tak po prostu mnie tu zostawić! – woła za mną Anna. – Przecież jesteśmy przyjaciółkami…

Moja następna pacjentka cierpi na ostry ból w szczęce. Za każdym razem, gdy otworzy usta, coś trzaska i chrupie jej w stawach, a teraz ból przemieścił się już do karku. Dla niej długotrwała, uciążliwa terapia, dla mnie dziś idealnie. Ona nie może mówić, a ja nie chcę.

Potem jeszcze dwa proste zabiegi – funkcjonuję. Mniej więcej.

Po ostatniej wizycie robię sobie krótką przerwę. Idę do kuchni i siadam na parapecie. Znów zrobiło się ciemno i wciąż pada śnieg. Nie byłam w domu od trzydziestu sześciu godzin i tyle samo nie spałam. Nie licząc krótkiej drzemki w hotelu. Johannes ani nie napisał, ani nie zadzwonił. To naprawdę niepokojące, dużo bardziej niż cała reszta. Wprawdzie nigdy nie rwał się do pisania, twierdzi, że Bozia poskąpiła mu talentu, ale jeśli ukochanej kobiety nie ma w domu przez trzydzieści sześć godzin, to przecież kochający mężczyzna się pyta, dowiaduje, szuka, no nie? Albo się na mnie wkurzył, co oczywiście mogę zrozumieć, albo po prostu wisi mu to kalafiorem. Czuję się za bardzo zmęczona, żeby jeszcze łamać sobie głowę, co według mnie jest gorsze.

W jednej ręce trzymam komórkę, w drugiej – aspirynę z serduszkiem. Tobiasz. Jakie to urocze! Przecież sam musiał być totalnie *out*, a mimo to znalazł siłę i czas, żeby mi wysłać tę sympatyczną paczuszkę do gabinetu. Motywacja czyni cuda, szkoda, że Jo nie zna tego słowa. Jeszcze raz czytam list: „...kiedy będziesz myśleć o naszej wspólnej nocy...".
Zaczynam wystukiwać SMS-a.

Kochany Tobiaszu... nie. Kochany fachowcu od wieszania obrazów... też nie. Cholera. Mam czternaście lat czy co? Nie. Mam trzydzieści trzy lata i dlatego odpowiadam zgodnie z metryką. Jak świadoma swoich potrzeb i pragnień dojrzała kobieta, która wie, czego chce. Zero dziewczyńskiej egzaltacji.

Drogi Nauczycielu Pocałunków z Karmieniem!
Na co konkretnie jest ta tabletka musująca? Na serce czy na głowę?
Bardzo się ucieszyłam. Dziękuję również za kolejne propozycje. Pozdrawiam! Ewa

Wysłać? Nie. Skasować? Nie. Stara, puknij się w łepetynę i przestań kombinować. Zostawiam, jak jest.
Wysłać.

A teraz? Do domu, do Johannesa. Co mu, do jasnej ciasnej, powiem? Jak się wytłumaczę? Że schlałam się jak świnia i tylko dlatego zrobiłam to, co zrobiłam. Może lepiej nie liczyć na wyrozumiałość zdradzonego tak haniebnie mężczyzny. Są takie prawdy, które lepiej zachować dla siebie.

SMS od 0170-7339814
I co? Mam po Ciebie przyjechać? Moglibyśmy skoczyć na frytki z kiełbaskami, skoro nie wyszło nam ze śniadaniem, a później ulepić bałwana razem z naszym przyjacielem Uriah Heep.

SMS od 0170-7339814
PS Wcale o Tobie nie myślę.

Okay, ten tekst wymaga odpowiedzi.

SMS do 0170-7339814
Ja też o Tobie nie myślę. Kim Ty w ogóle jesteś?

Zsuwam się z parapetu i idę do drzwi. W gabinecie zrobiło się zupełnie cicho. Telefon jest już przełączony na automatyczną sekretarkę, tylko w jedynce pali się światło. Szefowa zajmuje się jeszcze prywatnym pacjentem, który w piątki zawsze przychodzi ostatni. Na szklanych drzwiach wciąż wisi girlanda *Happy Birthday* dla Anny. Takiej to dobrze. Dziś miała tylko czterech pacjentów i zaraz po pracy wybrała się do sauny, żeby wypocić pijaństwo. Kiedy przyglądam się pogodzie, myślę, że to dobra decyzja. Ja też chciałabym wszystko wypocić. Cały ten upojny wieczór. Od początku do samego końca. Nie, sam koniec. Pijaństwo jest najmniejszym problemem. W moim przypadku.

W każdym razie nie facetem, który piecze małe torty.
Dotrzyj szczęśliwie do domu, szalona kobieto. A jak Ci
przyjdzie ochota na powtórkę z dżinu, dzwoń bez skrupu-
łów o każdej porze dnia i nocy.
Tob.

Uśmiecham się i wkładam komórkę do kieszeni, przez warstwę
materiału czuję na wysokości uda płaski, obły kształt. Korci mnie,
żeby wysłać mu SMS-a z jakimś stosownym podziękowaniem, ale
ostatecznie rezygnuję. Mam nadzieję, że przynajmniej on się nie
pogniewa. Muszę się przygotować na inne pytania, a te na pewno
nie będą miłe. Idę po śniegu, wdychając w płuca zimne powietrze. Nie spieszę się i wiem, co robię. Zanim dojdę do domu, moje
policzki poczerwienieją i nie będę wyglądała jak ostatnia łajza.
Obraz nędzy i rozpaczy. Obraz. Kurator. Koniec świata!

– Cześć, cześć! Jest ktoś w domu?
   – Kuchnia! – Cudownie męski głos Johannesa natychmiast stawia mnie do pionu.
   Od wczoraj nic a nic się nie zmienił. Twarz spokojna, uśmiechnięta. Ani śladu wściekłości, gniewu, smutku, podejrzliwości. Ne-
gatywne uczucia rzadko goszczą na tej przystojnej twarzy.
   – Moja piękna królowa nocy, moja ćma barowa. Tak się zatra-
ciła w hulankach i opilstwie, że zapomniała wrócić do domu, do
swojego chłopaka. Co się tam wczoraj działo? Jakieś podboje miłosne? Czy to naprawdę ty? Nie wiedziałem, że mieszkam pod jednym dachem z *femme fatale*.
   Matko Boska, on wie!
   Pomaga mi zdjąć płaszcz.

– No nie wstydź się, niech ci się lepiej przyjrzę. Policzki zdrowo zaróżowione, tylko mina coś nietęga. Czyżby kacyk?

Moralny, to przede wszystkim. Nie wie.

– Ano, ano, bo kto może chlać jak szewc… – wzdycham ciężko, a Jo kończy za mnie:

– …może również zadzwonić do babci.

– Cholera! Na śmierć zapomniałam.

– Biedna staruszka. Trzy razy nagrała ci się na pocztę głosową, ja też miałem tę przyjemność. Dziadek szaleje, teraz to już na całego. Aha, i dzwonili ze spółdzielni. Chyba jeszcze coś się przeciągnie z przeprowadzką. Nie do końca zrozumiałem, o co chodzi. Zresztą, sama ci powie co i jak. Robię nam kiełbaski w piekarniku. Z frytkami. Jest też twój ulubiony ketchup. Widzisz, jaki jestem dobry?

Kiełbaski z frytkami. Zmówili się czy jak?

– Ale co tak stoisz? Chcesz zapuścić korzenie? Wchodź do środka i włóż swoje welurowe spodnie, położyłem je na kaloryferze. Potem zadzwonisz do babci. Fajnie, że jesteś. A tak w ogóle: mamy weekend.

Jaka ja jednak jestem głupia. Mężczyzna, który pamięta, że jego ukochana lubi mieć ciepło w pupę, i dlatego grzeje jej spodnie na kaloryferze, nie może być przecież taki całkiem do kitu. Jeszcze godzinę temu myślałam, że jest zimny jak sopel lodu i ma mnie w nosie albo jeszcze gorzej, a tu proszę, proszę, takie ciepłe powitanie. Chyba zaraz się rozpłaczę. „Gdybyś tylko wiedział, mój dobry człowieku…", myślę i czuję w kieszeni spodni aspirynowe serce.

– Chcesz piwko? – woła jeszcze z kuchni. – Nie? Rozumiem. Zaraz ci przyniosę butelkę wody mineralnej.

W drodze do łazienki wybieram numer babci i ściągam robocze spodnie, w których wyjątkowo przyszłam do domu. Anna tak mnie zirytowała, że chciałam jak najszybciej wyjść z gabinetu.

Brudne, przesiąknięte dymem wczorajsze ciuchy przyniosłam w torbie z grubego płótna. Natychmiast wkładam je do pralki. Torbę też. Z telefonem przy uchu zdejmuję z siebie wszystko po kolei. Moje majtki. Patrzę na nie z odrazą. Uprać to świństwo!

– Ewa? Ewa, czy to ty? – rozlega się przenikliwy pisk w moim uchu.

– Tak, babciu, to ja. Dobry wieczór. Czy mogłabyś z łaski swojej wyłączyć aparat słuchowy? Bo inaczej znów będziemy mieć to głupie sprzężenie zwrotne w telefonie.

– Co? Nic nie słyszę... – krzyczy babcia. – Okropnie piszczy. Psiakrew, muszę wyłączyć to cholerstwo.

– Tak, zrób to jak najszybciej, bo inaczej zaraz szlag mnie trafi! – mówię, ściszając głos.

Stoję nago przed pralką i sypię proszek do prania. Sypię, sypię i sypię, i nie mogę przestać. Jakbym w ten sposób mogła oczyścić nie tylko ubranie, ale też moje sumienie. To przede wszystkim, tylko że to nie będzie, niestety, takie proste.

– Babciu, co się dzieje? Jakieś problemy?

Johannes wchodzi do łazienki i stawia na brzegu wanny filiżankę gorącego naparu z kopru włoskiego. Posyłam mu uśmiech pełen wdzięczności i idę goła do sypialni.

– Lepiej nie mówić. Dziadek tak mnie dziś zjechał od góry do dołu, że aż się popłakałam. Wydzierał się, że mam natychmiast się wynosić z jego domu i że nie dostanę od niego ani centa, i żebym się nie ważyła zabrać ze sobą nawet spodeczka. Wszystko jest jego, rozumiesz? Potraktował mnie jak jakąś służącą, jak przybłędę. Jakie to upokarzające... – Babci łamie się głos. Jest naprawdę bardzo zdenerwowana. – A potem zadzwoniła ta pani z administracji.

– Babciu, spokojnie, odetchnij głęboko i opowiadaj jedno po drugim. Co powiedziała ta pani? – pytam, równocześnie odsuwam szufladę w komodzie i jedną ręką grzebię w bieliźnie. Tabletkę z serduszkiem chowam na samym spodzie. – Poczekasz chwilkę? Tylko szybko się ubiorę.

– Tak, tak, zrób to, bo jeszcze się zaziębisz.

– No już, opowiadaj. Przepraszam.

– Ewa, wszystko idzie jak po grudzie. Powiedziała, że muszę uzbroić się w cierpliwość. To ma jeszcze potrwać trzy tygodnie. Co najmniej. Trzy tygodnie z dziadkiem w jednym mieszkaniu? Boże drogi, jak ja to wytrzymam? Przecież ten człowiek mnie zamęczy… – W jej głosie słychać cichą rozpacz.

– Babciu, wytrzymujesz to już sześćdziesiąt lat z okładem, wytrzymasz jeszcze trzy tygodnie. Spokojna głowa, wierzę w ciebie, moja kochana. Zawsze byłaś taka dzielna. Babuniu? Dasz mi jeszcze minutkę? – Wkładam majtki i podkoszulek. Na lewą stronę, ale to szczegół.

– Ewa, zlituj się, co mam robić? Nie chcę być już dzielna! Chcę jak najszybciej się stąd wyprowadzić. – Babcia zaczyna cicho płakać. Serce niemal mi pęka. Tak bardzo chciałabym jej pomóc.

– Wyjdź z domu, przespaceruj się po osiedlu, może spotkasz jakąś sąsiadkę, i zapal papieroska. Trzy tygodnie miną jak z bicza strzelił. A gdzie jest teraz dziadek?

– Na strychu. Nie mam pojęcia, co tam robi. Gania jak wariat. Bum, bum, bum! – Babcia naśladuje hałas i jeśli słyszy go bez aparatu, to naprawdę musi być głośno.

– Więc dlaczego tam jeszcze siedzisz? Babciu, proszę cię, ubierz się ciepło i wyjdź jak najszybciej z domu, dobrze ci radzę. Oddałaś już kupon lotto?

– Wiadomo. Przecież mamy piątek. Jak zawsze. – Łka. – Dlaczego nie odbierałaś? Myślałam, że coś ci się stało. Dzwoniłam nawet do gabinetu.

– Ach, babciu, tak mi przykro. Naprawdę! Jakoś mi się nie udało... – mówię skruszona. Mnie też zbiera się na płacz. Siedzę na brzegu łóżka w czystych majtkach, podkoszulku i grubych skarpetach. – To co teraz zrobimy? Skoro nie chcesz wyjść... Już wiem. Przeczytałaś już ten kryminał, który kupiłam ci pod choinkę? Wyłącz aparat słuchowy, połóż się z książką do łóżka i zjedz na lepszy humor kilka mon chéri.

– Napiłam się już ajerkoniaku...

– Super. Babciu, jesteś naprawdę bardzo dzielna. A teraz popraw czekoladką z likierem wiśniowym.

– Napijemy się razem ajerkoniaku? – pyta ostrożnie.

Czasem to robimy, żeby poczuć się bliżej jedna drugiej. Wtedy ja siedzę w Kolonii, a ona w swoim domu przy Saturnweg i przez telefon spełniamy toasty. Dziś mogę mieć z tym pewien kłopot, duuży kłopot. Ale czego się nie robi dla babci. Jeśli to ma ją pocieszyć. Tylko kropelkę. Symbolicznie.

– Tak, oczywiście, babciu. Masz tam jeszcze coś w swojej butelce? W przyszłym tygodniu podrzucę ci nową flaszeczkę, okay? – Idę do kuchni, żeby poszukać w kredensie babcinego kieliszka z szarotką. Żeby dosięgnąć mojego, z herbem Kolonii, muszę przystawić krzesło do kredensu i na nim stanąć. Oj, może być ciężko.

W tym samym momencie do kuchni wchodzi Johannes, uśmiecha się od ucha do ucha i podnosi oba kciuki. Stoję na krześle, telefon przyciskam do ramienia i szukam mojego kieliszka, wtedy on zbliża się do mnie z tajemniczą miną, ale zamiast mnie asekurować, jak na dżentelmena przystało, gryzie mnie w pupę, która znajduje się akurat na wysokości jego twarzy. Bardzo praktycznie.

– Auć!

– Ewuniu, co się dzieje? Czy coś się stało? – pyta babcia przestraszona.

– Nie, nic. Tylko przytrzasnęłam sobie palec – wymyślam na poczekaniu niewinne kłamstewko i schodzę z krzesła. Nalewam likier na blacie kuchennym, a Johannes całuje mnie w kark i stojąc za mną, wsuwa ręce pod mój podkoszulek. O nie! Precz z łapami! Próbuję jakoś go spławić, najwyraźniej jednak mylnie odczytuje moje intencje. Myśli, że go zachęcam. Typowe.

– No, to ja już mam – mówię. – Mój kielonek jest pełny. Twój też? Wobec tego proszę długo nie przynudzać, bo życie trwa krótko...

– A pić się chce! – chichoce babcia. – No to siup, moja Ewuniu kochana!

– Siup, moja babciu!

– Siup! – wtóruje nam Johannes i całuje mnie w kark.

– Co on tam ględzi? – pyta babcia.

– Przesyła ci pozdrowienia. – Próbuję jakoś się pod nim prześlizgnąć.

– Aaa, to co innego. Dziękuję. Też go ode mnie pozdrów. To takie kochane chłopisko – mówi babcia. Wydaje się spokojniejsza.

Uśmiecham się słabo do Johannesa, zostawiam go w kuchni i wracam do sypialni.

– Babciu, muszę teraz kończyć. Strasznie chce mi się spać. Odezwę się jutro. Pomyśl o czymś miłym, na przykład o lesie. Drzewa szumią, ptaki świergocą, grzyby rosną jak po deszczu, a na zalanej słońcem polance pasą się sarenki. Wtedy na pewno przyśni ci się piękny sen.

– Dobrze, Ewuniu. Tak właśnie zrobię. Sarenki są takie śliczne. I mają wielkie wilgotne oczy. Cześć. Kocham cię.

– Ja ciebie też.

– Ja ciebie też – woła Johannes i idzie za mną do sypialni.

Kładę się na łóżku i słyszę, jak w brzuchu mi burczy. Nic dziwnego, przez cały dzień nic nie jadłam. Ale na frytki nie mam ochoty. W ogóle na nic nie mam ochoty. Czuję się taka zmęczona, taka nieszczęśliwa, a kac nadal mnie męczy. Niczego nieświadomy Johannes rozbiera się, uklepuje dłonią poduszkę i kładzie się obok mnie w szortach.

– Co się dzieje, myszko? Przygasłaś jakoś? A mówiłem, żebyś nie przeholowała. Ale czekaj, zaraz ci poprawię nastrój.

Zamykam oczy i przyciągam go do siebie. Mocno trzymać. Chciałabym go tak trzymać, kto wie, może do końca życia. Jeśli teraz go puszczę, jeszcze mi się wymknie.

Naprawdę chciałabym mu powiedzieć, co się stało. Johannes jest przecież nie tylko moim facetem, ale także przyjacielem, a przyjaciele nie ukrywają nic przed sobą. Nie, są takie prawdy, które lepiej zachować dla siebie. Czego oczy nie widzą... Podnosi mi podkoszulek i zaczyna całować piersi. Nie, wszystko, tylko nie to! Robię odpowiednią minę – baaardzo złą – i próbuję znów zsunąć w dół T-shirt. Nie kijem go, to pałką. Johannes wsuwa palce do moich majtek i całuje mnie w szyję. Taki napalony? Chciałam się tylko przytulić. Naprawdę nie widzisz, że nie mam nastroju na seks?

Cholera, nie widzi! Jedną ręką zsuwa mi majtki, drugą swoje szorty. Kładę się na boku w nadziei, że ta forma odmowy będzie mniej ostra niż burknięcie „daj mi spokój!". Słyszę jakiś szelest. Nie odpuścił. Wyjmuje prezerwatywę z porcelanowego naczynka, które stoi na jego szafce nocnej. Kupiliśmy je razem na pchlim targu, żeby trzymać w nim oliwki, ale póki co przechowujemy tu nasze „nieplanowanie rodziny". Johannes zawsze pamięta, żeby uzupełniać zapas. W antykoncepcji jest naprawdę dobry. Ja bardzo bym chciała, żeby choć raz zapomniał...

Rozrywa folię z prezerwatywą. Panuje taka cisza, że nawet ten nikły odgłos kaleczy mi bębenki. Stęka, to znaczy, że zakłada prezerwatywę i wchodzi we mnie od tyłu. Prezerwatywa jest wilgotna, ja nie. Johannes zsuwa się niżej, odwraca mnie na plecy, a ja czuję jego wargi na moim kroczu.

– Hej, najsłodsza, co się dzieje? Nie mogę cię już tam całować? – szepce między moimi nogami i rozchyla je delikatnie. – Dlaczego? Przecież zawsze to lubiłaś.

Już nie. Przed moimi oczami przewija się w zwolnionym tempie taśma filmowa. Klatka po klatce. Porno dla ubogich, najniższa półka. Jaka szkoda, że ten jeden jedyny raz nie urwał mi się film.

Pokój hotelowy. Przyciskam Tobiasza do ściany. Pocałunki z dużą ilością śliny. Zrywam z Tobiasza spodnie. Głośne stękanie. Tobiasz ciągnie mnie za włosy i odchyla mi do tyłu głowę. Zrzucamy z siebie ubranie jak szaleńcy. Chwytam go za jego twardego ptaka. On podbija mi rękę. Stop! Prezerwatywa! Nie mamy! Cholera! Tobiasz podnosi mnie, odwraca się i rzuca mnie na łóżko. Rozkładam szeroko nogi, a on liże moją mokrą cipkę. Rozpościeram ramiona i krzyczę. Cofam biodra i odwracam go na plecy. Biorę do ust jego ptaka i robię mu laskę. On szczytuje. Ja połykam. On znów mnie odwraca. Pieprz mnie, włóż mi, jęczę. On robi to znów językiem. Szczytuję. Koniec filmu.

Johannes znów jest we mnie i dochodzi. Potem kładzie się wyczerpany obok mnie i opiera głowę na mojej piersi. Leżymy w ciemności i w ciszy. Dwa razy seks z dwoma mężczyznami w ciągu dwunastu godzin. Słyszę, jak Johannes ściąga prezerwatywę i wiem, że zaraz zawiąże ją na supeł, żeby nie wypłynęła nawet kropelka. Potem to wyrzuci i umyje ręce. To wszystko jest takie okropne, takie przygnębiające. Łzy napływają mi do oczu.

– Wiesz, że masz kilka SMS-ów z numeru, którego nie znam – informuje mnie Johannes i wkłada szorty. Komórka leży na brzegu łóżka.

O, do diabła. Tobiasz.

– Naprawdę? Później zobaczę. Teraz mi się nie chce… – mówię, ziewając, chociaż serce podchodzi mi do gardła.

– Frytki też już pewnie doszły… – dowcipkuje Jo i wychodzi z sypialni.

Ja spaliłabym je na węgiel. Ale nie on. Jak znam życie, zanim przyszedł do mnie do łóżka, zmniejszył temperaturę, tak że frytki są teraz idealne. Możemy siadać do stołu, ale jestem zbyt słaba, żeby wstać, i sięgam po telefon.

SMS od 0170-7339814, godzina 18.37
Ewa? Już po pracy?

SMS od 0170-7339814, godzina 19.17
Ew, kłamałem, jednak o Tobie myślę. Bezustannie.

SMS od 0170-7339814, godzina 20.34
Co to było dziś rano? Idę teraz na spotkanie ze starym kumplem. Ale nic mu nie powiem. Tajemnica.
Śpij dobrze.

SMS od 0170-7339814, godzina 20.56
Właśnie o mnie myślisz. Czuję to.

O kurczę! Niezły zawodnik. Ambitny. W jeden wieczór pisze więcej wiadomości niż Johannes przez cały miesiąc.

SMS do 0170-7339814

Drogi Tob, wybacz. Jestem na maksa padnięta. Rozmawiałam jeszcze przez telefon z moją babcią, a teraz idę spać. Ew. (Lubię, kiedy skraca się moje stanowczo zbyt długie imię). PS Myślałam o Tobie przez cały dzień. Nie mam pojęcia, co to było dziś rano. Odezwę się jutro.

W przedpokoju dzwoni telefon stacjonarny i przez jedną dramatyczną chwilę, która wydaje mi się wiecznością, umieram ze strachu, że to mógłby być Tobiasz.

– Barenfeld? Halo, słucham?

A jeśli to naprawdę Tobiasz? Taka możliwość istnieje, niestety. Facet jest przerażająco szybki, a moje nazwisko figuruje w książce telefonicznej. Słyszę, jak bije mi serce. Błagam, niech to będzie ktoś inny. Każdy, byle nie on!

– Ach, Steffen, to ty. Cześć, chłopie. Fajnie, że dzwonisz. Co się dzieje?

Uratowana! Dzięki ci, Boże! Z ulgą opadam na poduszki. Słyszę, jak Johannes chodzi z telefonem po mieszkaniu. Oczy mi się zamykają, zapadam w półsen i mam wrażenie, że Johannes mnie budzi, kiedy nagle siada na łóżku.

– Steffen pyta, czy jutro nie wybralibyśmy się z nim do jego rodziców w Sauerlandzie? Moglibyśmy pojeździć na nartach w Winterbergu.

– Jacy my? – Patrzę na niego obojętnie. Dłubię w nosie, drugą ręką wsuwam komórkę pod poduszkę.

– No, my – odpowiada, wzruszając ramionami. – Ty i ja. Przecież to świetny pomysł. Nie sądzisz?

– Słusznie, Jo, nie sądzę – odpowiadam jasnym tekstem i otulam się wełnianym kocem.

– Naprawdę nie masz ochoty? Oj, przestań marudzić. – Gładzi mnie po głowie. – Jak się wyśpisz, od razu inaczej spojrzysz na świat.

– Znasz moje zdanie na temat sportów zimowych. Są fantastyczne, wszystkie bez wyjątku, pod warunkiem że byłoby lato. W zimie wolę leżeć pod kołdrą i co najwyżej pomachać nogą. Nie cierpię marznąć – mruczę. – Dupencja Steffena też będzie?

– Nie, Natalia wyjechała służbowo. Nie rozumiem, dlaczego jesteś taka uszczypliwa. Co masz przeciwko niej? Przecież to naprawdę miła dziewczyna. I ma dwa fakultety.

– Ojej, chyba pęknę z zazdrości!

– Ach, kobiety! Kto by tam za wami trafił… – Zabiera rękę.

– Więc ciesz się i ogonkiem merdaj. Szykuje ci się wspaniała męska wyprawa. Zero kobiet. Ani mądrych, ani głupich.

– To twoje ostatnie słowo? Może jednak dasz się namówić?

– Nie. Już powiedziałam. Nie lubię się powtarzać.

– Wobec tego pojadę sam ze Steffenem. Nie będzie ci smutno?

– No, może odrobinę. Zadowolony?

Ja nawet bardzo. Zostanę tu sama ze swoimi przemyśleniami. A Johannesowi też dobrze zrobi, jeśli raz wyjedzie beze mnie.

– Steffen? Tu Johannes. – Wziął telefon i znów chodzi po całym mieszkaniu. I gada, gada, gada. Ci dwaj dobrali się jak w korcu maku. – Tak, jadę z tobą. No jasne, będzie super, nie ma bata. Moja kobieta też by pojechała, gdyby do jutra wydarzyła się katastrofa klimatyczna. Co? No wiesz, mogłaby wtedy zjeżdżać na nartach w bikini. – Słyszę jeszcze, jak odkłada telefon w przedpokoju na widełki i do mnie wraca. – Startujemy o ósmej rano i zostaniemy do niedzieli wieczorem. No, to idę się pakować. Przynieść ci frytki?

– Dzięki, na pewno są wyśmienite, jak zawsze, ale raczej nie. Czuję się taka zmęczona, że marzę tylko o tym, żeby jak najszybciej zasnąć – szepcę. – Głowa mi pęka.

– Weź aspirynę.

Jedną już mam. Seria limitowana. Z serduszkiem.

– Klucz leży w szufladzie na sztućce. Obok łyżek. – Czuję pod poduszką wibrowanie.

SMS od 0170-7339814, godzina 21.32
Pewnie już śpisz, kochana Ew?
Właśnie zrobiłem Ci aniołka. Uroczy, prawda?

Dodał zdjęcie odcisku w śniegu, który wygląda tak, jakby w tym miejscu tarzała się dzika świnia. Gdzie on tu widzi anioła? Pewnie oczyma duszy swej, chi, chi, chi. Dookoła wydeptał serce w śniegu, pod spodem widnieje romantyczny napis Ew + Tob.

Chętnie odpowiedziałabym, ale naprawdę nie mam siły. Jestem taka padnięta, taka zmaltretowana, oczy same mi się zamykają i tylko z największym trudem udaje mi się wystukać jedną kropkę. W nadziei, że zrozumie, co mam na myśli: „Superfotka. Z wielką chęcią pomogłabym ci w udeptaniu, *sorry*, wykonaniu jeszcze jednego aniołka, ale nie mogę, ponieważ spędzam ten wieczór z moim facetem". Prawdopodobnie spodziewam się zbyt wiele po tej lichej kropeczce. Jeśli rzeczywiście ma duszę poety, zrozumie. A jak nie zrozumie, to… też dobrze. Powieki mi opadają i dziś tak już zostanie. Johannes posiedzi jeszcze przy komputerze, zje frytki i za godzinę, może pół do mnie dołączy. Musi się dobrze wyspać przed swoją męską wyprawą.

8 stycznia

– Widziałaś gdzieś termos? – budzi mnie jakieś wołanie z oddali. Brzmi znajomo.

– Ty potworze, właśnie miałam randkę z Ryanem Goslingiem – mruczę, nie otwierając oczu. – Wszystko zepsułeś.

– Oj tam, oj tam. Twoje przyjaciółki pękną z zazdrości. A ja cóż? Zwyczajny facet, który szuka swojej zwyczajnej szarej czapki. Wiesz, tej, którą kupiliśmy razem nad Bałtykiem.

Nie ma jeszcze wpół do ósmej, a Johannes już wywraca do góry nogami całe mieszkanie. Zwyczajna sprawa.

– Widziałaś gdzieś kabel transmisyjny?

Johannes stoi przede mną w bieliźnie narciarskiej i wygląda tak komicznie, że czym prędzej zamykam oczy. Jak mi się uda, może znów zobaczę Ryana. Czasem naprawdę udaje się ten numer. Przejść płynnie z jednego snu do drugiego.

Nie tym razem, żegnaj, mój piękny śnie. Witaj, jawo. Zamiast sennego marzenia chłopak, który o tej nieprzyzwoicie wczesnej godzinie wygląda już tak, jakby wyszedł wprost z katalogu mody podróżniczej, względnie narciarskiej, co samo w sobie nie jest najgorsze, wróć, wróć, nie byłoby najgorsze, gdyby do Ryana Goslinga i Johannesa – gwiazdy narciarstwa – nie zakradł się jeszcze piękny Tobi. O dwóch mężczyzn za dużo. Prosty rachunek. Ale Jo nie musi o tym wiedzieć. Też potrafi liczyć, bądź co bądź to matematyk.

– Chcecie się filmować, kiedy będziecie gnać na łeb na szyję po niebezpiecznych stokach Sauerlandu? – pytam uprzejmie. – Nie dam ci kabla z bardzo prostej przyczyny. Ja go potrzebuję.

– Dlaczego? Nie! Chcemy zrobić superwideo dla Związku Narciarskiego. Do czego ci potrzebny kabel? – Johannes patrzy na mnie wilkiem. Ojojoj, chyba wstał lewą nogą albo naprawdę tak się napalił na ten filmik, że za nic nie odpuści.

– Ja też chcę się sfilmować. Idę na jogę, położę się na macie, włączę Metallicę i zarobię kupę szmalu dzięki mojej całkowicie autorskiej i amatorskiej ewajodze. No i co? Zatkało?

Ośmielam się otworzyć przynajmniej jedno oko i widzę, jak Johannes potrząsa głową z uśmiechem.

– Jeszcze dobrze się nie obudziłaś, a już robisz sobie ze mnie jaja. Kiedyś taka nie byłaś, moja ty ewajogo.

– Dostanę kawę do łóżka?

– Nie mam czasu.

W końcu znajduje jednak to, czego szukał. Nawet dość szybko, ponieważ wytworny pan Johannes jest, niestety, pedantem i zawsze wie, co gdzie ma. Tylko czasem lubi się ze mną podroczyć. Wkładam mój ulubiony szlafrok, granatowy w białe kropki, i idę do kuchni. Sexy Ewa mieszka dziś gdzie indziej.

– Wyślesz mi wasze zdjęcie z *après-ski*? – wołam przez całe mieszkanie. Johannes staje w drzwiach i patrzy na mnie zdziwiony.

– *Après-ski*?

– No tak, nigdy nie słyszałeś? To co z ciebie za narciarz? Po wyczerpującym dniu na nartach ludzie chcą się zrelaksować, więc

idą do pubu, chleją piwo, a jeśli mają jeszcze siłę, robią jakiś per-
formance. Na przykład kowboje i Indianie bawią się w chowanego.
Albo w berka. – Wywijam nieistniejącym lassem.

– Ewa, my naprawdę chcemy jeździć na nartach, a nie szlajać
się po jakichś spelunkach i robić z siebie idiotów! – Potrząsa głową.

No jasne, to akurat moja specjalność.

– Przecież nie musicie. A zresztą może to i lepiej. *Après-ski* wcale
nie jest takie niewinne – śmieję się do niego i śpiewam: – …pędzić
jak wiatr, bez wytchnienia i bez celu. Patataj, patataj! – Poruszam
biodrami, jakbym jechała na koniu. Jo przygląda się chwilę mojemu
cwałowi i wybucha śmiechem. Pytanie za sto punktów: śmieje się
do mnie, bo podobają mu się moje wygłupy, czy ze mnie? Bo robię
z siebie wała. Chyba jednak to drugie. Żegna się ze mną bez pocałunku. Czyli to drugie. Drzwi się za nim zamykają.

Cisza. Ewa sama w domu. Nie da się ukryć, że czuję coś
w rodzaju ulgi. Strach, że mógłby jednak mnie przejrzeć, i ciekawość, czy Tobiasz znów napisał mi coś pięknego, w żaden sposób
do siebie nie pasują.

Wyglądam przez okno w kuchni i widzę, jak Johannes wita się ze Steffenem. Jo upycha narty i torbę w bagażniku. Trzeba przyznać, że co jak
co, ale w administrowaniu bagażnikiem jest mistrzem świata. Kiedy
jedziemy pod namiot do Francji, przedtem rysuje plan sytuacyjny
naszego bagażu. W tym celu dokładnie wymierzył bagażnik i na komputerze sporządził rzut poziomy, potem naniósł wymiary naszych
bagaży, uwzględniając, że w nagłym przypadku trzeba jak najszybciej
dostać się do apteczki podręcznej i trójkąta ostrzegawczego.

Kiedy bagażnik jest zapakowany, szybę kuchennego okna na
wysokości moich ust pokrywa biała mgiełka pary. Jo, spójrz do góry,
stoję tu i czekam, żebyś mi pomachał na pożegnanie! Proszę! Jeśli

teraz popatrzysz, narysuję na szybie serce! Panowie nie posiadają się ze szczęścia, aż miło patrzeć. Steffen udaje, że wyciąga colta z kabury i strzela do Jo. Pif-paf! W samo południe, pojedynek rewolwerowców. Boże, co za dziecinada. No, zerknijże wreszcie! Teraz! Masz ostatnią szansę! Wsiadają do samochodu. Proszę, Jo, tutaj! Jeszcze raz chucham na szybę, żeby w razie czego... Zatrzaskuje drzwi. Więc przynajmniej odwróć się do mnie! Samochód rusza z piskiem opon, a ja rysuję znak zapytania na zaparowanej szybie. Dobrze mi tak!

Z natury jestem wałkoniem. Praca to tylko dodatek do życia. Ja mogłabym żyć w szlafroku. Czuję się w nim całkowicie bezpiecznie, jak w ciepłej jaskini z miękkiego frotté. Johannes tak zaprogramował centralne ogrzewanie w naszym mieszkaniu, że o dziesiątej wieczorem samo się wyłącza, a włącza się dopiero rano za kwadrans szósta. Żeby pupcia mu nie zmarzła, kiedy szykuje się do szkoły.

On jest od programowania, ja od kreciej roboty. Jak tylko zniknie za drzwiami, podkręcam kaloryfery. Bez wyrzutów sumienia. Nie lubię marznąć. Proste.

Snuję się po pustym mieszkaniu i nie bardzo wiem, co z sobą począć. W końcu idę do kuchni i robię sobie kawę. Nie mamy ekspresu, ani zwyczajnego, ani takiego superwypasionego automatu do kawy dla kompletnych idiotów, jak chętnie nazywa Johannes te bezduszne urządzenia. Parzymy kawę we włoskiej kawiarce z zakręcanym wieczkiem, którą możemy zabierać na nasze biwaki. Dno jest całkiem spalone i czarne od sadzy, której nie da się już wyczyścić. Ten dzbanek stał już nieraz nad otwartym ogniem, a jeszcze częściej na naszej kuchence gazowej.

Bardzo kocham naszą starą, wysłużoną kuchenkę. Dzięki niej w kuchni staje się cieplej. I przytulniej. Trzaskanie iskier, zanim jeszcze wyskoczy płomień. Zapach gazu, który jednak szybko się ulatnia, i ciche szemranie pod kawiarką. W pewnym momencie głośno wzdycha, potem ciśnienie jest w sam raz i kawa zaczyna bulgotać. Następuje ten cudowny moment, kiedy szybko unoszę pokrywkę i zbliżam nos. Chcę być przy tym, kiedy uwalnia się pierwszy aromat.

Dziś wybrałam czerwoną filiżankę, dobrze leży w dłoni. Do tego kapka mleka, jeszcze jedna, biorę kawę i wracam do łóżka. W kieszeni szlafroka wyczuwam komórkę.

Rozbudziłam się już na tyle, żeby odpowiedzieć na SMS-a Tobiasza. Dowcipnie, ale bez przesady.

SMS do 0170-7339814, godzina 8.54
Dzień dobry, fachowcu od aniołków i serduszek na śniegu, już nie śpię, a Ty?

Ciekawe, jak szybko mi odpowie? Na wszelki wypadek piszę jeszcze SMS-a do Anny. Chcę jej wprawdzie przekazać tę samą treść: „No już, skontaktuj się ze mną", jednak po namyśle decyduję się na inny tekst.

Dzień dobry, Anno. Ja już nie śpię, a Ty? To taki niewinny żarcik o wczesnej godzinie. Daj znać, jak tylko otworzysz oczy. Ewa.

SMS od 0170-7339814
Jasne, że nie śpię. Zaraz odbieram Thorego od mojej eks, a potem tata z synkiem idą pobawić się na śniegu. Ale z umiarem, żeby się nie przeziębić. Pewnie przeciągasz się nago w swoim ciepłym łóżku i tylko czekasz, żebym wpadł do ciebie z kawą i gazetą pod pachą?

Ojejku. Całkowicie się rozbudziłam.

SMS do 0170-7339814
Kawę już mam. A dostanę gazetę weekendową?

SMS od 0170-7339814
Ty? Ty dostaniesz skandalicznie nieprzyzwoitego sobotniego całusa. Wyślij mi zdjęcie miejsca, w które mam cię pocałować.

Okay, panie Pauli, chcesz mieć moje zdjęcie. Będziesz je miał! W szlafroku? Wykluczone. Gdyby to był taki seksowny szlafroczek jak ze starych hollywoodzkich filmów, to czemu nie? Ale nie jest. W takim razie, w takim razie... Gdzie się podziewają moje piękne spodnie w gwiazdki? Zrobię taką fotkę, że oczy mu wyjdą na wierzch. „Jestem grzeczna i niewinna, a mimo to okropna ze mnie świntucha". Mężczyźni przepadają za taką kombinacją. Ach, fatalnie, spodnie leżą w koszu na brudną bieliznę. Na samym spodzie. Cuchną, że aż nos wykręca. Podciągam nieco podkoszulek i robię fotkę pępka z przyległościami.

Hm. Nie. Stanowczo nie. Za bardzo galaretowaty. Faktycznie, trzeba jak najszybciej wziąć się za odchudzanie. Usiłuję zrobić zdjęcie karku i podnoszę włosy. Pierwsza próba: tylko włosy. Druga próba: hm... poduszka. Trzecia próba: jest! Wysłać.

Siedzę na łóżku i uśmiecham się głupkowato do telefonu. No, piękny, na co czekasz? Odpowiadaj.

SMS od Anny
Już się obudziłam. Śniadanie?

Właśnie chcę jej odpowiedzieć, kiedy nagle dzwoni moja komórka: 0170-7339814. Och. Siadam wyprostowana, odchrząkuję dwa razy. Teraz jeszcze trzy głębokie oddechy. W porządku. Niech sobie nie myśli, że się spinam.

– Nooo?

O nie! Co to było? Chrypię jak stara nałogowa palaczka i hazardzistka przy okazji, która tłumaczy kolesiowi przy automacie do gry, co i jak.

– Dzień dobry! Więc naprawdę jeszcze leżysz w łóżku...

– Pudło! Umyłam już wszystkie okna, wyszorowałam podłogę, rozniosłam sąsiadom gazety i właśnie zagniatam ciasto na pierogi. Farsz mam już gotowy.

Zwijam w palcach kosmyk włosów. Fuj, ale tłusty. Trzeba umyć głowę.

– Nie czaruj. Siedzisz w łóżku i na pewno masz na nogach ciepłe skarpety, i wyglądasz niesamowicie słodko.

– A ty?

– Ja zawsze wyglądam słodko. Byłem już w piekarni, kupiłem pieczywo, a teraz jadę po Thorego. Wyobraź sobie, że chce ulepić ze śniegu całą drużynę Werder Brema. Ambitny dzieciak. Właśnie obejrzałem w sieci zdjęcia wszystkich zawodników i trochę się zdołowałem. Mamy zajęcie do następnej zimy.

– Jak tam jego bóle brzucha?

– Ach, słusznie, z tego wszystkiego zapomniałem o najważniejszym. Przecież ty, skarbie, nie jesteś moją potajemną kochanką, tylko fizjoterapeutką mojego syna.

Uśmiecham się, on śmieje się głośno.

– Dziękuję, nastąpiła wyraźna poprawa, co bardzo mnie cieszy. Nadal jednak nie wiemy, gdzie należy szukać przyczyny, bo raczej nie w jedzeniu. Od kiedy został twoim pacjentem, naprawdę czuje się dużo, dużo lepiej.

– Wspaniale. Miło mi to słyszeć.

– To zrozumiałe. Wczoraj ja też czułem się jak nowo narodzony po twoim zabiegu. Masz złote ręce dziewczyno. Powinnaś je ubezpieczyć na milion euro. Co najmniej. Ewa?

– Tak? – Uśmiecham się coraz szerzej i szerzej. Z wrażenia nawinęłam kosmyk włosów na lewy palec wskazujący jak spaghetti na widelec.

– Czy moglibyśmy się spotkać? – Cisza. Nie odpowiadam, więc on mówi dalej. – Rzecz w tym, że dziś jestem uziemiony, to znaczy wieczorem nigdzie nie mogę wyjść. Mam u siebie Thorego, rozumiesz? Ale nic nie stoi na przeszkodzie, żebyś ty nas odwiedziła. Zawsze chodzi spać o ósmej, a jeśli uda mu się ulepić choćby jednego zawodnika, będzie spał jak kamień. Przedtem jeszcze kąpiel w wannie, z puszczaniem baniek mydlanych i gumowymi zwierzakami... Będzie niesamowicie zmęczony. Mogłabyś zajrzeć do nas parę minut po dziewiątej. Tak na wszelki wypadek. Bardzo bym się cieszył, gdybyśmy się spotkali i... i może jeszcze trochę porozmawiali o tym, co właściwie się wczoraj wydarzyło...

– Nic nie słyszę, co się tam dzieje? Jesteś na torze wyścigowym?

– Nie, idę ulicą. Właśnie odśnieżają jezdnię. Mówię ci, taki pług śnieżny naprawdę robi wrażenie.

– Aby do wiosny.

Kusząca propozycja, ale raczej nie skorzystam. Już wiem, jak smakuje zakazany owoc, i nie chcę więcej grzeszyć. Dlatego nie pójdę wieczorem do Tobiasza, zwłaszcza że Johannes pojechał na wycieczkę. To byłoby już bardzo, bardzo niefajne. Podłe. Nie, zostaję w domu. Koniec, kropka. I proszę mnie tu nie wkręcać, bo i tak nic z tego nie będzie. Wciągam powietrze i mówię jednym tchem:

– Mam przynieść wino?

– Bezwzględnie. Ewa? Nawet nie wiesz, jak się cieszę.

– Ja też...

– W takim razie życzę ci miłego dnia i…

– I co?

– Wyleguj się w ciepłym łóżeczku. Ja niestety nie mogę, obowiązki wzywają. Ale wiedz, że z największą radością dołączyłbym do ciebie i schrupał to apetyczne ciałko na drugie śniadanie. Cześć.

– Cześć.

Apetyczne ciałko? Cieszę się, i to jak! Czuję łaskotanie w podbrzuszu. Znam to. Kiedy się pojawia, nigdy nie wiem do końca, czy to jest podniecenie, czy tylko chce mi się siusiu.

SMS od Anny
Znowu kimasz? Pobudka, paniusiu! Zjedzmy razem śniadanie i chodźmy w miasto!

SMS do Anny
Przednia myśl, idę, potrzebuję na gwałt nowej bielizny!

SMS od Anny
Będzie ostro. Ja cię…

Spotykamy się w kawiarni Herzenswunsch*. Czy powinnam to odczytać jako aluzję do mojej aktualnej sytuacji? Nie zamierzam.

Anna siedzi już na sofie przy starym piecu kaflowym, kiedy wchodzę do środka. Zaciera ręce. Nie jestem pewna, czy chce je rozgrzać, często zapomina o rękawiczkach, czy znów się cieszy na biesiadę w doborowym towarzystwie. I na procenty w swojej szklaneczce.

W Herzenswunsch goście mogą zaznaczać krzyżykiem na małych karteczkach, jakie śniadanie byłoby miłe ich sercu. Nie wspominając

---

* *Herzenswunsch* (niem.) – gorące pragnienie.

o podniebieniu. Anna bez namysłu stawia krzyżyk przy „bioszampanie" i „kiełbasce Jasia". No jasne, głodnemu chleb na myśli...

– Dobrą bieliznę kupisz tylko wtedy, gdy przedtem sobie golniesz. Inaczej człowiek nie ma odwagi – mruczy pod nosem ze wzrokiem utkwionym w karteczkę. – Wersja hipster? Nie, wolę normalne żarcie.

Od czterech lat przyjaźnię się z Anną. Codziennie widzimy się w pracy, a mimo to nierzadko telefonujemy jeszcze do siebie z domu. Zaczynamy gdzieś koło ósmej wieczorem i kończymy przed północą. W porywach nawet po.

– Wieczorem znów się z nim zobaczysz, co? Szybka jesteś.

Anna jest bezwzględnym śledczym. I nie patyczkuje się, w myśl zasady: cel uświęca środki. A przecież jeszcze nic jej nie powiedziałam. Już otwieram usta, żeby posłać jej jakąś ciętą ripostę, ale mi się nie udaje. Normalka.

– A teraz siedź cicho i słuchaj, bo chcę ci powiedzieć coś bardzo ważnego.

Okay, cała zamieniam się w słuch.

– Zasada jest taka: na pierwszej randce zero czarnej i czerwonej bielizny. Musi wyglądać tak, jakbyś w ogóle nie była przygotowana, że on zobaczy twoją bieliznę, równocześnie jednak powinien myśleć, że zawsze nosisz taki piękny stanik i takie seksowne majteczki. *À propos?* Czy w czwartek znowu miałaś na tyłku sobotnie majtasy? – Patrzy na mnie surowo.

– Nie, nie miałam, ty wariatko! – Skoncentrowana wędruję ołówkiem po bogatej ofercie śniadań. Rzeczywiście jest w czym wybierać. – Miałam na sobie wtorkowe galoty.

Wybuchamy śmiechem, a ja stawiam krzyżyk przy „małym i wykwintnym". To mi się podoba. Od dziś koniec z prostackim zestawem kiełbasa i frytki.

– Wy naprawdę się bzykaliście. Ja cię… – Jej piwne oczy robią się wielkie jak spodki. – Nie powiem, przeszło mi to nawet przez myśl. Ale numer! Wiedziałam, wiedziałam – mówi jakby do siebie. – Gdzie? U niego? Nie, wy… – uśmiecha się bezwstydnie – do diabła, przecież nie poszliście do kibla? Ewa? Gdzie ty masz rozum, kobieto? Na to jesteśmy naprawdę za stare.

Patrzę na nią skonsternowana. Fantazja mojej przyjaciółki nie ma granic.

– Byliście w hotelu? Och, proszę cię! Na to akurat jesteśmy jeszcze za młode. Ale dobrze, rozumiem… na dworze jest zimno. Co innego wiosną, można sobie pofiglować w plenerze. A wiesz, że ja miałam kiedyś taką erotyczną przygodę. No, powiedzmy… – Anna wzdycha ciężko. – Dokładnie w sylwestra na dachu centrum uniwersyteckiego. Czterdzieste piąte piętro, wyobrażasz to sobie? Chcieliśmy być konsekwentni. A wyszło, jak wyszło. Cieniutko. Na tróję z minusem. Tylko tyłek mi zmarzł jak diabli. Zawsze, kiedy tam przechodzę, myślę o tym nieszczęsnym seksie.

– Dziękuję, Anno. Ja teraz też – mówię. Kelnerka stawia nam na stoliku wino musujące. Całą butelkę.

– Dziś wieczorem pójdę tam i powiem mu prosto z mostu, że mam faceta, i że to była tylko głupia wpadka. Taki tam niezobowiązujący numerek po pijaku.

– A do tego potrzeba oczywiście nowej bielizny. – Anna patrzy na mnie spod oka. – Ewa, co ty wygadujesz? Gdzie tu sens, gdzie logika? Dopiero zaczęłaś, a już chcesz kończyć? Niee, nie podoba mi się to. Naprawdę chcesz to zrobić?

– Tak, chcę. I przestań mnie tu wkręcać. Już nie piejesz z zachwytu nad Johannesem? Chyba miał rację, mówiąc, że za kobietami trudno trafić. Przynajmniej za niektórymi…

– Masz komórkę, dzwoń! – mówi tonem nieznoszącym sprzeciwu i podsuwa mi mój telefon, który leży na stoliku. – Po jednej
nocy takie załatwienie sprawy nie będzie moralnie naganne.

– Telefonicznie? Zwariowałaś?

– Fakt. Tego nigdy nie robi się przez telefon. – Anna splata dłonie
i odchyla się do tyłu. – To się robi per SMS: „Drogi Tobiaszu, ja też
dobrze się bawiłam. No to cześć". Krótko i na temat. Sama esencja…

– Że co?

– No, wszystko w tym jest, kapujesz? Nic dodać, nic ująć. Jak
nie chcesz się z nim więcej spotkać, dodajesz jeszcze na koniec
uśmieszek. To zawsze odstrasza.

Zachowuje się jak zawodowiec. I niestety, naprawdę nim jest.
Anna dostała już wystarczająco dużo takich krótkich, ale treści-
wych wiadomości.

– Nie, w taki sposób tego nie zrobię! – mówię stanowczo. – Ten
facet nie jest idiotą. Wręcz przeciwnie. To idealista i romantyk.
Zasługuje na pożegnanie z klasą. Wieczorem spotkam się z nim
w jego mieszkaniu i może moglibyśmy…

– Nie, nie możecie! – przerywa mi gwałtownie. – W razie czego
spytasz swoją babcię, co i jak. Ma już swoje lata i doświadczenie
w kwestii zrywania z facetami. Okay, z jednym facetem. Mniejsza
o większość. A tak w ogóle, co u niej słychać?

– Raczej nieciekawie. W poniedziałek zaraz po pracy mam
zamiar do niej pojechać i pomóc jej w pakowaniu, bo biedaczka jakoś
nie może się do tego zabrać. A poza tym chcę przypilnować, żeby
wszystko zostało w miarę szybko i sprawnie załatwione. Zmiana mel-
dunku, telefon do gwarectwa, wizyta w banku i takie tam. Samo życie.

– Obłęd w kratkę, no nie? Kobieta ma prawie osiemdziesiąt lat
i robi dokładnie to samo co my, gdybyśmy się znalazły w podobnej
sytuacji. Odważna ta twoja babcia, słowo daję.

Kiwam głową, sączę wino i przyglądam się dobrze ubranym ludziom w tym modnym lokalu. Nagle ogarnia mnie irytacja. Coś mi tu za bardzo pachnie *Seksem w wielkim mieście*.

Przygotowania do „wieczorku pożegnalnego" okazują się nadspodziewanie czasochłonne i wyczerpujące, choć równocześnie bardzo przyjemne, nie powiem. Długa kąpiel z dodatkiem olejków zapachowych. Golenie nóg – i nie tylko nóg. Anna i ja zostałyśmy kilka godzin w mieście, buszując po sklepach z damską bielizną. W jednym z butików wypatrzyłam naprawdę urocze stringi z aksamitną muszką na pupie. Już chciałam biec z nimi do kasy, na szczęście Anna trzymała rękę na pulsie i w porę zainterweniowała. Koniec końcem wróciłam do domu z kompletem bielizny optymalnej na rzeczoną okazję. Żaden facet przy zdrowych zmysłach nie będzie piał z zachwytu na widok czegoś tak banalnego, to pewne. Zdecydowałam się na błękit. Właściwie niebieski. Błękitne może niebo, błękitne oczy, ale bielizna zawsze niebieska. Nudna jak flaki z olejem. Aseksualna. Niebieski jest Szwajcarią pośród kolorów bielizny. Stanik nie ma zapięcia, to raczej sportowy model, w sam raz na aerobik. Bardzo sprytnie! Ponieważ czegoś, co nie ma zapięcia, nie można również odpiąć. Proste.

SMS do 0170-7339814
Jak tam lepienie bałwanów? Sorry, miałam na myśli drużyny piłkarskiej? Jesteście jeszcze zajęci czy Twój śniegowy krasnal już śpi? Ewa.

Johannes przez cały dzień nie dał znaku życia. Ciekawa sprawa, że ani mnie to ziębi, ani grzeje. Jakieś *novum*? Na to mi wygląda.

SMS od 0170-7339814
Śpi. Usnął mi już przy myciu zębów. Mam zamówić sushi? Tob.

Wiedziałam, że gdzieś musi być haczyk. Ten facet jest kobietą. Jaki mężczyzna zamawia sushi? No, może Japończyk.

SMS od 0170-7339814
Nie trzeba. Przyniosę czekoladowe całuski i butelkę wina. Już się szykuję. Podasz mi adres?

SMS od 0170-7339814
Melchiorweg 10. Ogromnie się cieszę. Już nie mogę się doczekać. Tob.

Cholera, cieszy się! A ja co? Też się cieszę. Chociaż zaraz mu powiem, że z nami koniec. Ewentualnie. Na pewno.

Na mosiężnej tabliczce przy dzwonku pięknie wygrawerowane litery: „doktor Tobiasz Pauli". Wytworny pan. Doktor?! Od wieszania obrazów? Zawsze wiedziałam, że świat ludzi sztuki jest co najmniej zastanawiający, delikatnie mówiąc.

Całujemy się na powitanie, tak jak się to robi w Monachium, najpierw w lewy policzek, potem w prawy. Pan doktor ma na sobie szare dżinsy i niebywale luzacki T-shirt. Biały z szarą kieszonką. U góry wystają jeszcze różowe plastry, które przylepiłam mu kilka dni temu. A na stopach ma skarpety antypoślizgowe. Skarpety antypoślizgowe? Cholera, to jest naprawdę mocne.

Tobiasz mieszka w trzypokojowym mieszkaniu, oczywiście stare budownictwo, oczywiście z dębowym parkietem i sztukaterią pod sufitem. W korytarzu i w salonie stoją oparte o ściany obrazy. Bardzo dużo obrazów.

– Dziwisz się? Właściwie powinienem mieć własne atelier. Takie z prawdziwego zdarzenia. Jakieś sto metrów kwadratowych, najlepiej na strychu, otwarta przestrzeń, szklany sufit i... – Uśmiecha się przepraszająco. – Rozgadałem się, *sorry*. Jak widzisz, na razie pracuję w domu. To są druki. Kiedy przygotowuję jakąś wystawę, mogę dzięki nim zorientować się, jak wyglądają w oryginalnej wielkości. Po zamknięciu wystawy zawsze je zwracam, ale te najpiękniejsze zatrzymuję sobie. Przepraszam za ten artystyczny nieład.

– Jest niesamowity. To znaczy, chciałam powiedzieć, naprawdę mi się podoba. Nasz bohater już śpi?

– Jak suseł. Chcesz zobaczyć? – pyta, kiedy idziemy korytarzem.

– Pewnie.

Na końcu korytarza, po lewej widzę uchylone drzwi. W pokoju nie panuje zupełna ciemność. Wchodzimy na palcach do środka. U wezgłowia łóżka stoi biało-granatowy stoliczek, na nim mały niebieski słoń, którego brzuch i trąba delikatnie świecą, obok leżą nagie stopy Thorego.

To mi uzmysławia, że ten krasnal ma tyle energii, iż nawet we śnie nie może spokojnie uleżeć.

Tobiasz pochyla się, przekłada nogi malca do łóżka i nakrywa go troskliwie. Cóż za piękny obrazek, dużo piękniejszy niż te pod ścianami. Chciałabym najpierw powąchać Thorego, a dopiero potem jego ojca.

Czy mogę mieć was obu?

W korytarzu oddycham głęboko. Musiałam wstrzymać oddech, żeby nie obudzić Thorego. Zrobiłam to instynktownie, nawet o tym nie wiedziałam.

– Wino, woda, mleko z ryżem, dżin z tonikiem, ale bez słomki, wódka albo... nic? – Głos Tobiasza wyrywa mnie z zamyślenia. Bierze mnie za rękę i ciągnie do kuchni. Uśmiecham się, przypominając sobie, że jego syn też zawsze tak mnie ciągnie do gabinetu.

Tobiasz odkorkowuje wino, które przyniosłam.

– Znakomity wybór.

– Poważnie?

Nie znam się na winach ni w ząb, ale dziękuję za komplement.

– Etykietka mi się podoba.

Ach, więc o to mu chodzi…

– I wyobraź sobie, nawet kiedy kupuję dżem, najpierw patrzę na etykietkę. Jeśli obrazek jest gustowny, bez namysłu wrzucam słoik do koszyka. – Zanim przebrzmiała ostatnia sylaba, korek wyskakuje z butelki. Bardzo profesjonalnie.

– I co dalej? Jak już wykończysz zawartość. Organizujesz wystawę słoików po dżemach? Panie kuratorze…

Sadowię się wygodnie na przykrytej kolorowymi poduszkami ławie. Już chcę mu powiedzieć, że uwielbiam ławy kuchenne, a najbardziej te stare z wiejskich chat, ale gryzę się w język. Tylko nie zapominać o misji.

– To jest właśnie twórcze myślenie. Brawo! Gdyby jakieś muzeum zleciło mi zorganizowanie wystawy słoików po dżemach…

– …pewnie poszłabym znów do muzeum.

Tobiasz wyjmuje z szafki dwa smukłe kieliszki i trzyma je pod światło. Lśnią jak kryształ.

– Na czym właściwie polega twoja praca? Bo chyba nie na wieszaniu obrazów?

– Oczywiście, że nie. – Tobiasz natychmiast się ożywia. Widać, że naprawdę lubi to, co robi. – Razem z moim zespołem organizuję wystawę i za nią odpowiadam. Od momentu powstania pomysłu aż do jego realizacji. Kontakt z kolekcjonerami, z innymi muzeami, ubezpieczenie obrazów i tak dalej. I to ja decyduję, jak mają być zawieszone w salach wystawowych. Bądź co bądź jestem fachowcem od wieszania obrazów, nieprawdaż? – Podaje mi z uśmiechem kieliszek i podnosi swój. – Na zdrowie! Jestem szczęśliwy, że dałaś się namówić.

– Och, dziękuję za zaproszenie. Na zdrowie!

Trącam się z nim kieliszkiem i piję. Patrzymy sobie w milczeniu w oczy.

Powiedzieć to teraz? Że mam faceta, którego za nic w świecie nie zostawię? Bo przecież nie zostawię…

– Tobiasz…?

– Tak? – Przesuwa dłonią po moim karku.

– No więc… – zaczynam, czując, jak lekko ugniata palcami moją szyję, znów to łaskotanie poniżej pępka. Na pewno chce mi się siusiu. Zamykam oczy i głęboko oddycham. – …uważam, że to wino jest naprawdę przepyszne.

– Tak samo jak całowanie się z tobą. Nie, jednak wolę to drugie – odpowiada i całuje mnie delikatnie w usta. Punkt dla niego. Właśnie taki powinien być najpierwszy pocałunek, ciepły i miękki. Bez żadnych francuskich ekscesów. Serce bije mi jak szalone, a mój zdrowy rozsądek pakuje walizki ze słowami: „Wszystko jasne, dziś wieczorem nic tu po mnie. To ja znikam, pa. Bawcie się dobrze". No i diabli wzięli moją misję.

W jednej ręce trzymam kieliszek z winem, drugą muskam piękną twarz Tobiasza. Patrzymy sobie w oczy. Właściwie nie ma tu już miejsca na nic innego, mimo to jednak na jedną ulotną chwilę pojawia się myśl o Jo. Do licha, będzie trudniej, niż myślałam. Jak mam powiedzieć, że chcę zakończyć znajomość, jeśli w tym momencie nawet nie wiem, z kim właściwie? Zamykam oczy, a Tobiasz ciągnie mnie do salonu.

Idę posłusznie za moim przewodnikiem. Dębowa podłoga jest ciepła, pod stopami czuję spoiny między klepkami. Nie mogę teraz zabrać ręki i powiedzieć, że muszę już iść. Byłoby mu przykro, nie wspominając już o mnie.

Siadamy na sofie, Tobiasz przygląda mi się z uwagą. Mój Boże, kiedy ostatni raz ktoś tak na mnie patrzył? Motyle w brzuchu wariują na całego!

– A cóż to za rozkoszna kropeczka na obojczyku? – pyta z uśmiechem, przyglądając się pieprzykowi, który zawsze widać, kiedy podkoszulek zsunie mi się z ramienia. – Co się stanie, jeśli ją pocałuję?

– Ostrzegam cię, to może być bardzo niebezpieczne – szepcę. – W takim przypadku za nic nie ręczę.

– Ale nigdzie, jak okiem sięgnąć, nie widzę tu żadnej tabliczki, która zakazywałaby mi pocałować to maleństwo. – Podnosi mi podkoszulek i zagląda w dekolt.

– Załóż okulary.

– Wzrok mam sokoli. Nie, nic nie widzę, a to znaczy…

– Na twoim miejscu nie ryzykowałabym, ale skoro nie możesz się powstrzymać…

– No nie mogę!

A wtedy on już jest ze swoimi ciepłymi winnymi ustami na moim obojczyku.

Jego dłonie już od kilku minut są pod moim podkoszulkiem i przyciskają się do moich pleców. Odchylam do tyłu głowę. Kapitulacja na całej linii.

– Masz tu naprawdę piękną kropkę. Od dziś to będzie moje ulubione miejsce na twoim ciele. Chociaż nie widziałem jeszcze innych… – mówi bardziej do znamienia niż do mnie, jakby to była sprawa między nimi dwoma.

Wtedy ja go całuję. Bez tchu, bez pamięci. Nie puszczę cię, mój piękny panie kuratorze. Za bardzo mi się podobasz.

W pewien zaśnieżony styczniowy wieczór pocałował pieprzyk na moim prawym obojczyku i w tym momencie już wiedziałam, że to będzie coś wspaniałego.

Nie mam pojęcia, jak to się stało, leżę pod nim i całujemy się namiętnie.

– Stop! – mówię kategorycznie.

Tobiasz patrzy na mnie przestraszony.

– Tak, oczywiście... nie chciałbym robić niczego, co by cię w jakiś sposób...

– A co z Thorem? Przecież jest za ścianą – szepcę.

– Ach, tak, Thore. Już myślałem... Bez obaw, śpi jak suseł, głęboko i mocno. Nie ma szans, żeby się obudził. A jeśli już, na pewno go usłyszymy.

– Przysięgasz? – Jeszcze nigdy nie byłam w takiej sytuacji. Leżę w łóżku z mężczyzną i wcale nie czytamy sobie bajek, a obok śpi dziecko.

– Przysięgam.

– Chyba nie wie, że tu przyszłam, prawda?

– Wie. Powiedziałem mu, że w piątek mało brakowało, a byłbym przeleciał jego ulubioną terapeutkę, i że koniec końców jednak tego nie zrobiliśmy, tylko dlatego że jego durny tata nie miał przy sobie prezerwatywy. A wtedy on spojrzał na mnie drwiąco, potem nazwał mnie kompletnym idiotą i oświadczył, że przecież każdy pięciolatek wie, że zawsze trzeba mieć przy sobie gumkę. A najlepiej kilka...

– Nie! Bujasz?!

– Chłopaki tak mają, nie wiedziałaś? Zawsze opowiadamy sobie wszystko. Ze szczegółami. A wy nie?

– No, czasem... – bąkam i czuję, że za chwilę wybuchnę płaczem.

– Ach, głuptasie. No pewnie, że nic takiego nie miało miejsca. Nie wierz we wszystko, co ci mówią mężczyźni – mówi, chichocząc, Tobiasz. – Jestem odpowiedzialnym ojcem i wiem, jak należy postępować z dziećmi. Thore ma jeszcze czas na edukację seksualną. Powiedziałem mu, że dziś wieczorem przyjdzie do nas jedna bardzo miła przyjaciółka, i obiecałem, że nie będziemy się bawić jego klockami lego.

Gładzi mnie po policzku i opróżnia kieliszek. Oddycham z ulgą, jednak trochę się wstydzę, że prawie, prawie mu uwierzyłam.

– No, tatusiu, czy potrafisz dotrzymać tej obietnicy? – Pochylam się do niego gotowa na pocałunek. – Nawet nie masz pojęcia, jak chętnie pobawiłabym się klockami lego. Nie, jednak wolę zabawy dla dorosłych… – Przez chwilę jestem zaskoczona, jak nieprzyzwoicie to zabrzmiało.

Uśmiecha się i całuje mnie w usta. Pocałunek z karmieniem, dziś serwuje wino.

W sypialni panuje chłód. Tobiasz uchylił okno. Wnętrze stanowi kwintesencję stylistycznej prostoty. Białe ściany, białe zasłony, zero gadżetów. Nawet stelaż łóżka jest prosty, a pościel biała. Żadnych kwiatków, kropek i koronek. Tu mieszka spokój.

I właśnie taki jest nasz pierwszy seks. Tobiasz trzyma mnie czule w ramionach. Ale co by było, gdyby teraz wszedł tutaj Thore? Bo na przykład przyśnił mu się jakiś zły sen i chce się przytulić do taty? Aż strach pomyśleć.

– Podziwiam twoje opanowanie, ale według mnie trochę szarżujesz. Ja, chociaż naprawdę się staram, jakoś nie mogę zapomnieć, że za ścianą śpi twój syn. A może wcale nie śpi? Może właśnie nas podsłuchuje? I co ty na to?

– Widzę, że wyobraźnia pracuje. Będzie dobrze. Skarbie, zaufaj mi. Był taki zmęczony, że prześpi calutką noc do rana. Czy to cię dziwi? Szokuje?

– Tak.

– Wierzę. Kiedyś, wyobraź sobie, przyłapałem moich rodziców. Byłem jeszcze kompletnie zielony i nic a nic nie rozumiałem z tego, co oni tam właśnie robią. Mój ojciec nie stracił zimnej krwi, wstał szybko, zakrył poduszką swoje klejnoty i zaprowadził mnie z powrotem do łóżka. Powiedział, że jutro wszystko mi wytłumaczy, i rzeczywiście tak zrobił. To tyle.

– Z tą różnicą, że tutaj nie leży matka Thorego. Tylko, jak to powiedziałeś, jego terapeutka.

– Ulubiona. A to diametralnie zmienia postać rzeczy. Gdybym tu leżał z twoją szefową, wtedy dopiero świeciłbym oczami. Lubisz dzieci? Mam wrażenie, że zawsze jesteś taka spokojna i rozluźniona przy Thorem. To dość rzadkie u kobiet w twoim wieku, wiesz?

– Nie wiem. I szczerze mówiąc, nie bardzo rozumiem, co masz na myśli.

– Twoje rówieśniczki są często bardzo przesadne. Nadopiekuńcze i przewrażliwione. Ale to chyba dotyczy większości kobiet.

– Staram się traktować go normalnie, jak innych pacjentów, tych trochę starszych, i naprawdę bardzo lubię twojego syna. Jest taki zabawny, a przy tym rezolutny. Ciekawe, po kim to ma? Ale… przepraszam cię, bardzo mi przykro, Tobi. Nie mogę rozmawiać o dzieciach, kiedy twój… no wiesz… leży na mojej gołej pupie.

Gryzie mnie w kark i jeszcze mocniej przyciska do siebie.

– Uważaj, Ewa, nastawimy budzenie na szóstą rano, trochę podrzemiemy, a potem wskoczymy w ciuchy. Okay?

– Okay, jestem za. Czy możesz to zrobić, nie zabierając swojego… no wiesz… z mojej gołej pupy? Chciałabym, żeby tam jeszcze trochę pobył…

– Nie da rady. Sprawy zaszły za daleko…

Czuję to! Wszystko, co dobre, kiedyś mu się skończyć. To jest ostatni raz, kiedy myślę o Thorem. Zasypiamy wtuleni w siebie.

Tupot małych stópek na drewnianej posadzce. W ułamku sekundy mam wrażenie, jakbym dostała obuchem w łeb. Cholera jasna!

Z tego wszystkiego zapomnieliśmy nastawić budzenie. On zapomniał, nie ja. A mówił, że jest odpowiedzialnym ojcem. Właśnie widzę... Nie ma to jak autoreklama. Thore przeciera oczy, wdrapuje się na łóżko i kładzie się obok swojego taty.

– Dzień dobry, mój mały – szepce Tobiasz. Głos spokojny, zero paniki. – Wyspałeś się już, czy chcemy jeszcze się poprzytulać?

Leżę jak trusia za plecami Tobiasza i prawie nie oddycham. Co robić? Boże, jaki wstyd. Żeby choć listek figowy, cokolwiek. Człowieku, Ewa! Jesteś głupia jak but.

– Nie chce mi się już spać, chcę się przytulać – słyszę lekko zachrypnięty dziecięcy głosik.

Tobiasz unosi zapraszająco kołdrę. Chwila moment – jakim cudem zdążył założyć spodenki? Czy Thore już mnie zlokalizował, nie daj Boże? Istnieje nadzieja, że nie. Dopiero co się obudził i na pewno jeszcze jest zaspany. Mogłabym ewentualnie spróbować wymknąć się z drugiej strony łóżka. Zsunę się niepostrzeżenie na podłogę i doczołgam się do drzwi. Nie, to by dopiero była kompromitacja!

– Dzień dobry, Ewa – znowu ten miły, lekko zachrypnięty głosik.

To niby do mnie? Ratunku!

– Cześć, Thore. Pośpimy razem, dobrze? Bo mnie jeszcze baaardzo chce się spać. – Całkiem gładko mi się to powiedziało. Sukces.

– Weźmiesz mojego Brummi? Widzisz, jaki jest kochany? Tylko spodenki ma trochę za duże... – Thore przysuwa mi swojego pluszowego misia. Tobiasz uśmiecha się, a ja czuję przez skórę, że myśli o tym samym co ja: nie daj niczego po sobie poznać, to jest najnormalniejsza rzecz pod słońcem. Thore nie będzie zdziwiony, że jego ulubiona terapeutka w niedzielny poranek leży golusieńka w łóżku jego ojca.

– Rzeczywiście, bardzo miły miś. A ja mam Milusię, wiesz?

– Misiaczkę?

– Nie, moją pluszową krówkę. W ślicznej sukieneczce. I ma też torebkę. I sweterek zapinany na guziczki muchomorki. Moja babcia zrobiła wszystko na drutach.

Ukołysałam go do snu. Niesamowite. Thore śpi. Poznaję to po jego miarowym oddechu. Okryty jest po sam nos. Leży przed swoim ojcem, ja leżę za plecami Tobiasza. Czy on nie śpi? Niemożliwe, żebym jeszcze zasnęła, a jednak to robię.

– No, moi drodzy, komu kakao, a komu kawę? Dziś gospodarz tego zacnego domu serwuje śniadanie do łóżka. W końcu mamy niedzielę, tak? – budzi mnie głos Tobiasza.

– Kakao do łóżka! – cieszy się Thore i obaj panowie spoglądają na mnie bardzo przytomnie.

– Poproszę kawę do łóżka – odpowiadam, łypiąc jednym okiem na Brummiego – a ten bardzo miły niedźwiadek w za dużych spodenkach chyba będzie chciał, będzie chciał…

– Kakao! – podpowiada mi Thore.

– Doskonały wybór, szanowni państwo – mówi Tobiasz i wstaje. Owija się kocem i zakłada synowi skarpetki. Antypoślizgowe oczywiście – Pomożesz mi w kuchni, panie podkuchenny?

– Taaak! – Thore wyskakuje z łóżka jak na sprężynach i biegnie do drzwi w zielono-białym szlafroku. Tobiasz rzuca mi z uśmiechem swoje bokserki i koszulę, po czym, zakrywając dłonią usta, szepce:

– Wszystko gra! A nie mówiłem…

Wracają po chwili z trzema parującymi filiżankami i deseczką, na której leżą trzy grube pajdy chleba.

– Ewa, chcesz kanapkę z nutellą czy z dżemem? – pyta mnie Thore i mości się obok mnie. Siedzi teraz między nami i wpatruje się łakomym wzrokiem w te maksikanapki. – Ja najlepiej lubię z nutellą – wyjaśnia.

– Ja też, ale dziś zrobię wyjątek. Poproszę kanapkę z dżemem. „Ciekawe, co było na etykietce…", myślę z rozbawieniem.

– Chłopie, ty to masz szczęście. – Tobiasz się śmieje.

– Tata ma taką samą koszulę – mówi Thore, głośno mlaskając. Usta ma całe w nutelli.

Bystry dzieciak.

Siedzimy więc teraz w łóżku i pałaszujemy z apetytem niedzielne śniadanie. We troje. Tobiasz i Thore Pauli, i Ewa Ludwig. Pozwolą państwo, że przedstawię: patchworkowa rodzina dnia. Nie wierzę, po prostu nie wierzę.

Thore podnosi się, staje między nami w rozkroku niczym rewolwerowiec i patrzy na nas z góry. Oho, teraz dopiero się zacznie, już widzę, co się święci. Weźmie nas w krzyżowy ogień pytań. Zaraz powie: „Ty wcale nie jesteś moją mamą, więc co tu w ogóle robisz? Spadaj, kobieto! Żarty się skończyły". I rzeczywiście, mały mężczyzna lustruje mnie od stóp do głów, a wzrok ma taki, że tylko brać nogi za pas.

– Pójdziemy na plac zabaw? Ty, tata, ja i Brummi.

Ach, więc o to chodziło. Od razu mi lepiej.

– Thore, no coś ty! Widziałeś, ile napadało śniegu? Nie możemy iść na plac zabaw – wtrąca się Tobiasz. – Pan dozorca też ma dzisiaj wolne. Niedziela, chłopic, zapomniałeś? A poza tym nie wiemy, czy Ewa zechce nam dotrzymać towarzystwa.

– Właśnie, że chce! Ewa idzie z nami i już. Na pływalnię! Pokażę jej, jak pływam żabką.

– Nie mam kostiumu kąpielowego.

– A widzisz? Ewa nie wzięła kostiumu. Innym razem jej pokażesz swoją superżabkę. Przecież chcieliśmy dziś rozegrać turniej karciany albo pograć w halli galli i usmażyć naleśniki... – Tobiasz przypomina synowi o planach na dzisiejszy dzień.

– Ale Ewa nie umie grać w karty – mówi Thore odrobinę przygnębiony.

– No coś ty? Oczywiście, że umiem.

– Dlaczego myślisz, że Ewa nie potrafi grać w karty? – dziwi się Tobiasz.

– Tato! Przecież Ewa jest dziewczyną, a dziewczyny po prostu tego nie umieją.

– Taaaak? No, poczekaj tylko mój przyjacielu! Już ja ci pokażę, jak się gra w karty. Oczko czy poker?

A więc tak to wygląda. Cudownie rodzinna niedziela z cudownym chłopczykiem. Chcę tego. Dokładnie tego chcę. Gdyby jeszcze była tu z nami cudowna dziewczynka...

Thore wyskakuje z łóżka i pędzi jak strzała do pokoju dziecinnego. Tobiasz całuje mnie w usta.

– Jesteś wspaniała, dziękuję!

– To wy jesteście wspaniali, nie ja – mówię cicho, i tylko ja wiem, że to prawda. Ponieważ powoli zaczynam się budzić z mojego pięknego snu. Pora wracać do rzeczywistości. Nie będzie dziś ani turnieju karcianego, ani naleśników z chłopakami. Zamiast tego w domu czeka mnie niezła zabawa.

– Ewa! Chodź tuu! – woła Thore z pokoju dziecinnego. – Muszę ci coś pokazać.

– Naprawdę chciałabym z wami zostać. Ale nie mogę.

– Eeewaa!

– Aniele mój najsłodszy, nie daj się prosić. Gdybyś mogła schować się w toalecie i przejrzeć na YouTube filmiki instruktażowe do halli galli. Na pewno znajdziesz coś ciekawego. Upiekę ci za to szarlotkę. Z bitą śmietaną...

– Fantastyczny pomysł. Ale nie kuś mnie, ty szatanie, niedoszły cukierniku, muszę wracać do domu. Mus to mus – dodaję z naciskiem, chociaż wszystko we mnie krzyczy: nie, nie, nie!

– Eeewaa! No chodź, tylko na chwilkę. – Głos Thorego brzmi nagląco.

Próbuję wygramolić się przez Tobiasza, ale on trzyma mnie w żelaznym uścisku i obsypuje pocałunkami.

– *Sorry*, kochanie, mam randkę z twoim synem. Tylko nie bądź zazdrosny.

Puszcza mnie wreszcie z ciężkim westchnieniem. Posyłam mu całusa i ruszam w stronę pokoju dziecinnego.

– O la, la, wyglądasz tak seksownie w moich ciuchach. Aż bierze mnie ochota na szybki numerek. Nie, idę pod prysznic. – Zimny! – mówi bardziej do siebie.

Thore klęczy na zielonym dywaniku, dookoła leżą klocki lego. Przysiadam się do niego i biorę do ręki pierwszy klocek. Potem drugi i trzeci… Budujemy zamek rycerski i słuchamy szumu wody w łazience.

Prawie nie rozmawiamy. Co najwyżej „potrzebuję czerwonej dwójki" albo „widziałaś gdzieś zielony płaski?". Dobrzy budowniczowie rozumieją się bez słów.

Nie ma jeszcze dziewiątej, a dzień jest tak przecudownie wypełniony. Lego sprawdza się lepieje od jogi!

– Łazienka wolna! – Ubrany od stóp do głów Tobiasz wyrywa mnie z zamyślenia. – Położyłem ci ręcznik i szczoteczkę do zębów. Nowiutką.

– To miłe. Ale nie dziś, wybacz. Muszę jeszcze skończyć fosę i zaraz się przebieram. Wykąpię się w domu.

Thore patrzy na mnie błagalnym wzrokiem.

– Nie, Ewa. Zostań. Zoostań!

– A widzisz. Przecież ci mówiłem, że zawsze myślimy tak samo. – Tobiasz klepie syna po ramieniu – Męska solidarność jest podobno bardziej wypróbowana niż kobieca.

– Tak? No nie wiem, nie wiem…

Wstaję z podłogi i słyszę, jak trzeszczy mi w kościach. Nic dziwnego, już bardzo, bardzo dawno nie bawiłam się klockami lego. Jakieś dwadzieścia lat.

– Nie, chłopcy, bardzo mi przykro, ale muszę iść. I bez dyskusji, okay? – Robię groźną minę, chociaż tak bardzo, bardzo chciałabym zostać.

Tobiasz idzie za mną, wzdychając raz po raz.

– Czy mój kochany synek bardzo cię wymęczył? Tak mi przykro. Jak mógłbym ci to wynagrodzić? – Przytula mnie do siebie.

– Daj spokój, było super. Już dawno tak dobrze się nie bawiłam. Wy dwaj jesteście po prostu bajeczni. Ale na mnie już czas.

– Więc zostań jeszcze w naszej bajce…

– Widziałeś gdzieś moje majtki? – pytam bardzo rzeczowo.

– Leżą obok łóżka. Twój śliczny staniczek też. Czy później pogadamy jeszcze przez telefon? Najlepiej pod wieczór, kiedy Thore będzie już po kąpieli. I bajeczce na dobranoc.

– Zobaczymy. Ale na pewno się odezwę, słowo. – Nie lubię takich pożegnań. Czuję się jak głupia panienka na jedną noc. A powinnam?

9 stycznia

Nikogo nie ma na ulicy, świat został otulony przez śnieg. Idę przez miasto w niedzielny poranek w ciuchach z sobotniej randki, która w pierwszej wersji wcale nie miała być randką, i czuję się dość nieciekawie. I chyba nawet rześkie styczniowe powietrze dziś mi nie pomoże.

Nasze mieszkanie wydaje się dziwnie puste. Obrazy nie opierają się o ściany, tylko na nich wiszą. W żadnym pokoju nie stoi warowny zamek z klocków lego, nie słychać małych stópek, które drepcą w korytarzu.

Johannes jest na nartach ze swoim kumplem. Ciekawe, czy nakręcili swój bombowy filmik. A może wybrali się jednak na *après-ski* i teraz udają kowbojów? Słomiani wdowcy miewają czasem dziwne pomysły. A słomiane wdowy? Wczoraj o tej porze chciałam jeszcze załatwić „sprawę". Teraz „sprawa" załatwia mnie.

To nie tak miało być, nie tak. Co robić?

Mam trzy nowe wiadomości.

SMS od Anny, godzina 22.46
Droga przyjaciółko, siedzę z dziewczynami w naszym pubie pod katedrą. Przybywaj, gdy już załatwisz swoją misję. Trzymam za Ciebie kciuki.

i 2.37
...mogłam się założyć, skarbie!
Używaj życia i nie miej wyrzutów sumienia!

Hm... Anna bywa czasem bardzo przebiegła.

MMS od Tobiasza, godzina 8.47
Kochana Ew, właśnie siedzisz w mojej koszuli z moim synem na dywaniku i budujecie zamek z klocków lego. Jesteście tak bardzo pochłonięci zabawą, że nawet nie widzicie, że stoję w drzwiach. Dziękuję za tę piękną chwilę. Ja = zakochany tata!

Rzeczywiście nie zauważyłam, że nas sfotografował. Instagram. To zdjęcie nadawałoby się w sam raz na okładkę do „Nido"*. *How to be happy family.* Już czas, żeby go dopisać do listy kontaktów jakimś imieniem. Tylko jakim?

Johannes nie napisał. Na pewno się domyśli, że nie było mnie w domu. Poczuje to, nie mam najmniejszych wątpliwości. Czy to coś trochę zmieni, jeśli nastawię muzykę albo potargam prześcieradło? Na poduszce kładę kilka czasopism i laptop. Oglądałam w łóżku film. Czasem naprawdę to robię.

---

* „Nido" – niemiecki magazyn dla rodziców.

Nie! Nie chcę kłamać. Dość już kłamstw i kreciej roboty. Podwójne życie Ewy L. – to wcale nie brzmi fajnie. Dlaczego mieszkanie jest takie wielkie i dlaczego zrobiło się tu nagle tak cicho?

SMS do Tobiasza
Kochany Tob, jak tam imprezka z halli galli? Czy Thore Cię ogrywa?
Myślę o Was. I już tęsknię... Buziaczki! Ewa

– Halo?
– Babciu, to ja, Ewa.
– Ach, Ewunia. Jak się masz?
– Ujdzie w tłoku – mówię szybko. Cholera, miałam nie kłamać.
– Co się dzieje?
– Sama nie wiem. Ale nie mówmy o tym, dobrze? Chcę się dowiedzieć, co u ciebie. Jak się czujesz, moja kochana?
– Ach, dziecinko. Trudno powiedzieć. Bardzo źle śpię.
– Jak to teraz w ogóle robisz? Podzieliliście sypialnię?
– Nie, dziadek rzucił mi pościel na sofę i zamyka sypialnię. A na dzień zabiera klucz, taki mądry. Guzik go obchodzi, czy mi tu wygodnie, czy nie.
– O Boże, co za idiotyzm! – Przełączam telefon na głośnik i nastawiam wodę na herbatę. – Dlaczego na to pozwalasz? Trzeba było sobie dorobić zapasowy klucz, skoro nie można inaczej. Trochę sprytu, babciu.
– Skąd mogłam wiedzieć, że wytnie mi taki numer? Z tym starym osłem nie da się już nawet rozmawiać! Tylko burczy i burczy. Albo udaje niemowę. Nawet nie mogę wyjść z domu.
– Dlaczego?

– Wszędzie tylko śnieg i śnieg. Boję się, że się przewrócę i jeszcze, nie daj Boże, złamię nogę, a w moim wieku to już nie przelewki.

– Tak, rzeczywiście. Złamania kości to poważna sprawa, lepiej nie ryzykować. Zostań w domu, babciu. Co dziś jeszcze planujesz?

– Dzień prawie się skończył.

Spoglądam na zegar w kuchni.

– Babciu, jest dopiero wpół do jedenastej... nie, masz rację. Dzień prawie się skończył – mówię cicho. Czy to coś zmieni, jeśli jej powiem, że jest dopiero wpół do jedenastej i jeszcze cały dzień przed nią? Ona chce w to wierzyć.

– Pokłóciłaś się z Johannesem?

– Och, babciu, lepiej nie pytaj...

– Przecież to taki dobry i miły chłopak. Prawdziwy skarb. Kiedy się wreszcie pobierzecie?

Prawdziwy skarb. Już to gdzieś słyszałam.

– Babciu!

– Ach, ty zołzo jedna! Feministka za trzy grosze, myślałby kto. Znam cię jak nikt inny. Już w przedszkolu powiedziałaś, że za nic w świecie nie chcesz być kurą domową. – Babcia uwielbia tę historię. Pewnie dlatego, że sama ma dość tej uświęconej tradycją kobiecej roli. Jest wprawdzie tradycjonalistką, ale ma również swoje przemyślenia. Czasem bardzo radykalne. – Ewa, chciałabym gdzieś wyjechać.

– Wiem, kochana babciu, ja też.

– Nie chcę spać na sofie przez następne trzy albo cztery tygodnie. Mam dość tej męczarni, rozumiesz, Ewuniu? Dziadek nie odzywa się do mnie ani słowem, a w naszym klubie seniorek są jeszcze ferie zimowe.

– Wygrałaś wczoraj w lotto? Super. Kupimy sobie szałową brykę i...

– …i pojedziemy na ciastka, z kremem oczywiście, i nie będziemy pytać o cenę.

– Och, babciu. Czasem naprawdę przesadzasz ze swoimi fantazjami. O takich luksusach nawet nie śmiem marzyć.

Śmiejemy się.

– Nie, nic.

– Za pieniądze, które co tydzień wydajesz na kupon lotka, mogłybyśmy sobie kupić całą ciastkarnię.

– No wiesz co! Przecież już raz wygrałam… – Babcia upiera się przy swoim.

– Tak, całe sto siedemdziesiąt marek, pamiętam. Kupiłaś dziadkowi kosiarkę. Czerwoną jak pomidor.

– Noo, jak bardzo dojrzały pomidor. A my poszłyśmy na pieczonego kurczaka. To też pamiętasz?

A nie? Takich rzeczy się nie zapomina. Uśmiecham się do siebie. Wczesnym popołudniem pojechałyśmy do miasta linią autobusową 143 w naszych najlepszych wyjściowych kreacjach i oszołomione nowym bogactwem, które tak niespodziewanie na nas spadło, wmaszerowałyśmy do restauracji dużego domu towarowego, zamówiłyśmy dwie połówki kurczaka i dwie cole. Potem zjadłyśmy jeszcze po dwie kulki lodów, a ponieważ byłyśmy przecież taakie bogate, wsiadłyśmy do autobusu już przy dworcu kolejowym i pojechałyśmy do domu, zaśmiewając się przez całą drogę. To stanowiło naprawdę wielki luksus, ponieważ od następnego przystanku przejazd byłby dużo tańszy. I co z tego? Jak szaleć, to szaleć.

– Babciu, wiesz co?

– No co, Ewuniu?

– Już mi lepiej, naprawdę.

– Kocham cię.

– Ja ciebie też. Do jutra.

– Dziś już nie zadzwonisz?

– Nie, dzień prawie się skończył.

– Racja.

Cisza. Siedzę na parapecie. Wyjrzeć, tylko na chwilę. Co mam robić? Jak wybrnąć z tej okropnej sytuacji, w którą sama się wpakowałam? Przecież nie mogę tak po prostu odejść od Johannesa. Ale nie mogę też tak zwyczajnie powiedzieć Tobiaszowi, że mam innego faceta. Od sześciu lat. Kawał czasu. A może wcale nie? Zeszłej nocy było tak pięknie, że jeszcze teraz czuję ciepełko pod sercem. Kiedy ostatni raz było tak pięknie?

„Pięknie". Czy to naprawdę mocny argument, żeby przewracać do góry nogami swoje życie i za jednym zamachem niweczyć plany na przyszłość? Przecież z Johannesem też zaczęło się pięknie. Zadurzeni, potem zakochani, wspólne wyjazdy, wspólne mieszkanie, jeszcze więcej podróży, a teraz do pełni szczęścia brakuje mi tylko jednego. Żeby wsunął mi na palec pierścionek zaręczynowy i spytał, czy chcę zostać jego żoną. I czy chcę mieć z nim dziecko. Dzieci. Taka ze mnie feministka za trzy grosze. Najwidoczniej jednak mój mężczyzna znajduje się jeszcze w fazie podróży i przygód. Syndrom Piotrusia Pana bywa zabójczy dla związku i ja wiem to najlepiej.

W mieszkaniu panuje półmrok, a na dworze znów zaczął prószyć śnieg. Wielkie białe płatki tańczą w świetle latarni. Świat wydaje się czasem naprawdę piękny. Czasem. Teraz siedzę tu sama z herbatką rumiankową. A parę kilometrów dalej na zielonym dywaniku siedzi dwóch mężczyzn – mały i duży – i mają jeden drugiego.

Mdli mnie. Chyba zaraz zwymiotuję.

Coś uciska mi klatkę piersiową, na wysokości mostka. Jakbym tkwiła w żelaznym gorsecie. To naprawdę boli. Uff. Może kupiłam za mały stanik? Ale nie, wczoraj był przecież okay. Rozmiar 80B. Czy biust może urosnąć przez noc? Nie mogę zaczerpnąć tchu. Co się dzieje?

Nie mogę oddychać. Ręce mi drętwieją, jakby ktoś wbijał w nie dziesiątki ostrych igiełek. Co to jest? Atak serca? Atak paniki? Potrzebuję powietrza. Natychmiast! Powietrza. Powietrza. Potrzebuję powietrza. Głowa mi pęka, jakby tkwiła w imadle. W uszach dzwonienie, coraz głośniejsze. Kręci mi się w głowie, a podłoga faluje, faluje, tracę równowagę! Muszę się położyć. Tylko spokój, Ewa, nie denerwuj się. Jak to się mogło stać? Cholera! Tobiasz! Johannes!

Już jako dziecko kładłam się na podłogę w chwilach smutku i zmartwienia, ponieważ jeszcze nie lubiłam płakać w łóżku. Kiedy leżę płasko na ziemi, odnoszę wrażenie, że nie upadnę jeszcze niżej. Posadzka w kuchni jest zimna, ale daje mi poczucie bezpieczeństwa, a tego właśnie mi teraz potrzeba. Oddycham spokojniej. Powieki mam ciężkie od łez.

Zapadam w półsen i śni mi się, że siedzę na zjeżdżalni, ale utknęłam, i to boli. Nie mogę się ruszyć ani do przodu, ani do tyłu. Ręce mam ściśnięte, jakby ktoś mi je spętał. Nie daję rady się oswobodzić, chociaż bardzo się staram. Anna i Thore ciągną mnie za nogi. Coraz mocniej i mocniej. To naprawdę tak strasznie boli.

– Ewa, wszystko w porządku?

Płaczę.

– Ewa, to ja. Kochanie, co ci jest?

Thore i Anna zniknęli. Zjeżdżalnia też, ale to okropne uczucie skrępowania wciąż mnie nie opuszcza. Dłużej tego nie wytrzymam!

– Ewa, obudź się! Słyszysz?

Z największym trudem otwieram oczy, powieki mam sklejone. Johannes klęczy przy mnie w ciemnej kuchni i głaszcze mnie po plecach.

– Najdroższa, co się dzieje? Płakałaś?

– Która godzina? – Powoli się odwracam.

– Wpół do ósmej. Długo tutaj leżysz? Dlaczego nie w łóżku?

Nie zdjął czapki i patrzy na mnie przerażony.

– Nie mam pojęcia. – Łzy znów płyną mi po twarzy. Strumienie łez. Próbuję usiąść.

– Ewa, co się dzieje? Czy coś się stało? Coś, nie daj Boże, z babcią? – Siada obok i bierze mnie za rękę. Milczę i tylko wpatruję się w podłogę.

– Ejże, spójrz na mnie, dziewczyno!

Wybucham jeszcze gwałtowniejszym płaczem.

– Ewa, ty drżysz. – Zdejmuje wełniany sweter i kładzie mi go na ramiona, a ja mocno się do niego przytulam. Mój dobry, kochany Jo.

– Skarbie, martwisz się czymś? O wszystkim możesz mi powiedzieć. Przecież wiesz…

Dzwoni telefon.

– Niech sobie dzwoni. Nikogo nie ma w domu – mówi ze złością, jakby wyjaśniał dzwoniącemu, dlaczego nie odbieramy. A musimy?

Telefon dzwoni głośniej niż zwykle. Jak na alarm. Trzeci raz. Po siódmym dzwonku włącza się automatyczna sekretarka. Tak ustawiliśmy. Czwarty raz. Z najdalszego kąta mieszkania zawsze udaje się nam dobiec do telefonu w ciągu sześciu dzwonków. Piąty raz. Chyba że wcisnęłam go w szczelinę sofy. Nie, leży na parapecie. Szósty raz. Położyłam go tam po rozmowie z babcią. W mieszkaniu rozlega się mój głos: „Halo, tu automatyczna sekretarka Ewy i Johannesa. Numer jest dobry, moment nie. Proszę nam zostawić wiadomość. Nie oddzwonimy. Żart". Pii.

Wstrzymujemy powietrze. Jakby głośne oddychanie mogło nas zdradzić, że jesteśmy w domu.

„Cześć, Ewa. Tu Anna. Co się dzieje? Nie odbierasz komórki. Zaczynam się martwić. Odezwij się, do licha".

– Chcesz się napić wody? Czy wolisz, żebym tu z tobą posiedział? – pyta Johannes. Głos mu drży. – Ewa, powiesz mi wreszcie, co się stało?

Kładę mu głowę na ramieniu i wypłakuję się na jego podkoszulek. Przyciska mnie do siebie, nie zważając, że usmarkałam się jak dziecko.

Cisza. Słychać tylko tykanie zegara, który odmierza skrupulatnie sekundę po sekundzie, minutę po minucie. W końcu płacze też Johannes. Nawet jeśli nic nie powiedziałam, zrozumiał.

– Jak długo to już trwa?

– Jeszcze nie za długo.

– Spałaś z nim? Tak, spaliście ze sobą, to oczywiste. Znam go?

– Nie.

– Czy to coś poważnego?

Patrzę na niego małymi spuchniętymi oczami. Johannes jest nieostry, zamglony. Nierzeczywisty. Przekrzywiam głowę i ujmuję rękami jego twarz:

– Chyba tak…

Przykłada moją dłoń do swojej twarzy.

– Ewa, powiedz, dlaczego? Kiedy? Jak? Co zrobiłem źle?

Wciąż nie zdjął czapki i patrzy zgnębiony na posadzkę. Kto tu jest bardziej nieszczęśliwy?

– Jo, przestań się zadręczać. Niczego nie zrobiłeś źle – szepcę. – Nie wiem, co poszło nie tak. Kocham cię.

– Gdyby tak było, nie zrobiłabyś tego – mówi cicho, bardziej do siebie. – Nie zrobiłabyś tego…

– To nie takie proste, Jo.

– Ewa, powiedz, że to nieprawda.

Obejmuję ramionami nogi i kładę głowę na kolanach. Nie potrafię spojrzeć mu w oczy.

– Co teraz zrobimy? Jak to sobie wyobrażałaś?

– Nie wiem, Johannes. W ogóle nic już nie wiem. Ale w tym momencie to on jest mi bliższy niż ty.

– Co?

– Tak. – Żałuję, że to powiedziałam. Za późno, żeby cofnąć to jedno straszne słowo – Ale mogę się też mylić.

Johannes uderza się dłonią w czoło.

– Ale ze mnie idiota! – Potrząsa głową wytrącony z równowagi. – Jestem cholernym, cholernym idiotą. – Teraz pierwszy raz patrzymy sobie w oczy. – Ewa, ufałem ci. Tak bardzo ci ufałem… Na litość boską! Jak mogłaś?!

A ja myślałam, że takie dialogi, takie sceny można zobaczyć tylko w przedwojennych filmach. I naprawdę wydaje mi się, że to tylko film, a ja jako widz przyglądam się nie bez wzruszenia dwojgu nieszczęśliwym ludziom, którzy siedzą w ciemnej kuchni na zimnej posadzce i nie wiedzą, co robić dalej. Znów przyciągam do siebie Johannesa. Chciałabym go pocieszyć. Płacze, chociaż ani jedna łza nie płynie po pobladłej twarzy. Potrzebowałam dużo czasu, żeby wreszcie zrozumieć, że to nie jest oznaka chłodu. Jego łzy znalazły sobie inną – dla mnie niewidoczną – drogę. Spływają do wewnątrz i kto wie, może ten pozornie chłodny mężczyzna ma już w sercu małe jezioro łez.

– Jo? Co teraz zrobimy?

– Zapytaj wróżki, bo ja nie mogę ci odpowiedzieć na to pytanie. Za głupi jestem…

Przyciska rozpalony policzek do mojego.

– Ewa, czy nie możesz po prostu powiedzieć, że to nieprawda? Że to wszystko się nie wydarzyło. Przecież należymy do siebie. Ty i ja, zawsze razem.

– Tak, należymy do siebie.

Johannes całuje moją twarz.

Kochamy się z takim zapamiętaniem, jakby jutro miał skończyć się świat. Na zimnej kuchennej posadzce. Już dawno nie byliśmy sobie tak bliscy jak w tym momencie.

10 stycznia

– Anna mogłaby ewentualnie przejąć pana Alberta, a pani Wolters, hm… – Petra zawiesza głos, pewnie zastanawia się, co z tym fantem zrobić. To znaczy z moją pacjentką. – No cóż, trzeba będzie odwołać wizytę – mówi w końcu. – Pani Wolters wyglądała ostatnio nad podziw dobrze. Przyjmiesz ją poza kolejnością, gdy tylko będziesz dyspozycyjna. Zgoda?

Kocham moją szefową.

– Bardzo mi przykro, ale naprawdę nie mogę przyjść. Zwariowany dzień. Muszę koniecznie pojechać do babci.

Chodzę w szlafroku po całym mieszkaniu, z telefonem przy uchu, i patrzę to na podłogę, to na sufit.

– Co się dzieje z twoją babcią? Mam nadzieję, że nic poważnego.

– Ach, po prostu nie czuje się najlepiej. Przeprowadzka ciągle się opóźnia, a dziadek jest dla niej taki podły, że po prostu słów mi brak. Wiesz, babcia tyle dla mnie zrobiła, tyle lat się poświęcała, teraz kolej na mnie. Nie wyobrażam sobie, że mogłabym zostawić ją na lodzie. Ale was też nie chcę… Na pewno dacie sobie radę?

– Ależ naturalnie, są sprawy ważne i ważniejsze. Chwileczkę…

Słyszę, jak przerzuca kartki w terminarzu. Prawdopodobnie jeździ ołówkiem wzdłuż mojej kolumny i wyciera gumką nazwiska, żeby je wpisać do innej kolumny.

– W środę przychodzi Thore Pauli na konsultację dla dzieci. Anny wtedy nie będzie... To już gorzej. Co proponujesz w takim układzie?

– Thore, tak, no właśnie...

– Ewa, czy twoim zdaniem możemy z czystym sumieniem przełożyć mu wizytę, czy raczej nie?

– Ostatnio jego stan wyraźnie się poprawił. Niejasne bóle brzucha ustąpiły, co nie znaczy, że należałoby przerywać terapię. Ale... dobrze, zadzwoń do państwa Pauli i odwołaj wizytę. Zajmę się nim najszybciej jak to możliwe.

Naprawdę? Chyba jego tatą... Zastanawiam się, jak by to było, gdyby Thore nadal pozostał moim pacjentem. Do tej pory jakoś się tym nie martwiłam. A powinnam. Za późno na refleksje. Gdyby teraz przyszedł do gabinetu ze swoją matką i w całej swej dziecięcej szczerości zaczął opowiadać, że Ewa leżała z tatą w łóżku, a potem zjedliśmy razem śniadanie i jeszcze bawiliśmy się we dwójkę klockami lego. Koniec świata.

– Ewa, jesteś tam?

– Tak, tak, oczywiście.

– Więc dzwonimy i odwołujemy wizytę, tak?

Petra, zmiłuj się! Czy naprawdę nie mogłabyś mnie zastąpić? Ten jeden jedyny raz...

– Nie, juz nie leczę dzieci, dobrze o tym wiesz. – Moja szefowa potrafi być twarda. Na przykład teraz. – I nie bierz mnie na litość, bo i tak nie ustąpię. Koniec dyskusji. Ty robisz to dużo lepiej. Dlatego zatrudniłam specjalistkę, a jeśli ta specjalistka ma problemy rodzinne i musi się zająć swoją babcią, pacjenci muszą to zrozumieć i cierpliwie poczekać. W razie pilnego przypadku jest jeszcze coś takiego jak ostry dyżur, prawda?

– Okay. Wobec tego pakuję torbę i jadę do babci.

– Ale… Ewa?

Stoję w salonie przy oknie i wpatruję się w bezlistne drzewo.

– Tak?

– U ciebie wszystko w porządku, prawda?

– W najlepszym, ale dziękuję za troskę – mówię cicho. W nosie mnie kręci. Zaraz chyba się rozbeczę.

– No, to chwała Bogu! Uważaj na siebie. Cześć!

– Cześć! I jeszcze raz dziękuję. Jestem twoją dłużniczką. – Chowam telefon do kieszeni szlafroka i idę się pakować.

Było już dobrze po północy, kiedy przenieśliśmy się do łóżka. Johannes wyszedł dziś z domu wcześniej niż zwykle. Już nie spałam, ale wolałam nic nie mówić. Milczenie jest złotem, zwłaszcza kiedy się narozrabiało i w gruncie rzeczy nie ma się nic do powiedzenia. Dopiero teraz widzę na podłodze w kuchni zieloną karteczkę. Jo wycina z kopert fiszki. Szare koperty z urzędu skarbowego, białe z kasy oszczędnościowej i zielone z towarzystwa ubezpieczeniowego zmieniają swoje przeznaczenie. Piszemy na nich nasze listy zadań, listy zakupów i wiadomości do siebie.

Kocham Cię.
Twój Jo.

Ściskam w ręku kartkę i z trudem powstrzymuję łzy. Na próżno.

– Ja ciebie też – szepcę. Słona łza kapie na atrament. Ląduje pomiędzy „m" i „C" i natychmiast zamienia się w ciemnoniebieski kleks.

Karteczka leży dokładnie w tym miejscu, gdzie siedzieliśmy razem wczorajszego wieczoru. Chowam ją do kieszeni szlafroka. Za oknem prószy śnieg, hula wiatr. Czarne ptaszyska krążą na sinym niebie.

Dość tego! Odwiedzę babcię i – kto wie – może wyjedziemy gdzieś na parę dni. W cieplejsze strony. To nam obu dobrze zrobi. Idę do garderoby, zdejmuję z półki brązową torbę w białe kropki i pakuję rzeczy na cztery, pięć dni: bielizna, skarpetki, kostium kąpielowy, szlafrok, spodnie, fioletowy pulower z sową, T-shirt w gwiazdki, granatowe rajstopy. Ach, bez przesady, przecież to tylko krótki wyjazd... Sukieneczka w paski, rozpinany sweter z dzianiny, tusz do rzęs, kredka do oczu, wosk do włosów, koszula dżinsowa. Kosmetyczka. Gotowe. Ach, zapomniałabym o mojej krówce. Milusia.

Milka *vel* Milusia to pluszowa krowa, prezent gwiazdkowy z czasów, kiedy jeszcze chodziłam do przedszkola. My dwie natychmiast wiedziałyśmy, że jedna bez drugiej żyć nie może. To była miłość od pierwszego wejrzenia i tak trwa do dziś. Mojej pluszowej przyjaciółce pozostał tylko jeden rożek i nawet on jest źle przyszyty, ponieważ nie miałyśmy funduszy na operację plastyczną. Ale za to Milusia jest zawsze bardzo dobrze ubrana. Prawdziwa elegantka. Aktualnie nosi turkusową sukienkę z krawatką, żółty sweterek zapinany na guziczki muchomorki i białe majteczki. Całość zrobiła na drutach babcia. Jakieś dwadzieścia lat temu, a ponieważ moda ma to do siebie, że lubi powracać, zestaw ubraniowy pluszowej elegantki jest znów *very trendy*. Żeby nikt nie miał wątpliwości, że Milusia jest dziewczynką, babcia wydziergała jej pasującą torebkę, którą krówka nosi zawadiacko na ramieniu, właściwie pod brzuchem. W tej torebeczce babcia często chowała dla mnie jakiś mały skarb. Jedną markę, to znów cukierka.

W tym momencie znajduje się tam talon na „krowi koktajl".
Pomysł Johannesa. Któregoś dnia uznał, że Milusia się nudzi,
ciągle tylko leży w łóżku. Albo na sofie. Niech dziewczyna trochę się rozerwie i wyjdzie na miasto. Do jakiejś przytulnej kafejki,
gdzie zafunduje sobie różnokolorowy koktajl w wysokiej szklance
i z parasoleczką. A może pozna jakiegoś miłego byczka…

Milusia jedzie z nami, to rozumie się samo przez się.

Nie patrzę na komórkę. A jeśli Tobiasz napisał? Co mam mu
odpowiedzieć? A jeśli Johannes napisał…? Nie. Na pewno tego nie
zrobił. Anna. Ach, Anna. Z tego wszystkiego zapomniałam o mojej
przyjaciółce z krwi i kości. Sięgam do kieszeni szlafroka, gdzie
schowałem telefon stacjonarny. Chwila zastanowienia. Nie, jednak
nie. Do Anny też nie zadzwonię.

Zamiast tego wkładam zielone spodnie i szary pulower, owi-
jam się szalem w gwiazdki. Jeszcze tylko przyczesać grzywkę. Okay,
gotowa do wyjścia.

Johannesowi zostawiam zieloną kartkę, ponieważ nie chcę
zniknąć bez słowa.

Najdroższy Jo,
Peter Licht śpiewa: „Przeceniamy siłę ciężkości. Wcale nie jest nam
potrzebna, jak to widać najlepiej w przestrzeni kosmicznej". Jestem
u babci. I wszystko naprawię. Przyrzekam. Nie zapomnij o mnie.
Twoja Ewa
PS
Ja Ciebie też!

Dzwonię do drzwi, ale nikt nie otwiera. Na taką ewentualność
jestem przygotowana: mam klucz. Babcia siedzi skwaszona na
sofie i wydaje się jeszcze mniejsza niż zwykle. Po prostu babuleńka.
Serce mi się ściska, kiedy na nią patrzę.

Z jednej strony na kupce ułożyła flanelową pościel. Koszula nocna leży na samej górze. Zanim przeprowadzi się do nowego mieszkania, musi przeczekać tu, na dole. W tak zwanym salonie, który przypomina mi teraz bardziej jednoosobowy obóz przejściowy dla babci, z woli jej pana i władcy.

– Cześć, Ewuniu. Dobrze, że jesteś. Babcia nie wstaje, wiesz? Matko Przenajświętsza! A to co? Nie poznaję babci. Fryzura *à la* zmokła kura. Nie zakręciła włosów na wałki, zły znak. Fartuch niby ten sam co zawsze, ale na wysokości piersi widnieje wielka tłusta plama. Jeśli nie pojawiła się tam pięć minut temu, to znaczy, że jest nieciekawie. Babcia nigdy nie zakłada brudnego fartucha.

Na stoliku przed nią leżą karty do bingo. Babcia ma zawsze minimum trzydzieści takich kart i codziennie zaraz po śniadaniu porównuje przez dwie godziny swoje liczby z tymi z „Bildzeitung". Ponieważ nie widzę żadnej gazety, może to znaczyć tylko jedno: jeszcze dziś nie wychodziła. Dlaczego? O tej godzinie już dawno załatwiłaby to zadanie. Jest cholernie nieciekawie.

– Babciu, co z tobą? Wszystko gra? Tak jakoś dziwnie wyglądasz. Ach, rozumiem. Poczęstowałaś się z samego rana czekoladkami z likierem wiśniowym?

– Niee – odpowiada znużonym głosem. W normalnym przypadku zaraz powiedziałby mi parę słów do mikrofonu. „No jasne, a do tego ćwiartka wódki". Albo coś w tym stylu.

Piec buzuje na całego. Zrobiło się duszno jak w tropikach.

– Babciu, przecież widzę, że coś się dzieje. Powiesz mi wreszcie, o co chodzi? – pytam podniesionym głosem. Zaczyna płakać, więc szybko się do niej przysiadam.

– Przepraszam, babuniu, ale ja też nie jestem z kamienia.

– Nie mogę spać, przeklęta starość, przeklęta sofa. Plecy tak mnie bolą, że chyba wolę już spać na gołej podłodze.

Nic dziwnego. Babcina sofa już dwadzieścia lat temu była tak zapadnięta, że na dobrą sprawę nie nadawała się nawet do siedzenia. Nie wspominając już o spaniu. Jakby tam nasikać, człowiek utopiłby się we własnym moczu.

– ...i jeszcze mnie obraża. Co zrobię, jeśli nie dadzą mi jednak tego mieszkania? A obiecywali, obiecywali... – Patrzy na mnie smutno.

– Ach, babciu, chodź tu do mnie, moja kochana, najlepsza. – Przyciągam ją do siebie. – Jadłaś już śniadanie?

– A jak już coś mówi, to tylko wrr, wrr. Jak wściekły pies. Na górę mogę chodzić tylko do ubikacji i zostały mi jeszcze dwie chusteczki do nosa, bo przecież nie mam wstępu do sypialni i nie mogę się dostać do szafki nocnej, gdzie trzymam cały zapas chusteczek. Zamknął sypialnię na klucz. Gdybym wtedy na tamtym przystanku wiedziała, co mnie czeka, to nigdy, przenigdy... Ach, to wszystko jest takie okropne.

Nic dziwnego, że babcia czuje się taka przygnębiona. To terror psychiczny!

– Gdzie jest teraz dziadek? Już ja sobie z nim pogadam, oj, pogadam! Nie będzie maltretować mojej najdroższej babci.

Nic odpowiada. Siedzi z opuszczoną głową i wpatruje się apatycznie w ciemny dywan w żółte i czerwone róże. Telewizor gra jak zawsze. Pewnie czuje się mniej samotna, kiedy ta skrzynka chodzi na okrągło. Właśnie leci *Anioł na ziemi*. Babcia przepada za tym serialem, ale dziś nawet nie spojrzy na ekran.

– Popatrz, babuniu, co się tam wyprawia. O kurczę, ale meksyk! Wcale nie gorszy od naszego... – Powinnam się była ugryźć w język. Za późno. – Ale nie bój żaby, Jonatan załatwi już wszystko po swojemu. – Wskazuję na telewizor.

Babcia podnosi wzrok i uśmiecha się słabo.

– To jak będzie, babciu, przecież codziennie to oglądasz? Nie masz przypadkiem numeru telefonu? Zadzwonimy, gdzie trzeba, a wtedy przyjdą Jonatan i Honk w czapeczce bejsbolowej i raz-dwa będzie po sprawie. Krótka piłka!

Babcia wstaje bez słowa i człapie do kuchni.

– Więc jednak nie masz numeru. A to pech… – Brzęka naczyniami. W mieszkaniu jest ciemno i duszno. Moja starowinka musi jak najszybciej stąd wyjść.

– Ewuniu! – woła z kuchni. – Zjemy małe śniadanko? Coś mi się zdaje, że zmizerniałaś.

Babcia zawsze tak mówi. W mojej rodzinie wszyscy stoją nad grobem, jeśli ważą mniej niż sześćdziesiąt pięć kilogramów. Może dlatego ja bardzo się przykładam, żeby nie umrzeć z głodu.

– Nie, wcale nie schudłam. Ale wiesz co, babuniu? Według mnie ty zmalałaś, tak jakby…

– Nie.

Wraca z dwiema szklankami coli i połówką babki piaskowej. Śniadanie.

– Babciu, tak dalej być nie może. To jakiś dramat. Rozejrzyj się, przecież nie możesz tu mieszkać. Jak to wszystko wygląda?

– A jak ma wyglądać? Czy to moja wina? Nie mogę się nawet dostać do mojej szafy na ubrania, tutaj, na dole mam tylko kilka rzeczy. Dlatego muszę ciągle prać, prać i prać. A potem szybko suszyć. – To tłumaczy brudny fartuch. Pokazuje na suszarkę stojącą w kuchni. Wiszą na niej cztery pary skarpet, trzy pary majtek i czerwony fartuch.

– Więcej nie masz?

– Mam, na wieszaku za drzwiami wisi jeszcze dobra bluzka i spodnie. – Odrywa kawałek ciasta.

Nie ogarniam tego, no obłęd w kratkę, mam wrażenie, że babcia w tym momencie jeszcze zmalała o trzy centymetry. W telewizorze anioł stoi właśnie przed płonącym domem.

Tak, stary! Tutaj też hajcuje się chałupa, a moja babcia jest bliska załamania nerwowego. Byłoby naprawdę super, gdybyś się tu pokazał!

Babcia upija łyk coli z musztardówki, opiera się na sofie i zapala papierosa. Marlboro setki. Pierwszy buch w wykonaniu babci wygląda za każdym razem imponująco. Jako dziecko uważałam, że moja wspaniała babcia mogłaby za jednym zamachem – buchem – wypalić całego papierosa. To napawało mnie dumą. Milczymy. Przeżuwam ciasto i przypatruję się swojej prawej stopie, którą położyłam na stole. Mogłam włożyć cieplejsze skarpetki… Babcia podryguje w takt melodii końcowej serialu o aniołach, które z takim oddaniem spieszą na pomoc ludziom.

– Babciu?

– Hm?

– Byłaś kiedyś nad morzem?

– Taa – mówi, sznurując usta, jakby to nie było szczególnie miłe wspomnienie.

– Naprawdę, gdzie?

– Steinhuder Meer. Z moim kółkiem gimnastycznym, w tysiąc dziewięćset siedemdziesiątym trzecim.

– To nieprawda, babciu. Coś ci się chyba pomyliło. No, przypomnij sobie.

– Masz rację, to było w siedemdziesiątym czwartym. – Wydmuchuje ukośnie dym, a przed jej wewnętrznym okiem przesuwają się obrazy dawno minionych dni. Lekko zamazane, dlatego nie od razu udaje się jej dokładnie umiejscowić je w czasie.

– Mam na myśli prawdziwe morze. Steinhuder jest naprawdę wielkie, prawie trzydzieści kilometrów kwadratowych, ale to jednak jezioro…

– Nie, w takim razie nie byłam – mówi w zadumie. Przymyka oczy i zapada w krótki letarg. Jest teraz w tamtym czasie, w tamtym miejscu, jakby całkiem zapomniała, że tu siedzę. Ciekawe, co się wtedy wydarzyło?

– Okay, więc pryskamy nad morze. Fajrant!

Stawiam szklankę na marmurowym blacie stolika, jakbym w ten sposób chciała przypieczętować nasz plan.

Babcia otwiera oczy, przydusza niedopałek w popielniczce z napisem SPD* i kiwa głową.

– Tak?

Cisza. W tle słychać melodię tytułową *Domku na prerii*. Zaczyna się następny film, teraz aniołem jest farmer.

Kiwa głową i powtarza za mną jak echo:

– Fajrant.

– Mogłybyśmy pojechać na Juist. Spodoba ci się, zobaczysz. Urocza wysepka, bardzo kameralna i jaki wspaniały klimat. A jaka plaża, idziesz, idziesz i końca nie widać. Po prostu marzenie! Jeśli będziemy miały szczęście, może zobaczymy foki. Odbywałam tam praktyki zawodowe w pensjonacie dla kuracjuszy. Zamieszkamy w jednym z pokoi dla pracowników. Babciu, mam tam takich fajnych kolegów i koleżanki, ciepli, serdeczni ludzie. Na pewno się zgodzą – zastanawiam się głośno, a przy okazji reklamuję Juist.

Milczenie zamiast owacji na stojąco. Chyba ten porywający tekst reklamowy jej nie porwał... Wzdycham głośno. Babcia patrzy z napięciem, jak Laura Ingalls zbiega po ukwieconej łące. Od lat się boi, że pewnego dnia Laura przewróci się i złamie nogę

Ja natomiast martwię się o coś zupełnie innego. A jeśli babcia zmieni zdanie?

---

* SPD, skrót od Sozialdemokratische Partei Deutchlands – Socjaldemokratyczna Partia Niemiec.

– Babciu? Wycieczka nad morze?

Nie reaguje.

– Babciu? – Wyskubuje z rękawa zmiętą chusteczkę do nosa, zawsze tam ma jakąś, i ociera oczy. Potem przejeżdża dłonią po czole i wzdycha.

– Ewuniu, dziecko, ja naprawdę nie mogę z tobą jechać. Ani na Juist, ani w ogóle nigdzie.

– Dlaczego nie? Jasne, że możesz!

– Nie wystarczy mi czystych majtek i mam tylko jedną dobrą bluzkę. Przecież ci mówiłam, że nie mogę się dostać do moich rzeczy. Ach, Boże, mój Boże, dlaczego mnie to wszystko spotyka? Za jakie grzechy?

– Srali muchy, będzie wiosna! I skończ już wreszcie z tymi lamentami. To nie w twoim stylu! – Zrywam się na równe nogi i idę do przedpokoju. – Dziadek jest taki głupi, że na pewno gdzieś schował klucz! Zaraz go znajdę i będzie po sprawie.

– Ewa, nie! Zaczekaj. Nie rób tego! Dziadek się wścieknie i tak mi nawymyśla, że chyba tego nie przeżyję. Słyszysz? Wróć!

– Nie zdąży! Kiedy wróci do domu, już dawno będziemy za Kamener Kreuz! – wołam i wbiegam raźno po schodach, z których jako dziecko zawsze zjeżdżałam z poduszką pod pupą. Leży tam wciąż ten sam co dawniej czerwony chodnik. Światło w korytarzyku nie działa. Jest bardzo ciemno. Pierwsze drzwi po prawej prowadzą do sypialni. I rzeczywiście! Są zamknięte na klucz. Naprzeciwko stoi komoda, w której babcia trzyma czapki i szaliki. Grzebię po omacku w szufladach. Nic. Gdzie, u licha, może być ten przeklęty klucz? Na futrynie drzwi? Nie, wykluczone, nawet nie mam co sprawdzać, dziadek tam nie dosięgnie. Za wysoko dla tego złośliwego gnoma. Na komodzie stoi wazon z suszonymi kwiatami. Wyjmuję stary bukiet, który niemal rozpada mi się w palcach. Wazon jest pusty.

– No i co? – woła nerwowo babcia. – Znalazłaś klucz, Ewuniu?

– Jeszcze nie... – mruczę, skoncentrowana na bezowocnych na razie poszukiwaniach. Ale nie powiedziałam jeszcze ostatniego słowa.

– Coo?

– Szukam! Nic tu nie ma. – Błyskam komórką, może jej światełko zaprowadzi mnie do klucza. O cholera, uzbierałam siedemnaście wiadomości i dwa telefony. Dużo tego, ale teraz naprawdę nie mam czasu. Później.

Może za obrazem? W korytarzu wisi płótno przedstawiające dwa konie na padoku. Jeden srokaty, drugi kasztan. Zawsze uważałam, że to dzieło sztuki jest bardzo cenne. Przy sposobności pokażę je Tobiaszowi, cha, cha, cha. Koń by się uśmiał... Odchylam obraz dwa, trzy centymetry od ściany – i brzdęk! Jakiś mały, metalowy przedmiot spada na podłogę Klucz. Leżał na ramie.

– Ach, dziadku, drogi dziadku, ale z ciebie lisek chytrusek. Mogłeś wymyślić coś bardziej wyrafinowanego. Chociaż nie, w zasadzie jestem ci wdzięczna – mówię w ciemny korytarz, usiłując trafić kluczem w dziurkę.

– Babciu, mam klucz! Nawet nie musiałam bardzo się wysilać. Możesz przyjść na górę i pakować manatki. No, dawaj!

Drzwi skrzypią cicho i chociaż kipi we mnie wściekłość dorosłej kobiety, nagle czuję się znów tak, jakbym była tamtą małą dziewczynką sprzed lat, dla której sypialnia dziadków stanowiła miejsce tajemne Czy mogę tutaj w ogóle tak wpadać do środka?

W jednej chwili spowija mnie nieprawdopodobna chmura stęchlizny. A fuj! Odruchowo podnoszę rękę i zasłaniam usta i nos. W sypialni panują egipskie ciemności, dziadek opuścił rolety.

Sypialnia też wygląda tak samo jak kiedyś. Stateczny komplet mebli, jak na prawdziwie niemiecką sypialnię przystało. Trzydrzwiowa szafa, wielkie łóżko, szafki nocne i toaletka z lustrem. Dąb rustykalny, klasyka.

– O, do diabła, trzeba tu najpierw porządnie przewietrzyć, bo jeszcze się podusimy! – stwierdza babcia, wchodząc do pokoju. Ostrożnie posuwa się w ciemnościach w kierunku okna i podnosi rolety. Zszokowało nas to, co tu zastałyśmy.

Połowa łóżka, ta babcina, jest zasłana gazetami. W całym pokoju poniewierają się rozmaite części odzieży, głównie męskiej. Majtki, skarpetki, widać nawet kalesony nie pierwszej świeżości. Prospekty marketów budowlanych. Dziesiątki ulotek. Na szafce nocnej po stronie dziadka piętrzą się talerze z zaschniętymi resztkami jedzenia. Popielniczki też już dawno nie opróżniał. Kawalerskie gospodarstwo, patrzcie i podziwiajcie!

Pośród tego chaosu zdjęcie w ramce – ja i on. Dziesięcioletnia Ewa siedzi z dziadkiem na krawężniku. Jest lato, świeci słońce, na głowie mam słomiany kapelusik, na kolanie wielki plaster, dziadek w nieodłącznych okularach *à la* Helmut Kohl je loda. Fotografia wzrusza mnie i babcia to zauważa.

– Jest, jaki jest. Ale cię kocha. Dla nas zawsze pozostaniesz naszą małą Ewą.

– Zadymiara numer trzy – mówię głucho do fotografii. Tak mnie nazywa. Nie mam pojęcia, skąd wytrzasnął tę cyfrę. Tak czy siak nigdy nie poznałam zadymiar numer jeden i dwa.

Babci nagle bardzo się spieszy. Otwiera energicznie szafę i łapie jeden po drugim swetry i spodnie. Wszystko równiutko poukładane, aż żal naruszać tę doskonałość. Z szafy płynie świeża woń 4711. Babcia ma zawsze otwartą butelkę oryginalnej wody kolońskiej, która stoi na górnej półce, regularnie muszę jej przynosić nowy flakon. Nawet nie chce słyszeć o innych, modniejszych zapachach. Babcia jest po prostu trochę staromodna, jak to babcia.

– Gdzie jest twoja torba? – pytam.

– Jaka znów torba?

– No, twoja torba podróżna.

– Nie mam torby podróżnej.

– W takim razie walizka – mówię ugodowo, nie mam odwagi dalej się rozglądać po tym przygnębiającym na maksa wnętrzu.

– Ach, ach, walizka! Zostawiłam ją na moim jachcie w Saint Tropez. Zaraz zadzwonię po służbę, żeby mi ją dostarczyli. – Babcia chichoce w szafę. – Janie, zasuwaj po moją walizkę z krokodylej skóry, ale migiem! – Powróciła babcia, którą dobrze znam.

– Gadaj szybko!

Odwraca się do mnie z uśmiechem.

– Nie mam czegoś takiego. Na co mi walizka? Na zakupy lepsza jest porządna siatka.

Racja. Babcia nie należy do tych wesołych, dobrze sytuowanych staruszek, które żyją od jednej wycieczki do drugiej i świetnie się bawią. Moja emerytka podróżuje tylko w marzeniach. Dawniej, zanim została emerytką, też tak najczęściej było. Ewa, skoncentruj się!

– Dobra, pal licho walizkę. Poradzimy sobie bez niej. Przecież wujek Richard przyniósł ci kilka kartonów na przeprowadzkę. Gdzie stoją? Zapakujemy ci jeden karton, a później kupimy torbę.

– W piwnicy. Myślisz, że powinnam wziąć ze sobą strój kąpielowy?

– Jasne. Na pewno mają tam piękny basen w uzdrowisku.

Odwraca się do szafy i mówi zdziwiona.

– W uzdrowisku? Przecież jedziemy nad morze!

– Jest styczeń. Nawet na Juist. – Odsuwam stopą skrzynię z czasopismami.

– Taak? A gdzie to jest?

– Babciu, nie żartuj sobie!

– Szkoda. – Uśmiecha się. – Dawniej lubiłaś te moje żarciki, Ewuniu.

Bagaż babci:

pięć par majtek,

trzy staniki,

cielisty gorset,

koszula nocna w ptaszki,

pięć chusteczek do nosa z materiału,

spódnica,

dwie dobre bluzki,

dwie halki,

dwa pulowery,

szal ze sztucznego jedwabiu, wałki do włosów i dmuchana poduszka pod głowę,

pięć par nylonowych rajstop,

trzy pary skarpetek,

czarne spodnie,

trzy powieści ojczyźniane,

karty bingo z „Bildzeitung",

strój kąpielowy,

jeszcze jeden szal ze sztucznego jedwabiu,

solidne buty,

połowa pudełka czekoladek Mon Chéri.

– Tylko tyle? Nic więcej?

– Nie, muszę jeszcze zapakować klej do protez. Czekaj, czekaj, byłabym zapomniała! I tabletki na ciśnienie. I jeszcze szczoteczkę do zębów, i mydło. Szampon na pewno masz, co?

– Tak, w razie czego mogę ci też pożyczyć mój tusz do rzęs.

Pakujemy wszystko do kartonu, w którym teoretycznie powinien się znaleźć jej skromny dobytek, gdy babcia będzie się przeprowadzać do nowego mieszkania.

– Ewa? – Babcia chrząka raz po raz. Zawsze tak robi, kiedy wie, że nie pochwalę tego, co chce mi zakomunikować.

– No, mów już!

– Chyba wypadałoby jednak powiadomić o naszym wyjeździe?

– Kogo?

– Może wujka Richarda? Albo… – Znowu zaczyna chrząkać.

– Boże drogi, co ja z tobą mam! Wysłów się wreszcie, babuniu, bo licznik bije.

– Tak, no więc… Tylko się nie denerwuj… Dziadka?

– Słucham? Dziadka? – Patrzę na nią w osłupieniu. – Tego, pożal się Boże, patriarchę, który zamienił ci życie w piekło? Co mu chcesz powiedzieć? Że kochasz go do szaleństwa i dlatego musisz trochę od niego odpocząć? Jeśli tak bardzo ci na tym zależy, możesz mu napisać pocztówkę.

Zamykam karton.

– Pocztówkę? Nawet nie znam adresu. – Odwraca się na pięcie i idzie do drzwi. Jestem pewna, że uśmiecha się zadowolona ze swojego dowcipu. Nie mogę tego zobaczyć, ale i tak wiem. Babcia wychodzi z sypialni, nie zaszczycając mnie nawet jednym spojrzeniem. Zostawiam drzwi otwarte na oścież, niech się zdziwi staruszek. Pa, pa, dziadku!

– Ach, spójrz tylko, kto tu siedzi! Moja ulubienica – babcia cieszy się na widok krówki. Posadziłam ją na fotelu obok kierowcy i zapięłam pas.

– Cóż, Milusia była pierwsza, więc ty musisz klapnąć na tylnym siedzeniu, co?

Babcia kiwa głową, ale chyba mi nie wierzy, bo bez namysłu zgarnia pluszową pasażerkę i siada na miejscu obok kierowcy. Milusia spędzi podróż na jej kolanach. Babcia gładzi sukieneczkę z turkusowej włóczki. Niewiele myśląc, zanurza rękę do torebki Milusi.

– Nie ma cukierka? Dlaczego? – pyta rozczarowana.

– Ostatnią miętówkę zjadłam dziesięć lat temu, ale nic nie stoi na przeszkodzie, żebyś szarpnęła się na jeszcze jedną. Może być dla odmiany toffi.

– Mówisz i masz!

– Babciu, możesz spokojnie zdjąć kurtkę. Będziemy jechać trochę dłużej niż do Kolonii.

Siedzi opatulona po same uszy i ściska swoją staromodną torebkę, jakby się bała, że ktoś może ją zabrać. Mało prawdopodobne, wyjściowa torebka babci była ostatnim krzykiem mody... trzydzieści lat temu. Jest jeszcze starsza niż ta, którą zrobiła na drutach dla mojej krówki. Wyjeżdżamy z Saturnweg i babcia macha jeszcze raz na pożegnanie górniczym domkom. Jakie to wzruszające. Chociaż za trzy albo cztery dni będzie z powrotem.

– Ile czasu potrzebujemy?

– Czekaj, niech się zastanowię. Jest pięć po pierwszej, do promu potrzebujemy dobre trzy i pół godziny – obliczam z grubsza. – Pojedziemy teraz na A1, a potem już cały czas na północ.

– Ewuniu, czy mogłabyś zatrzymać się przy naszym wioskowym sklepie? Wypełnię szybko kupon totolotka i kupię „Bildzeitung", dobrze? Dziś jeszcze nie porównałam liczb. Może coś wygramy i wtedy kupimy sobie Sylt.

– Juist, babciu. – Klepię ją serdecznie po ramieniu. – Jedziemy na Juist.

– Tak, tak, wiem, ale kupimy sobie Sylt. I zamieszkamy w której z tych eleganckich willi, które tam stoją jedna obok drugiej. No, i potrzebuję fajek. Bez tego ani rusz…

– Babciu, i tak muszę jeszcze zatankować. Wszystko dostaniesz na stacji benzynowej.

– Jak to? Dlaczego nie tu, na miejscu?

– Chyba nie chcesz, żeby twoi wścibscy sąsiedzi, których wielu zawsze się tam kręci, coś zwietrzyli. A na pewno tak będzie, jeśli wejdziemy do środka i zaczniemy robić wielkie zakupy. Zadenuncjują nas, wiadomo gdzie i komu, i zanim dojedziemy do autostrady, będziemy musiały zawracać. Trochę głupio, co, babciu? Wujek Richard na sto procent nie pochwali naszej eskapady.

– Och, wujek Richard. Słusznie, całkiem o nim zapomniałam. Musimy mu powiedzieć, że wyjeżdżamy. Koniecznie. – Babcia patrzy na mnie z miną winowajczyni przyłapanej na gorącym uczynku.

– Babciu, tylko bez żadnych wyrzutów sumienia. Nie robimy niczego złego. Wycieczka nad morze to nie grzech.

– Tak mówisz?

– Noo. Jeśli mi nie wierzysz, możesz spytać księdza proboszcza.

Wuj Richard jest starszym bratem mojej mamy i kiedy umarła, a tata zniknął z mojego życia, został moim zastępczym ojcem. Troszczył się o wszystko: o zapisanie do szkoły, naprawę roweru, wizytę u dentysty. Wstawiał mi umoralniające gadki, kiedy piłam alkohol z koleżankami z gimnazjum, oczywiście w największej tajemnicy, oceniał z całą surowością pierwszego chłopaka, beształ, gdy nie chciało mi się uczyć do matury. Wuj Richard musiał wcielić się w rolę złego policjanta. I naprawdę potrafił zachowywać się bardzo stanowczo. Ale kijem nigdy od niego nie oberwałam. Babcia i dziadek pozwalali mi na wszystko. Marchewka to była ich działka.

– Dlaczego w ogóle musimy informować całą rodzinę, że pryskamy?

– Ponieważ chcemy, żeby za nami tęsknili – mówi babcia i patrzy przez okno.

Jedziemy przez wieś. Tempo – trzydzieści kilometrów na godzinę. Szybciej się nie da, choćbym pękła, *sorry*. Wyboje to najlepsza pod słońcem metoda na bezkolizyjną jazdę. Co najwyżej człowiek wytrzęsie się za wszystkie czasy. Dzięki szkodom górniczym nasze zagłębie pozostaje na długo w pamięci. I zawsze chętnie tu wrócisz. Pomimo wybojów.

Przy włoskiej lodziarni skręcamy w lewo. Szklane drzwi są w styczniu oklejone od góry do dołu papierem, w który rodzina Rialto letnią porą pakuje swoje pyszne lody na wynos. Rialto przebywają tu tylko latem. W zimie jadą do domu. Do Dortmundu.

I tak kręcą te swoje włoskie lody już od dwóch pokoleń.

Przez dłuższy czas byłam bardzo dumna z tej rodziny imigrantów. Ludzie sukcesu, tak myślałam. Ich lodziarnie można spotkać w każdym większym mieście zjednoczonych Niemiec.

W końcu zaskoczyłam. Eureka! Przejrzałam tajemnicę Lodziarni Rialto i przestałam tytułować naszego lodziarza „panem Rialto". Dziś wiem, że to zwykły chwyt reklamowy, ale czy czuję się z tym lepiej?

Do wjazdu na autostradę jest tylko dziesięć minut – wielki luksus dla miejscowej ludności i prawdziwe dobrodziejstwo dla tych, którym bardzo się spieszy. Pod warunkiem, że na horyzoncie nie widać ropuch.

Nasza wioska to chyba jedyne takie miejsce na całej kuli ziemskiej, które w czasie tarła jest odcięte od cywilizacji, ponieważ ropuchy wybrały sobie do swoich wędrówek tę akurat szosę, prowadzącą do autostrady. I z powodu ropuch szosa jest zamknięta, nawet jeśli Bogu ducha winni ludzie muszą robić trzydziestominutowy objazd, żeby się dostać na autostradę.

Kamener Kreuz mamy na wyciągnięcie ręki, a ostatnia stacja benzynowa przed wjazdem na autostradę należy do nas. Babcia przechadza się uśmiechnięta po znakomicie zaopatrzonym sklepie Aralu – zaczarowanej krainie zakupów. Podczas gdy inni klienci pędzą do kasy na złamanie karku, wymachując kartami kredytowymi i wykrzykując numery dystrybutorów, babcia ma cały czas tego świata. W jej koszyku leżą „Bildzeitung", cola, cukierki o smaku coli i trzy paczki marlboro. Setki.

Moje zakupy są przemyślane i na wskroś praktyczne: zasilacz sieciowy z zapalarką, długopis Hello Kitty, puszka redbulla i kubełek płatów śledziowych w zalewie octowej *à la* Bismarck. Taki mały przedsmak morza.

– Babciu, potrzebujesz jeszcze czegoś? Może jakieś czasopismo? W „Brigitte" jest horoskop na cały rok. Będzie niezła zabawa. Wyszukamy sobie najlepszy horoskop i zmienimy nasze daty urodzenia.

– Nie, nie będę się wygłupiać. Losu i tak nie oszukasz, dziecinko, ale chyba przydałaby się nam mapa.

– Wystarczy iPhone, babciu. – Macham jej przed nosem moją komórką. – Nie potrzebujemy mapy. Wszystko mam w telefonie.

Przerzuca kartki w jakimś czasopiśmie i nie przestaje się uśmiechać. Pełny luz. Też bym tak chciała, ale jakoś nie mogę.

Robię jeszcze jedną rundę po sklepie. Może o czymś jednak zapomniałam? Coś słodkiego na otarcie łez?

– Ewa, chodź tu na chwilkę! – woła babcia, nie podnosząc oczu znad czasopisma. – Przyszedł mi do głowy pewien pomysł.

– Jestem właśnie przy waflach. Czy to coś ważnego? Nie mogę się zdecydować, czy wziąć te z cukrem pudrem, czy bez.

– Jedziemy nad morze, tak?

Podchodzę do niej, zastanawiając się po drodze, co znowu wymyśliła.

– No tak, nad Morze Północne. Ponieważ jeszcze nigdy nie widziałaś prawdziwego morza.

– A dlaczego nie do Włoch? – pyta dźwięcznym głosem. – Tak, dlaczego właściwie nie do Włoch? Tam też będę mogła zobaczyć prawdziwe morze.

Dopiero teraz widzę, że otworzyła w „Bild der Frau” stronę z „włoską dietą”. „Dziesięć kilogramów mniej w trzy dni: schudnij jak Włoszki”.

– Na Juist też na pewno jest makaron. Wcale nie gorszy od włoskiego. Babciu, pomyśl tylko o pieczeni wołowej z kładzionymi kluseczkami i duszoną czerwoną kapustą. W uzdrowiskach zawsze dają takie smakowite zestawy obiadowe. A zupę wlewają do pięknych fajansowych waz. Rosół z… – Nie daje mi skończyć.

– Wiem, z nitkami. Kiedyś sama je robiłam, pamiętasz? Nie, Ewa, nie czaruj mnie tutaj kładzionymi kluseczkami, mówię poważnie. Jak już wyjeżdżać, to wyjeżdżać. Żeby potem było co wspominać. I opowiadać, opowiadać, opowiadać. Żyje się raz, wnusiu, a mnie nie zostało już tak dużo życia… Więc dlaczego nie Włochy?

No to sobie nawarzyłam piwa.

– Babciu, masz pojęcie, ile to jest kilometrów?

– No ile? Tysiąc, dwa tysiące? Przecież nie musimy iść pieszo, tak czy nie? Na Juist w styczniu nie znajdziesz żywej duszy, a pogoda jest tak samo podła jak tutaj. – Przygląda się z błogim uśmiechem kopiatej porcji włoskiego makaronu z sosem pomidorowym. Autor zdjęcia, zapewne specjalista od fotografii kulinarnej, udekorował całość listkami bazylii i maleńkimi pomidorkami. Jest apetycznie i artystycznie. Słowem, pachnie Włochami i włoską pastą. Babci pachnie aż za bardzo…

– Naprawdę teraz? Jesteś pewna? Naprawdę chcesz jechać do Włoch? Samochodem?

– Tak, chcę jechać do Włoch.

Patrzę na babcię tak, jak matka patrzy na swoje dziecko, które informuje ją nieoczekiwanie, że chce mieć konia, a matka żywi cichą nadzieję, iż to nie jest kolejny zwariowany pomysł, ale na wskroś przemyślana decyzja pięcioletniej córki. Kto wie, może w przyszłości zostanie hodowcą koni arabskich. Albo weterynarzem, albo woltyżerką. W edukację dziecka należy inwestować, myśli matka i kupuje konia.

A babcia? Patrzy na mnie jak dziewczynka, która marzy o własnym kucyku i żywi cichą nadzieję, że matka ten jeden jedyny raz będzie spoko i powie „tak, córeczko", nawet jeśli pomysł wydaje jej się szalony.

Rozglądam się po znakomicie zaopatrzonym sklepie Aralu, patrzę na podłogę, na babcię, na mój czerwony „wóz strażacki" za oknem i znów na babcię, która cierpliwie czeka na odpowiedź.

– Dobrze… – Wzdycham ciężko. – Wygrałaś! A teraz, moja kochana amatorko włoskiego makaronu, zasuwaj po atlas Europy. Na pewno mają tu coś takiego.

– Babcia uparła się, żeby jechać do Włoch. Fajnie, co? – obwieszczam całemu światu. Zero zainteresowania.

– No, to teraz możesz naprawdę zdjąć kurtkę. Czeka nas długa podróż… – Obrazek, który już dziś mieliśmy: Babcia w ciepłej kurtce z futrzanym kołnierzem na fotelu pasażera, ja za kierownicą, tylko cel się zmienił.

– Którędy jedzie się do Włoch? – szczebioce babcia. – Na Münster czy Dortmund?

– Najpierw pojedziemy w kierunku Monachium. Jeśli chcesz, możesz patrzeć do atlasu samochodowego, a ja poszukam w Google Maps.

– Co?

– Nic, nic. Już dobrze. – Zbyt zmęczona, żeby jej tłumaczyć, jak działa internet, szukam w kieszeni płaszcza mojej komórki, a ponieważ płaszcz leży na tylnym siedzeniu, upchany za babcinym pudłem podróżnym, oczyma wyobraźni widzę już, jak później sama leczę sobie ramię. Ewentualnie poproszę Annę. Potem pójdziemy razem na piwo, a ja będę opowiadać, opowiadać, opowiadać…

– O cholera! Co to… jest?

– Matko Boska! Co takiego?

– Ach, nic. – No, niezupełnie. Uzbierało mi się dwadzieścia pięć wiadomości. Nie miałam pojęcia. Nic dziwnego, od dwudziestu czterech godzin całą swoją uwagę poświęcam babci. Wszystko inne zeszło na dalszy plan.

– Czy coś się stało? – Babcia robi wielkie oczy. – Pewnie dzwonił wujek Richard i już nas szuka, taak? Wiedziałam.

– Nie. Akurat od wujka nie mam żadnej wiadomości. A tak się martwiłaś. Niepotrzebnie. Twój syn ma do ciebie pełne zaufanie. Babciu… poczekaj… przejrzę to szybko i zaraz jedziemy.

Tylko od Tobiasza dwadzieścia jeden wiadomości. Ekstremalny facet. Ale słodki.

SMS od Tobiasza, godzina 17.18
Kochanie, Ew, myślimy o Tobie. Thore pyta, czy jutro znów poleżymy razem pod kołderką? Ja też bardzo bym tego chciał. A Ty?

23.34
Na mojej poduszce jest jedno takie miejsce, które intensywnie Tobą pachnie.

Kładę ostrożnie głowę obok tego pachnącego miejsca i zasypiam. Śnię o Tobie, maleńka.

2.40
Właśnie się obudziłem i pomyślałem o Tobie. Kochana Ewo, skąd się tu nagle wzięłaś? Już wiem. Spadłaś z nieba prosto w moje ramiona...

I tak dalej, i tak dalej, wszystko na tę samą nutę. Niesamowicie miłe wiadomości od jednego mężczyzny.

– Ewa, powiesz mi wreszcie, co się dzieje? – Babcia powoli traci cierpliwość.

– Dostałam milion wiadomości i w zasadzie nie jestem pewna, czy mam się cieszyć, czy nie.

– Aż tyle?

– Nie! Trochę mniej, ale prawie, prawie...

– Czy są miłe?

– Bardzo!

– Więc o co chodzi? Jedziemy, szkoda czasu na dyrdymały.

– Chwila. Tylko szybko odpowiem i ruszamy. I uważaj na słowa, kochana babciu. To nie są żadne dyrdymały, ale poważna korespondencja.

SMS do Tobiasza
Kochany Tob, wybacz mi, proszę, moje milczenie.
Dziękuję za Twoje urocze liściki. Brzmi lepiej niż SMS-y.
Siedzę w samochodzie na stacji benzynowej w Kamen przy wjeździe na autostradę. Jedziemy z babcią do Włoch. Tak zdecydowała dziesięć minut temu. Sama nie wiem, śmiać się czy płakać. Odezwę się, gdy tylko znajdę chwilkę. Przyrzekam. Ja też o Tobie myślę. Ew

SMS do Anny

Chaos deluxe! Z Tobiaszem spała, z Johannesem spała, a teraz ucieka z babcią do Włoch. Bez ściemy – i bez planu. Módl się za nas. Ewa.

PS Zadzwonię, gdy tylko trochę się ogarnę.

SMS do Johannesa

Cześć, Kochany Jo! Jadę z babcią na parę dni nad morze. Kierunek: Włochy. Pomysł babci. Naprawdę chciałabym wszystko naprawić i zrobię to, przyrzekam, tylko musisz mi trochę pomóc, dobrze? O nic się nie martw. Wszystko się ułoży.

– Załatwione, babciu. No, to jedno mamy z głowy. Teraz jeszcze tylko sprawdzę trasę, a ty musisz mnie pilotować. Okay?

– Napisałaś do wujka Richarda?

– No coś ty! Przecież nie jestem głupia. Ale, ale, nie powiedziałaś mi jeszcze najważniejszego. Dokąd właściwie chcesz jechać? Włochy to duży kraj.

– Wszystko mi jedno. – Wzrusza ramionami. – Do Włoch.

SMS od Tobiasza

Słońce! Cóż za genialny plan. Byłbym wdzięczny za dokładniejszy opis Waszej trasy.

W czwartek jestem we Florencji, mam umówione spotkanie z kolekcjonerką.

A to znaczy, że możemy się spotkać. Idealnie! Buziaki.

– Chwila, babciu.

– Ewa… nie chcę robić zamieszania, ale…

– Ale co? Większego zamieszania już chyba nie zrobisz... – mówię cicho.

– Na popołudniowej kawce chciałabym już być we Włoszech.

Patrzę na nią lekko zszokowana. Z choinki się urwała, czy co?

– Tylko żartowałam!

– Babciu!

– Dopiero na kolacji.

Potrząsam głową i próbuję się skoncentrować na dyplomatycznej odpowiedzi.

SMS do Tobiasza
Kochany Tob, jeszcze nie mamy gotowego planu, na razie pełna prowizorka.
Mam Ci tyle do wyjaśnienia, ale nie teraz, babcia wywiera presję. Koniecznie chce już jechać. A tak między nami: To taka nasza mała konspiracyjna ucieczka (tylko spokojnie, nic złego się nie dzieje!) i właściwie chcemy tylko zobaczyć morze. Buziaczki z powrotem.

– No więc, babciu. Co teraz? – pytam rzeczowo. – Co mam tutaj wpisać? Włochy?

– Daj mi jeszcze chwilkę.

Przewraca kartki, w przód i w tył, w przód i znowu w tył, kładzie czerwoną nitkę na sto piątej stronie, potem znów wraca do piątej. I tak dalej, i tak dalej.

Niech sobie kartkuje, stara szkoła, a ja tymczasem sprawdzę w mojej supernowoczesnej komórce. Włochy. Hm.

– Tak, więc, proponuję, żebyśmy najpierw pojechały do Lucerny. Na moje oko to będzie jakieś 680 kilometrów. Pod warunkiem oczywiście, że skala jest w porządku, ale pewnie jest. Damy radę?

Kładzie palec wskazujący w poprzek mapy. Opuszczam komórkę i patrzę na nią z otwartymi ustami.

– A potem pojedziemy przez tunel Gotarda do Mediolanu. Zostaniemy tam na jedną noc, a potem… hm… do Pizy? Potem już będzie morze. – Znowu wraca do czerwonej nitki. – Tak, Ewa, a potem pojedziemy na Elbę!

– Na Elbę? – Nie nadążam za babcią. *Sorry*. Czy to są, nie daj Boże, początki starczej demencji? – Babciu… Dobrze się czujesz? Skąd… no więc, jak…

– Elba? Nigdy nie słyszałaś? No tak, zapomniałam, że z historią zawsze miałaś na bakier. To ta wyspa, na którą zesłano Napoleona. Idealne miejsce dla nas. A więc – A1, A3, Freiburg, Szwajcaria, Lucerna.

W jej oczach widzę dumę. Ja też jestem z niej dumna. Moja prawie, prawie osiemdziesięciolatka dobrze kombinuje. Zero starczej demencji, chwała Bogu. Odkładam komórkę i chcę zapuścić silnik.

– Nie, daj mi to!

– Co?

– Jak to co? Telefon! Nie zaszkodzi, żeby nam trochę pomógł. Gdzie muszę nacisnąć? – Babcia łapie za iPhone'a.

– Moment! Coś taka w gorącej wodzie kąpana? Na początek krótka lekcja. Słuchaj uważnie, babciu. Najpierw musisz dotknąć tego dużego guzika na dole. – Odblokowuję telefon i wprowadzam kod.

– A teraz musisz nacisnąć na App…

– Na co? – Bębni w wyświetlacz jak w klawisze maszyny do pisania. Stenotypistka, psiakrew! – Nic z tego.

– Pewnie, że nic z tego, kiedy źle robisz. Babciu, skoncentruj się. Zaczynamy od nowa. Delikatnie, leciutko. Musisz tylko dotknąć opuszkiem palca. Pyk i już!

Naciska palcem wskazującym wyświetlacz i nagle wszystkie Apps tańczą jak szalone i widać małe czarne „x".

– Stój! Kobieto, co ty wyprawiasz?! Chcesz mi wszystko skasować? Boże drogi, co ja z tobą mam...

– Hm, a teraz... jak? – Zwraca mi telefon, a ja wpisuję Lucernę. Sześćset czterdzieści pięć kilometrów.

– No, no. Całkiem niezły wynik. Babciu, jesteś genialna. Gdzie się tego nauczyłaś?

– Czytam gazety, czasem jakąś książkę, a przede wszystkim oglądam telewizję. No i jestem wyjątkowo bystra. To co teraz? Jedziemy w końcu czy nie?

– Tak jest! Odjazd! – Wreszcie.

– Naprawdę jedziemy nad morze? – Babcia obraca telefonem i porównuje mapę na wyświetlaczu z mapą w atlasie, który leży na jej kolanach. – Jeszcze nie mogę w to uwierzyć...

– Więcej wiary, babciu! – mówię wesoło. – Uważaj, najpóźniej za sto kilometrów napiszesz swojego pierwszego SMS-a, a kiedy dojedziemy już do Lucerny, wcale się nie zdziwię, jeśli będę miała nagle Facebooka w mojej komórce.

– Jak to? Nie masz fejsa? – pyta babcia ze zgrozą.

– Fejsa? Skąd w ogóle znasz to słowo? – odpowiadam jeszcze bardziej przerażona. – No jasne, telewizja. Oczywiście edukacyjna, coo? Oj, babciu, babciu. Naprawdę bystra z ciebie kobitka...

Babcia uśmiecha się do komórki w swojej dłoni, coraz szerzej i szerzej. W ciepłej zimowej kurtce z futrzanym kołnierzem nie wygląda na kogoś, kto wybiera się nad morze. Już prędzej można by pomyśleć, że wsiadła tylko na chwilę do mojego samochodu, żebym podrzuciła ją do kiosku. Albo apteki. I zaraz wysiądzie. Poprawi czapkę, ściśnie mocniej torebkę i skręci za róg.

Cóż, wysiąść zawsze można, czemu nie? Przedtem jednak musiałybyśmy zjechać z autostrady. Tylko po co? My wcale nie chcemy wysiadać. Jeszcze nie.

Jedziemy nad morze. Teraz to już naprawdę, naprawdę jedziemy nad morze.

Antenne Unna serwuje nam Rihannę. *Shine bright like a diamond**. Nie moje klimaty. Babci też chyba nie, sądząc po jej skwaszonej minie. Przydałoby się coś bardziej z jajem. Najlepiej jakaś ścieżka dźwiękowa z filmu drogi. *Zagubiona autostrada*?

– Jeśli wszystko pójdzie zgodnie z planem, to koło dziewiątej będziemy w Lucernie. – Wciskam pedał gazu. Szybciej.

Czas mija. Siedzimy w milczeniu, tylko Antenne Unna szemrze i szemrze.

Babcia wzdycha raz po raz i kręci guzikiem u kurtki, który trzyma się już tylko na jednej nitce. A ponieważ na horyzoncie nie widać przynoszącego szczęście kominiarza, domyślam się, że chętnie by go przyszyła. Jest jednak pewien problem, nie wzięła przyborów do szycia. A może patrzy tak smutno z całkiem innego powodu? Zaraz się tego dowiem.

– Babciu, dojeżdżamy do Hagen. Jeśli źle się czujesz, po prostu mi powiedz. W każdej chwili możemy zawrócić. Honorowo – mówię to poważnie. – Nikt nam nie zarzuci tchórzostwa i nikt nie będzie się z nas śmiał, bo przecież nikt nie wie, że jedziemy nad morze.

– Powiedziałaś Johannesowi, co zamierzamy?

– Nie. – Wymowne chrząknięcie. Nie mam ochoty rozwijać tego wątku.

Cisza.

– Ach, Ewa, tak tylko spytałam. W gruncie rzeczy wcale mnie to nie interesuje. Nic a nic.

Naprawdę?

---

* *Shine...* (ang.) – Błyszcz jasno jak diament.

– Babciu, nie poszukałabyś innej stacji radiowej? To jest zadanie pilota. Jedno z wielu zadań. Jeśli chcesz, mogę ci też opowiedzieć o innych…

– Ewa, co się dzieje z Johannesem?

Zasłaniam sobie nos: uwaga, uwaga! To jest znowu ona: Babcia Stasi.

Czy ktoś mógłby mnie oświecić, jak ci starzy ludzie to robią? Jakim cudem babcia wie już o wszystkim? No, może nie o wszystkim, ale wystarczająco dużo, żeby mieć pewien obraz sytuacji. Obraz. Kurator.

– Nie chcesz o tym porozmawiać?

– Po co? Wszystko jest w najlepszym porządku. Babciu, dlaczego się uparłaś, żeby wiercić mi teraz dziurę w brzuchu, coo? My dwie jedziemy teraz na kapitalną wycieczkę. I o to właśnie chodzi, no nie? Spójrz, jak tu pięknie, jak zielono. Kocham to nasze zagłębie. Kto powiedział, że jest szare i smutne? – Fajna zmyłka. Ciekawe, czy babcia da się na to złapać.

– Zjawiasz się u mnie w poniedziałek i zaraz gnamy na łeb, na szyję Bóg wie dokąd. Ewa, dziecko, uważasz, że jeśli jestem stara, to już nie potrafię logicznie myśleć? Główka jeszcze pracuje, nie tak łatwo mnie wykiwać.

– Babciu, jak możesz! Przecież ja tylko…

– Daj mi skończyć, dobrze? Kiedy stoisz pod moimi drzwiami z tobołkiem na plecach, to albo jest Boże Narodzenie, albo jakiś chłopak puścił cię kantem.

Zmyłka okazała się niewypałem. Mogłam to przewidzieć.

– A wiesz, że w Hagen znaleziono szczątki człowieka z epoki kamiennej? – zaczynam z innej beczki.

– Przestań mydlić mi oczy jakimś kościotrupem. Za dobrze cię znam.

– Ciekawe, gdzie go znaleźli? – zastanawiam się głośno. – Może na deptaku? A może na rynku...

– A może przestaniesz wreszcie wstawiać mi tu głodne kawałki? Babcia zawsze wie, w którym momencie wylać kubeł zimnej wody na głowę swojej wnuczki.

– Kiedy się do nas przeprowadziłaś, w środku nocy, zapakowałaś do swojego wózeczka dla lalek to wszystko, co było dla ciebie naprawdę ważne. Czerwone radyjko przenośne, pidżamę w kwiatki, czapkę i oczywiście Milusię. Powiedziałaś: „Tak będzie lepiej dla nas wszystkich". I było. I nadal jest.

Znam tę historię i szczerze mówiąc, nie mam pewności, czy przypominam sobie tę noc, czy tylko tak często mi ją opowiadano, że w końcu uwierzyłam, że to część moich własnych wspomnień. Wtedy jeszcze nie wiedziałam, że tamtej nocy tata leżał w szpitalu, ponieważ chciał odebrać sobie życie.

– Wcześnie to sobie wyćwiczyłaś. Gdy są jakieś problemy, najpierw spakować manatki i wiać. Obojętnie dokąd. To twoja strategia.

Samochód za mną raz po raz włącza i wyłącza światła mijania. Rozumiem, spieszy ci się do kochanki, chi, chi, chi. Jak kocha, to poczeka. Przykro mi, ale właśnie rozmawiam z babcią.

– Kiedy coś cię dręczy, nie walczysz z tym, ale w pierwszej kolejności szukasz dystansu. Żeby mieć czas do namysłu. Taka już jesteś. I ja to wiem. No więc, powiesz mi wreszcie, co jest z Johannesem? Tylko już bez wykrętów, dobrze, dziecinko? – Babcia kładzie mi rękę na kolanie. – Jak chcesz, możemy wrócić do Kolonii, nikt się nie dowie, że stchórzyłyśmy – mówi z uśmiechem. – A jeśli nawet, to co? Niech sobie mówią, co chcą. Gwiżdżę na to!

– Babciu, my nie z tych, co tak pękają. My nie. Mamy siebie. A już bardzo niedługo morze... – Chwytam ją za rękę.

– Święta racja, Ewuniu. Twarde z nas dziewczyny. My dwie poradziłyśmy sobie już nie z takimi rzeczami. Niech cię ucałuję, no, daj pyska!

– Nie teraz, babciu.

Babcia majstruje przy radiu i szuka WDR4. Robimy to czasem w niedzielę, kiedy się nudzimy. Wsiadamy wtedy do samochodu, krążymy po okolicy i słuchamy przebojów.

Wtedy rzeczywiście z dnia na dzień, a ściśle mówiąc – z nocy na noc – przeprowadziłam się do babci. To była jedna z najlepszych decyzji w moim życiu. A przecież byłam tylko małą dziewczynką, nie skończyłam nawet pięciu lat. Dziadek już nie pracował, a babcia zrezygnowała z pracy na cały etat i chodziła do supermarketu tylko na przedpołudnia, żeby być w domu. Dla mnie.

A teraz jedziemy razem nad morze.

Pierwsza granica za nami. Pełny luz. Nikt nie wypatroszył nam bagażnika, my też jesteśmy całe. Tablica „Cześć, do zobaczenia w Nadrenii Północnej-Westfalii" przemyka obok nas. Babcia musi iść na siusiu, dlatego zjeżdżamy z autostrady. Czekam na nią oparta o samochód i patrzę w niebo. Ciężko mi na duszy. Czuję się tak, jakby na mojej piersi leżał stukilowy ciężar. Nie mam odwagi zajrzeć do telefonu. Co tam znajdę? Wiadomość od Johannesa, który pewnie wrócił już ze szkoły. I pewnie przeczytał moją karteczkę. Wiadomość od Tobiasza, który o niczym, ale to naprawdę o niczym nie ma pojęcia. Albo wiadomość ode mnie: Ewa, jesteś cholernym tchórzem. Jedyne rozwiązanie, jakie mi przychodzi do głowy, to zwiewać, gdzie pieprz rośnie. Załatw to. Idź do niego i wszystko wyjaśnij!

Ale co? I komu? Kucam oparta plecami o przednią oponę, głowę położyłam na kolanach i udaję, że mnie nie ma. Śmieszne.

Chowanie głowy w piasek dobrze wychodzi tylko strusiom. Cholera. Jak to w ogóle mogło się stać? I dlaczego? Przed tygodniem o tej porze świat wydawał się jeszcze w porządku. Tak w każdym razie myślałam.

Przede mną pojawiają się dwie nogi w rozczłapanych butach w nieśmiertelnym kolorze bordo.

– Ewa, co z tobą? Źle się czujesz? – Babcia spogląda na mnie z góry zatroskana.

– Nie. Chciałam tylko rozprostować kości. – Wstaję odrobinę za szybko i robi mi się czarno przed oczami. Ale dobrze to znam, najdalej za trzy sekundy minie. Babcia niczego się nie domyśla. Chociaż nie miałabym nic przeciwko temu, żeby ta czerń jeszcze pozostała. A najlepiej żebym straciła przytomność i ocknęła się za jakiś rok na przykład. Nic z tego, aktualnie mam pod opieką babcię i muszę być przytomna za nas dwie.

Trzeba jeszcze znaleźć jakiś nocleg w Lucernie. Ale żeby się tym zająć, musiałabym znów zajrzeć do komórki. Później.

Wsiadamy do samochodu. Po kilkuset metrach nagle oślepia nas jasnoczerwony błysk.

– Jezus Maria! Co to było? – pyta babcia przestraszona.

– Obawiam się niestety, że to było nasze pierwsze zdjęcie z urlopu. Zeller Berg. Trzeba być kompletnym idiotą, żeby dać się tu namierzyć przez fotoradar. Cholera! Przecież takie rzeczy powinno się wiedzieć.

– Od kiedy to fotoradar interesuje się ślimakami? Przecież jedziesz osiemdziesiąt na godzinę, taak? – Babcia pochyla się do mnie, żeby spojrzeć na licznik.

– Bardzo śmieszne. Dlaczego akurat ślimaki? Osobiście wolę żółwie. Na prawym pasie jest dozwolone sześćdziesiąt. Ale jeśli ci za wolno, droga babciu, to prowadź sama. Okay? – Burczę nadąsana, zadając sobie w duchu pytanie, ile będzie mnie kosztowała ta impreza. – Ale, ale, zapomniałam. Przecież ty nie masz prawa jazdy!

– Właśnie że mam!

– Nie masz.

– A właśnie że mam! I przestań mnie denerwować, bo od razu serce mi skacze! – Babcia patrzy na mnie z urazą. – Leży w mojej szafce nocnej, na samym spodzie, pod chusteczkami do nosa. Jeśli mi nie wierzysz, możesz sprawdzić. Dziadek nigdy nie pozwalał mi prowadzić – wyjaśnia już spokojniejszym tonem. – A niby dokąd? Do naszego wioskowego sklepu zawsze chodzę pieszo, a jak muszę gdzieś dalej, wsiadam w autobus.

– Nie wiedziałam…

– Ewuniu, nie ma się czym przejmować. Nie ma tego złego, co by na dobre nie wyszło. – Uśmiecha się do mnie wesoło. – Nie wiem, czy byłabym dobrym kierowcą, ale zaręczam ci, że drugiej takiej pilotki jak ja nie znajdziesz w całym zagłębiu!

I rzeczywiście, przypominam sobie, że w autobusie babcia zawsze siadała na samym przedzie i podpowiadała kierowcy, kiedy z prawej ma wolne.

Jakby sam tego nie widział…

– I naprawdę nigdy nie siedziałaś za kierownicą?

– A jakże, siedziałam. Ostatni raz na egzaminie praktycznym. Mój instruktor bardzo mnie chwalił, bardzo…

– Ach, babciu… – mówię cicho – taki mi przykro.

– To niech ci nie będzie. Koniec tematu.

Wyjmuje z puszki cukierek o smaku coli i patrzy na szosę. W moim samochodzie nie wolno palić. Babcia nie protestuje, niechby spróbowała… Trzeba przyznać, że jak na osobę, która wypala dziennie dwie paczki, w porywach trzy, zachowuje się bardzo dzielnie. Twarda sztuka. Ale znalazła sobie inne, zastępcze zajęcia. Wygląda przez okno, ssie cukierki, trzyma atlas na kolanach i komórkę w dłoni. Nie ma czasu na głupoty.

Gdybyśmy jeszcze miały nad sobą słońce Capri, można by pomyśleć, że jest na wycieczce klasowej i zastanawia się, jak by tu przemycić do swojego pokoju w schronisku młodzieżowym jakąś flaszeczkę...

Shine bright like a diamond, Rihanna uparła się, żeby nam umilać podróż, chi, chi, chi, tym razem na SWR3, a babcia musi znów iść na stronę. Tuż przed szwajcarską granicą kupuję winietę.

– Od razu na cały rok? – pytam zirytowana. – Przecież jutro jedziemy dalej do Włoch.

– Przykro mi. Takie są przepisy – wyjaśnia kasjerka. – Płaci pani trzydzieści trzy euro. Za to w Szwajcarii wszystkie autostrady są bezpłatne dla podróżujących tranzytem.

– Świetnie, bardzo mnie to cieszy.

– Ale we Włoszech będzie pani musiała uiścić opłatę drogową co pięćdziesiąt kilometrów.

No tak, co kraj, to obyczaj. Kiwam głową ze zrozumieniem, biorę jeszcze herbatniki i małą butelkę coli i podaję moją kartę kredytową.

– Czy ma pani paragony SANIFAIR? – pyta uprzejmie kasjerka.

– Ach, rzeczywiście, dobra myśl. Babciu? – Odwracam się do mojej pilotki. Właśnie przegląda „Frau im Spiegel".

– Tak?

– Musisz mieć cały blok paragonów SANIFAIR. Mogłabyś mi je dać? Opłacimy tym winietę i zaoszczędzimy trochę pieniędzy.

– Co?

– Paragony, które wychodzą z bramki obrotowej przed toaletą. Jak znam życie, na pewno uzbierałaś ich całe mnóstwo.

– Paragony? Wszystkie wyrzuciłam, a bo co? Potrzebujemy ich do czegoś?

– Już nie. Wielkie dzięki, babciu… – wzdycham niepocieszona. Jak powiedziała, tak zrobiła. Wyrzuciła wszystko, jak leci. Konsekwentnie.

– Jeszcze dobra godzinka i będziemy na miejscu – snuje domysły babcia. Winietę przykleiłam na przedniej szybie za lusterkiem wstecznym. Kiedy jeździliśmy z Johannesem na narty, przedtem smarowaliśmy szybę glicerynową pomadką do ust. W drodze powrotnej mogliśmy bez problemu ściągnąć z szyby winietę i sprzedać ją na ostatnim parkingu przed granicą. Patent Johannesa.

Mój chytry – dosłownie i w przenośni – życiowy partner (jeszcze) uwielbia takie akcje. Ja niekoniecznie. Zawsze było mi trochę głupio. Czy jeszcze kiedyś pojedziemy razem w góry?

Lucerna już od pewnego czasu pojawia się na tablicach. Jest parę minut po dziewiętnastej. Babcia już nie patrzy do atlasu. Powinnam teraz wyłączyć roaming, w tym celu jednak musiałabym zajrzeć do komórki. Później.

– Ewa, gdzie będziemy spać?

– Nie mam pojęcia. – Wzruszam ramionami. – W jakimś hotelu w pobliżu dworca. Zawsze tam jest coś takiego – uspokajam ją szybko i koncentruję się na szosie. Moje oczy powoli zaczynają odczuwać pięćset kilometrów, które mamy już za sobą. To mój życiowy rekord. Jeszcze nigdy nie zaliczyłam więcej niż dwieście kilometrów w jeden dzień.

– Ale czy tak można? Przecież w tym hotelu w ogóle nie wiedzą, że przyjedziemy.

– Babciu, zaufaj mi. Na pewno znajdzie się dla nas jakieś łóżko. A jak nie, to prześpimy się w samochodzie, okay?

Przełyka głośno ślinę. Natychmiast się reflektuję i uspokajam moją superpilotkę.

– Żartowałam. – Kładę rękę na jej szczupłej nodze. – Wszystko będzie dobrze, zobaczysz.

Babcia wzdycha z ulgą, patrzy na mnie z ufnością i ucina sobie drzemkę. Nic dziwnego, ostatnie noce spędziła na starej, zdezelowanej sofie. Teraz odsypia, biedaczka. Na fotelu w moim samochodzie. Ciekawe, który z tych wspaniałych mebli jest bardziej niewygodny?

Kilka minut po dwudziestej pierwszej docieramy wreszcie do Lucerny.

– Ewa, wiesz co? Niedawno widziałam w telewizji program *Czy znacie się na zabawie* i coś mi się zdaje, że nadawali go z Lucerny. Tak, na sto procent. – Babcia mruży oczy i lustruje zjazd z autostrady, zadziwiająco bystra, biorąc pod uwagę, że właśnie się obudziła.

Ani babcia, ani ja nie mamy pojęcia, gdzie wylądowałyśmy. Ale jedno wiem na pewno, mój pęcherz błaga o litość.

– Teraz ja dla odmiany muszę na siusiu, i to pilnie, bo inaczej będzie katastrofa! Zaparkuję tu gdzieś w pobliżu i poszukam jakiejś restauracji. Poczekasz w samochodzie, dobrze? Potem rozejrzymy się za jakimś miłym hotelikiem.

Babcia kiwa głową. Czyli się zgadza.

– Spójrz, Ewa. Tam po drugiej stronie mogłybyśmy od razu zjeść kolację. – Pokazuje przez okno kolorowy pawilonik.

– Przecież to budka z kebabem!

– Zupełnie jak w domu!

– Nie, najpierw siusiu, potem hotel, a później zobaczymy, co dalej. Ale na pewno nie pójdziesz spać głodna. – Parkuję w jednej z wyznaczonych zatoczek, wszystkie są puste. Parcie na pęcherz mam takie, że z ledwością udaje mi się wysiąść z samochodu. Czytałam kiedyś, że pęcherz nigdy nie pęknie, już prędzej się posikasz. Jakoś mnie to w tym momencie nieszczególnie pociesza.

– Mam zostawić kluczyk w stacyjce? – pytam na wszelki wypadek.

– Jak sobie chcesz... – Babcia patrzy na mnie z uśmiechem, w oczach ma diabełki.

– Ale pod warunkiem, że będziesz grzecznie siedzieć i nie zwiejesz mi do Włoch. Bo widzę, że coś kombinujesz...

Jeszcze kilka godzin temu rżałybyśmy jedna przez drugą, ale teraz jesteśmy za bardzo zmęczone, a mnie dodatkowo męczy pęcherz! I nie chcę się posikać ze śmiechu, ale to szczegół.

Jest zimniej, niż myślałam. Do diabła, nie wzięłam kurtki, ale nie będę wracać. Pęcherz! Po drugiej stronie ulicy widzę jakąś knajpkę – Anker. Na pewno pozwolą mi skorzystać z toalety. W cywilizowanych krajach to norma. Odwracam się. Babcia siedzi nieporuszona w ciemnym samochodzie. Mam nadzieję, że nie zmarznie. Ogrzewanie działa tylko wtedy, kiedy włączę silnik.

Niestety, szczęście mi nie dopisuje, Anker ma dziś wolne. No to bomba! Dłużej nie wytrzymam. Czy nobliwa Szwajcaria mi wybaczy, jeśli sterroryzowana przez fizjologię – okoliczność łagodząca! – przykucnę tu gdzieś między dwoma samochodami? Czy uwzględni, że to był naprawdę nagły przypadek? Chwila zastanowienia. Nie. Jednak nie. To byłby zbyt wielki despekt dla słynnych szwajcarskich serów, zegarków, a nawet banków. Nie wspominając już o Wilhelmie Tellu. A poza tym, chociaż jestem tylko prostą dziewczyną z robotniczego Zagłębia Ruhry, wiem, co to kindersztuba. I tego się trzymajmy.

Johannes nie zrozumiałby, dlaczego czekałam aż do ostatniej chwili i nie załatwiłam tego dużo wcześniej. „Zupełnie jak mała dziewczynka! Kiedy ty wreszcie dorośniesz?" Już słyszę, jak gdera. No jasne, łatwo ci mówić, chłopie, ty możesz stanąć byle gdzie, rozpiąć rozporek i sikać. Ja natomiast muszę kucać z gołym tyłkiem na zimnie i jeszcze się stresować, że ktoś mnie zobaczy. Chociaż tyłek mam niczego sobie, akurat tego nie muszę się wstydzić.

Po drugiej stronie ulicy znajduje się tajska restauracja. Bamboo Garden. Brzmi super. Zrobić siusiu w ogrodzie bambusowym. Tego jeszcze nie było.

I nie będzie… Wejście od frontu jest zamknięte na cztery spusty. „Proszę korzystać z bocznego wejścia"! Chcecie mnie wkurzyć czy co? W Kolonii poszłabym po prostu dalej, ale tu? No to biegiem do bocznego wejścia. Przed rzeźbionymi drzwiami wita mnie dwumetrowy złoty Budda. Stary, ale jesteś zrelaksowany, tylko pozazdrościć – ale nie masz parcia na pęcherz, co? Wychodzi mi naprzeciw filigranowa kobietka w długiej do ziemi i bardzo obcisłej sukni. Ma skośne oczy i powalający biust w rozmiarze… No, nie wiem. 75E? F? L? Silikony? Możliwe, ale w takim przypadku chyba trochę przesadziła. Obłęd, gapię się jak idiotka na te dwa balony, zamiast zająć się swoim megabalonem. Podobno nigdy nie pęknie, ale zawsze może być precedens, i co wtedy?

– Dzień dobry, witam. Czym mogę służyć?

Tajski brzmi chyba inaczej. Ta mała mówi nienaganną niemczyzną.

– Czy ma pani zarezerwowany stolik? – Uśmiecha się do mnie tak, jak to potrafią tylko kobiety Orientu.

– Dobry wieczór. Szczerze mówiąc, nie… Właściwie chciałam tylko… – Robię grzeczny dyg, jak dobrze wychowana pięciolatka i ściskając nogi, szepcę ostatnie słowo – …toaleta?

Tę mowę ciała rozumieją na całym świecie, jest zatem szansa, że tajska Szwajcarka załapie.

– Ależ oczywiście, zaraz wszystko pani wytłumaczę… – Znów ten zniewalający uśmiech. Wszystko? A co tu jest do tłumaczenia, kibel to kibel! – Proszę pójść tym korytarzem. – Pokazuje stanowczo zbyt długi hol obok Buddy – potem schodami w dół – błagam, tylko nie schody! – przez restaurację obok wodospadu – robi sobie jaja czy co? – jeszcze raz schodami na górę i tam…

– …będzie kibel, to znaczy toaleta?

– Nie, jeszcze nie, tam skręci pani w lewo i pójdzie do samego końca korytarza. Toalety są za kotarą. Damska z lewej strony. Prawda, że łatwe?

Bułka z masłem! Okay, zapowiada się świetnie, oczyma wyobraźni widzę już, jak babcia siedzi całą noc w zimnym samochodzie, a rano zakatarzona i zachrypnięta zezna na policji: „Moja wnuczka chciała tylko zrobić siusiu".

Przebieram nogami jak szalona, w pędzie rozpinam pasek, muszę wyglądać komicznie, jak pajac na sznurku, ale co mi tam! Przecież nikt mnie tu nie zna. Jeszcze raz krótko rozważam, czy nie przykucnąć przy wodospadzie. Nie, kindersztuba! Jestem już tak blisko celu, muszę wytrzymać. Muszę, muszę, muszę! I wytrzymałam. Siedzę teraz na złotym tronie w damskiej toalecie za kotarą w bambusowym ogrodzie i siusiam, siusiam, siusiam, a że obsiusiałam sobie trochę majtki, to tylko szczegół.

W drodze powrotnej cała szczęśliwa i o parę litrów lżejsza klepię Buddę na pożegnanie w złote ramię i polecam nas jego opiece. Przechodzę przez ulicę i co widzę? Publiczną toaletę. Zaledwie kilka metrów od Ankera. Wszystko jedno, pęcherz pusty, Ewa wyluzowana. No i pogadałam sobie z czarującą kobietą Orientu. Właścicielką największego biustu na świecie.

A to co? Za wycieraczki ktoś wetknął jakąś karteczkę. Agencja towarzyska? Podchodzę bliżej wiedziona złym przeczuciem. Nie, to sprawka zupełnie innej agencji. Babcia siedzi karnie na swoim miejscu i wszystko wskazuje na to, że była tu przez cały czas. Pukam w szybę, pukam się w czoło, pokazuję jej karteczkę i znów pukam w szybę.

– Mandat?

Możliwe że nie usłyszała mojego głosu, na pewno jednak zrozumiała bezbłędnie moją pantomimę. Otwieram drzwi, a ona wpatruje się we mnie szeroko otwartymi oczyma, jakby nie wiedziała, kto zacz.

– Byłaś tu przez cały czas, tak czy nie? – pytam, zgrzytając zębami.

– A gdzie miałam być?

– Więc skąd się tu wziął ten mandat?

Babcia wzrusza ramionami, a jej aparat słuchowy piszczy. No jasne.

– Nie było mnie osiem minut, a teraz mam na samochodzie tę debilną kartkę! Kto to był? Co się stało?

Piii.

– Baabciuu! – Czuję, że zaraz odwiozą mnie do wariatkowa. Koniec podróży.

– Coo?

– Pstro. Bardzo dobrze mnie rozumiesz! Nie udawaj.

– Wcale nie udaję. Po co te nerwy? – zaczyna, ale nie daję jej skończyć.

– Do rzeczy, babciu, do rzeczy!

Widząc, że to nie przelewki, natychmiast przechodzi do meritum.

– No więc… był tu jeden taki… zrobił taki ruch ręką… – Babcia demonstruje mi ów ruch i wszystko jasne. Tajemniczy osobnik, zapewne policjant, musiał ją poprosić, żeby podkręciła w dół szybę. Czy są jeszcze na tym świecie samochody z podkręcanymi szybami? No wariat!

– A potem?

– Potem nic. – Pii.

– Jak to? Tak po prostu wypisał mandat i już?

– Właśnie. Tak po prostu… Skąd miałam wiedzieć, co on tam gryzmoli? Jeden raz obszedł samochód, podrapał się w głowę, a potem coś napisał. Ach, przedtem jeszcze…

– Co przedtem?

– Wyjął z kieszeni bloczek.

– Super. Masz pamięć jak piętnastolatka. Ale, skoro jesteś taka bystra, to dlaczego mu nie powiedziałaś: „Moja wnuczka musiała iść na chwilę do toalety". Przecież umiesz mówić, co? – Czasem aż za dużo…

– No tak, ale po naszemu. Po niemiecku, a nie po, po… Oj, dajże mi, dziecko, święty spokój. Czy to ja wiem, po jakiemu tu, psiakrew, gadają?! – Pii.

Śmieję się bezradnie. No jasne, skąd miałaby…? Powinnam to była wiedzieć. Pii.

– Gniewasz się na mnie?

– Nie. Tak. Nie. Już dobrze, szafa gra. Jeden mandat mniej czy więcej, luzik.– Zadaję sobie w duchu pytanie, ile czasu musi upłynąć, zanim ten miły list od panów ze szwajcarskiej drogówki dotrze do domu, i co pomyśli Johannes, kiedy zajrzy do skrzynki pocztowej i go znajdzie – Babciu?

– No? – Łypie na mnie obrażona.

– Co było, a nie jest, nie pisze się w rejestr, tak? – mówię pojednawczo. – No, to poszukamy teraz jakiegoś hotelu.

Jedziemy przez zimową Lucernę. Termometr w samochodzie pokazuje minus osiem stopni.

– Ach, spójrz tylko, babciu. Mają tutaj jezioro. W samym środku miasta – nie mogę się nadziwić. – Czy mogłabyś patrzeć razem ze mną? Musimy poszukać dworca kolejowego.

Babcia natychmiast przesuwa się na siedzeniu, wyciąga szyję i patrzy na zmianę to do przodu, to na bok, to do przodu, to na bok. Oświetlenie ulic w Lucernie jest żółte i ciepłe i rzeczywiście wszystko wygląda tu jak na pocztówkach ze Szwajcarii. Stare domy przykryte śniegiem. Cisza, spokój. I jakoś tak wytworniej niż w domu. Tak jakoś szlachetniej. Nawet pachnie inaczej.

– Babciu! Dworzec? – pytam jeszcze raz.

– Tak, tak. Ewa, spójrz. Mają tu jezioro!

– Ach! – Ubawiona przewracam oczami. Wzrusza mnie, jak ta starowinka właśnie odkrywa świat. Kilka godzin temu wyruszyłyśmy w totalnej szarości, a teraz jej świat jest już żółty.

– Aaach! – wykrzykujemy równocześnie. Nasz zachwyt jest w pełni uzasadniony. Jedziemy przez most, nad którym rozpięto ogromną siatkę z lampek choinkowych.

Światła odbijają się w jeziorze, a przed nami majaczy budynek dworca.

– Babciu, chcesz, żebyśmy jeszcze raz przejechały przez ten bajkowy most?

– Mamy WDR4? – pyta z uśmiechem.

– Nie, ale na pewno mam jakąś dobrą płytę CD w schowku po twojej stronie. Zajrzyj i coś sobie wybierz.

– Nie trzeba, Ewuniu. Dobrze jest, jak jest.

Robię w tył zwrot i jeszcze raz jedziemy przez tę błyszczącą, migoczącą jaskinię nad jeziorem.

– Spójrz, jak brylanty. Cudownie… – wzdycha. – Ewa? A może to tylko mi się śni?

Babcia czuje się właśnie tak, jakby przez ten most jechała do innego świata. Księżniczka w złotej karocy.

Szein breeeit leik e deimennd, fałszuję. Nie jestem Rihanną.

Pii.

Podjeżdżamy do kościoła. Dach zabytkowej świątyni znajduje się pod pierzynką śniegu.

Jeszcze raz zawracam, żeby dojechać do dworca. Tuż obok widzę hotel. No, to jesteśmy w domu. Zaraz się dowiem, czy mają coś wolnego.

– Pójdę do środka i spytam, czy mają dla nas jakiś pokój. – Samochód znów parkuję w zatoczce przy krawężniku. – Aha, jeszcze jedno. Babciu, w razie gdyby ten facet znowu przyszedł, to… wszystko jasne, tak?

– Już ja mu dam popalić! Po naszemu. Teraz nie będę siedzieć jak trusia i wytrzeszczać gał. A co?

Pokój dwuosobowy kosztuje sto trzydzieści franków. Czyli nie jest źle. Ciekawe, czy zobaczę jeszcze swój samochód, kiedy wyjdę na zewnątrz. Chociaż nie chce mi się wierzyć, żeby babcia dała się odholować szwajcarskim służbom miejskim. Kiedy ją zostawiałam, miała bardzo bojowe nastawienie.

Przez obrotowe drzwi hotelu dobrze widzę swoje czerwone autko. Jest dobrze, nadal stoi tam, gdzie stało. Kiedy jednak podchodzę bliżej, konstatuję ku swemu przerażeniu, że babcia zniknęła. Cholera jasna! To nie może być prawda! Ewa, nie panikuj! Na pewno poszła do toalety. Przebiegam przez ulicę i widzę, że drzwi są otwarte, a kluczyk tkwi w stacyjce. Nie było mnie sześć minut. Ratunku! Co ja teraz powiem wujkowi? Jak się wytłumaczę? Właśnie chcę zagadnąć kobietę, która spaceruje z białym pudelkiem, i zastanawiam się gorączkowo, jak mogłabym opisać babcię. I nagle ulga. Znalazła się moja zguba. Siedzi na ławce, uśmiecha się do przechodniów i mówi każdemu „dobry wieczór". Po naszemu. I chyba nawet nie zmarzła, a jeśli nawet, to wcale jej to nie przeszkadza. Chciała zaczerpnąć świeżego powietrza. Przysiadam się do niej i biorę ją za rękę. Milczymy i przyglądamy się ludziom w Lucernie.

Nagle widzę mężczyznę w mundurze, który jak sęp krąży wokół mojego samochodu. W pewnej chwili sięga do kieszonki na piersi i wyciąga bloczek. Nieważne, pisz pan jeszcze jeden mandat. Piii.

Babcia czuje się zmęczona. Dostała na kolację swój ukochany kebab i chciała się potem położyć. Ostatni raz byłam w hotelu z Tobiaszem. Nie spaliśmy wtedy. Teraz będę dzielić z babcią podwójne łóżko z białą wykrochmaloną pościelą. Babcia jest już gotowa do snu. Założyła koszulę nocną i zdjęła majtki. Zawsze mnie to dziwiło. Ja nigdy, nawet w dzieciństwie, nie umiałam spać bez majtek.

Babcia uważa, że guma w majtkach uciska brzuch i wtedy przychodzą złe sny. Może to i prawda, wolę jednak zaryzykować zły sen, jeśli tylko mojej pupie będzie ciepło. Tak to już jest w życiu, coś za coś. Na jej szafce nocnej leżą aparat słuchowy i powieść z gatunku ojczyźnianych. Młody gajowy z Dolnej Bawarii, oczywiście rosły, płowowłosy i silny niczym germański bóg, zakochuje się w przecudnej urody pasterce, oczywiście sierocie, którą ratuje z łap niedźwiedzia, jednym strzałem kładąc go trupem. Błękitnookie dziewczę odwzajemnia jego wcale nieskrywane uczucia, choć samo utrzymuje mroczną tajemnicę z przeszłości. Po wielu dramatycznych zwrotach akcji zbliżamy się do oczywiście szczęśliwego zakończenia. Jest ślub w wiejskim kościółku, a potem huczne weselisko. Gra kapela ludowa, piwo leje się strumieniami, jak łzy panny młodej. A potem żyli długo i szczęśliwie… No, oczywiście. Ulubiony „gatunek literacki" wszystkich szanujących się niemieckich babć.

Dziś jednak nawet ta fascynująca lektura nie ma szans. Na ścianie na wprost łóżka wisi ogromny płaski ekran. Babcia się rozemocjonowała. Nic dziwnego, czeka ją niezapomniane przeżycie. Będzie oglądać telewizję w łóżku. Jej drugie zęby mocza się w szklance z zimną wodą, a Milusia rozpiera się na środku między poduszkami. Brakuje tylko mnie do kompletu.

– Przespaceruję się jeszcze dookoła hotelu. Czy mogę was tu zostawić bez opieki?

– Ewuniu, dziecko, nie jesteś w ogóle zmęczona? – Babcia znów się martwi o swoją małą wnuczkę.

– Cały dzień siedziałam w samochodzie, trochę świeżego powietrza dobrze mi zrobi.

– Co?

– Mówię, że cały dzień siedziałam w samochodzie i że świeże powietrze dobrze mi zrobi.

– Co? Mów głośniej, bo nic nie słyszę!

No tak, aparat słuchowy.

– Powietrze! – krzyczę przeraźliwie, jakby obdzierali mnie żywcem ze skóry. – Świeże powietrze!

– Aaa, cały dzień siedziałaś w samochodzie. Tak, teraz rozumiem.

Całuję ją w czoło i wychodzę z pokoju, zabierając ze sobą komórkę. W końcu muszę kiedyś do niej zajrzeć.

Lucerna już śpi. Śnieg tłumi wszystkie odgłosy. Hotel jest położony zaraz przy dworcu kolejowym i mógłby stanowić scenerię melodramatu. Tory są opustoszałe. Nadjeżdża pociąg. Jedynie on stoi na torach.

Gdyby moje życie było jedną z przedświątecznych komedii romantycznych, które w ostatnim czasie znów przeżywają renesans, to teraz on wyskoczyłby z pociągu. W tle leciałby jakiś rzewny kawałek, a my stalibyśmy przytuleni i całowali się bez pamięci.

Ale ja nie jestem Norą Tschirner, nadszedł już styczeń, a zasadnicze pytanie brzmi: kto właściwie ma wyskoczyć z tego pociągu? Johannes? Tobiasz? Til Schweiger?

Włóczę się bez celu po pustej Lucernie. Lśniący tunel na ulubionym – od dziś – moście babci rozświetla wodę. Jezioro łabędzie. Bajkowa ta Lucerna, do pełni szczęścia brakuje tylko królewicza na białym koniu. A może wcale nie? Na Instagram jest za ciemno, prócz tego zaś musiałabym się odważyć spojrzeć do komórki. Nie. Jeszcze nie...

– Ej, laska! Coś ty za jedna? – wołają za mną jakieś dwa podejrzane typy. – Pójdziesz z nami do Irish Pubu? No, choo...

Wstrząsam się mimowolnie. Lekkie ukłucie pod sercem. Dlaczego mi to zrobili? Wszystko popsuli. To takie nie na miejscu. Dwóch ryczących, pijanych kolesiów w tej ciszy. Barbarzyńcy. Odwracam się i mam wrażenie, że zaraz oślepnę – istna feeria barw! Dwie czapki z wielkimi pomponami szczerzą się do mnie głupkowato. Jedna jest różowa, druga niebieska. Na nieskażonych myślą czołach ogromne gogle narciarskie. Różowa czapka jest w zielonej kurtce i turkusowych spodniach, niebieska czapka – w czerwonej kurtce z żółtymi spodniami. Wszystko widać jak na dłoni: chłopcy nie wracają z pola golfowego. Twarze czerwone jak piwonie, oczy przepite. Musiało być ostro. Przyglądają mi się ostentacyjnie i chwieją na wszystkie strony, jakby stali jeszcze na desce snowboardowej.

– Jest superimpreza po nartach. Idziesz z nami? Będzie w dechę! Pierwsze dwa piwa za friko.

– *I am sorry. I don't speak your language.* – Wzruszam ramionami.

– Co powiedziała? – pyta różowa czapka swego kompana, lustrując mnie od stóp do głów.

– Że wpadliśmy jej w oko. Czyli idzie.

Z braku lepszego pomysłu dalej wzruszam ramionami i patrzę na nich skonsternowana.

– *Sorry, guys. I can't help you.*

– Chłopie, to jakaś wieśniara czy jak? Co ona tam nawija? – Ten w niebieskiej czapce poprawia gogle, wciąga powietrze z takim impetem, że niemal upada do tyłu. W ostatniej sekundzie udaje mu się jednak złapać równowagę na swoim wyimaginowanym snowboardzie – po prostu zawodowiec.

– Plies. Komm wiss as in se… – Niebieski wymachuje rękami. – Jak to będzie Irish Pub po angielsku? – Jego kumpel robi na śniegu błyskotliwy piruet i odpowiada, spluwając:

– Ej, chłopie, daj sobie siana. Nie bierzemy tego towaru. Niunia jest na maksa męcząca. Wyrwiemy coś na miejscu, zero problemu. No, choo…

– *Okay, guys, have a good time. Goodbye.*

Odwracam się na pięcie i – przyspieszając kroku – idę w kierunku starego miasta. Jeszcze mi tego brakowało! Zadaję sobie pytanie, w którym miejscu na ostatnim zjeździe ci sympatyczni fani sportów zimowych skręcili nie tam, gdzie trzeba. To nie Ischgl, barany, tylko Lucerna. Miłe, spokojne miasteczko. Człapię w kierunku kościoła, który otulony śniegiem wygląda tak uroczo. Nie spodziewałam się tu spotkać jakichś ludzi, ale mimo to ta pustka mnie zaskakuje. W Kolonii o tej porze dużo się dzieje, ale to nie Kolonia, tylko… Przed kościołem stoi jeszcze szopka bożonarodzeniowa. Parafianie wznieśli prawdziwą stajenkę. Są tu wszyscy: Maria i Józef, Trzej Królowie ze swoimi darami, pasterze i owieczki – z drewna – wszystkie postaci naturalnej wielkości. Mogłabym stanąć przy nich i robić za superosła. Mam najlepsze kwalifikacje, jakby ktoś się pytał. Obok kościoła mieści się urząd stanu cywilnego, a nad wejściem kołysze się na wietrze ogromna gałąź jemioły. Z kim chciałabym się całować pod tą jemiołą? Hm, no nie wiem. Po drugiej stronie ulicy mój wzrok przykuwa mała winiarnia, ciepłe światło świec błyszczy na zaparowanych szybach. Ach, więc to tutaj schowali się mieszkańcy Lucerny. Nie śpią. A już się dziwiłam, gdzie ich wszystkich wywiało. Czy mogę do was dołączyć? Czy mogę się z wami weselić? W drodze do winiarni widzę, że Święty Mikołaj zapomniał zabrać swoją skrzynkę na listy. Nadal stoi przy kościele. Czerwona skrzynka w złote gwiazdki. Przed świętami musiała być pełna po brzegi karteczek z „zamówieniami". W Kolonii dzieci wrzucałyby tam całe stosy prospektów z Mediamarktu i Saturna. Czy są też listy do Świętego Mikołaja malowane dziecięcą ręką? Ja zawsze rysowałam swoje życzenia i zawieszałam je u babci w kuchni. Myślałam, że kiedy Święty Mikołaj do nas wstąpi, na pewno w pierwszej kolejności pójdzie do kuchni, żeby zrobić sobie kanapkę i napić się gorącej herbaty, bo przecież musi być bardzo głodny i zmarznięty, a wtedy znajdzie mój list: sklepik do zabawy, świecowe kredki, nowa sukienka dla Milusi. Kiedyś namalowałam moją mamę, wtedy już od kilku lat nie żyła. Święty Mikołaj położył mi pod choinką album na zdjęcia. To był naprawdę piękny prezent gwiazdkowy. Teraz też mogłabym wrzucić taki list. Ale co w nim napiszę? „Święty Mikołaju, bardzo proszę, przyślij mi jakiegoś dobrego duszka, bo sama sobie nie poradzę…"

W winiarni siedzą wyłącznie pary, to widać jak na dłoni. W pierwszym momencie czuję tremę. Dziwne, dwudziesty pierwszy wiek, Europa, ruch feministyczny i te sprawy, a ja stoję z głupią miną i nie mam odwagi wejść do środka. Może dlatego, że zawsze ktoś mi towarzyszy przy takich okazjach. Johannes albo – co zdarza się dużo częściej – moje dziewczyny. Czy samotna kobieta będzie tu źle widziana? Nie, w ogóle nie będzie. Żaden z gości nie zwraca na mnie uwagi. Tym lepiej. Siadam przy barze.

– Czy macie szwajcarskie wino? – pytam z uśmiechem gładko ogolonego barmana w białej koszuli i pod muchą. W głębi duszy liczę na jakąś miłą konwersację.

– Tak – pada wyczerpująca odpowiedź. Czapki z głów. Powieka nawet mu nie drgnie, chociaż w środku aż się gotuje. Skąd to wiem? Kobieca intuicja. Może miał pradziadka samuraja.

Siedzę więc sama przy jakimś barze gdzieś w Szwajcarii. Próbuję sobie wyobrazić, jakby to było, gdyby Johannes był tu ze mną i tylko na chwilę poszedł do toalety. Siedzielibyśmy razem. Przy wschodnioszwajcarskim burgundzie za sześć pięćdziesiąt szwajcarskich franków. Jo przeliczyłby cenę wina na euro – w pamięci. To jego ulubiony sport. Tobiasz na pewno zaklinałby się na wszystko, że jego wino lepiej smakuje, i na dowód pocałowałby mnie po swojemu. Pocałunek z karmieniem kontra liczenie w pamięci. Nie fair. W pierwszym roku wszyscy zgrywają się na romantyków. Johannes też taki był. Chodzi o to, że niektórzy naprawdę są romantykami, tylko jak to odgadnąć na samym początku? Nie dostałam ani jednego SMS-a. Może to nawet dobry znak. Sama nie wiem. A co właściwie wiem?

11 stycznia

– Ewa! Nie uwierzysz! Mają tu w kabinie prysznicowej szampon na
ścianie. Chodź, musisz to zobaczyć. – Babcia wychodzi z łazienki
w pełnym rynsztunku i najlepszym humorze. – Że w ogóle mają
prysznic! No, bajka, mówię ci. Chciałabym mieć coś takiego
w moim nowym mieszkaniu.

– Dzień dobry, babciu. – Ziewam od ucha do ucha. O tak wczesnej godzinie nie toleruję aż tyle tekstu. Ale kocham moją staruszkę,
dlatego mówię: – Bez paniki, będziesz miała kabinę prysznicową
jak ta lala! Mucha nie siądzie.

– I jest jeszcze suszarka do włosów. I pierwszorzędne ręczniki.
Takie duże, mięsiste. Na pewno nie kupili ich na wyprzedaży. Mój
Boże, taki elegancki hotel. Wstawaj, dziecinko. Już późno.

Nie muszę nawet patrzeć na zegarek, żeby wiedzieć, że jest
gdzieś między siódmą a ósmą rano. Babcia to ranny ptaszek, ja
wprost przeciwnie. Podchodzi do okna i kiedy odsuwa zasłony,
wyrywa się jej okrzyk:

– Ewa!

– Co się stało?

– Ewa, tam są góry!

Kiedy wczoraj przyjechałyśmy do Lucerny, było już ciemno.

– Przecudowny widok. Po prostu dech w piersiach zapiera. No, zobacz!

– Babciu, przecież widziałaś już góry. Co tydzień oglądasz takie same w *Doktorze z gór*. – W odpowiedzi ciska we mnie poduszką.

– Wstawaj, śpiochu! Szkoda życia na spanie.

Przy śniadaniu pozostaje sobie wierna i pyta o colę. Ja nie pytam o nic. Nie mam apetytu.

– Babciu, posłuchaj. Plan przedstawia się następująco. Zaraz po śniadaniu idziemy do naszego pokoju, pakujemy manatki i jedziemy dalej, tak? – pytam w nadziei, że babcia będzie całym sercem za.

Nic nie mówi, tylko bawi się serwetką.

Chyba się przeliczyłam.

– Rozumiem, że nie do końca akceptujesz mój plan. W takim razie przedstaw mi swój, jeśli łaska. No, czekam.

Babcia poprawia dłonią włosy.

– Mój plan jest dużo lepszy od twojego. Idziemy na miasto. Chcę spróbować prawdziwej szwajcarskiej czekolady. I trochę pozwiedzać przy okazji.

– Ale do Mediolanu zostało nam tylko dwieście pięćdziesiąt kilometrów. Jeżeli się uwiniemy, mogłybyśmy tam być już po południu.

Babcia uśmiecha się do mnie, przeżuwając. Na śniadanie wybrała pieczone kiełbaski. Zacna porcja…

Nie mam pojęcia, gdzie ona to wszystko mieści. Babcia nie jest gruba. Owszem, apetyt jej dopisuje, a nawet potrafi zjeść za dwóch, ale odżywia się głównie kebabem, krokietami, colą i papierosami. Ma szczupłe nogi, a jej stopy przypominają łodzie podwodne, są długie, wąskie i zwężają się ku przodowi. Zawsze mnie śmieszyło, kiedy palce wystawały jej z rozczłapanych kapci. Za to z tyłu zostawało dużo wolnego miejsca. Do tej pory nie mogę zrozumieć, dlaczego babcia konsekwentnie nie kupuje butów w mniejszym rozmiarze. Dziś babcia ma na nogach bordowe trumniaczki, ulubione pantofle ludzi w pewnym wieku. Aczkolwiek te babcine są dość awangardowe, powiedziałabym. Imitacja skóry krokodyla. Kupiłyśmy je razem, a babcia przez cały czas chichotała w sklepie jak nastolatka, która nie może się nacieszyć zakupami.

– Ewa, przyniesiesz nam jeszcze jedną kiełbaskę? No, powiedzmy, dwie. Dlaczego nic nie jesz? Nie masz apetytu?

– Babciu, to jest śniadanie, a nie impreza przy grillu.

Wygląda przez okno, mrużąc oczy, jakby wypatrzyła tam coś niebywale interesującego.

– Babciu? – Nie reaguje, tylko łypie na pusty talerz. Okay. Jeszcze jedna kiełbaska. No, powiedzmy, dwie.

Jest zimno i wilgotno w Lucernie, a kocie łby to nie najlepsza propozycja dla babcinych stóp obutych w krokodyle trumniaczki. Ale dzielnie maszeruje, nawet nie piśnie. Chciała zwiedzać, niech zwiedza. Ma za swoje. Wchodzimy do sklepu z pamiątkami. Kupić pocztówki? Nie. Komu miałybyśmy je wysłać? Świętemu Mikołajowi? Za późno. Ostatecznie wybieramy sobie po kieliszku do wódki z Lucerny, babcia z górami, ja z nieśmiertelną szarotką. Przyjemne dla oka, a jakie praktyczne! Babcia zatrzymuje się przed plakietkami na laskę wędrowca i stoi, stoi, stoi, jakby wrosła w ziemię. Przygląda się z uwagą wypukłym metalowym płytkom. Najpierw z białym krzyżem na czerwonym tle, potem bierze do ręki plakietkę z bernardynem i przysuwa ją do oczu.

– Babciu, coś się tak zadumała nad tą plakietką? Chcesz, żebym ci kupiła coś takiego? Przecież nie masz laski. Aaa, rozumiem.

Chodzi ci o bernardyna. Tak, to mądre i dzielne psy. Uratowały już niejednego zbłąkanego alpinistę, który zamarzłby na śmierć.

– A czort tam z bernardynem. Przecież wiesz, że najbardziej lubię małe pieski. Ale... – robi tajemniczą minę.

– Ale co?

– Po czymś takim zawsze mogłam poznać, dokąd tym razem wybrał się na urlop. Beze mnie... – mówi, ściszając głos.

– Dziadek?

– Zawsze mi mówił, że jedzie do uzdrowiska albo do sanatorium, wyjazd w celach zdrowotnych, zatwierdzony przez gwarectwo. Kiedy wracał, znów miał o jedną plakietkę więcej na swojej lasce. – Sięga po plakietkę z flagą szwajcarską. – Czasami już tam była, no, ta plakietka, a czasem przybijał ją dopiero w domu. Takimi maleńkimi gwoździkami. Bardzo, bardzo ostrożnie, żeby, broń Boże, jej nie zniszczyć. Puk, puk, puk. – Babcia puka się w głowę i kończy dość zaskakująco: – A w tym sanatorium też pewnie puknął sobie jakąś kuracjuszkę...

– Domyślam się, że w związku z powyższym nie zawieziesz mu żadnej plakietki, coo?

Patrzy na mnie, jak obudzona z głębokiego snu.

– Zawiozę mu krowi dzwonek. Taaki wielki, o, jak ten! – Łapie za inny przebój wśród licznych pamiątek w sklepie. – Temu staremu capowi.

Idziemy spacerkiem w kierunku jeziora i nieoczekiwanie robimy odkrycie roku: statek z ciastkami.

– Babciu, co jak co, ale tego musimy spróbować! – piszczę zachwycona. „Zupełnie jak mała dziewczynka. Kiedy ty wreszcie dorośniesz..." Ale babcię też wzięło. Oczy jej błyszczą, buzia się śmieje. W niedzielę pływa łódź z brunchem, w piątki statki z raclette i fondue, a przez cały tydzień statek z tortami. Studiujemy tablicę z programem przy mostku. Na lekko pożółkłych fotografiach widać rozradowanych seniorów i długi, przykryty obrusem bufet z ciastami i tortami. Na jednym ze zdjęć tęgi mężczyzna w stroju cukiernika prezentuje z dumą słynny szwarcwaldzki tort wiśniowy. Babcia studiuje zdjęcia, ja tekst.

– Statek śmietanowy odbija od brzegu dopiero o piętnastej. Trochę dla nas późno… – mówię z wyraźnym podtekstem.

– Naprawdę? Ile czasu trwa przejażdżka taką łodzią? Statkiem… – Babcia nie odrywa wzroku od fotografii. Całkiem ją wzięło. Cholera, może być kłopot.

– Chodź, babuniu, szkoda czasu. Słoneczna Italia czeka. Może w drodze powrotnej. – Biorę ją pod rękę i z niejakim trudem odciągam od tablicy, a ściśle mówiąc, od programu, który tak bardzo ją nęci.

Patrzy na mnie dziwnie.

– Nie wrócimy.

– Tego nie wiesz – odpowiadam zniecierpliwiona.

– To prawda, nie wiem. Ale co to za życie, zawsze tylko może. Może to, może tamto. Nuuda. Życie powinno być przyjemne, intrygujące. I słodkie, to przede wszystkim! Przecież sama powiedziałaś, że po prostu mamy to zrobić.   Patrzy na mnie zagniewana. – Jeśli teraz chcemy popłynąć statkiem z ciastkami, to zróbmy to, psiakrew! Czy we Włoszech ktoś na nas czeka?

Zaskoczyła mnie ta płomienna przemowa i niemal zwaliła z nóg. Pozwólcie państwo, że przedstawię: moja babcia hedonistka, obrończyni miłego słodkiego życia. Brawo, *bravissimo*! Ale choć wywarło to na mnie wrażenie, za nic w świecie nie odpuszczę.

– Tak, czeka – mówię z naciskiem. – Czeka na nas morze. I słońce. A Włosi na pewno też mają ciastka. Na sto procent.

– I taki kapitalny statek z ciastkami?

– No jasne. Włosi mają nawet statki z makaronem i pizzą.

Babcia znów się śmieje i przyciska się mocno do mojego ramienia.

Może dlatego że droga jest taka śliska, że śnieg, deszcz i kocie łby, a może po prostu dlatego, żeby się mnie trzymać. Albo trzymać mnie. Żebyśmy trzymały się w kupie, o!

W drodze do samochodu wstępujemy jeszcze do C&A i kupujemy babci ciepły sweter z moheru w kolorze fiołkowym za piętnaście franków. Jest prawie tak kapitalny jak statek z ciastkami. Mnie kupujemy kawę na wynos. Babcia uśmiecha się z politowaniem, spoglądając na biało-brązowy kubek.

– Idiotyzm!

– Babciu, jak możesz?!

– Nie rozumiem tego waszego świata. Jeśli brakuje już nawet czasu, żeby usiąść i wypić w spokoju filiżankę kawy, to na co w ogóle jest?

– A ja to bardzo lubię – bronię mojej lichej namiastki „jej" statku z ciastkami i przysuwam nos do maleńkiego otworku w pokrywce. – Pachnie naprawdę wyśmienicie. Powąchaj, babciu, sama się przekonasz.

Krzywi się z odrazą i macha ręką, jakby się odganiała od natrętnej muchy.

– Wiesz, co ci powiem, moja Ewuniu?

– No słucham.

– Trzeba mieć naprawdę fioła, żeby z własnej nieprzymuszonej woli pić kawę z filiżanki z dzióbkiem. Świat schodzi na psy, zawsze to powtarzam.

Może to i prawda, ale na pewno nie z winy kawy na wynos.

W samochodzie babcia próbuje znaleźć najlepszą drogę z Lucerny do Mediolanu.

– Pojedziemy teraz wzdłuż Jeziora Czterech Kantonów, a potem przez tunel Gotarda albo… – zastanawia się głośno – …przez górę? Unoszę jedną brew, wtedy sama sobie odpowiada: – Tunel.

– Tunel?

– Tunel – potwierdza. – Nigdy nie jechałaś tunelem? Nie może być. – Przerzuca kartki w atlasie, po czym wciąż na nowo kładzie palec wskazujący na którejś z map.

– …no więc tak, według mnie… Moment. – Kładzie opuszek palca na Mediolanie. – Tak, przypuszczam, że to będzie jakieś dwieście pięćdziesiąt kilometrów. Zerkniesz do tej swojej pomocy naukowej w telefonie?

– Sama spróbuj. Naciśnij na NaviApp, a potem wpisz Mediolan.

– Niee, Ewuniu, lepiej nie. Boję się, że mogłabym coś zepsuć.

– Nie tak łatwo – zachęcam ją.

– Okay! – mówi teoretycznie zachęcona, ale dalej tylko się gapi w wyświetlacz jak sroka w gnat.

– No, nie bój się, spróbuj. Przecież cię nie ugryzie… – Babcia marszczy czoło, podnosi palec, opuszcza i po raz kolejny powtarza ten sam błąd. – Znowu za mocno! To nie maszyna do pisania, babciu. Delikatnie, z wyczuciem, bez nerwów. O, właśnie tak. Widzisz, że to dziecinnie proste. A teraz przesuń tę strzałkę u samego dołu na prawo.

Patrzy bezradnie na telefon.

– No co tak patrzysz? Po prostu palcem wskazującym na strzałkę, a potem… hm… pogłaszcz komórkę.

Klik. Babcia cała w skowronkach. Udało się!

Spogląda z podziwem na komórkę i trzyma ją w dłoni, jakby leżała na srebrnej tacy.

– A teraz?

– Teraz przesuwasz… albo głaszczesz jeszcze raz wyświetlacz.

– ...to znaczy szybkę?

– Dokładnie. Ekran dotykowy, tak to się fachowo nazywa. No, więc głaszczesz od prawej do lewej szybkę i zaraz pojawi się taki szaro-pomarańczowy czworokąt. Wtedy lekko, leciutko go dotykasz. Sekunda wystarczy.

Postępuje zgodnie z instrukcją obsługi i nawet pomaga sobie językiem, przyciskając jego czubek do górnej wargi. App się otwiera. Próbuję skoncentrować się na drodze.

– A teraz?

– No, spójrz... co tam jest napisane?

– Adres. A teraz mam wystukać, to znaczy napisać Mediolan, tak?

Jej palce szukają liter.

– Och!

– U góry z prawej strony w rogu jest „X". Tym możesz skasować złą literę. Gdybyś się pomyliła, *capito*?

Czubek babcinego języka jeszcze mocniej przywiera do górnej wargi. Dopiero teraz ją wzięło. Wyjeżdżamy z Lucerny, tunel jest tak dobrze oznakowany, że nawigacja w ogóle nie będzie nam potrzebna, ale nie chcę jej odbierać przyjemności. Szkoda tylko, że wpatrzona w wyświetlacz nawet nie zauważa malowniczego Jeziora Czterech Kantonów.

– Ach, Eeewaa?

– Potem dotykasz u góry z prawej „Rozpocznij nawigację".

– Nie, Ewa, tu, tu... – zaczyna chrząkać.

– Babciu, co znowu? Przecież ci tłumaczyłam co i jak.

– Ale tu jest napisane zupełnie co innego... – Patrzy skonsternowana i jakby zawstydzona na wyświetlacz, a jej oczy robią się coraz większe i większe.

– Co? Aha, pewnie musisz jeszcze podać „Włochy".

– „Dziewczynko moja! W myślach podnoszę twój uroczy staniczek nastolatki i całuję twoje przecudowne piersi. Masz..."

– O nie!!! Babciu, natychmiast mi to oddaj! Słyszyysz?! – zawo-
dzę płaczliwie. – Boże, jaki wstyd!

– „...najpiękniejsze piersi na świecie. – Zerka w moją stronę,
chrząka i kończy: – Tęsknię za Tobą jak wariat. Twój Tob".

– Tobiasz, ma na imię Tobiasz – mówię cicho. Ściskam mocniej
kierownicę i wpatruję się w szosę z takim natężeniem, jakby tam
działy się Bóg wie jakie rzeczy. Korek stulecia.

– Już dobrze, nic się nie stało, prawda? Wcale nie musisz opowiadać swojej starej babci wszystkiego ze szczegółami. O szesnastej
będziemy w Mediolanie, mówi to coś.

Włączam radio, potem znów je wyłączam. Nie ma sensu.
W tunelu będzie tylko szumiało, a my będziemy jak zamroczone.
Próbuję nie myśleć o Tobiaszu. O Johannesie też nie. Johannes!

Kochany Johannesie, właśnie jedziemy przez Szwajcarię. Kierunek:
Włochy. Co porabiasz? Gdzie jesteś? Czy znalazłeś już bezpieczne
schronisko dla swoich uczniów? Tęsknię za tobą, nawet nie wiesz,
jak bardzo. Czy to naprawdę koniec? Już nie będzie naszej drużyny? Nie będzie nas...? Jo, strasznie się boję. Spójrz na nas: jest
okay, ale czy pięknie? Nie chcę cię ranić, a ty...

– Ewuniu, bardzo jesteś na mnie zła?

– Co? Dlaczego miałabym być na ciebie zła? – Wstrząsam się
mimowolnie, wyrwana z zamyślenia.

– Nie chciałabym się wtrącać... – Kładzie mi rękę na udzie. –
Matko Przenajświętsza, a coś się tak spięła? – Dopiero teraz czuję,
że udo mam naprężone jak stal, bo wcisnęłam gaz do dechy i gnam
jak wariat. To dla mnie raczej nietypowe, za to norma przy ucieczce.
SMS od Tobiasza jest tak cudowny, a równocześnie nie może taki
być: należę do Johannesa.

– Spoko, babciu. Ty masz swoje zmartwienia, a ja swoje... – mówię z westchnieniem. – Wszystko tak się pogmatwało, zrobiło się tak piekielnie trudne, że sama już nie wiem, gdzie jest moje miejsce. Nigdy nie przypuszczałam, że wpakuję się w taką kabałę.

– Na własne życzenie...

– A jeśli nawet? Czy to coś zmienia? Czuję się tak... tak... – Wbijam sobie w serce wyimaginowany nóż i uderzam się w piersi. – Rozumiesz? *Mea culpa, mea culpa.*

– Moja wina, moja wina. Dawniej ksiądz odprawiał mszę po łacinie i to akurat zapamiętałam.

– No właśnie. Zawiniłam. Bardzo, bardzo. I najchętniej bym się z tego wszystkiego porzygała. Jestem jak struta i nie mam pojęcia, jak się pozbyć tej trucizny z organizmu. – Nadal trzymam nóż przy piersi i symuluję harakiri. – Wiesz co? Czuję się jak ostatnia świnia. Nie, nie, źle się wyraziłam, te biedne zwierzęta nie mają z tym nic wspólnego. Czuję się jak ostatnia szmata, jak dziwka...

Babcia wciąż trzyma telefon jak na srebrnej tacy i milczy zawzięcie. Jadę wolniej. W górach leży śnieg, wszystko jest jasnobłękitne i białe, a słońce błyszczy za przezroczystą kurtyną.

Nie wiem, czy mogę powiedzieć babci, że zdradziłam Johannesa, przypuszczalnie sama się domyśliła. I co jej powiem, no co? Że o naszym pierwszym seksie lepiej nie wspominać, ale że ten drugi był naprawdę cudowny, że tak pięknie bierze mnie w ramiona i że ma fantastyczne dziecko. I że ja też bardzo bym chciała mieć takiego synka. Nie, wykluczone.

O seksie nie rozmawia się ze starszymi ludźmi. Nie jestem pruderyjna, ale to jednak moja babcia. Trochę głupio. Myślę, że po czterdziestce seks nie odgrywa już tak ważnej roli. Po etapie zachłyśnięcia się cielesnością na pewno pojawia się coś innego. Braterstwo dusz? Miłość? Przyjaźń? Jeśli tak, jeżeli w piątej dekadzie życia rozpoczyna się era duchowości i prawdziwej przyjaźni, to nie muszę już długo czekać i Johannes znów stanie się dla mnie idealnym mężczyzną. Jesteśmy dość dobrzy w sprawach przyjaźni. Byliśmy kiedyś też dobrzy w sprawach seksu. Błąd. Byliśmy dobrzy w spaniu ze sobą.

Przede mną otwiera się wielka czarna dziura. Tunel.

– Niesamowite, co babciu? Pojedziemy teraz przez górę.

Nadal milczy jak zaklęta. Nie, śpi. Głowę oparła na pasie bezpieczeństwa, usta lekko rozchyliła i cicho poświstuje przez sen. Srebrna taca leży na jej kolanach. Na nawigacji mogę rozpoznać, że przed nami piętnaście kilometrów ciemności. Potem znów zrobi się jasno. Zawsze tak się dzieje – najpierw mrok, potem światło. Uśmiecham się do siebie. Oklepana symbolika, ale coś w tym jest. Ciemność i jasność, dni i noce, odpływy i przypływy, radość i smutek. Życie.

Im głębiej, im dalej wjeżdżamy w tunel, tym robi się cieplej. Termometr w samochodzie pokazuje nagle czternaście stopni. Czy Szwajcarzy nie składowali tutaj kiedyś broni? Fatalnie, babcia śpi, a to pytanie na pewno było już w *Milionerach*. Babcia bardzo lubi ten program i za nic w świecie nie przegapi żadnego odcinka.

Siedemnaście stopni.

Są ludzie, których w tunelu ogarnia strach. Mnie nie. Dotąd w ogóle nie znałam strachu. Czego miałabym się bać? Najgorsze, co może nas spotkać, już się wydarzyło: mama umarła, a tata odszedł i rozpoczął nowe życie u boku innej kobiety. Byłam wtedy dzieckiem, nawet nie zauważyłam, że to takie straszne i niesprawiedliwe. Zaskoczyło mnie to, że w tym tunelu jest tak jasno. A może moje oczy przyzwyczaiły się do ciemności? Czy na koniec człowiek przyzwyczaja się do wszystkiego?

Dwadzieścia jeden stopni.

Za nami tylko kilka samochodów. Po jednym pasie dla każdego kierunku. Zakaz wyprzedzania. Zakaz zawracania. Zawsze tylko prosto przed siebie? Zmiana kierunku nie wchodzi w grę. Nie mogę nawet skręcić. Jedyna możliwość, którą tutaj mam, to jechać dalej. Nie mogę nawet decydować o tempie, ponieważ citroen przede mną trzyma się przepisowej prędkości osiemdziesiąt kilometrów na godzinę. Stanąć? Nie ma takiej możliwości. Za mną toczy się szary passat. Na pewno jakiś nauczyciel. Johannes?

Dwadzieścia siedem stopni.

– *Fuck!* – Walę wściekle w kierownicę. Ojoj, co to było? Takie nadmierne reakcje, jak powiedziałby Anna, są dla mnie raczej nietypowe.

– Co? – prycha babcia obudzona tak raptownie. I tak nieelegancko… – Ach, jesteśmy w tunelu. Chyba się odrobinkę…

– Tak, babciu. Zdrzemnęłaś się i bardzo dobrze. Nie ma to jak uciąć sobie komara w samochodzie. Naprawdę ci zazdroszczę. – W nadziei, że nie zauważyła mojego niekontrolowanego wybuchu, pytam słodkim jak miód głosikiem: – Nie jest ci za ciepło? Może rozepniesz sweter? Robi się coraz cieplej. Na końcu tunelu będzie jak nic trzydzieści pięć stopni i cudowne słońce i *bella Italia*. A może nawet jakiś przystojny gladiator…

– Taak?

– No coś ty! – Śmieję się. Trochę mi wstyd, że wpuściłam babcię w maliny. Skąd miałaby to wiedzieć. Przyszłych czy też raczej niedoszłych milionerów nie odpytują ze stref klimatycznych. Ale z historii na pewno.

– Ewa, opowiedz, jak jest nad morzem? Tak samo jak w Eder?

– Hm, tak. Coś w tym guście. – Dawniej jeździłyśmy czasem nad Edersee w północnej Hesji. Właściwie zawsze, gdy Möhnesee za bardzo trąciło nam prowincją. – Tak, prawie, prawie. – Zastanawiam się, jak jej to powiedzieć, żeby przy okazji nie dyskredytować Eder. – Chyba, chyba nie takie szare i trochę bardziej słone i jaśniejsze. Nad morzem jest bardzo jasno i zawsze wieje wiatr. Czasem dmucha tak, że mało głowy nie urwie.

– Ojej, już się boję.

– Powiedziałam: czasem. A poza tym, babciu, ty i ja, jesteśmy w czepku urodzone, więc nam to nie grozi. Ale jak dobrze pójdzie, dostaniemy gęsiej skórki. I wtedy trzeba będzie co rusz oblizywać usta, które smakują słono. Jak te małe rybki, które czasem ogryzamy przy telewizji.

Czternaście stopni.

– Nad Edersee było naprawdę pięknie. Taak, bardzo pięknie – wzdycha babcia i kiwa głową, jakby na potwierdzenie swoich słów. – Wynajmowaliśmy taki mały domek letniskowy, z kuchenką i łazieneczką jak dla krasnoludków, pamiętasz? A ty znikałaś na cały boży dzień. Zaraz po śniadaniu dawałaś nam buziaka i tyle cię widzieliśmy. Tak, tak, tylko czasem słyszeliśmy, jak ganiasz z dzieciakami po wsi. Zawsze na samym przedzie, herszt bandy. I zawsze z kijkiem w ręku.

– I z chustką na głowie – dodaję. – Najbardziej lubiłam tę czerwoną w białe grochy.

– No, ba! Sama ją uszyłam. – Babcia uśmiecha się wzruszona. – Nigdy nie wychodziłaś z domu bez chustki. Uwielbiałaś to. Czasem nawet w domu nosiłaś czapkę. Wtedy wiedzieliśmy, że tęsknisz za mamą. To dawało ci chyba poczucie bezpieczeństwa, którego my nie mogliśmy ci zapewnić.

– Jeszcze dziś to robię… – mówię do siebie.

– Czasem strasznie mi jej brakuje – mówi babcia, też bardziej do siebie.

– Mnie też. Chociaż, tak naprawdę nie wiem, jak to jest mieć matkę. Ale zawsze, kiedy nie czuję się kompletna, myślę, że to właśnie jej mi zabrakło. To tak jak puzzle…

– ...którym zgubiło się kilka elementów – kończy za mnie babcia.

Osiem stopni.

Przed nami jasny punkt, który z każdym metrem rośnie w oczach. Zbliżamy się do kresu tunelu i wiem, że ta rozmowa się skończy, kiedy pozostawimy go za sobą. Babcia i ja przyzwyczaiłyśmy się, żeby nie mówić o mamie, kiedy świeci słońce. Ja też myślę o niej najczęściej w ciemnościach. To jedna z naszych niepisanych reguł. Może dlatego, że straciłyśmy ją w piękny słoneczny dzień. Potem dla babci nastał nieprzejrzany mrok. Ja byłam jeszcze za mała.

Światło!

Jakie to cudowne uczucie wyjeżdżać z tunelu. Jak budzić się z samego rana po dobrze przespanej nocy, jak prysznic po męczącym dniu, jak picie zimnej wody po długim biegu.

– Tak wysoko! – dziwi się babcia. – Ewa, spójrz, góry. Czy możemy się gdzieś zatrzymać? Tylko na chwilę. Chciałabym odetchnąć świeżym powietrzem. Poczuć, jak pachnie.

Jedziemy jeszcze kilometr i widzimy parking. Babcia odpina pas i wysiada z zadziwiającą lekkością. Zamyka oczy i oddycha głęboko.

– Ach, Ewa! Jak tu pięknie. Czy ja jestem w niebie? – szepce z zachwytem. – Teraz wiem, dlaczego Doktor z Gór nie chce się przeprowadzić do miasta.

– Babciu? – Nie wiem, czy mówi to serio.

Tak? – Patrzy na mnie i mruga oczami. W końcu przysłania je dłonią, bo słońce świeci jej prosto w twarz. I uśmiecha się, uśmiecha, uśmiecha. Tak, mówiła serio. Teraz już to widzę.

– Nic, nic. Masz rację. Doktor z Gór też... – Babcia idzie do toalety, a ja korzystam z krótkiego postoju, żeby znaleźć nam pokój via Airbnb. Hotel w Mediolanie będzie z pewnością bardzo drogi.

Włączam mobilną sieć. Po kilku sekundach pojawiają się wiadomości i maile. Dziwne. W ogóle mi tego nie brakowało.

Anna pisała już wielokrotnie. Później do niej zadzwonię. Codzienna wkurzająca porcja newsletterów z superofertami: garnków, pończoch, ubrań. I tak dalej, i tak dalej.

W całym tym reklamowym szajsie niemal przeoczyłabym mail od Johannesa. Temat: Milusia znikła.

Serce mi zamiera. Stoję tu w rześkim styczniowym powietrzu po drugiej stronie tunelu Gotarda, po drugiej stronie Alp, po drugiej stronie mojego życia, z dala od Johannesa i nie mam odwagi otworzyć maila. Co ten człowiek wypisuje? Opieram się o maskę samochodu i boję się, że zaraz upadnę z wrażenia. Czy gniewa się na mnie? Czy jest smutny? A może chce mnie poinformować, że się wyprowadził?

– Ewa, nie mają tu bramki. Ani obrotowej, ani w ogóle żadnej! – woła babcia przez pusty parking. – Nie dostałam paragonu.

Podnoszę wzrok i rejestruję, że idzie zgarbiona i lekko pociąga nogą. Ale to akurat do mnie nie dociera. Wszystkie ważne drogi nerwowe są zatkane.

– Czyściutko, nie można powiedzieć. I tak ładnie pachnie, jakby konwalią. Nie, chyba bzem. Tylko że zaraz przy samym wejściu potknęłam się, psiakrew, pani sprzątaczka właśnie skończyła myć podłogę. Nie chcesz skorzystać? No idź, dziecko, bo znów rozboli cię pęcherz.

Jej głos brzmi tak, jakby mówiła przez poduszkę. W głowie mam tylko głuchą ciszę.

Szturcha mnie lekko.

– Babciu... Ja... Właśnie szukam dla nas jakiegoś względnie taniego noclegu w Mediolanie. Daj mi jeszcze chwilkę, dobrze?

– Co się z tobą dzieje? Oddaj babci telefon, sama to zrobię. Niedrogi pokoik dla dwóch uciekinierek z Zagłębia Ruhry. – Śmieje się bezgłośnie. Włączam App i biorę pierwszą z brzegu ofertę. Pokój, Mediolan, trzydzieści euro za noc. Naciskam palcem na zapytanie.

Może jednak, zanim wsiądziemy do samochodu, przeczytam szybko maila od Johannesa. „Milusia znikła" – tak go zatytułował. Milusia jest ze mną. Ucieka razem z nami. Jeśli nie ma mnie ani Milusi, to Jo przebywa całkiem sam w tym wielkim mieszkaniu. Opuściłam go. Powinnam była przynajmniej zostawić mu Milusię. Zimne górskie powietrze wpełza mi pod skórę. Marznę, pewnie już kilka minut, tylko tego nie zauważyłam. Babcia siedzi już w samochodzie. Wzdycham ciężko i dosiadam się do niej. Je pieczoną kiełbaskę.

– Skąd to masz?

– Gwizdnęłam przy śniadaniu. Też chcesz? – Na kolanach rozłożyła serwetkę. Na serwetce kilka sztuk ewidentnie hotelowych kiełbasek.

– Zwariowałaś?! Jak tak można? – Moja prawie osiemdziesięcioletnia babcia kradnie z hotelowej restauracji pieczone kiełbaski.

– Dlaczego? Miałam je zostawić? Przecież zapłaciłaś.

– To prawda, ale tak się nie robi.

– A ja zrobiłam. I wcale się nie wstydzę. Tylko zapomniałam o musztardzie. I to mnie najbardziej denerwuje. – Śmieje się głośno, rozbryzgując dookoła drobinki kiełbasy. – Masz, częstuj się, na zdrowie! – Podaje mi zimną kiełbaskę, swój złodziejski łup. Bez namysłu wsadzam ją sobie w usta jak papierosa i zapuszczam silnik. No, to wio!

W lusterku wstecznym widzę Milusię na tylnym siedzeniu. Oczywiście jest przypięta pasem. Co za trzaśnięta grupa wycieczkowa prosto z wariatkowa. Nawet mi się zrymowało.

Nad jeziorem Como zimowe słońce stoi już niżej. Dzień ma się ku końcowi. Nadciąga noc. Radio gra *Lover of the Light* w wykonaniu

Mumford and Sons: *But I'd be yours, if you'd be mine*,* śpiewa męski głos i nagle rozlega się solo gitarowe, które sprawia, że serce niemal mi pęka. Wypuszczam powietrze i syczę jak przekłuty balon. Wieczorem zadzwonię do Johannesa. To wszystko było jednym wielkim błędem.

– Babciu, powiedz, tylko bez wykrętów, czy nie żałujesz czasem, że się wyprowadzasz?

– Hę?

– Mówi się: słucham! Zrozumiano? – pouczam ją automatycznie. – Żałujesz, że się wyprowadzasz?

Patrzy na mnie zirytowana.

– Czego miałabym żałować? Głupie pytanie. Przecież jeszcze się nie wyprowadziłam. Żałuję tylko jednego…

– Czego, babciu?

– Że nie zrobiłam tego wcześniej. Tak… – Marszczy czoło, jakby się nad czymś zastanawiała. – Powinnam była to zrobić już cztery lata temu. Ale widocznie musiało upłynąć trochę czasu, żeby wreszcie do mnie dotarło, że samotność w pojedynkę wcale nie musi być taka zła. Najgorsza jest samotność we dwoje.

– Cztery lata? Dlaczego akurat cztery?

– Przez całe moje życie, no, prawie całe, myślałam, że tak po prostu wygląda małżeństwo, taka jest miłość. Przecież znałam to tylko z książek, a później z filmów. Tam kobiety były zawsze takie rozdygotane, takie podniecone. Ja nie byłam podniecona. U nas na osiedlu nikt nie był podniecony. Więc pomyślałam, że tak to już jest, że po prostu tak musi być. Film filmem, a życie życiem. Nie ma co bujać w obłokach i karmić się mrzonkami. Prędzej czy później przyzwyczaimy się do siebie i jakoś to będzie. Potem umarła twoja mama i ty do nas przyszłaś, i wszystko się zmieniło.

---

* *But…* (ang.) – Ale będę twój, jeśli będziesz moja.

– Więc to przeze mnie? Babciu, powiedz…. – Patrzę na nią przestraszona.

– Nagle znów mieliśmy pięcioletnie dziecko. Wprawdzie bywałaś już u nas wcześniej, przeważnie w soboty i niedziele albo w święta, ale kiedy twój ojciec nie chciał już dłużej się tobą zajmować, nigdy nie pojmę, jak można zostawić taką słodką dziewczynkę, własną córkę, wtedy wzięliśmy cię do siebie na stałe. A jeśli chodzi o moje małżeństwo… No cóż, dopiero cztery lata temu zrozumiałam, że to już koniec. Czułam tylko wielką pustkę. Wtedy dziadek miał zawał serca, a mnie nawet to nie ruszyło. Jest to jest, a jak go nie będzie, też się nie powieszę… – opowiada to wszystko bardzo spokojnie, bez emocji.

– A gdybyś jednak zaczęła za nim tęsknić?

– Za nim? A konkretnie za czym?

Nie rozumie? A może aż za bardzo.

– No, za byciem ze sobą…

– Nie byliśmy – wzrusza ramionami.

– W takim razie za tym długim, bardzo długim czasem, kiedy stanowiliście jedno. Ty i dziadek. Wierność, przywiązanie i takie tam rzeczy. Cały program… Naprawdę nie będzie ci tego brakować?

– Cały program, mówisz… a co to takiego? Razem jeść śniadanie, iść na tańce, pielęgnować ogród, a wieczorami chodzić razem do łóżka? – Wzdycha głośno. – Cały program. Nigdy nie myślałam o tym w ten sposób. Ewa, posłuchaj, czy nie zbliżamy się powoli do granicy? Musimy znów kupić taką nalepkę?

– Nie, we Włoszech nie potrzebujemy nalepki. Tam zapłacimy osobno za każdy odcinek autostrady – wyjaśniam. Akceptuję życzenie babci, żeby zakończyć rozmowę. Nigdy nie miałyśmy z tym problemu. Jak robi się niemiło, po prostu zmieniamy temat. I żadna z nas nie ma pretensji do drugiej.

Babcia szpera w schowku na rękawiczki i znajduje płyty kompaktowe, krem do rąk i spłaszczonego snickersa.

– Och! Ten batonik zrobił już parę ładnych kilometrów, jak sądzę.

Śmieję się, ponieważ nie mogę sobie wyobrazić, żeby jakiś czekoladowy produkt tak długo uchował się w moim samochodzie. Jestem łasuchem, zawsze mam żelazny zapas słodkości. Po kilometrze, góra dwóch już go nie ma... Babcia rzuca mi karcące spojrzenie.

– Można wiedzieć, czego tam w ogóle szukasz?

– Och, nic, nic, tak tylko sobie patrzę, co tam jeszcze zachomikowałaś. Oprócz przeterminowanych batoników. – Podnosi wysoko stanik. Różowy w białe kropki.

– Tutaj jest! A już się zastanawiałam, gdzie go wcięło – cieszę się z babcinego odkrycia. – W tym staniku wyszedł mi z boku fiszbin i tak mnie pioruńsko uciskał, że zdjęłam go w czasie jazdy. Johannes trzymał kierownicę.

Babcia grzebie dalej, jej przedramię znika całkowicie w schowku. Chyba wymacała coś naprawdę ekstra, sądząc po jej zadowolonej minie.

– No, babuniu, znalazłaś tam kogoś ciekawego? – pytam. – Może Johannesa?

Śmieje się ubawiona.

– Nie, ale za to bardzo ciekawe okulary – wyjaśnia i zakłada je bez namysłu.

– O cholera. Są jeszcze z *après-ski*.

Jednego dnia miałam wywrotkę na stoku i już w południe poszłam do schroniska. Kiedy Johannes do mnie dołączył po zamknięciu wyciągu, stałam na stole i wyśpiewywałam na całe gardło *Pieski małe dwa*, a te okulary podarował mi jakiś Anglik. Neonowy róż.

– Pasują mi? – Babcia przegląda się w lusterku. Obraca na bok głowę i rozwichrza sobie siwe włosy. Śmieje się sama z siebie, głośno, serdecznie. Jej śmiech brzmi jak kaszel.

– Babciu, wyglądasz super, prawdziwa z ciebie rockandrollowa dziewczyna – mówię z uznaniem, podnosząc do góry oba kciuki, i naprawdę tak myślę. Chce mi się płakać ze wzruszenia, jestem z niej taaka dumna. – No, babciu w odlotowych okularach, dojeżdżamy do granicy. Jesteś przygotowana? Masz dowód osobisty?

– A nie? – Babcia klepie mnie w kolano. – Skleroza jeszcze mi nie grozi, Ewuniu. Gdzie są Włochy?

– O, tam! Rzut beretem albo jeszcze bliżej. – Pokazuję na sznur samochodów przed nami.

– Czy oni wszyscy jadą z Niemiec? – Babcia zdejmuje okulary.

– Opuść szybę, babuniu. Będziemy udawać, że jedziemy kabrioletem. Bądź co bądź jesteśmy na Południu.

Ja też otwieram okno po mojej stronie. Właściwie na tę akcję jest jeszcze za zimno, ale kiedy wyjedziemy z cienia, słońce na moment da nam przedsmak Włoch. Błękit na niebie jest definitywnie styczniowym błękitem. W lipcu wyglądałoby to zupełnie inaczej. Tryb przypuszczający – a kysz, a kysz! We Włoszech nie będę go używać, postanawiam. Styczniowe niebo jest idealne.

Jedziemy powoli w kierunku przejścia granicznego. Babcia trzyma się kurczowo uchwytu nad drzwiami, jakby się bała, że jakiś złośliwy troll mógłby je otworzyć i wyciągnąć ją z samochodu, tuż- -tuz przed Włochami, tuż-tuż przed celem.

– Ewa, co teraz będzie? – pyta, rzucając mi niepewne spojrzenie.

Pewnie się dziwi, ponieważ szwajcarską granicę minęłyśmy bez żadnych przygód.

– Nie mam pojęcia. Ale zakładam, że przepuszczą nas bez problemu, w końcu to Europa. Tak, babciu?

– A my jesteśmy w czepku urodzone…

Mam w ręku jej dowód osobisty. Babcia wygląda na zdjęciu jak recydywistka, która właśnie wyszła od fryzjera. Uśmiech surowo zabroniony. Zrobiłyśmy to zdjęcie parę lat temu w automacie przy domu towarowym. Nie podobał nam się rezultat, więc obie usiadłyśmy w boksie i w momencie, kiedy błysnął wyzwalacz, ugryzłam babcię w ucho, a ona głośno się roześmiała. Kiedy poszłyśmy jej wyrobić nowy dowód osobisty, chciałyśmy przemycić to „roześmiane" zdjęcie. Urzędniczka miała ubaw po pachy, w końcu jednak przekonała nas, że dowód osobisty to poważna sprawa, więc zdjęcie też musi być stosowne do okoliczności. I jest!

Zdjęcie z uchem zawsze nosimy w portfelach.

Przed nami jeszcze tylko dwa samochody.

– Babciu, włóż te odlotowe okulary, zrobimy sobie teraz oficjalne i bardzo poważne zdjęcie do listu gończego.

Zabieram jej komórkę i wyłączam nawigację.

– Musimy wyglądać zuchwale – zapowiadam, kierując obiektyw telefonu na nasze twarze. Zaraz, zaraz, jeszcze trochę w lewo. Jest!

– To znaczy jak? – pyta. – Mam w torebce scyzoryk, może by tak…

– Obejdzie się bez scyzoryka. No, jakbyś była zbiegłym bandziorem, którego szuka policja w całej Europie. – Naciskam wyzwalacz i natychmiast sprawdzamy rezultat. Babcia ma tylko połowę twarzy. Ja trzy czwarte. Odpada. Następna próba. – Tylko pamiętaj, groźna mina!

– Okay. Już się robi. W końcu to nic trudnego, no nie? – komentuje bez emocji. Tym razem tylko ona widnieje na zdjęciu. Nie ma czasu na następne. Samochód za nami wzywa nas klaksonem. Trzeba jechać dalej. No, to jedziemy.

Teraz nasza kolej.

Facet z kontroli granicznej wygląda już baardzo włosko: kruczoczarne włosy potraktowane żelem, ciemny mundur, znudzona twarz, lotnicze okulary z lustrzanymi szkłami. Ale babcia prezentuje się jeszcze bardziej odlotowo. No i co, don Corleone, łyso ci? Zdejmujemy równocześnie okulary i szczerzymy się do niego na wyścigi. To jest ten uśmiech „przecież nie zrobiłyśmy nic złego, panie władzo", który teoretycznie powinien wprawić go w zdumienie. Podaję mu nasze dowody, ale panu makaroniarzowi jakoś nie chce się wyjąć lewej ręki z kieszeni kurtki i macha nam prawą, żebyśmy jechały dalej. Nasz uśmiech chyba go nie powalił. Trochę szkoda...

Buongiorno, Italia!

– Co? Jak? I to wszystko? – Babcia nie kryje rozczarowania.

– Tak, to wszystko. – Wzruszam ramionami. – Ale jeśli chcesz, mogę zawrócić i powiedzieć, że szmuglujemy egzotyczne zwierzęta albo dzieła sztuki.

– Broń cię Panie Boże, Ewuniu!

– Oj, babciu, nie znasz się na żartach! – Śmieję się i prowadzę nasz pojazd ucieczkowy przez strefę przygraniczną.

– Ale spójrz tam, moja droga. Ci na pewno nie są w czepku urodzeni. Albo coś szmuglują. – Z prawej strony granatowe audi zjechało na bok, dwóch policjantów przekopuje bagażnik. – Babciu, jesteśmy we Włoszech!

Klaszczę w dłonie i powtarza raz po raz, że jestem szaloną kluską.

– Pasta, tutaj mówi się pasta.

– Więc po prostu jesteś stukniętą pastą.

– Babciu pilotko, mam dla ciebie nowe zadanie.

– Cała zamieniam się w słuch.

– Skoro już jesteśmy na włoskiej ziemi, wypadałoby chyba posłuchać włoskiego radia, no nie? Poszukaj nam jakiejś stacji!

Babcia pochyla się do przodu i przejęta swoim zadaniem zaczyna kręcić gałką. Poszukiwania w radiu kończą się bezładną paplaniną. Patrzymy na siebie zdumione.

– Co to jest?

– Brzmi zabawnie. Ciekawe, o czym mówią?

– Opowiadają sobie, że od dziesięciu minut jedna pomylona babcia i jedna zwariowana pasta są we Włoszech.

– Nie! Naprawdę? – Babcia robi wielkie oczy. Domyślam się, że robi wielkie oczy, ponieważ nie widzę ich za ciemnymi szkłami okularów *après-ski*.

– Tak, jasne, babciu! Oni mówią: „Dwie kury – piaczeeeree to znaczy kury – zwiały z kurnika, bo miały powyżej uszu swoich facetów i...". Czekaj, czekaj, co oni tam... – Nadstawiam ucha, jakbym przysłuchiwała się ludziom z radia i tłumaczyła symultanicznie. – „Teraz zwiewają nad morze".

Babcia uśmiecha się figlarnie.

– Lepiej nie zatrzymujcie tych kobitek!

– Spoko, babciu, nie ma takiej opcji. Tutaj nikt nas już nie zatrzyma. – Kładę rękę na jej kolanie. Radiowcy dalej trajkocą po włosku, a ja chciałabym zapisać tę chwilę na twardym dysku mojego życia. Nie będzie to łatwe niestety, ponieważ komputer właśnie się zmaga się z usuwaniem wirusów i aktualizacją systemu.

– Wiesz co, Ewa? Denerwuje mnie ten włoski. Co to za przekombinowany język. Nic a nic z tego nie rozumiem... – Babcia wydaje się niepocieszona.

Należałoby sformatować dysk i ponownie zainstalować system.

Jakbym słyszała Johannesa. Kto wie, może jestem do niego bardziej podobna, niż mi się wydawało.

Tyle się dzieje. Odnoszę wrażenie, że pokonujemy naszą trasę już od wielu dni, chociaż wyruszyłyśmy dopiero wczoraj. Zadaję sobie pytanie, co takiego napisał mi Johannes, a nie dowiem się, jeśli nie przeczytam. Proste. Muszę znaleźć jakiś dobry moment, żeby przeczytać jego maila.

– O Boże, znoowu! – żali się babcia. – Już nie mogę słuchać tego zawodzenia. Szeinbreitleikedeimend…

Ach tak, Rihanna.

– Babciu, ja też nie rozumiem, dlaczego ta gwiazda MTV uparła się, żeby jechać z nami do Włoch. Ale zaraz jej powiemy *bye, bye, darling*. Jak chcesz, mogę nam włączyć jakąś płytkę.

– Nie mają tu czegoś takiego jak WDR4? – Babcia kręci gałką, puka w radio, które z sobie tylko wiadomych powodów zatrzymuje się konsekwentnie na Rihannie. – „Dwóch małych Włochów…” – zaczyna nagle śpiewać.

– Babciu?

– „…marzy o Neapolu. O Tinie i Marinie, które tak długo już na nich czekają. Dwóch małych Włochów, którzy są taak samotni”.

– Kołysze górną częścią ciała i macha nogami. – Podróż na Południe jest dla innych wystrzałowa i szałowa… ale…

– Babciu, wyglądasz dwa razy bardziej odlotowo w tych okularach, kiedy jeszcze śpiewasz! Kto to jest?

– „Dwóch małych Włochów” – śpiewa dalej jakby nigdy nic. – Przecież to Conny Froboess*. Naprawdę nie poznajesz? Koniec świata!

– Czy to jest Rihanna lat sześćdziesiątych?

---

* Conny Froboess – niemiecka aktorka i piosenkarka. W 1962 roku na Festiwalu Piosenki Niemieckiej w Baden-Baden zdobyła pierwsze miejsce za utwór *Dwóch małych Włochów*, z którym później reprezentowała Niemcy na 7. Konkursie Piosenki Eurowizji w Luksemburgu.

– Ach, to były piękne czasy...

– Opowiesz mi o tych pięknych czasach? Prooszę.

– W Knappenhofie były czasem tańce i tam chodziliśmy.

– Ty i dziadek? – Muszę koniecznie pociągnąć ją za język. Babcia tak niewiele opowiada o swojej przeszłości.

– Tak, a dlaczego nie? Czasami. Piliśmy wódkę, a w kieliszkach były wiśnie Puszkina, na takich... – Babcia tańczy rękami i pokazuje mi kciukiem i palcem wskazującym wyimaginowaną wiśnię. – ...kolorowych patyczkach i zawsze wkładaliśmy je sobie we włosy.

– Wiśnie?

– Niee! – Wybucha śmiechem. – Patyczki. A kiedyś miałam we włosach czterdzieści takich patyczków. Możesz to sobie wyobrazić? Ale włosów też miałam dużo więcej. Utapirowane w wielki kok. I szeroką opaskę z aksamitki... – Przekrzywia głowę i dokładnie teraz stoi znów na parkiecie w Knappenhof i tańczy szlagiery Rihanny Froboess. Już tylko dlatego opłaciło się wysłuchać po raz dwudziesty tej historii, a im częściej ją opowiada, tym więcej robi się pałeczek Puszkina.

– Najczęściej tańczyłam z moją przyjaciółką Karin...

– Z przyjaciółką? A mężczyźni co? Podpierali ściany?

– Coś w tym guście. Rzadko tańczyli ze swoimi kobietami, żonami albo narzeczonymi, przeważnie stali przy barze i nie mogli się nagadać. Baardzo ważne męskie rozmowy. Kupa śmiechu. Dziadek zawsze wiódł prym w tej pijackiej kompanii. Wtedy był wielkim bossem i wstawiał gadki, w które tylko on wierzył. Pajac.

Zjeżdżam z autostrady w kierunku centrum Mediolanu.

Babcia nadyma policzki, marszczy czoło i naśladuje dziadka.

– A potem zorientowaliśmy się, jak można wykiwać szafę grającą.

Kołysze się rytmicznie i dalej ciągnie swoją opowieść.

– U samego dołu z lewej strony był otwór, a z tyłu, przy tylnej ścianie stał garnuszek z drobniakami. To właśnie tam wpadały i...

– Babcia uśmiecha się chytrze.

– I co?

– Potem zawsze wyciągaliśmy nasze pięćdziesiąt fenigów i znów je wrzucaliśmy. Gospodarz sam był przecież swoim najlepszym gościem i niczego nie zauważył – urywa. – Horst, tak, miał na imię Horst. Potem jego żona, czekaj, czekaj, jak ona się nazywała... O, już wiem, Inga, dała drapaka.

– Jak to, dała drapaka? – wpadam jej w słowo. Uwaga, uwaga, robi się coraz ciekawiej.

– No, uciekła. Z kucharzem, jeśli się nie mylę. I dobrze kobiecina zrobiła. My tak czy siak podejrzewaliśmy, że ten Horst czasem jej przykładał, jak sobie popił. A lubił wódeczkę, który chłop nie lubi? Potem to już całkiem się rozpił. Tak słyszałam...

– Co takiego? Bił ją? A wy co na to?

– My? Nic. – Patrzy na mnie zdziwiona.

– Babciu! Czyś ty na głowę upadła? Przecież nie można przyglądać się bezczynnie, kiedy mąż bije żonę!

– To była sprawa między nimi. Nas to w ogóle nie dotyczyło. Nic a nic. Wiesz, tak to czasem bywa w małżeństwie. W dzień się pokłócą, a w nocy pogodzą. Przynajmniej niektórzy...

– A dziadek? Też cię bił? – pytam, głośno przełykając ślinę.

– Tylko by spróbował! Spakowałabym się w pięć minut i tyle by mnie widział!

Wierzę. Babcia nigdy nie rzuca słów na wiatr.

– Wiesz co, babciu? Zanim pojedziemy do tej pani, u której będziemy spać, napijmy się powitalnego espresso w Mediolanie.

– Ale na siedząco! Inaczej się nie zgadzam. Jestem jeszcze za młoda na ten twój śmieszny kubek z dzióbkiem.

– Wszystko, czego tylko sobie życzysz! – Jadę przez Mediolan jak podczas mojej pierwszej lekcji jazdy samochodem. – Wiesz co, babciu? Zabij mnie, ale za chińskiego boga ci nie powiem, jak my tutaj znajdziemy jakieś wolne miejsce do zaparkowania.

Babcia dzierży w dłoni komórkę.

– Trochę tu inaczej niż u nas, co, Ewuniu?

Trochę? Nie mam pojęcia, dokąd mamy jechać. Ulice są nieprawdopodobnie wąskie i nagle wyprzedza nas z prawej strony skuter. Młody chłopak w dżinsowej kurtce odwraca się do nas i przesyła nam całusa. Pirat drogowy! Wariat!

– Ewa, kto by pomyślał, że my razem kiedyś…

– Babciu, nie teraz! Błagam – przerywam jej szybko. – Muszę się skoncentrować. I to maksymalnie. A ty uważaj na znaki drogowe. Jeśli gdzieś zobaczysz takie kółko z czarną kropką pośrodku, natychmiast mi powiedz, zgoda? To jest centrum. Musisz mi teraz pomóc.

Nie mam odwagi nawet na sekundę spojrzeć w jej stronę, nawet na pół sekundy. Serdecznie witamy w mediolańskiej komunikacji po pracy! Chociaż jest dopiero wpół do czwartej po południu. Okay, to nie jest komunikacja po pracy. Nawet nie chcę wiedzieć, co się tu wtedy wyprawia.

– Babciu? – Słyszę, jak cicho łka. Ugniata dłonie. Płacze? Nie mogę tego zobaczyć, bo wciąż ma na nosie te głupie okulary. – Babciu? Co ci jest? Dlaczego płaczesz? Booże drogi, dlaczego nic nie mówisz?

– Nie chcę cię denerwować, naprawdę.

– Wcale mnie nie denerwujesz. Ale nie mogę cię teraz pocieszać, *sorry*, babuniu. Sama widzisz, co się tutaj dzieje. Musimy mieć oczy dookoła głowy, inaczej będzie po nas. Spójrz na prawo. Mamy wolną drogę? – Próbuję odwołać się do jej honoru pilota.

– Nadjeżdża pociąg – szepce i pociąga nosem.

– Pociąg?!

Rzeczywiście, stoimy pośrodku torów, z prawej strony sunie ku nam pomarańczowy tramwaj, a przede mną stoi sznureczek samochodów. Co teraz?

W Kolonii człowiek nie musi się stresować, tramwaj dzwoni, zwalnia i zatrzymuje się po chwili. Ale jak zareaguje włoski tramwajarz? Nie mam pojęcia.

– Ewa… co teraz zrobimy?

– Nie wydostanę się stąd. Nie ma szans. – Pot leje mi się po plecach. Cholera!

– Ewa? A może by tak…

– Babciu! Teraz bądź cicho! – Zamykam oczy. Dobra strategia. Przenikliwe dzwonienie z prawej, klakson z tyłu. Jeszcze jeden. Potem cisza.

– Ach, jaki ten pan uprzejmy – mówi babcia. – Macha do nas. I nawet się uśmiecha…

Faktycznie, tramwaj zatrzymał się parę metrów przed nami, a motorniczy daje nam znak, żebyśmy jechały. No, ślicznotki, co z wami, złociutkie? Dalej, dalej! Głowa opada mi na kierownicę. Całe moje ciało jest tak napięte, że aż drżę. Łzy napływają mi do oczu. A jeśli to wszystko mnie przerasta? Mediolan, Włochy, ucieczka z babcią, Johannes, Tobiasz. Co ja tu właściwie robię?

– Ewuniu, już dobrze, nie ma powodu do zdenerwowania. Przecież nic się nie stało. – Babcia kładzie mi rękę na tyle głowy. – Uspokój się, no… Musisz zjechać z torów.

Jej głos przenika do moich uszu jak przez grubą warstwę waty. Nie wytrzymam, nie dam rady, chcę wracać do domu, do Johannesa.

– Ewa? Eeewa! Musisz jechać dalej! Proszę.

Chcę spać, tylko spać. Wszystko się we mnie napina, w żołądku mam wielką bryłę i najchętniej bym zwymiotowała. Co ja narobiłam? Dlaczego byłam taka głupia?

Najpierw czuję wilgoć między sztucznym tworzywem kierownicy i moją twarzą, a dopiero potem rejestruję, że babcia gwałtownie mną potrząsa i krzyczy:

– Ewa! Jedź dalej! Słyszysz, co do ciebie mówię? Tramwaj nie może przejechać. No, rusz się, dziewczyno!

Motorniczy uruchomił dzwonek ostrzegawczy, a za nami słychać przeciągłe agresywne trąbienie. Silnik zgasł, a teraz nie chce zapalić. Szarpię rozpaczliwie kluczykiem i wciskam jak szalona pedał gazu. Raz, drugi raz, trzeci, zaskoczyło. Uff, nareszcie. Jedziemy dalej. Widzę Mediolan jak przez mgłę, powieki mam sklejone. Ręce mi drżą. Ogarnia mnie uczucie, którego nie umiem jednoznacznie sklasyfikować. Zmęczenie, senność czy apatia?

Po kilku minutach naszym oczom ukazuje się zbawcza luka między zaparkowanymi ciasno pojazdami. Zatrzymuję się, a głowa opada mi bezwładnie do tyłu. Klap! Ręce mnie bolą jak diabli. Nic dziwnego. Mało brakowało, a wyrwałabym kierownicę.

– Przepraszam, babciu, nie mam pojęcia, co to było – mówię, nie patrząc na nią. – To wszystko moja wina.

– Już dobrze – odpowiada cicho. – Takie rzeczy zdarzają się nawet najlepszym kierowcom. Spójrz, masz wiadomość. – Babcia podaje mi komórkę, odpina pas i sięga do uchwytu nad drzwiami.

– Chcesz wysiąść?

– Tak, tylko na chwilę – wyjaśnia. – Zaraz wracam.

– Babciu, naprawdę mi przykro. Wybacz, jeśli cię przestraszyłam. Nie chciałam…

– Ewa, kocham cię.

Jej pierwszy krok w Mediolanie, beze mnie. Poradzi sobie, bez obaw, a ja jestem zbyt wyczerpana, żeby za nią biec.

SMS od Tobiasza
Najdroższa Ew, gdzie jesteś?
Bez przerwy o Tobie myślę i tęsknię za Tobą.
Powinienem teraz zająć się sporządzaniem kosztorysu wystawy i skontaktować się z kolekcjonerką. Ale marzę tylko o tym, żeby być przy Tobie. Thore pojechał do matki. Przesyłam Ci ostrożnego całusa.

Jestem zbyt pusta, żeby napisać długą odpowiedź, dlatego wstukuję kciukiem kropkę w polu odpowiedzi.

SMS od Anny
No, laleczko? Jaka pogoda?
Czy mogłabyś z łaski swojej napisać mi chociaż jedno zdanie, może być pół, martwię się o Ciebie.

SMS do Anny
Teraz nie dam rady. Więcej szczegółów później.

SMS od Tobiasza
Kropka? Jaka słodziutka. Tak samo jak kropeczka na Twoim ciele. Całuję ją w myślach i cieszę się na każdy znak od Ciebie. Dobrze się czujesz? (Jedna kropka: tak! Dwie kropki: nie!).

SMS do Tobiasza

.

Ten to ma do mnie anielską cierpliwość. I jeszcze ta romantyczna stylistyka. Nie, raczej kiczowata. Ale i tak mi się podoba. Uśmiecham się do siebie. Ledwie zdążyłam wysłać, natychmiast jest odpowiedź.

.

Słychać pukanie w boczną szybę. Babcia stoi przed samochodem i trzyma w ręku dwa kubki z kawą.

Wysiadam.

– Babciu? Co to jest? I gdzie… gdzie ty w ogóle byłaś? Ja chyba naprawdę zwariuję. Koniec świata!

– Myślałam, że to cię uszczęśliwi. Bo, psiakrew, nie lubię, kiedy jesteś smutna.

Okrążam samochód i łapię ją w objęcia. Pii.

– Ale… jakim cudem ty…?

– No, zwyczajnie, żaden cud. – Babcia uśmiecha się skromnie. – Weszłam do takiego jednego lokalu i powiedziałam „kawa". Wtedy ta pani w brązowej bluzce z białym kołnierzykiem zaczęła mówić jak ci w radiu, a ja po prostu powiedziałam jeszcze raz „kawa" i że chciałabym dwie.

Podnosi kciuk i palec wskazujący.

– Potem położyłam jej na ladzie dziesięć euro i pokazałam, że chciałabym dostać kawę w takim kubku z dzióbkiem. – Babcia puszy się jak paw. – Nie mam pojęcia, czy dała mi to, co zamówiłam. Ale mleko chyba jest. A może śmietanka… – Wzrusza ramionami, a mnie odbiera mowę. Totalny szok. Kiedy unoszę pokrywkę, bije mi w nos ciepły aromat. Babcia przyniosła nam cappuccino. Dopiero teraz spostrzegam, że nie mamy na sobie kurtek i że wcale nie marzniemy.

Uśmiechamy się do siebie i – stojąc przy masce – pijemy naszą pierwszą włoską kawę. Hej, stary, piękny Mediolanie, jechałyśmy do ciebie szmat drogi i oto jesteśmy. Babcia i ja. I Milusia oczywiście…

– Gdzie będziemy spać? – pyta nagle babcia.

– Dobre pytanie. Z tego wszystkiego całkiem mi to wyleciało z głowy – Wyjmuję telefon z kieszeni spodni. – Zobaczmy, czy dostałyśmy odpowiedź na nasze zapytanie. – Włączam roaming i czekam. Znów przypominam sobie o mailu od Johannesa. On też na mnie czeka. Mail. A Johannes?

– „Tak, jest, możecie przybywać. Bella".

– Czy tak nazywa się hotel? – pyta babcia. – Ładnie. „Bella, bella donna, wieczór taki piękny..." – zaczyna nucić.

– Nie, będziemy mieszkać w prywatnym domu. Ta kobieta, Bella, wynajmuje pokój. Cena niewygórowana.

– Jak to? – Babcia z miejsca przestaje nucić. – Znasz ją? – pyta zdziwiona.

– Nie, jeszcze nie. Ale zaraz ją poznamy. Ma wolny pokój w swoim mieszkaniu i zaoferowała go w internecie, a my go wynajmiemy na jedną noc.

– A gdzie będzie wtedy ta pani?

– Jak to gdzie? W domu.

– Ale przecież my w ogóle jej nie znamy. Ewa, nic z tego nie rozumiem. Przecież nie możemy spać u obcych ludzi.

Powoli zaczyna do mnie docierać, że dla mojej staruszki, która urodziła się jeszcze przed wojną, czyli bardzo, bardzo dawno temu, to wszystko jest nie lada wyzwaniem. Nauczyć się smartfona, nauczyć się kawy na wynos, a teraz jeszcze na dodatek nauczyć się Airbnb.

– Babciu, nie panikuj, wszystko gra, tak się teraz robi. – Kopiuję adres z maila do nawigacji i odrzucam myśl, żeby wyjaśniać mojej pilotce, co ja tu właśnie robię.

Babcia sapie. Znam ten odgłos. Zawsze tak sapie, kiedy komputer w jej głowie pracuje na pełnych obrotach.

– Obca kobieta. Do czego to podobne?!

Bella mieszka niedaleko mediolańskiej katedry, w bardzo wąskiej uliczce. Rzędy domów są stare i ładnie zniszczone. Jak prawie wszystko we Włoszech. Najwidoczniej włoski bóg parkowania nam sprzyja, ponieważ bez większego kłopotu udaje się nam znaleźć kawałek wolnej przestrzeni, gdzie mogę zostawić samochód. Dziękuję, ty tam, na chmurce. I pamiętaj, że trochę tu jeszcze pobędziemy... Wysiadamy z samochodu, bierzemy nasze tobołki i idziemy na piechotę do Belli, do naszego pokoju gościnnego. Po pięciu minutach jesteśmy na miejscu.

– Ewa? Nie widzę tu żadnych nazwisk przy dzwonku – dziwi się babcia. Przypatruje się z uwagą metalowej tabliczce, na której widnieje rząd cyfr.

– Nic nie szkodzi. Tak jest w niektórych dużych miastach. Ludzie nie chcą, żeby każdy wiedział, kto mieszka w tym domu.

– Skopiowałam cyfry z maila do notesu w komórce i spostrzegam, że Tobiasz przysłał mi kolejne cztery SMS-y. Od razu je odczytuję.

– A listonosz? Skąd wie, gdzie ma wrzucać listy? – Babcia nie odpuszcza. Najwyraźniej ta kwestia bardzo ją nurtuje.

– *Si* – rozlega się w domofonie. No jasne. Jesteśmy we Włoszech.

– *Hello! Ewa is speaking. Are you Bella?*

– Nie ma jej w domu? – pyta z niepokojem babcia.

– Tak, to ja. Cześć, Ewa. Już do was idę.

– Doobrze! – piszczę do ściany. – O co się pytałaś?

– Czy nikogo nie ma? – Babcia spogląda na mnie jakoś dziwnie.

– Ależ jest, babciu, jest. Wiem, co ci chodzi po głowie. Ale nic z tego, moja kochana. Już po nas idzie – odpowiadam nie bez złośliwej satysfakcji.

– Co proszę? – dopytuje się babcia.

No tak. Aparat słuchowy. Znowu się zaczyna...

– Już idzie, idzie.

– Słuchaam?

– Ach, babciu. Przecież mówię, że idzie! Dlaczego nie masz w uchu aparatu? Znowu zapomniałaś go włożyć?

– Ojej.

Przez szybę z mlecznego szkła widzę jakąś sylwetkę, która zbliża się do nas. Co to będzie, co to będzie? Czuję, jak serce mocniej mi bije. Drzwi otwierają się z cichym skrzypieniem i przed nami stoi kobieta z burzą kruczoczarnych włosów opadających na ramiona. Dżinsy, pulower, zero makijażu. Domowe kapcie. Śmieje się do nas.

– *Buongiorno*. Witamy w Mediolanie. Cześć.

– Cześć, Bella. Spontaniczna akcja, ale udało się i to jest najważniejsze. Mówisz po niemiecku? Super. To nam bardzo pomoże.

Kiwa głową na prawo i na lewo jak pacynka i pokazuje kciukiem i palcem wskazującym, ile umie po niemiecku.

– Będziemy próbować. Wchodźcie, zapraszam.

Babcia milczy jak zaklęta. Wstydzi się czy boczy? Ale na kogo?

– Babciu, wszystko w porządku? – szepcę, kiedy wchodzimy do sieni, która okazuje się wyjściem na podwórze. Nie reaguje na moje pytanie. Zaczynam się powoli irytować. Co się dzieje z tą kobietą? Coś nie tak z jej aparatem? Czy może raczej z nią? Jakieś przebicia z poprzedniego wcielenia? Nic z tego nie rozumiem.

Wchodzimy na podwórze, które wygląda jak mała zielona oaza. Styczeń we Włoszech jest prawdopodobnie taki sam jak nasz maj. Na ziemi dzieci narysowały kredą figurę do gry w klasy. Cyfry jeden do sześciu są jeszcze bardzo niepewne. Obok leżą dwa rowery. Co jeszcze mnie tu czeka? Podkręcona piłka? Zbliżamy się do kilkupiętrowego domu z wypalanej cegły. Kiedy Bella przesuwa na bok drewnianą bramę, czy też raczej wrota, stajemy przed tarasem z wielkim oknem i możemy zajrzeć do salonu. Ludzie siedzą na kanapie i patrzą na nas obojętnie. Kiwam głową na powitanie, babcia czym prędzej wbija wzrok w ziemię.

– Jak minęła podróż? – pyta Bella, nie zatrzymując się. Ciekawe, dokąd nas zaprowadzi.

– Dziękuję, bardzo dobrze. – Uśmiecham się grzecznie. A co innego mam powiedzieć? Uciekłyśmy z domu, ponieważ babcia dała kosza dziadkowi, a ja zdradziłam mojego chłopaka i nie mogę się zdecydować, czy mam go zatrzymać, czy wziąć sobie nowego, który też właśnie dostał kosza od swojej pięknej żony?

Mijamy kolejne przesuwane wrota i znów stajemy przed przeszkloną werandą, za którą starsza kobieta siedzi na sofie.

– Jesteśmy na miejscu – mówi Bella i robi zapraszający gest. Wchodzimy z tarasu prosto do salonu.

Odwracam się do babci, która w dalszym ciągu zachowuje się dość dziwnie, oględnie mówiąc. Stoi skulona, jakby się bała, że zaraz ktoś ją zdzieli po głowie. Później sobie z nią porozmawiam. Chciała do Włoch, to niech się teraz nie wygłupia. Stawiam na podłodze babciny karton podróżny i moją torbę, którą niosłam na ramieniu.

– Och, jak tu ładnie. Czy mamy zdjąć buty?

– *No, no.* – Macha ręką Bella. – Nie trzeba. To jest Nonna, moja matka, a obok siedzi Finola, moja córka.

– Dzień dobry – mówię trochę onieśmielona. Trzy Włoszki to nie jedna.

– O nie – śmieje się Bella. – One mówią tylko po włosku.

Nonna ma siwy przedziałek i gruby węzeł na karku. Klasycznie. Do tego wielkie okulary z przydymionymi szkłami i elegancka czarna suknia. Plus czarny rozpinany sweter z guzikami z masy perłowej. I czarne rajstopy, przez które prześwieca bandaż przeciwko zakrzepom. Na stopach domowe kapcie ozdobione haftem, które mogłaby również nosić moja niemiecka babcia. Ten sam materiał, ten sam fason. Podaję rękę, najpierw seniorce rodu, potem Finoli.

– Finoola? – dopytuję.

– *Si*! Fini – śmieje się do mnie dziewczynka. Długie włosy uczesane w koński ogon, dżinsy i golf w czerwono-różowe paski. Przypuszczam, że Fini ma jakieś siedem, osiem lat, czyli jest trochę starsza od Thorego.

Babcia stoi w drzwiach nieporuszona jak antyczny posąg i najwyraźniej przestała oddychać.

– Babciu? Wszystko dobrze? Powiedz chociaż *ciao* – próbuję ją rozruszać, dodać odwagi.

– Halo.

– Za dużo wrażeń. Moja babcia nie przywykła do takiego tempa. – Uśmiecham się przepraszająco do Belli. – Poza tym to jej pierwsza podróż zagraniczna.

– Nie ma sprawy. Twojej babci jeszcze tak się spodoba, że potem będzie druga podróż i trzecia… – mówi wesoło nasza gospodyni. – Pokażę wam teraz wasz pokój.

Idziemy przez salon. Podłoga jest wyłożona rdzawą terakotą. Na ogromnej kanapie zmieściłyby się swobodnie cztery osoby, a w telewizji leci film Disneya. Drewniane meble są w stylu *vintage*, znam takie z pewnego salonu meblowego w Kolonii, który sprzedaje również posągi Buddy i ławki z drewna tekowego. Na niskim rzeźbionym kredensie stoi sztuczna choinka. Wiszą na niej kolorowe lampki, które – jak na mój gust – migocą odrobinę zbyt gorączkowo, a mówiąc bez ogródek, nieźle dają po oczach.

Salon przechodzi w otwartą kuchnię. Wielki stół tworzy centralny punkt pomieszczenia i – jeśli się nie mylę – został kupiony w tym samym sklepie co pozostałe meble.

Na ścianie wiszą oprawione w proste ramki dziecięce rysunki. Bella otwiera kolejne tarasowe drzwi i ku naszemu zdumieniu wychodzimy na jeszcze jedno wewnętrzne podwórze. Narzuca żwawe, energiczne tempo. Na wszelki wypadek łapię babcię za rękę, żeby nie stracić jej z oczu.

– To jest wasz pokój – wyjaśnia Bella.

– Bardzo ładny, dziękuję – mówię i nie ma w tym cienia kurtuazji, ponieważ naprawdę mi się tu podoba. Pokój jest długi i wąski. Przy jednej z pomalowanych na kolor écru ścian stoi łóżko, które wystarczy z powodzeniem dla dwóch strudzonych podróżniczek. Meble konsekwentnie *vintage*. Na nocnym stoliku leżą dwa ręczniki i dwie mandarynki oraz stoją dwie buteleczki wody mineralnej.

Bella kieruje się w drugi koniec pokoju.

– Tutaj macie łazienkę, właściwie łazieneczkę, ale jest wszystko, co trzeba. – Otwiera drzwi. Umywalka, sedes, prysznic, a nawet pralka. No, powiedzmy – praleczka.

Jest trochę ciemno, ale przytulnie. Babcia stoi jeszcze w drzwiach, jakby wpadła tu tylko na chwilę, żeby dokonać krótkich oględzin.

– Zostawiam was, to na razie. – Bella mija babcię, a po chwili widzę przez wielkie frontowe okno, jak znika w kuchni.

Babcia łapie powietrze jak ryba wyrzucona na brzeg.

– Co się z tobą dzieje? – pytam zdumiona. – Mowę ci odjęło?

– Nic tu po mojej mowie, wnusiu kochana. Równie dobrze mogłabym być niemową… – burczy.

– Oj, babciu. Widzę, że masz dzisiaj zdecydowanie gorszy dzień.

– Tylko mi nie przerywaj, dobrze?! – Babcia podnosi głos.

No, to zaraz sobie posłucham…

– Wiem, że wszyscy są teraz tacy nowocześni, że to taka nowa moda i w ogóle, ale i tak mnie nie przekonasz. Nie możemy spać u obcych ludzi.

– Możemy! To taki sposób… – szukam słowa, z którym mogłabym więcej począć niż z *bed and breakfast* – Pokoje gościnne. Tak, pokój gościnny. Przecież za niego płacimy. A poza tym, skoro tak się wzbraniasz przed spaniem u tych miłych pań, wiedz, że to bardzo stara tradycja. Dawniej ludzie też przyjmowali pod swoim dachem strudzonych wędrowców. „Tylko że wtedy na odchodne dostawali jeszcze bochenek chleba i osełkę masła…", dodaję w myślach. – Dobrze jest, jak jest.

– No, niby tak, ale ja przykładowo nie chciałabym, żeby jakieś obce baby kręciły mi się po domu, kiedy oglądam telewizję i w ogóle.

Siada na łóżku naburmuszona i nie sprawia wrażenia, jakby tu chciała zostać.

– Babciu, nie marudź. Zobacz, jak tu miło. – Przysiadam się do niej. – No co, moja kochana? Zostajemy, prawda? – pytam, bardziej *pro forma* i zaraz sama sobie udzielam odpowiedzi. – No pewnie, że tak. Więc zdejmij wreszcie kurtkę, bo się zgrzejesz.

Pii.

Przyklękam na podłodze i pomagam jej zdjąć buty. Trzymają się mocno na obrzmiałych stopach, ale babcia się nie broni.

– Ewuniu, dziecko, babcia jest straasznie zmęczona. – Kiedy zaczyna mówić o sobie w trzeciej osobie, zwykle nie czuje się najlepiej.

– Więc prześpij się trochę. Na dziś nie mamy już żadnych planów. – Ściągam jej drugi but i podnoszę na nią wzrok. W oczach ma pustkę, biedactwo, naprawdę dopadło ją zmęczenie. Tyle nowych ludzi, wrażeń, widoków, granic, kilometrów… – Ale musisz jeszcze zdjąć kurtkę. Daj, pomogę ci. Potem się położysz, tak?

– Tutaj?

– Tak, tutaj. To włoskie łóżko wygląda mi na bardzo wygodne. – I jakie mięciutkie. Ja też zaraz się położę, a kiedy się obudzimy, ruszymy na podbój miasta.

Już bez sprzeciwu pozwala zdjąć sobie kurtkę i kładzie się na jasnej narzucie. Milusia siedzi jeszcze w mojej torbie. Pewnie się zgrzała, biedactwo. Wyjmuję ją z torby i zabieram do łóżka, i tak leżymy we trzy w przytulnym pokoju za wewnętrznym podwórzem w Mediolanie. Babcia usypia po dwóch minutach. Takiej to dobrze. Ja też najchętniej zdrzemnęłabym się trochę, jednak pomimo zmęczenia nie mogę całkowicie się wyłączyć.

Jest późne popołudnie. Mail od Johannesa wciąż na mnie czeka. Czy mogę teraz iść na miasto? Babcia na pewno będzie spała jak kamień. W takim razie mogę, daję sobie przyzwolenie. Wstaję po cichu i piszę jej karteczkę.

Kochana Babciu,
rozejrzę się trochę po okolicy i zaraz wracam.
Obiecuję. Kocham Cię.
Buziaki.
Twoja Ewa

Wymykam się na palcach z pokoju i pukam do drzwi kuchni Belli. Daje mi znak, żebym weszła.

– Cześć, Ewa. Wszystko w porządku? – W tle leci jeszcze film rysunkowy.

– Tak, dziękuję. Babcia jest skonana. Śpi jak dziecko, a ja idę na miasto. Jutro zabiorę ją ze sobą, a dziś... Sama widziałaś. Nie dałaby rady, ma już swoje lata. Za parę miesięcy kończy osiemdziesiątkę. Skąd tak dobrze znasz niemiecki, jeśli wolno spytać? Mówisz naprawdę super. Poważnie.

– Mój były mąż pochodzi z Niemiec. Mieszkaliśmy dłuższy czas w Hanowerze i tak jakoś wyszło. Musiałam się nauczyć, inaczej byłoby mi trudno funkcjonować w obcym kraju. Zawsze się cieszę, kiedy mogę znów pogadać z kimś z...

– ...tego obcego kraju – wpadam jej w słowo i obie się śmiejemy.

Pomimo wesołości Bella wydaje się zmęczona, pod oczami ma głębokie cienie. Czasem na jej ładnej twarzy przemyka jakiś ulotny grymas. Smutek?

– Jak długo mieszkałaś w Niemczech?

– Prawie dwanaście lat, potem się rozstaliśmy, a ja wróciłam do Mediolanu. Niedługo miną trzy lata, od kiedy jestem sama.

Ucieka wzrokiem, wspomnienia wciąż sprawiają jej ból jak niezagojona rana. W ogóle partia ramion wygląda na bardzo spiętą. Choroba zawodowa. Postawa, język ciała mówią dużo więcej o duszy, niż nam się wydaje. Sama jestem tego najlepszym przykładem.

– Bardzo mi przykro. Nie wiedziałam...

– Już w porządku. Skąd mogłaś wiedzieć?

– Słuchaj, Bella, masz może plan miasta?

– Jasne, spójrz tutaj. Wszystko przygotowane. – Sięga po oklejone kolorowym papierem pudełko z planami miast i wycinkami z gazet.

Najwidoczniej nie jesteśmy pierwszymi turystkami, którym udziela gościny w swoim domu.

– Co chcesz robić? Il Duomo znajduje się niedaleko. – Rozkłada plan miasta, na którym są już narysowane mniejsze i większe kółka.

– Duomo?

– Mediolańska katedra. To tylko dziesięć minut drogi stąd.

– Szczerze mówiąc, w tej chwili wystarczyłaby mi jakaś przytulna kafejka. Wielkie zwiedzanie zaplanowałam na jutro. Z babcią oczywiście.

Bella patrzy na mnie w zamyśleniu. Zerka na Nonnę i Finolę, które z kolei gapią się jak sroka w gnat w telewizor. Wzdycha ciężko, a jej spojrzenie znów wraca do mnie.

– Mogę z tobą iść?

Wygląda tak, jakby właśnie zdecydowała się na coś szalonego. Witamy w klubie!

– No pewnie. Będzie mi raźniej.

Zanim jeszcze zdążyłam wypowiedzieć do końca swoją kwestię, ma już na głowie czapkę z pomarańczowej włóczki i kurtkę w dłoni. Bella jest bardzo szczupła, zgrabna i na oko daję jej jakieś czterdzieści dwa, trzy lata. Jeśli ma już za sobą dłuższe małżeństwo, to pewnie tak jest.

Spacer po obcym mieście jest znacznie przyjemniejszy, kiedy towarzyszy nam ktoś, kto wie, co czeka na nas za następnym rogiem. Czy mogłabym dostać takiego przewodnika na moje życie? Bardzo by mi to pomogło. Chociaż w tym momencie czuję się superprzebojowo. *Cool*. No i co, moi panowie? Czy nie jestem kapitalna? Ledwie przyjechałam do Mediolanu, a już znalazłam włoską przyjaciółkę. Bella idzie ze mną przez mały park.

– Kiedy mam wszystkiego dość, przychodzę tu i palę. W domu nikt o tym nie wie, to mój sekret. Ty też palisz?

– Tylko kiedy upijam się w sztok – mówię z uśmiechem, dając jej do zrozumienia, że akurat w tej kwestii nie znajdzie we mnie sprzymierzeńca.

Wkłada papierosa do ust i przypala go czerwoną zapalniczką. Kątem oka widzę, jak ramiona jej opadają.

– Czym się zajmujesz? Zawodowo.

Bella idzie od razu dużo wolniej i wydmuchuje przez nos dym z papierosa.

– Jestem osteopatką i specjalizuję się w leczeniu dzieci.

– Osteo…? Co to takiego?

Kładę jej rękę na karku, a następnie zaczynam lekko go uciskać przez szalik.

– Rozluźniam ludzi, mówiąc w dużym skrócie.

Bella głośno wzdycha.

– Och! Coś takiego naprawdę by mi się przydało.

– Nie da się ukryć. To widać gołym okiem.

– Co ty mówisz? Aż tak źle ze mną? – Szybko przydeptuje papierosa. – Ale ty też, jeśli mam być szczera, nie wyglądasz na szczególnie zrelaksowaną – stwierdza. – Masz to wypisane na twarzy. Jakieś problemy? Jeśli chcesz, możemy o tym pogadać.

Patrzę na nią z uśmiechem i kiwam głową. Jak długo się znamy? Godzinę? A już gawędzimy jak stare znajome. Czuję przez skórę, że znalazłam w Belli bratnią duszę. Opuszczamy park i wychodzimy na zalaną słońcem ulicę. Bella przerywa co dwa zdania swoją opowieść, żeby zawołać do przechodniów *ciao* i *come stai**. Wreszcie docieramy do kawiarni, w której dzięki jarzeniówkom na suficie jest jasno jak w dzień.

– Dają tu najlepsze ciastka w mieście, ale turyści z zasady przechodzą obok. I bardzo dobrze – cieszy się i ja też się cieszę, bo to są historie, którymi po powrocie można zaszpanować przed znajomymi. Znam fantastyczną kafejkę w Milano – ważne: od tej chwili zawsze używamy włoskiej nazwy miasta, jak na światową kobietę przystało.

Bella stoi obok mnie i wyjaśnia, że espresso pije się na stojąco przy barze.

– Jeśli usiądziesz, cena kawy od razu idzie w górę. Dlatego wszyscy stoją. Czego chciałabyś się napić?

– Latte macchiato, poproszę.

Patrzy na zegarek.

---

* *Come...* (wł.) – Jak się masz?

– Właściwie jest już na to trochę za późno. Cappuccino i latte pijemy tylko rano. Od południa tylko kawę. Taka zasada. – Podnosi rękę i zamawia dwie filiżanki espresso. – Dokąd jeszcze chcecie jechać?

– Nad morze – odpowiadam z dumą.

– W styczniu? – Bella marszczy czoło. – Dość ryzykowany pomysł moim zdaniem. Nic się tam wtedy nie dzieje. Nuda. Przyjedźcie w lipcu.

– Nie, musiałyśmy uciekać, natychmiast. Zdradziłam mojego przyjaciela... i... i zakochałam się w mężczyźnie, który ma dziecko. To stało się tak nagle, grom z jasnego nieba, i właśnie mnie wykańcza. A najgorsze jest to, że nie tylko poszłam z nim do łóżka, ale naprawdę się zakochałam. Chociaż nadal kocham Johannesa. Jesteśmy już ze sobą sześć lat i nigdy, przenigdy nie podawałam tego w wątpliwość i... i wtedy pojawia się Tobiasz, i wszystko zmienia się jak za dotknięciem czarodziejskiej różdżki. Obłęd!

– Hm, rozumiem. – Bella sypie cukier do espresso. Jedna płaska łyżeczka.

Stop! Potrząsam głową wytrącona z równowagi i mocniej ściskam uszko maleńkiej filiżanki, żeby nie uronić ani kropelki espresso.

– Zupełnie nie rozumiem, dlaczego ci to wszystko opowiadam. Przecież wcale się nie znamy. Nie wyjawiłam tego nawet mojej babci, przed którą normalnie nie mam tajemnic i... – urywam w pół zdania, ponieważ nagle coś mi zaczyna świtać. – I szczerze mówiąc, aż do tej chwili nawet przed sobą nie przyznałam się, że zakochałam się w Tobiaszu. Niesamowite.

– Powiedziałaś o tym swojemu facetowi? – Bella zadaje kluczowe pytanie.

– Po prostu zwiałam. I tak mi przykro, tak mi z tym źle, nawet nie wiesz, jak bardzo. Tęsknię za nim. Tęsknię, ponieważ mi smutno, a kiedy mi smutno, chcę wracać do domu, bo to on jest moim domem. Ale przecież smucę się z jego powodu i... rozumiesz? – Patrzę na nią pytająco.

– Doskonale to rozumiem. Nie chcesz go opuścić, ponieważ nie wiesz, nie możesz odgadnąć, czy ten Thorsten...

– Tobiasz.

– ...czy Tobiasz myśli o tobie poważnie. Takie zabezpieczanie tyłów, co?

– Możliwe, że właśnie o to chodzi.

– Możliwe? A co będzie, jeśli on, to znaczy Tobiasz, po trzech tygodniach albo po roku bądź po dwóch latach powie: „Nie, jednak nie. To nie było to"? A ty zrezygnowałaś już ze swojego związku. Związku, który trwa od... Jak długo jesteście już razem? Nieważne. Związku, który jest wprawdzie okay, ale brakuje w nim fajerwerków...

– Bella, jakim cudem tak szybko to ogarnęłaś? Niesamowite. Czekaj, czekaj. Może jesteś psychologiem? Wszystko wygląda dokładnie tak, jak powiedziałaś. Tak, boję się. Strasznie się boję. Po prostu.

Uśmiecha się gorzko.

– Nie, nie jestem psychologiem, ale kobietą po przejściach, co właściwie na to samo wychodzi. Mam czterdzieści sześć lat. Znam życie, znam i takie historie. Wtedy zostałam z moim partnerem, urodziło się nam dziecko i nagle on doszedł do wniosku, że już nie jest tak pięknie jak kiedyś, tak podniecająco, i rozstał się ze mną, z nami. Co miałam robić? Błagać go na kolanach, żeby znów mnie pokochał? Wróciłam do Mediolanu i teraz jestem samotną matką, która mieszka ze swoją córką i starą matką w jednym za małym mieszkaniu. Taka sobie historyjka z życia wzięta. Bez *happy endu*.

– Jak to? Nie rozumiem…

– Tak samo jak z tobą. Zaraz po moich trzydziestych urodzinach spotkałam mężczyznę, Maria z Pizy, który zrobił na mnie kolosalne wrażenie i obiecywał mi życie, o którym zawsze marzyłam. Zwariowałam na jego punkcie. Motyle w brzuchu, ekstatyczne uniesienia, spacery w blasku księżyca. Krótko mówiąc: mieliśmy romans, zaszłam z nim w ciążę. Tak bardzo pragnęłam tego dziecka. Ale nie mogłam tego zrobić mojemu partnerowi. Cierpiąc, poszłam na zabieg, usunęłam ciążę i zostałam z Filipem. Kiedy na świat przyszła Fini, pobraliśmy się, jak Pan Bóg przykazał, a potem wyjechaliśmy do Niemiec. Kiedyś tam pomyślałam, że wszystko jednak dobrze się ułożyło. Wydawało mi się, że czuję się szczęśliwa. Dziś żałuję, że nie zostałam z Mariem. Miałabym teraz rodzinę, pełną rodzinę i nie zostałabym porzuconą kobietą. Jak to strasznie brzmi, prawda?

– Ale przecież tego nie wiesz, Bella. Skąd pewność, że Mario też by cię nie rzucił?

– Nie on. Dam sobie rękę uciąć, że nigdy nie zrobiłby czegoś takiego. On nie był taki. A teraz walczę z moim byłym o prawo do opieki nad dzieckiem i o pieniądze. Wszystko to takie paskudne, upokarzające, szkoda słów. I wciąż cofam się pamięcią o szesnaście lat: gdybym, gdybym, gdybym. Ale czasu nie wrócisz, choćbyś bardzo chciała…

– Masz jeszcze kontakt z Mariem?

– Nie, widziałam go kiedyś z żoną. Wyglądali na szczęśliwych. Poczułam się tak, jakby ktoś wbijał mi nóż w serce. Do tej pory się z tym nie uporałam. I chyba już nigdy się nie uporam. Ach, jaka byłam głupia, jaka głupia…

Oddycham głęboko.

– Co mam robić? – pytam ją i poważnie liczę na to, że ta nieznajoma Włoszka w tej mediolańskiej kawiarni ma dla mnie gotowe rozwiązanie. Bella dopija espresso i patrzy na mnie, marszcząc czoło.

– Musisz się zdecydować – mówi po chwili. – Musisz zajrzeć w głąb swojego serca i uświadomić sobie, czego chcesz. Dopiero wtedy, gdy już to będziesz wiedzieć, zobaczysz, który mężczyzna do ciebie pasuje. Nie na odwrót.

– Nie bardzo rozumiem…

– W tym momencie w twoim życiu są dwaj mężczyźni, a ty zastanawiasz się, do którego pasujesz. Błąd w rozumowaniu. Innymi słowy: nie tędy droga. Odwróć sytuację. Zobacz, który mężczyzna do ciebie pasuje. Najpierw jednak musisz wiedzieć, czego tak naprawdę chcesz. *Capito?*

Wkłada czapkę, zarzuca szal, po czym zostawia na kontuarze trzy euro i mówi:

– Muszę wracać. Idziesz ze mną czy zostajesz?

– Nigdy nie myślałam o tym w ten sposób. Wielkie dzięki, Bella. Dopiję espresso i też wychodzę. Jest naprawdę doskonałe.

– Okay.

– Czy mogłabyś zajrzeć do babci i ewentualnie się nią zaopiekować? W razie gdyby coś się działo, numer mojej komórki znajdziesz w mailu z rezerwacją. Posiedzę tu jeszcze parę minut, dobrze?

– Jasne. Znajdziesz drogę? Prosto przez park, a potem w lewo. *Ciao*, Ewa. – Macha do kelnera. Nie do wiary, skąd bierze tyle optymizmu, tyle energii. Po historii, którą mi właśnie opowiedziała, wydaje mi się to niepojęte. Tak, kobiety są silne, ale czy muszą udowadniać tę swoją siłę w cierpieniu?

Kto do mnie pasuje? Pan A czy pan B? Już czas na maila.

Temat: Milusia znikła

Moja najdroższa Ewo,
trochę się martwię, dlatego postanowiłem do Ciebie napisać. Oczywiście, nie chciałbym Cię niepokoić, ale Milusia znikła. Kiedy przyszedłem ze szkoły, nie siedziała na łóżku, gdzie normalnie zawsze ją można spotkać. Z początku pomyślałem, że siedzi ze słoikiem nutelli przed telewizorem i ogląda swój ulubiony program *Pingwin, lew & Co.* Ale tam też jej nie było. Wtedy stwierdziłem, że pewnie poszła na swoje zajęcia sportowe. Jeśli mnie pamięć nie myli, w poniedziałki odbywa się zawsze kurs „brzuch – nogi – krowa"?

Kiedy wieczorem nadal nie wracała, przypomniałem sobie o talonie na krowi koktajl w jej torebce. Poszła w tango, okay, raz można się zabawić, czemu nie? Niestety, nie pojawiła się również następnego dnia.

Kiedy po swoim ostatnim imprezowaniu nie wróciłaś do domu, jeszcze uśmiechałem się do siebie i myślałem: „No jasne, tak rzadko razem gdzieś wychodzimy, niech dziewczyna zaszaleje po całości. Następnym razem urżniemy się zespołowo".

Nie rozumiem tego wszystkiego.

Co się stało? Co zrobiłem źle? Chciałbym o tym porozmawiać z osobą, która jest dla mnie najważniejsza na świecie. Która jest mi najbliższa. Z którą mówię tym samym językiem i na której zawsze mogłem polegać. Kiedy na horyzoncie pojawiały się czarne chmury, brała mnie w ramiona i mówiła: „Jo, jesteśmy drużyną. I jesteśmy niepokonani. Damy radę".

Ewa, co się stało z naszą drużyną?

Karteczka od Ciebie leży tu obok mnie, a ja czytam ją wciąż na nowo.

„Przeceniamy siłę ciężkości. Wcale nie jest nam potrzebna, jak to widać najlepiej w przestrzeni kosmicznej". Cytujesz Petera Lichta. Zadaję sobie pytanie, co chcesz mi przez to powiedzieć.

Moje serce! Jeśli potrzebujesz czasu i przestrzeni, to weź sobie jedno i drugie. Nie rezygnuj z nas. Kocham Cię. I mocno całuję.

Twój Jo
PS

A jeśli spotkasz Milusię, to czy mogłabyś jej powiedzieć, że kiedy nie puszcza bąków pod kołdrą, w naszym łóżku jest strasznie zimno? Byłbym wdzięczny.

Okay, decyzja zapadła. Wracamy do domu. Jutro. Babcia na pewno to zrozumie. Jest starą, mądrą kobietą. Zabiorę ją do Kolonii, będzie naszą rezydentką, do chwili aż skończą szykować jej mieszkanie, i wszystko wyjaśnię z Johannesem. Babcia za nim przepada, więc nie powinno być problemu. Nie zrezygnuję z nas, mowy nie ma.

Do każdego „dlaczego" jest też „dlatego" i my będziemy musieli sobie wyjaśnić to „dlaczego" i – teraz wiem to już na pewno – damy radę. Jak zawsze.

Dlaczego Johannes tak bardzo mnie rozczula? Dlaczego Tobiasz zawrócił mi w głowie jak nastolatce? Więcej jasności i więcej prawdy. Oto rozwiązanie.

Przez park, a potem w lewo, tak powiedziała Bella. Mam nadzieję, że babcia się na mnie nie gniewa. Że jej ze sobą nie wzięłam. I że nie pogniewa się jeszcze bardziej, kiedy jej powiem, że nasza „wielka ucieczka" dobiegła końca.

Bella dała mi klucz dla gości, gumowy breloczek jest w kształcie małej pizzy salami.

Mijam pierwszą bramę obok werandy z obcymi ludźmi i docieram na podwórze Belli. Patrząc z zewnątrz, można by myśleć, że to babcia siedzi na sofie. Finola otwiera przeszklone drzwi i... własnym oczom nie wierzę. Czy ja śnię? Tego jeszcze nie było! Babcia siedzi rozparta na kanapie obok Nonny i wita mnie uśmiechnięta od ucha do ucha.

– Ewa! – mówi wesoło. – Obudziłam się i zaraz zaczęłam cię szukać, a potem...

– Ach... poszłam tylko na kawę. Co tutaj robisz?

Nonna patrzy na mnie przez swoje wielkie okulary i wskazuje ręką na telewizor. Jakby rozumiała. Co się tutaj dzieje?

– Oglądamy *Milionerów* – mówi z dumą babcia i prezentuje mi swoje stopy w grubych wełnianych skarpetach.

– *Chi vuol essere milionario* – mówi Nonna.

Pominąwszy, że włoski moderator jest jeszcze bardziej spasiony niż Günther Jauch, cała reszta wygląda kropka w kropkę jak u nas. Babcia cała w skowronkach.

Psiakość. Jak to teraz jej powiedzieć?

– Ach! – wykrzykuje, a Nonna, klaszcze w dłonie i też woła:

– *Si!* Aaa!

Kandydat na milionera zdecydował się na odpowiedź C. Stawka wynosi trzydzieści dwa tysiące euro. Nonna daje wyraz swojemu niezadowoleniu, posyłając mu bardzo włoski epitet.

– *Stupido!*

Babcia powtarza za nią jak echo: – *Stupido!* – Patrzy na Nonnę.

– To znaczy bałwan, prawda? *Stupido*.

Nonna trzęsie się ze śmiechu. Łapie się za brzuch i dalej się śmieje.

– *Stupido!* Bałwan! *Stupido*. – Obie panie świetnie się rozumieją.

Bella siedzi w kuchni razem z Fini. Matka i córka głowią się nad jakimś zeszytem. Prace domowe, no jasne. Na całym świecie można zobaczyć taki obrazek. Mama pomaga córce w lekcjach. Czasem wyręcza ją tata. Jeśli akurat nie dał nogi.

– Babciu, może pójdziemy coś zjeść? – pytam nieśmiało, nie chciałabym im przeszkadzać.

Damy zamilkły jak na komendę, ponieważ *stupido* – bałwan – miał jednak nosa, wybierając wariant C. A może po prostu wiedział. Nieważne.

– A wiesz, że to niezły pomysł. Chyba zgłodniałam. Tylko obejrzę do końca *Milionerów*, dobrze, Ewuniu?

– Ale przecież nic nie rozumiesz.

– No i co z tego? Grunt, że się dobrze bawię.

– Widzę! – Śmieję się do mojej telewidzki. – Okay, w takim razie zgadujcie dalej. Życzę szczęścia. Kiedy się skończy, usłyszę. – Bez obaw. Natężenie dźwięku w telewizorze pozwala wnioskować, że babcia i Nonna mają ze sobą jeszcze więcej wspólnego niż tylko zamiłowanie do *Milionerów*.

Wykorzystuję dany mi przez babcię czas, żeby zadzwonić do Anny. Spytać, jak przedstawia się sytuacja na froncie. Jest zapisana w mojej komórce pod AAAAnna, żebym nie musiała jej długo szukać i nie myliła z „Andre", który figuruje u samej góry. Tego znam z… No właśnie, skąd? Mniejsza o to! Połączenie zostało nawiązane.

Już sam tylko niestandardowy sygnał ciągły zdradza, że nie jestem w Niemczech.

– Ach! Perło ty moja! Halo Ewa! – zgłasza się Anna.

– Jesteś już wolna? – pytam, domyślając się, że z polecenia szefowej przejęła moich pacjentów.

– Tak, pan Raphael właśnie wyszedł. Prosta mobilizacja. Nic szczególnego.

– Wiem.

– Gdzie się ukrywasz, mów, bo cię zaraz uduszę!

– Mediolan.

– *What?*

– Jesteśmy z babcią w Mediolanie i… właściwie chciałyśmy jechać na Elbę.

– Chciałyście? A teraz już nie chcecie? Dlaczego?

– Dostałam dziś maila od Jo, jest w bardzo kiepskim stanie, więc postanowiłam do niego wrócić.

– Ach, cholera, coś się dzieje na linii, nic nie słyszę. O, już jest. Zrozumiałam, że chcesz wrócić do Johannesa?

– Bo tak właśnie powiedziałam.

– Aha. Na pewno?

– Tak.

– Thore był tu dzisiaj ze swoją matką. Tanią. Jest w ciąży, wiedziałaś o tym?

– Tak, ma nowego faceta i spodziewa się dziecka. Jest ładna, prawda?

– Ładna? Mało powiedziane. Zjawiskowa. Nigdy w życiu nie widziałam tak pięknej kobiety. Wiesz, dlaczego nie są już razem?

– No jasne, spytałam go o to, kiedy siedziałam na nim okrakiem i…

– Ale nuumer, serio? – Anna jest w swoim żywiole.

– Nie! Oczywiście że nie, nic mi nie wiadomo na ten temat. Jak się czuje Thore?

– Pytał o ciebie i opowiadał, że bawił się z tobą klockami lego i że masz taką samą koszulę jak jego tata.

– Co? Naprawdę to mówił? A jego zjawiskowa mamusia nie zemdlała przypadkiem?

– Zareagowała bardzo w porządku, zero stresu. Uśmiechała się i kazała cię pozdrowić.

– Dziękuję. Cieszę się, że jest taka opanowana. W jej stanie nadmiar emocji byłby niewskazany.

– Naprawdę chcesz wracać?

– Tak.

– Co mówi Johannes?

– Że mam dać sobie czas.

– Więc zrób to, proszę cię, Ewa. Nie bądź głupia. Pojedź z babcią nad morze i niczym się nie przejmuj. Tutaj wszystko gra. Pacjenci nie wnoszą reklamacji, nikt jeszcze nie umarł, czyli jest dobrze. Szefowa, złota kobieta, rozumie, że nie mogłaś inaczej, i nie ponagla. Przemyśl to jeszcze raz, naprawdę mam wrażenie, że musisz teraz jechać dalej. Nawet jeśli robisz to tylko dla swojej babci.

– Ach, Anno.

Milczymy, każda ze swoją komórką przy uchu. Drogie milczenie, nie ma co. Ale nie tylko dlatego to milczenie jest takie cenne.

– Obiecuję, że się zastanowię. Najpierw muszę ochłonąć, pozbierać myśli.

– Ewa, zawsze, kiedy to mówisz, odnoszę wrażenie, że jesteś zbyt leniwa, żeby ruszyć głową i zmusić się do konstruktywnego myślenia, i tak naprawdę chcesz mi powiedzieć: zamknij dziób! – Nikt nie twierdzi, że to jest łatwa sytuacja. Przeciwnie. Ale można również przeholować. Nie miałam pojęcia, że możesz być taka uparta. W ogóle cię nie znam z tej strony i wiesz co? Najchętniej bym tobą potrząsnęła. Ale tak od serca, ach ty...

– Masz rację. Jak zawsze. No, prawie zawsze... Ale teraz naprawdę muszę kończyć, idziemy z babcią na miasto, żeby coś przekąsić.

– Czy we Włoszech mają kebab? – pyta rzeczowo, ponieważ dobrze zna upodobania kulinarne mojej babci.

– Pizza kebab. Czyli dwa w jednym! – Obawiam się, niestety, że to może być prawda. – Cześć, Anno myszko! Dziękuję.

– Nie ma za co. Taka rola przyjaciółki. A gdy już wrócisz, to pójdziemy na wódeczkę. Jedną. Pozdrów babcię i uważaj na siebie.

– Tak jest!

– Ewa?

– Noo?

– Pamiętaj. Obojętne, co zrobisz, zawsze biorę twoją stronę.

– Jesteś najlepsza! Trzymaj się ciepło!

– Nonna też jest sama – opowiada babcia. Idzie obok mnie, uwieszona na moim ramieniu. – Tylko że tam sprawę załatwił dobry Bóg, a ja muszę to sama zrobić.

– Co masz na myśli? – Patrzę na nią zdziwiona. Skąd nagle ta gorycz w jej głosie?

– No, nie żyje. Czyli trup nieboszczyk. Nonna owdowiała.

Ach, więc dlatego matka Belli jest od stóp do głów spowita w czerń. Chociaż wnioskując z jej dobrego humoru, żałoba dawno się skończyła. A może po prostu Nonna lubi czarny kolor. Albo mąż nie był ideałem…

– Skąd o tym wiesz? Przecież ty nie mówisz po włosku, a ona po niemiecku?

Babcia śmieje się protekcjonalnie.

– Ty tego, dziecko, nie zrozumiesz. Wierz mi.

– Terefere. Oczywiście, że zrozumiem. Masz mnie za półgłówka? Nie odpowiada. Chyba jej nie uraziłam?

Pii.

Idziemy w milczeniu przez *via* San Marino, Bella poleciła nam przyjemną pizzerię w okolicy. „Prosto przed siebie, a kiedy zobaczycie szeroką ulicę obsadzoną drzewami, przejdziecie na drugą stronę i po kilku metrach skręcicie w prawo". Gdyby tak ktoś mógł mi dać taki szczegółowy opis drogi na moje życie, byłabym wdzięczna. A kiedy tak patrzę na babcię, myślę sobie, że moja starowinka też nie miałaby nic przeciwko temu. To nas łączy. Obie stoimy na rozstajach dróg. Gdzie skręcić? W lewo czy w prawo? Babcia niby już to wie. A ja?

W pizzerii jest jasno, stanowczo zbyt jasno jak na kolację. Światło jarzeniowe. Małe stoliki przykryte ceratowymi obrusami w kratkę. Oszklony bufet ze smętną reprezentacją *antipasti* i wielki otynkowany na biało piec do pieczenia pizzy zajmują tylną część pizzerii. Piekarz wygląda w oryginale kropka w kropkę jak ten na kartonowym pudełku z pizzą, którą zamawiamy do domu, kiedy Johannesowi nie chce się gotować. Czarne włosy, komiczna czapka, sumiaste wąsy i biały podkoszulek opięty na grubym brzuchu. Na ramieniu ścierka w pomarańczowo-białe pasy, którą od czasu do czasu przeciera ladę, a także pot.

Babcia maszeruje dziarsko do pierwszego z brzegu stolika i nawet się nie ogląda.

– Czekaj, co tak pędzisz? Najpierw musimy spytać – przytrzymuję ją za ramię.

– Kogo?

Podchodzi do nas młody kelner z oczami jak gwiazdy i zwraca się do mnie po włosku. Jak mam teraz odpowiedzieć? Po angielsku?

– *Si!* – słyszę za sobą spokojny głos babci.

Kelner uśmiecha się lekko, idzie przed nami i wskazuje nam dobry stolik przy oknie. Wielkie dzięki, Antonio. A może Marco. Albo Luigi…

– Babciu? Co to było? – szepcę, w nadziei, że Luigi nie usłyszy zdziwienia w moim głosie.

– No, a o co miał się pytać? Szanowne panie, czym mogę służyć, na co macie ochotę? Albo: czy potrzebujecie stolika na dwie osoby?

Co się tutaj dzieje? Całkowicie nowa babcia. Pewna siebie, zrelaksowana i nawet jakby trochę wyższa niż jeszcze kilka dni temu. Siada zamaszyście przy stole i natychmiast zaczyna musztrować sztućce, które leżą niezupełnie równo. *Ordnung muss sein!* To takie bardzo niemieckie. W następnej kolejności przechodzi do wygładzania ceratowego obrusu, a jej uśmiech dowodzi, że zarówno materiał, jak i wzór przypadły jej do gustu.

Kelner wraca po chwili i znowu pyta o coś po włosku. Pewnie nadal myśli, że władamy językiem Petrarki i Dantego. Babcia patrzy z ważną miną na pięknookiego kelnera i znów mówi:

– *Si*.

On kwituje to:

– *Va bene* – i kładzie kartę menu na stole.

Babcia mówi „pizza salami", on znów na to *bene*, a ja nie mówię nic. Bądź co bądź, mam ze sobą tłumaczkę.

Kiedy kelner mówi dalej, babcia wtrąca szybko „cola". Jak długo chce to jeszcze ciągnąć? Rozmówki włoskie są naprawdę super, ale ja zjadłabym konia z kopytami. Chce mi się jeść!

– *Va bene*. – Patrzy na mnie pytająco.

– *I am sorry, I need more time for my choice, okay?*

– Psujesz tylko zabawę – syczy babcia.

Kelner kiwa głową i oddala się pospiesznie.

– Dlaczego to zrobiłaś? – Babcia fuka gniewnie i powraca do układania sztućców. – O, teraz jest dobrze – mruczy pod nosem.

– Ponieważ ja, w przeciwieństwie do ciebie, moja ty poliglotko, nie znam włoskiego.

– Poli… co? Nieważne. W ogóle nie chcę tego wiedzieć. Ach, przecież ten miły chłopiec nawet by się nie zorientował…

Babcia naprawdę wierzy, że jej podstępna gierka by się nie wydała, jakie to urocze.

W restauracji znajduje się bardzo dużo ludzi w wieku babci i natychmiast rzuca się nam w oczy, że wszyscy wyglądają niezwykle szykownie. Samotny pan siedzi przy sąsiednim stoliku. Ma na sobie wytworny garnitur w drobną kratkę. Przerzedzone siwe włosy zaczesał schludnie do tyłu, a na krześle obok niego stoi aktówka z czarnej skóry. Stolik dalej siedzi elegancka starsza pani. Też solo. Je niespiesznie makaron, a przed nią stoi kieliszek czerwonego wina. Jej suknia ma taki sam kolor jak wino w kieliszku, pierś zdobi lśniąca brosza. Widzę, że babcia wszystko to obserwuje bardzo uważnie. Ona włożyła czarne spodnie na gumce, które trudno nazwać wyjściowymi, i do tego lekki pulower. W zamyśleniu pociera dłonie i majstruje przy ślubnej obrączce.

– Co się dzieje, babciu? Zadumałaś się jakoś...

– Spójrz, ta pani, o tam, siedzi sama przy stoliku, i ten pan też – mówi cicho.

– Tak, widzę, i co z tego? – Nie mam pojęcia, do czego zmierza babcia.

– Przecież mogliby się do siebie przysiąść, co im w końcu szkodzi, prawda? Głupio tak siedzieć samemu w restauracji. I jakoś smutno...

– Ale przecież ci ludzie wcale się nie znają, więc dlaczego mieliby siedzieć razem?

– Tak tylko sobie myślę na głos – odpowiada, nie patrząc na mnie. Jej wzrok zatrzymuje się przy stoliku, przy którym siedzą trzy starsze panie. Wszystkie są bardzo eleganckie i śmieją się głośno. Coś tam się dzieje między nimi a piekarzem. Grubas przyśpiewuje do ich stolika, ale one tylko machają ręką.

– Pies – komentuje babcia rozgrywającą się na naszych oczach scenkę rodzajową. I chichoce.

– Babciu, czy mogę cię o coś spytać?

– Pytaj.

– Czy jak się ma osiemdziesiąt lat, to jeszcze się flirtuje?

– Co?

– Czy starsi ludzie flirtują? No, zalecają się do siebie, strzelają oczami, przekomarzają się. Takie damsko-męskie podchody. Rozumiesz? Dawniej kobiety rzucały mężczyznom powłóczyste spojrzenia.

– A teraz rzucają się na nich jak głupie. Takie czasy… Nie pouczaj mnie, wnusiu. Wiem, co to znaczy flirtować – mówi z wyższością.

– Jak to robicie?

Cisza. Babcia udaje, że mnie nie słyszy. A może wcale nie udaje. W tej chwili jest bez reszty pochłonięta obserwacją terenu. Nagle jej oczy robią się wielkie jak spodki.

– Ewa, spójrz!!!

– Gdzie?

– Tam, przy ścianie pod zegarem. Widzisz tę kobietę?

– No. Widzę. I co z tego?

– Ma całkiem rude włosy, zupełnie jak Loren. – Mruży oczy – To jest Loren!

– A ja jestem Monicą Bellucci! – Śmieję się odrobinę zbyt głośno. – Babciu, no proszę cię, przecież to nie jest Sophia Loren. – Chociaż, czekaj, niech się lepiej przyjrzę, może masz rację… – Wpatrujemy się jak na komendę w nieznajomą kobietę. „Sophia Loren" też siedzi sama przy stoliku. Rzeczywiście, ma lśniące kasztanowe włosy i lekko przyciemnione okulary w złoconych oprawkach.

– Tak, to ona! – Babcia uderza dłonią w stół. – Mogę przysiąc.

– Nie! – Ja też mogę przysiąc. – Założymy się? O co tylko zechcesz! – Wyciągam do niej rękę. – No, babciu, pękasz? – Wiem, że i tak wygrałabym ten zakład, ponieważ to nie jest słynna gwiazda filmowa, nawet jeśli babcia tak bardzo, bardzo chciałaby w to wierzyć, po prostu nie i już. Jak mam jej teraz powiedzieć, że jutro chcę wracać do domu?

– Spojrzenia – mówi nagle babcia – Mruganie.

– Coo? Jakie mruganie? – W dalszym ciągu jestem zaabsorbowana „Sophią Loren" i trzema Gracjami, które wabi swoim śpiewem grubas ze ścierką na ramieniu, i nagle spostrzegam, że brakuje mi moich przyjaciółek. Anny, Sinni, Katii, Sylwii, Andrei. Są dla mnie takie ważne – czy nie mogłyby tutaj być? Tak, moje

mądre dziewczyny na pewno wiedziałyby, co robić, a jeszcze lepiej
– co sobie odpuścić.

– Jeśli podobam się jakiemuś mężczyźnie, wtedy on patrzy inaczej, dłużej. Przygląda mi się tak jakoś ciut, ciut natarczywie, ale
nie bezczelnie, nic z tych rzeczy, może dwie sekundy dłużej niż
normalnie – referuje babcia.

– To tak samo jak z nami! – stwierdzam zaskoczona.

– Tak, a dlaczego nie? – pyta babcia z udawanym oburzeniem. –
Myślisz, że jesteśmy ulepieni z innej gliny? Że stare grzyby potrafią
już tylko sikać w pieluchy i nic więcej? Nic?

– Tego nie powiedziałam…

– Ale pomyślałaś, moje dziecko. – Babcia krzywi się z niesma-
kiem. – Oho, trzeba uważać na słowa. Nawet te niewypowiedziane.

– A ty, babciu, jak się zachowujesz, co robisz, kiedy jakiś mężczyzna ci się podoba? – Teraz ja zaczynam układać sztućce przed
sobą i wygładzać serwetkę.

Babcia przygląda mi się w zadumie, po czym sięga do prawego
ucha i majstruje przy aparacie słuchowym.

Pii.

– Tylko mi tu nie wyjeżdżaj z tym swoim głupim tekstem
„Ojojoj, mój aparat słuchowy znowu nie działa. Do diabła z tym
rupieciem”. Bardzo dobrze mnie zrozumiałaś. Widzę to po twoich
oczach.

Nie, to nie to. Tylko się zastanawiam… – Spogląda w górę
i składa usta w dzióbek, jakby chciała zagwizdać jakąś piosenkę.
Zawsze tak robi, kiedy się koncentruje – Nie, nic z tego, nie mogę
powiedzieć.

– Czego dokładnie nie możesz powiedzieć?

– Jak flirtuję, nie mam pojęcia. – Potrząsa powoli głową, jakby
nagle doznała olśnienia.

– Gadanie… – Śmieję się szyderczo. – Babciu, babuniu, nie zalewaj, bo i tak ci nie uwierzę. Jestem pewna, że poderwałaś kiedyś jakiegoś mężczyznę, który wpadł ci w oko. Oczywiście dziadek się nie liczy.

– Chyba nie, nie. – Ucieka wzrokiem. Może jednak ma coś na sumieniu? To by nawet pasowało. Na stare lata wszystkie zgrywają się na świętoszki.

– Akurat. Jedzie mi tu czołg? Nie wyobrażam sobie, że można tego nie wiedzieć. Ludzie flirtują od zarania dziejów.

– Coś takiego!

– Ano właśnie. Kobiety mają to we krwi. A przecież ty, babciu, jesteś kobietą. W stu procentach.

– Dziękuję. Powiedz to dziadkowi. To on mnie wtedy wypatrzył na tym przystanku, wcale nie musiałam go podrywać. Spodobałam mu się i zostałam jego żoną. Normalna kolej rzeczy. Wtedy. Dziś wszystko się zmieniło.

– Nigdy? Nigdy nie wyśpiewywał ci jakiś piekarczyk, kucharczyk albo inny fajny chłop? A jak byłaś młoda, to co? Nie bajerował cię żaden Casanova z Zagłębia Ruhry? W sklepie, na ulicy, w kinie, w piwiarni, na weselu u kuzynki?

– Może i bajerował, ale nie zwracałam na to uwagi. Ja nie z tych, co to się zadają z byle kim.

A ja? Też nie z byle kim…

– Zawsze byłaś wierna dziadkowi? Przez całe sześćdziesiąt lat? I nigdy cię nie korciło, żeby zrobić skok w bok? Jednym słowem, jesteś wierna do bólu… – W głowie mi się to nie mieści, jednak mój podziw dla babci rośnie z minuty na minutę, zwłaszcza że ja już po marnych sześciu latach zdradziłam. A Tobiasz nie był pierwszym, z którym mogłam iść do łóżka. Tylko że z tamtymi nie poszłam…

– Nie – mówi krótko.

– Pizza salami – mówi kelner. Właśnie teraz, w takim momencie. Cholera!

– *Sì!* – odpowiada babcia swoją nienaganną „włoszczyzną". Wprawdzie to tylko jedno słowo, słówko, ale zawsze. Patrzę na jej talerz i zadaję sobie w duchu pytanie, gdzie, do licha, jest mój? No tak, z tego wszystkiego zapomniałam złożyć zamówienie. Mówi się trudno, zresztą i tak całkiem mi przeszedł apetyt na włoskie specjały.

– Ach, więc jednak zdradziłaś dziadka, ale nigdy nie flirtowałaś? Ciekawe, bardzo ciekawe... Coś mi tutaj nie gra.

– Spójrz, Ewuniu, ta pizza wcale nie jest okrągła. – Kroi z uśmiechem gorące ciasto.

– Babciuu?

– To jest jajo, jak Boga kocham, ci Włosi mają jednak fantazję. Nic dziwnego, w końcu to naród artystów. Był kiedyś taki program w telewizji o...

– Babciu, bo cię zaraz kopnę w kostkę! – zgrzytam ze złości zębami. – Nabijasz się ze mnie czy co? Chcę z tobą poważnie porozmawiać, a ty stroisz sobie żarty. No, mów wreszcie, jak to w końcu z tobą jest, niedobra kobieto!

Babcia majstruje jak szalona przy aparacie słuchowym. Pii.

– Więc dobrze. Co to znaczy wierność? – pyta z westchnieniem, krojąc pizzę na maleńkie jak dla krasnoludka kawałeczki, które przesuwa następnie na środek talerza, jak to robiła dawniej z kanapkami, kiedy jeszcze byłam mała.

– No tak, wierność, nie mieć dwóch mężczyzn równocześnie. Proste.

– Czy to jedyna forma zdrady?

– A są jeszcze inne? – Biorę w palce porcję mikroskopijnych kawałeczków pizzy i wsuwam ją do ust. Smakowite, zaraz sama sobie wezmę dokładkę. Wraca mi apetyt, dobry znak.

– Ach, dziecko. Widzę, że nie dasz mi dziś spokoju. Z nami, to znaczy z dziadkiem i ze mną, było tak, że po prostu żyliśmy obok siebie. Znasz takie przysłowie: każdy sobie rzepkę skrobie. No, to już wiesz. Niby razem, ale osobno. Nigdy nie mieliśmy sobie dużo do powiedzenia, a potem tak się jakoś porobiło, że w ogóle przestaliśmy ze sobą rozmawiać. On żył swoim życiem, a ja swoim. Chociaż spaliśmy w jednym i tym samym łóżku.

– Koszmar. Nigdy do tego nie dopuszczę. W moim związku nie było i nie będzie takiego beznadziejnego „każdy sobie rzepkę skrobie". Jesteśmy drużyną.

– Z wami jest inaczej. Macie dużo więcej możliwości. I jesteście po prostu bardziej, bardziej... – babcia zastyga z widelcem uniesionym w powietrzu – ...jakby tu powiedzieć, żeby nie skłamać. Bardziej nowocześni i w ogóle. – Kończy z westchnieniem.

– Ale co z miłością? Przecież to ona jest najważniejsza. I zawsze tak było, bez względu na czasy, prawda? – pytam cicho, nie odrywając oczu od twarzy mojej przewodniczki po życiu i przysłowiach ludowych.

– Na coś tak skomplikowanego jak miłość nie mieliśmy czasu. I tyle... – mówi babcia, wznosząc oczy do nieba. – Dziecko, zrozum, nie mogłam powiedzieć dziadkowi, że nie pasuje mi takie małżeństwo i odchodzę, choćby dlatego że nie miałam pieniędzy. – Podsuwa mi kolejną porcję tyci, tyci kawałeczków.

– Zostałaś z dziadkiem tylko ze względu na kasę! No nie... – Z wrażenia upuszczam na stolik kawałeczek pizzy. – Co to za idiotyczny argument? Babciu, nie mogę uwierzyć, że to mówisz! Właśnie ty!

– A mówię! I wcale się tego nie wstydzę. Mam dziadowską emeryturę i żadnych tak zwanych zasobów. Ani na koncie, ani w skarpecie. Jakim cudem zdołam opłacić czynsz i całą resztę? Czy wiesz, ile kobiet z mojego pokolenia męczy się ze swoimi, pożal się Boże, mężami tylko dlatego że przez całe życie były gospodyniami domowymi i teraz mają związane ręce? Ja wprawdzie pracowałam, i co z tego? Też jestem goła i wesoła. Oczywiście, że to stanowi argument, Ewuniu, bardzo ważny argument, nawet teraz. Będę musiała rzucić palenie. Żegnajcie, moje kochane papieroski! Nie będzie mnie stać na ten luksus – babcia pociąga nosem – ale tak to już jest w życiu. Coś za coś.

Cholera. Nigdy mi to nie przyszło do głowy. Że była z nim, że musiała być tylko ze względu na pieniądze, których oboje – jeśli się dobrze orientuję – wcale nie mają za dużo. Gdyby byli majętni, już dawno kupiliby sobie działkę i pobudowali własny dom, zamiast się gnieździć na pięćdziesięciu metrach kwadratowych w starym górniczym osiedlu.

– Nawet nie wiesz, jaką jesteś szczęściarą. Pracujesz, nieźle zarabiasz, możesz sama się utrzymać, nawet gdybyś została bez Johannesa. Czego oczywiście ci nie życzę. Słowem, jesteś niezależna. I możesz robić, na co tylko przyjdzie ci ochota.

Ja jestem niezależna? Ja jestem szczęściarą? A to dobre. W takim razie babcia jest bardzo, ale to bardzo naiwna. Przy całej swej życiowej mądrości. *Sorry.*

– To nieprawda, moje szczęście zależy od jednej zasadniczej kwestii: jak to wszystko się dalej potoczy. A przede wszystkim: z kim? – Sama sobie wydaję się kiczowata, kiedy to mówię. Tekst jak z harlequina, psiakrew.

– Tak myśli się wtedy, kiedy się ma trzydzieści trzy lata. – Babcia uśmiecha się melancholijnie. – Coraz częściej dochodzę do wniosku, że starość ma jednak swoje dobre strony. Nie tylko te ciemne. Ale do zmarszczek nigdy się nie przyzwyczaję.

Babcia rozgadała się jak nigdy dotąd. Właściwie dobrze się składa, mogłabym jej teraz powiedzieć, że chciałabym już wracać.

Muszę tylko ważyć słowa, żeby nie skończyło się wielką awanturą albo wielkim płaczem. Ale kelner postawił nam na stole dwa kieliszki z żółtą wódką i tym samym postawił kropkę nad i. Wolałabym, żeby ten wieczór zakończył się słodkim smakiem limoncello niż gorzką informacją, że nasza podróż musi dobiec końca przed terminem. Dlatego podnoszę swój kieliszek i uśmiecham się do babci.

– Zdrowie, babciu! Za nas, za naszą przyszłość. Z facetami albo bez nich.

– Bez…

12 stycznia

– Ewa? Ewuuniu?

Babcia głaszcze mnie po policzku. Jest już ubrana i umyta. Chyba nawet upudrowała nos. Fiu, fiu! Włoski klimat najwyraźniej jej służy. Nie, raczej włoskie klimaty.

– Wstawaj, słonko, Mediolan czeka.

– Wiem, wiem, ale moje oczy nie chcą się otworzyć – mruczę w poduszkę i mam cichą nadzieję, że ranny ptaszek zaraz odfrunie. Jak najdalej od mojego ciepłego łóżeczka.

– Sprawdziłam już nawet w twoim telefonie, dokąd możemy iść. Ewa, mówię ci, w Mediolanie jest tyle ciekawych miejsc do zwiedzania, że nawet sobie nie wyobrażasz!

Oczy w jednej chwili otwarte. Błyskawiczny siad na łóżku. W oczach mroczki.

– W mojej komórce?

Babcia uśmiecha się szelmowsko.

– Ty podła stara kobieto! Znowu się ze mnie nabijasz. I to z samego rana. Czy ty w ogóle nie masz serca? – Znów opadam na łóżko i naciągam na głowę kołdrę. Jej głos przenika stłumiony do mojej ciepłej norki.

– Chcę mieć rude włosy jak Sophia Loren.

– O nie! Nie dam się nabrać na tę sztuczkę! – wołam spod kołdry.

– To nie jest żadna sztuczka – wyjaśnia babcia spokojnie. – Chcę mieć rude włosy. I to jeszcze dziś. – Babcia klepie w dach mojej norki. Interesujące, że pomimo kołdry dobrze mnie słyszy. Unosi pościel i patrzy na mnie jak kat. Znam to spojrzenie. Nie odpuści, cholera!

– Rude włosy! Jak Sophia Loren!

– Naprawdę? Teraz, natychmiast?

– Tak! Jak Loren.

Odrzucam na bok kołdrę i siadam na łóżku. Babcia trzyma w ręku filiżankę z latte macchiato.

– Dała mi dla ciebie ta tam…

– Kto to jest ta tam? – Gdybym przedtem wiedziała, że jest kawa, nie musiałabym tak gwałtownie się zrywać. Bez mroczków w oczach.

– No, ta… oj, sama już wiesz. – Babcia wskazuje głową na kuchnię. Aha, chodzi o Bellę.

– Babciu, dlaczego uparłaś się na tę zmianę koloru? Przecież tak ci ładnie w tej srebrnej fryzurce. – Biorę ją pod włos, dmuchając do filiżanki z kawą.

– Zawsze chciałam to wypróbować, ale dziadek nie cierpi rudych kobiet. Nie mam pojęcia dlaczego. Zawsze mówił na rudowłose „czarownica" albo „wiedźma", dlatego nigdy nie zdobyłam się na odwagę, żeby to zrobić. Chociaż według mnie to bardzo szykowny kolor.

– Więc naprawdę chcesz iść do fryzjera i ufarbować sobie włosy na rudo?

– Tak, a kiedy już tam będę, niech mi za jednym zamachem zrobią takie śliczne loczki. Nie, lepiej fale. Są bardziej stylowe.

– Babciu, w zasadzie ja też uważam, że pomysł jest super, ale muszę ci jeszcze coś powiedzieć… – Siedzę z kawą na środku łóżka, babcia przysiadła na brzegu.

– Taka smutna? – Przypatruje mi się ze znaną na całym świecie miną „babcia się martwi".

– Dostałam maila od Johannesa i tak sobie myślę, że byłoby dobrze, gdybym mogła być teraz przy nim i… i właśnie dlatego chciałam ci powiedzieć, że…

– …że twój chłopak jedzie na Elbę?

– …że nastąpiła zmiana planu i wracamy do Kolonii.

– Wracamy? – Babcia uśmiecha się do mnie ciepło i kładzie mi rękę na policzku. – Ależ, moje dziecko, żadna z nas nie chce wracać. Ty na pewno nie, a ja to już w ogóle. Musimy patrzeć do przodu, przed siebie. To jest twoja droga do Johannesa, a przed nami jeszcze Elba. – Wstaje i wychodząc z pokoju, mówi bardziej do siebie niż do mnie: – Ale przedtem fryzjer.

– Babciu? Kiedy ja naprawdę chcę wracać do domu! Czy ty w ogóle nie masz serca? Babciuu! – wołam za nią, ale ona już idzie dziarskim krokiem przez podwórze do kuchni, do swojej nowej przyjaciółki Nonny.

Z główki prysznica cieknie. Nienawidzę tego, jak mam porządnie umyć włosy, kiedy woda leci mi na głowę niczym krew z nosa. Co to w ogóle jest? Jakieś kpiny? Aha, wstałam lewą nogą.

Kto wie, może wszyscy tutaj mają rację. Najpierw ochłonąć, przypatrzyć się całej sprawie z dystansu i jechać dalej na Elbę? Ale to mi nie pasuje, że wszyscy wiedzą lepiej niż ja.

Ręcznik jest duży, puszysty i ciepły. Wycieram się powoli i wplątuję w grę myśli. Kiedy wreszcie odpowiem Johannesowi? Czy skoncentrowany prowadzi teraz lekcję, czy myślami błądzi wokół mnie? Czy zagląda bez przerwy do skrzynki mailowej, czego normalnie nie robi? W miarę tych przemyśleń stwierdzam ze zdumieniem, że mężczyzna, który jeszcze wczoraj wydawał mi się tak bliski, tak dobrze mi znany, nagle stał się obcy. Po prostu najzwyczajniej w świecie nie wiem, jak reaguje w takiej sytuacji. Niemożliwe! A jednak. Wiem, jaką pije kawę (czarną), jak sortuje swoje CD (alfabetycznie według wykonawcy i chronologicznie według roku wydania) i jak podpisuje swoje sporadyczne wiadomości SMS (IgJo). Ale o tych naprawdę istotnych rzeczach nie mam zielonego pojęcia. Czy o tym mówiła babcia? Że przez wszystkie te lata był tylko obecny? Albo ja? Codziennie podpisywaliśmy nasze listy obecności, ale czy to wystarczy? Babci nie wystarczyło…

Dziś Johannes z oczywistych przyczyn musi zejść na dalszy plan. Wszystkie reflektory na babcię. To ona staje się bohaterką dnia. Chce mieć rude włosy jak Sophia Loren. To powinno być względnie proste. Mam nadzieję…

Siedzimy w tramwaju mknącym po szynach w kierunku mediolańskiej katedry, na piechotę byłoby dla babci i jej trumniaczków za daleko. Zimowe słońce pięknie świeci, a ona znów założyła moje neonowe gogle. Czuje się bardzo włosko, z każdą chwilą coraz bardziej, a Nonna nauczyła ją jeszcze kilku włoskich słówek. Pewnie dlatego mówi teraz do wszystkich pasażerów *buongiorno* i *grazie*. Babcia rozbrykała się jak źrebak. I nawet słowem się nie zająknie o powrocie do domu. Ten temat nie istnieje. Chyba wie, co robi – do tej pory zawsze mogłam polegać na jej zdaniu.

– Z prawej ma pan wolne – mówi głośno, po niemiecku rzecz jasna, i śmieje się jeszcze głośniej, ponieważ wie, że motorniczy jej nie rozumie.

– Dobrze się bawisz, co? – pytam, nie mogąc zapanować nad wesołością. Jej dobry humor jest naprawdę zaraźliwy. – Co chcesz jeszcze zobaczyć? Pójdziemy do kościoła?

– Nie.

– Nie? Dlaczego? Myślałam, że…

– A co miałabym tam robić? Palić nie można i w ogóle.

Aha, rozumiem: babcia ma misję.

– Gdzie ten fryzjer? A jak nie trafimy pod właściwy adres, to co będzie?

Bella zaklepała nam wizytę w salonie fryzjerskim, do którego sama regularnie chodzi.

– Trafimy, nie bój żaby.

– Rosso włosy! Ewa? Może ty też ufarbujesz się na rudo? Dla towarzystwa, co?

– Ja? Nie, ty się ufarbuj, jeśli już koniecznie musisz. Nie potrzebuję nowej fryzury. Przecież nie jestem świeżo po rozstaniu z moim facetem.

– Jeszcze nie… – dodaje, a widząc, że posmutniałam, gładzi mnie po ramieniu i mówi: – Głowa do góry, dziecinko!

Salon fryzjerski wygląda jak lodziarnia. Za dużo złota, za dużo morelowego. Mógłby nazywać się Venezia albo Rialto, ale na szyldzie widnieje napis Giacomo. Zaraz na wstępie próbuję dogadać się po angielsku. Bez szans. Języki obce są w tym kraju programowo obce. Nikt nie chce się ich uczyć. Wypowiadam więc uzgodnione słowo klucz – Bella.

Pachnie lakierem do włosów i tanimi perfumami.

– *Ah, si, la nonna, benvenuto!** – cieszy się mała grubaska o kształtach, których mogłaby jej pozazdrościć Wenus z Willendorfu**. Stoi przy kasie i spogląda na nas wyczekująco. Pomaga babci zdjąć płaszcz, dalej trajkoce jak katarynka, w końcu sadza ją na fotelu.

Babcia nie jest tu jedyną klientką. W zakładzie panuje tłok i gwar. I znów w większości znajdują się tu raczej starsze panie w wyjściowych kreacjach. Dwie z nich siedzą pod stalowymi czepcami, które głośno szumią, co jednak żadnej z nich nie przeszkadza w prowadzeniu ożywionej konwersacji. Inna, w czarno-srebrnej sukni z lamy, położyła głowę na brzegu umywalki i właśnie ma wyskubywane – bardzo szykownie! – brwi, ona też gada jak najęta.

W tym rozszczebiotanym światku milczy tylko telewizor zainstalowany pod sufitem w prawym rogu. Ale i tam coś się dzieje, chociaż na szczęście nie słychać. Skąpo odziane długonogie damy podskakują wokół małego facecika w garniturze z (bezgłośnym) śpiewem na ustach.

Fryzjerka dalej nawija, uśmiecha się do babci i podaje jej różową pelerynkę z poliestru. Moja starowinka znosi to wszystko z zimną krwią i tylko od czasu do czasu wtrąca swoje wykute na blachę *si*.

Podziwiam jej odwagę. Gdybym ja nieustannie potakiwała swojemu fryzjerowi, miałabym teraz na głowie jakąś trendy fryzurkę. Za jednym uchem kawał wygolonej skóry, z drugiej strony niebieski pejs i grzywka w ząbki. Bardzo twarzowo.

---

* *Ah...* (wł.) – Ach, tak, babciu, witaj!

** Wenus z Willendorfu – to mierząca 11,1 centymetra figurka z epoki paleolitu, którą znaleziono w 1908 roku podczas prac drogowych w pobliżu miejscowości Willendorf w Austrii. Przedstawia wyidealizowaną postać kobiecą. Twarz jest pokazana tylko schematycznie. Najbardziej rozbudowane są piersi, brzuch i uda, gdyż były to atrybuty płodności kobiety matki dającej życie.

Fryzjerka przebiera palcami w siwych włosach babci i papla, papla, papla...

Dzwoni moja komórka – nieznany abonent.

– Odbiorę, okay?

Nikt nie reaguje. Obie panie są wysoce skupione. Na sobie. Jedna przez cały czas porusza ustami, druga tylko sporadycznie.

– Halo?

– Cudownie, jestem w siódmym niebie! Odebrałaś.

– Tobiasz! – Też jestem wniebowzięta. – A to dopiero niespodzianka! Zastrzeżony numer?

– Jestem w muzeum. Skarbie, co u ciebie? Nadal w ojczyźnie Leonarda? Tęsknię za tobą.

O kurczę, to się nazywa wyłożyć kawę na ławę. Odwracam się od babci i jej złotoustej fryzjerki, po czym zaczynam rozglądać się nerwowo w poszukiwaniu jakiegoś w miarę spokojnego kąta. Marzenie ściętej głowy. Raczej go nie znajdę w tej kakofonii dźwięków.

– Mmm, tak, nie najgorzej. Jesteśmy w Mediolanie. A ty?

– Siedzę w muzeum na schodach, patrzę na *Emę* Richtera i myślę o tobie.

– Bo nazywa się prawie tak samo jak ja?

– Ponieważ przedstawia zachwycającą kobietę, która schodzi nago po schodach. Jest tak piękna. I to, w jaki sposób namalował ją Richter... Po prostu majstersztyk. Tylko on mógł tak ją uchwycić. Tak, i ponieważ nazywa się prawie tak samo jak ty: „m" zamiast „w" – dodaje jeszcze po chwili.

– Chciałabym kiedyś zobaczyć tę boginię, przywieź ją do nas – chichoczę do telefonu. – Wiem oczywiście, że ten Richter jest szalenie sławny i że taki obraz na pewno kosztuje pięć tysięcy euro albo coś w tym rodzaju. Jeśli się nie mylę, jest autorem witraży w naszej katedrze.

– Pięć tysięcy? Richter? – Tobiasz krztusi się ze śmiechu. – Kochanie, posłuchaj, może później o tym porozmawiamy, teraz muszę eskortować pewien obraz do Florencji, gdzie mam spotkanie ze znaną kolekcjonerką.

– Jak to? Musisz eskortować obraz? Przekwalifikowałeś się na ochroniarza?

– Może w przyszłości. Pochodzi z naszych zbiorów, a my tylko go wypożyczamy na prośbę jednego z muzeów we Florencji. A ponieważ jest tak bardzo cenny, po prostu mu towarzyszę i pilnuję, żeby dotarł bezpiecznie na miejsce i został odpowiednio zawieszony.

– Jak cenny? Cenniejszy niż mój Klimt?

– Nie, nie sądzę, żeby to płótno było aż tak cenne. I właściwie jadę tylko dlatego, że ty jesteś we Włoszech, moja najsłodsza. Chcę ci podrzucić torebkę kolońskich gumisiów.

– Wspaniały pomysł. A mogą być dwie? Babcia będzie zachwycona. Uśmiecham się tak szeroko, że uderzam policzkiem o telefon.

Słyszę, jak babcia mówi „jak Sophia Loren", a fryzjerka śmieje się perliście.

– Tobi, zaraz do ciebie oddzwonię. W tej chwili muszę trzymać rękę na pulsie. Babcia w niebezpieczeństwie!

– Jak to? Gdzie jesteście? W szponach włoskiej mafii?

– Mniej więcej. A dokładnie u fryzjera. Babcia postanowiła zrobić się na miedzianowłosego wampa. Tycjan. Nie, raczej Sophia Loren.

– Co? Jesteście takie zabawne. Dwie szalone kobiety, stara i młoda. Chyba cię nie uraziłem? To był komplement. Ucieszę się, jeśli zadzwonisz. Tylko nie każ mi długo czekać.

Kończę rozmowę i rozglądam się po salonie, szukając mojej Loren *in spe*.

– Babciu, jak tam? Wszystko gra? – Może powinnam była jednak jej wyperswadować tę nieoczekiwaną zmianę koloru. To jak ciuciubabka – wizyta u fryzjera w obcym kraju.

Gadaj zdrów! Babcia nie reaguje i słucha z zapartym tchem fryzjerki, która – nie przestając mielić językiem – prowadzi ją do umywalki. Kiedy strumień wody płynie wartko po jej włosach, zamyka oczy. Czy potrafi się odprężyć? Jest szansa, ponieważ słyszę, jak mówi wesoło *si*, gdy fryzjerka pyta ją o coś, zapewne o temperaturę wody.

Kiedy babcia myła mi włosy w wannie w piwnicy, tak samo leżałam. Wodę musiała podgrzewać w bojlerze. Zamiast w zimnym zagłębieniu umywalki mój kark leżał na jej ciepłej ręce. Babcia zawsze doprowadzała wodę do odpowiedniej temperatury, a potem spłukiwała pianę z włosów, nigdy się nie zdarzyło, żeby mydło dostało mi się do oczu.

Ogarnia mnie wzruszenie. Tak bardzo chciałabym teraz trzymać jej kark na moich dłoniach, zamiast patrzeć, jak leży tam w umywalce! Mam wrażenie, że zostawiłam ją samą. Z mokrymi włosami wygląda tak krucho, tak niedołężnie. Głowę ma malutką jak niemowlę, a na skroniach jasnobrązowe plamki.

Babcia postarzała się, nie wiadomo kiedy, a ja tego nie zauważyłam. Jak to możliwe?

Fryzjerka wyciska z butelki szampon i wciera go we włosy babci. Dopiero teraz widzę, że babcia zacisnęła dłonie. Tu cię mam, babuniu! Więc jednak nie jesteś taką chojraczką. Przykucam obok jej fotela i trzymam ją mocno za rękę. Klientka przy sąsiedniej umywalce przygląda się nam przez chwilę i uśmiecha się rozczulona.

Fryzjerka masuje babci głowę okrężnymi ruchami i nuci piosenkę. Nie mam wątpliwości, która z nich czuje się bardziej zrelaksowana. Potem owija głowę babci ręcznikiem i prowadzi ją z powrotem na fotel przed lustrem. Babcia milczy jak trusia. Na jej miejscu stoi cola. Skąd o tym wiedzieli?

– Babciu?

– Już dobrze, dobrze… – szepce, ale jest to stanowczy szept. – Zostaw mnie teraz, Ewuniu. Nic tu po tobie. Tylko się wynudzisz. Nie chciałabyś przejść się na miasto? – pyta od niechcenia, spoglądając w lustro.

– Nie, zostanę z tobą. I wcale się nie nudzę. Jeszcze nigdy nie byłam u fryzjera w Mediolanie!

– Idź spokojnie. – Próbuje dosięgnąć coli, ale ja ją ubiegam i podaję jej szklankę. – To mój fryzjer, nie twój! – Uśmiecha się wyniośle.

– Okay. W takim razie idę, skoro mnie wyrzucasz… – Puszczam do niej oko.

Sięgam po kurtkę, która wisi na sąsiednim krześle, i całuję babcię w policzek. Fryzjerka przygląda mi się bacznie. Jej spojrzenie zatrzymuje się na moich włosach. „O nie! Zapomnij. Jeszcze zagadałabyś mnie na śmierć. I kto wtedy odholuje babcię do domu…?"

– Czy przypilnuje pani moją babcię? Bardzo proszę – mówię z uśmiechem. Wenus z Mediolanu kiwa energicznie głową, jakby rozumiała.

– W torebce masz kartkę z numerem mojego telefonu. Więc jakby co…

– Ewa, idź już! – ponagla mnie babcia wpatrzona w swoje odbicie w lustrze.

– Okay, za godzinę jestem. *Ciao!* – Biorę głęboki oddech i wychodzę z salonu.

Hej, stary, piękny Mediolanie! Teraz jesteśmy tylko we dwoje. „Co słychać?" – pozdrawiam głośno starą siedzibę Sforzów. Nie masz jeszcze dość tych wszystkich wkurzających obcych ludzi, którzy się tu kręcą?

Bella dała mi swój plan miasta dla turystów. Byłoby interesująco pójść śladami nieznanych mi ludzi. Co oglądali? Którędy chodzili? Czy ja też zachwycę się urodą stolicy walecznej Lombardii?

To dopiero początek stycznia, a już pachnie wiosną. Może jednak lepiej nie wracać do Kolonii? Do naszej szarej zimy i starych kłopotów.

Powietrze jest tak jasne, tak przejrzyste, że niemal czuję zazdrość. Gdyby moja głowa mogła taka być. I serce... Niebo ma kolor lodowobłękitny, a pomiędzy fasadami domów słońce świeci mi prosto w twarz.

Tak, właśnie tutaj chcę zostać, już na zawsze w tym rozkosznym cieple. Siadam na kamiennych stopniach przed wejściem do jakiegoś domu. Słońce daje z siebie wszystko, a ja szukam w torebce mojej komórki.

– Halo, Tobi. To znowu ja.

– Ewa, co za radość! Już się bałem, że nie oddzwonisz.

– Niepotrzebnie. Sama byłam zaskoczona, że tak ucieszył mnie twój głos.

– Pięknie.

Milczymy. Dwadzieścia jeden, dwadzieścia dwa, dwadzieścia trzy, dwadzieścia cztery, dwadzieścia pięć.

– Ewa, powiedz. Jak to naprawdę jest między nami? – pyta prosto z mostu. – Dla mnie to nie była tylko jedna pijacka noc. Wiem, mam dziecko i byłem już żonaty. Ale...

– ...ja mam chłopaka.

Dwadzieścia sześć, dwadzieścia siedem, dwadzieścia osiem, dwadzieścia dziewięć, trzydzieści, trzydzieści jeden.

– Tak właśnie myślałem, chociaż w głębi duszy liczyłem na coś innego – mówi cicho. – Szkoda. Ale nie chcę już na samym początku składać broni. Dlatego wybieram scenariusz optymistyczny. A ty...

– Tobi, od tygodnia wszystko jest inaczej. Moje życie legło w gruzach i ja po prostu się boję. W głowie mam mętlik, straciłam zdolność racjonalnego myślenia. Moje granice znikły, wydawało mi się, że mam gotowy plan na życie, a teraz nie wiem, czy jeszcze jest coś wart.

– Znam to uczucie. Z naszych planów Bóg się śmieje, a mówiąc poważnie, nie chciałem tego.

– Wiem, ja też nie.

– Czy on o mnie wie?

– Powiedziałam mu w niedzielę.

– Ewa, co mam robić? Dać ci spokój? Zapomnieć? – pyta z wahaniem. – Nie mogę, nie potrafię, nie chcę. Kiedy cię zobaczyłem w mojej koszuli, jak bawiliście się z Thorem klockami lego, natychmiast wiedziałem, że to jest właśnie to. Nie chcę pakować się butami w twoje życie lub co gorsza… – trzydzieści dwa, trzydzieści trzy, trzydzieści cztery, trzydzieści pięć, trzydzieści sześć – sprawiać ci ból albo… ach, mój Boże, sam już nie wiem. Ze mną też dzieją się dziwne rzeczy. Nieważne. Teraz ty jesteś najważniejsza. Nie mogę myśleć o niczym innym. Ewa… zakochałem się w tobie.

– Ja w tobie też. – Uła! Wreszcie to z siebie wyrzuciłam. – Tak, zakochałam się w tobie. W tamtą niedzielę z tobą i Thorem. Ale kocham Johannesa i już nie wiem, kim jestem w tym momencie i czego właściwie chcę.

– Rozumiem. Mam przyjechać? Jeśli chcesz, zrezygnuję z transportowania obrazu. Jakoś sobie poradzą, nie ma ludzi niezastąpionych. Z wyjątkiem ciebie… Wsiadam do samolotu i za parę godzin będę w Mediolanie.

– A potem?

Trzydzieści siedem, trzydzieści osiem, trzydzieści dziewięć, czterdzieści.

– Ewa? – szepce. – Skarbie…

– To podłe, że akurat ty robisz wszystko jak należy… – mówię z żalem w głosie. „Dlaczego jak tak nie potrafię? No, dlaczego?", wzdycham w duchu. – Nie mogę dłużej rozmawiać. Babcia siedzi sama u fryzjera i farbuje sobie włosy na rudo. Przemierzamy całe Włochy i odnoszę wrażenie, że siedzę w pociągu, który jedzie coraz szybciej i szybciej. Już go nie mogę zatrzymać i nie mogę też wyskoczyć.

– Zmień obraz.

– Co takiego?

– Nie mów „szybki pociąg". Nie mam pojęcia, co jest z twoją babcią i dlaczego pojechałyście do Włoch. Ale jeśli to inaczej sformułujesz, od razu poczujesz się lepiej. Spróbuj.

– Wizualizacja, autosugestia. Super, ja też to znam… – parskam ze złością. – Ale mnie tutaj wszystko się wali, mój związek, małżeństwo moich dziadków, wszystko, w co wierzyłam do tej pory. Bo jeszcze ci nie mówiłam, że moja babcia postanowiła zakończyć swoje małżeństwo. Rozstała się z dziadkiem po sześćdziesięciu latach.

– Och, co się stało? A to historia!

– …i nie mogła zostać w domu, ja zresztą też nie, a ponieważ babcia jeszcze nigdy nie była nad morzem i szukałyśmy jakiegoś ciepłego miejsca, gdzie można zapomnieć, po prostu uciekłyśmy. Chcemy jechać na Elbę. Ale czy tam dotrzemy…?

– Na Elbę? Jest styczeń… – mówi z wahaniem.

Akurat o tym, szczerze mówiąc, nie pomyślałyśmy… Po prostu dałyśmy nogę… Chciałyśmy pędzić przed siebie, do słońca.

– Takie wasze „jedz, módl się, kochaj". Coś tym stylu.

– Dobrze to ująłeś. Dzieci kwiaty i gitara. Tylko bez wolnej miłości i dragów. – Śmieję się głośno.

– Nie uwierzysz, jak bardzo ci zazdroszczę. Jesteś fantastyczna.

– Aż tak fantastyczna nie mogę być... – wzdycham. – Jestem zwykłą oszustką, zdrajczynią. A w dodatku zbiegiem.

– O, proszę! Znowu negatywnie sformułowane. Jesteś cudowna, zachwycająca!

Czterdzieści jeden, czterdzieści dwa, czterdzieści trzy, czterdzieści cztery, czterdzieści pięć.

– Tobi, rozłączam się teraz. Odezwę się, okay? Dziękuję.

– Ewa, ja to wszystko traktuję bardzo poważnie. Całuję cię.

– Tak, i myślę, że powinnam brać przykład z mojej babci.

– Też chcesz mieć rude włosy?

– Nie, lubię swój kolor. Popielaty blond, rzadki odcień – mówię z dumą. – Chodzi mi o to, że czasem trzeba zaryzykować, rzucić się na głęboką wodę, żeby później móc powiedzieć sobie: a jednak to zrobiłam!

– Myślę o tobie. Do zobaczenia niebawem.

– Przepraszam? Czy pani jest Sophią Loren?

Babcia poddawana jest właśnie kolejnym zabiegom upiększającym. Jej mała głowa spoczywa na obfitym biuście mediolańskiej Wenus, która reguluje jej brwi.

– Sophia Loren! *Si!* – wykrzykuje z entuzjazmem grubaska i dalej skubie babcine brwi.

– Cha, cha! Ty niewierny Tomaszu, jeszcze zrobisz wielkie oczy, wyglądam bosko!

– Na pewno wyglądasz rewelacyjnie.

Fryzjerka wypuszcza z objęć babcię.

– A niech mnie! Baabciuu! Czy to naprawdę ty?

Własnym oczom nie wierzę. Babcia ma dużo krótsze, ładnie ostrzyżone włosy, ale nie to jest najważniejsze. Nowe włosy babci są naprawdę rude. Z odcieniem kasztanowym. Oczywiście Sophia

Loren ma dłuższą i bujniejszą czuprynę, ale to tylko szczegół. Babcia promienieje, a jej włosy lśnią.

– I co powiesz? – pyta. – Podobam ci się, wnusiu?

– Mowa! Jeszcze lepiej niż prawdziwa Loren – żartuję.

– *Bellissima, la nonna!* – pieje z zachwytu fryzjerka nad swoim skończonym dziełem.

Pomagam babci wstać z fotela. Jeszcze godzinę temu z mokrymi włosami wyglądała tak staro, tak żałośnie, a teraz... Fiu, fiu, cóż za metamorfoza. Babcia jeszcze nigdy nie była taka piękna. Nowa fryzura bardzo ją odmładza. Obraca głową na prawo i lewo i ogląda się w lustrze.

Osiemdziesiąt dziewięć euro. Tyle płacimy za przyjemność pod tytułem Sophia Loren. Kosztowna przyjemność. Nie mam bladego pojęcia, jak przedstawia się aktualnie sytuacja na moim koncie. Ale co mi tam, ktoś mądry powiedział kiedyś, że pieniądze to nie wszystko – i dobrze kombinował. Sophia Loren też nie może być za darmo. Proste.

– Ewa, trochę mi głupio, że zawsze ty za wszystko płacisz.

– Więc niech ci nie będzie, okay? – Głaszczę ją uspokajająco po ramieniu. – Czy to w ogóle ma jakieś znaczenie, kto płaci? Babciu, to tylko pieniądze. Marność nad marnościami. Sophia Loren też nie rozmawia o pieniądzach.

– No więc: szampan? – pyta nagle babcia, kiedy wychodzimy z salonu.

– Co tam mruczysz? Mówiłaś coś o szampanie czy tylko się przesłyszałam?

– Chodź, Ewuniu, napijemy się piccolo. Raz się żyje!

– Czy mogę ci delikatnie przypomnieć, że pożyczyłaś sobie od Sophii Loren kolor włosów, a niej jej ekstrawagancki styl życia?

– Gadasz bzdury! Sophia Loren zawsze prowadziła się bardzo przyzwoicie. Chyba. Zresztą nieważne. Niech każdy pilnuje swojej, no wiesz... – Chichoce ubawiona. – Napijmy się szampana i chodźmy coś zjeść, strasznie zgłodniałam.

– To tak samo jak ja!

– Czy w tym mieście dają gdzieś kebab? – Babcia znów się śmieje.

– Babciu, zachowujesz się tak, jakbyś była już po kieliszku – mówię. – Chwila! Ty naprawdę coś sobie chlapnęłaś!

– Nie – mówi moja miedzianowłosa gwiazda, robi wymowną przerwę i dodaje: – Po dwóch. Ale to tylko szampan.

– U fryzjera? Wiesz co? To ja chyba wrócę i poproszę, żeby ta twoja mistrzyni nożyczek skróciła mi grzywkę.

– Sama mogę ci to zrobić.

– Na rauszu? W żadnym wypadku! Jeszcze tego mi brakowało.

Babcia od lat przycina mi grzywkę. Nożyczkami do paznokci. Czasem lepiej, częściej gorzej. Musiałam skończyć osiemnaście lat, żeby się dowiedzieć, do czego tak naprawdę służą te nożyczuszki.

Idziemy na miasto. Babcia szpera w torebce, po chwili wyjmuje z niej okulary *après-ski* i zakłada je z uśmiechem. Patrzy na mnie, wydymając usta.

– Gwiazda?

– Jak dwa razy dwa!

– Ewuniu! Jesteśmy we Włoszech – mówi z emfazą babcia. – Czy to nie fantastyczne? Wsiadłyśmy do samochodu i dalej, hajda przed siebie! Aż po horyzont... Właśnie tak smakuje wolność, prawda? Mój Boże, dlaczego nie zrobiłyśmy tego wcześniej? – pyta sama siebie, a ja nie mogę się oprzeć wrażeniu, że moja staruszka odleciała gdzieś wysoko, wysoko i teraz buja w obłokach. Zaraz sprowadzę ją na ziemię.

– Myślisz czasem o dziadku?

– O kim? – Babcia uśmiecha się lekko.

– Okay, rozumiem. – Też się uśmiecham.

Idziemy w stronę katedry, mijając po drodze kolorowe sklepiki, które trwają dzielnie na swoim posterunku, opierając się supermarketowej nawałnicy. Babcia w swoich ekstrawaganckich okularach wcale nie wyróżnia się z tłumu, większość ludzi na ulicy też jest w okularach przeciwsłonecznych, aczkolwiek nie tak spektakularnych.

Babcia zatrzymuje się nagle przed wystawą małej drogerii.

– Ewuniu, myślisz, że mają tu mój klajster?

– Co za klajster? Mogłabyś wyrażać się jaśniej?

– No, klej do protez, a cóż by innego? – tłumaczy mi, jakbym była w temacie. Wyciąga szyję, żeby zajrzeć w głąb ciemnego sklepu.

– Chcesz, to wejdziemy do środka i zobaczymy, czy mają coś takiego na składzie. A twój klajster? Skończył ci się już? Pamiętam, że pakowałyśmy taką biało-niebieską tubkę.

– Została tylko końcówka. Na jeden ząb…

– Aha, no to wchodzimy. – Otwieram drzwi.

W drogerii panuje jeszcze świąteczny czy też raczej poświąteczny nastrój. Świece i bombki, których nikt nie chciał przed świętami, zostały zdegradowane do towarów z przeceny. Pięćdziesiąt procent zniżki, superokazja! Babcia rozgląda się na wszystkie strony. Na przepełnionym stole przy wejściu piętrzą się szminki w konkurencyjnej cenie. Babcia przygląda się im nieśmiało. I chciałabym, i boję się… Łapię bez namysłu pierwszą z brzegu. Cztery euro i dziewięćdziesiąt dziewięć centów. Taniocha.

– Dawaj, babciu! Nie ma co się szczypać. Zafundujmy sobie jaskrawoczerwoną szminkę.

– Przestań się wygłupiać. Szminkę. Jaskrawoczerwoną! W moim wieku! – Bierze do ręki inną i otwiera z namaszczeniem granatową nasadkę.

– Dlaczego nie? Sophia Loren też ma czerwoną szminkę.

To prawda. Słynna gwiazda zawsze ma perfekcyjnie umalowane usta. Moja gwiazda natomiast... Hm, faktycznie, jakoś nie mogę sobie przypomnieć, żeby babcia kiedykolwiek malowała usta. A w takim przypadku jaskrawa czerwień byłaby oczywiście baardzo odważną inauguracją. Odkręca złotą oprawkę i przygląda się w milczeniu pomadce. Potem podnosi ją do nosa i wącha.

– Jest nieużywana...

– Mam nadzieję. – Śmieję się i zabieram jej szminkę. – Kupimy ją i będziemy wspólnie używać. Chyba nie masz opryszczki, co?

– W moim wieku?!

Babcia jest naprawdę rozkoszna. Przechadzamy się po drogerii, jakby to była jakaś elegancka perfumeria. Testujemy na sobie kremy, pudry i wody toaletowe, wąchamy płyny do zmiękczania tkanin i w końcu znajdujemy klej do protez zębowych. *Crema adesiva per protesi dentali*, za siedem euro i sześćdziesiąt dziewięć centów. To musi być to. Chyba... Bardziej przekonuje mnie zdjęcie zębów na opakowaniu aniżeli nazwa produktu.

– Babciu? Czy to na pewno będzie dobre? – Biorę opakowanie do ręki, zbliżam je do oczu i próbuję przeczytać maleńkie literki na odwrocie. Problem: nawet gdyby tekst był po niemiecku, za nic w świecie bym go nie odcyfrowała. – Na szminkach znam się lepiej. W tym dziale ty wydajesz ekspertyzy. Czy ten klajster będzie dostatecznie mocny?

– Oby. Szkoda, że nie mają mojego.

– Może włoski klajster smakuje jak limoncello? No, babciu Loren, to dopiero byłaby uczta.

– Albo i nie. Bo jak ten klajster okaże się do kitu, to w ogóle nic nie będę mogła jeść – mówi babcia ze śmiechem.

A to co? Nie mogę wyjść ze zdumienia, że testy ciążowe leżą obok klejów do protez.

– Czy w niemieckich drogeriach jest tak samo? Trochę to nielogiczne, nie sądzisz? – pytam w głąb regału.

– Ewuniu, ten dział powinnaś mieć lepiej obeznany niż ja.

– Nawet nie wiesz, jak bardzo bym sobie tego życzyła.

Płacimy za szminkę i klej do protez, po czym wychodzimy na zalaną słońcem ulicę, gotowe na elegancki obiad.

Plac przed katedrą mediolańską przywodzi na myśl wielkie mrowisko albo jeszcze lepiej – ul. Rojno tu i gwarno. Turyści z całego świata robią sobie pamiątkowe zdjęcia smartfonami, żeby chwilę później zaprezentować je z dumą mniej szczęśliwym przyjaciołom i kuzynom, którzy siedzą teraz w pracy i marzą o tym, aby gdzieś się urwać. Na przykład do Mediolanu… Postanawiam uwiecznić na zdjęciu dokładnie tych szczęśliwców, ale babcia już ustawia się w odpowiedniej pozie i prosi mnie, żebym ją sfotografowała w nowej fryzurze na tle katedry. Katedra, babcia, fryzura – wszystkie trzy błyszczą w słońcu pod włoskim niebem.

Dopiero teraz konstatuję, że nie mamy jeszcze ani jednego zdjęcia z naszej wyprawy. Jak to możliwe?

– Teraz ty! – woła do mnie babcia.

Nie lubię tego rodzaju fotek z urlopu. Upozowana przed jakąś budowlą, z głupim uśmiechem na ustach. Wolałabym raczej zrobić zdjęcie na Instagram. Ujęcie z góry, tylko nasze stopy. #fromwhereistand #milano #babcialoren #beautifulday. Po krótkim namyśle jednak rezygnuję z tego pomysłu, to nie ma sensu.

– Ewa? No co tak stoisz? Daj mi to. Zrobię nam pamiątkowe zdjęcie.

– A będziesz umiała? – Podchodzę do niej z uśmiechem.

– No pewnie. Przecież wiesz, że jestem bardzo pojętna! I ponętna też… – Wyrywa mi iPhone'a. Zapamiętała nawet kod. – A teraz co?

– Teraz musisz nakierować na mnie i nacisnąć na małą kamerę. Tylko nie za mocno, pamiętaj!

– Coś takiego! A to dopiero zwariowany wynalazek! Aparat fotograficzny, którym można nawet telefonować. – Babcia kręci głową z podziwem.

Oglądam zdjęcie i – niestety – nie czuję podziwu. Wprost przeciwnie. Jestem przerażona i zdegustowana. To mam być ja?! Porażka. Widzę nerwową, niesympatyczną babę, która wygląda tak, jakby szykowała się do skoku – w każdej chwili gotowa czmychnąć.

– Ewa, mam pomysł! Spytajmy kogoś, czy mógłby nam zrobić zdjęcie. Ty i ja przed katedrą. – Podaje mi telefon. Domyślam się, że ta bardzo pojętna – i ponętna – staruszka scedowała na mnie to zadanie.

Ale są jeszcze na tym świecie pomocni ludzie. Po chwili wyłapujemy z tłumu na chybił trafił ochotniczkę, którą okazuje się młoda matka. Ależ oczywiście, bardzo proszę, nie ma problemu... Jej mała córeczka w żółtej czapce przemyka z balonem wiewiórką na cienkiej wstążeczce po wielkim placu. Ciekawe, jak długo go jeszcze utrzyma? Zawsze pojawia się mały ból pożegnania, kiedy balony znikają na niebie.

Przecież to nie może być twarz, na którą będziemy patrzeć po latach, oglądając nasze zdjęcia z urlopu, i powiemy: „To był ten dzień, kiedy babcia ufarbowała sobie włosy na rudo, bo koniecznie chciała wyglądać jak Sophia Loren". Chcemy się śmiać do naszych wspomnień, kiedy oglądamy stare zdjęcia. Może kiedyś pokażę je mojemu dziecku: „Spójrz, Kasiu albo Krzysiu, to była mama z prababcią we Włoszech". Od kiedy mamy nie ma, wiem, jak cenne są fotografie, na których promieniejemy szczęściem.

– Babciu, co teraz robimy? Wypadałoby chyba zwiedzić katedrę, skoro już tutaj przyszłyśmy, jak sądzisz?

– Niee, idź sama, ja poczekam tutaj. Zwiedzanie bez przewodnika się nie liczy. Kiedy wyjeżdżałam z moim kółkiem gimnastycznym, zawsze towarzyszył nam jakiś przewodnik.

– Babciu, co ty wygadujesz? Naprawdę tak bardzo cię interesuje, kiedy to zbudowali, kto...

– ...i za ile? – kończy ubawiona.

– Przynajmniej w takim miejscu zachowaj powagę. Po co ci, u licha, przewodnik? Wystarczy, że będziesz podziwiać piękną budowlę. Jedną z najwspanialszych w Europie.

– Widziałaś jeden kościół, widziałaś wszystkie – filozofuje babcia. – Wolę popatrzeć sobie na ludzi. – Bierze mnie za rękę, dając mi do zrozumienia, że chciałaby usiąść.

– Masz jeszcze papierosy? – pytam na wszelki wypadek.

– A co sobie myślisz? Pewnie że mam.

I tak babcia Loren siedzi sama pośrodku Mediolanu, pali jakby nigdy nic papieroska w styczniowym słońcu i studiuje życie. A ja? Czy naprawdę chcę obejrzeć tę perłę gotyckiej architektury?

Spokoju tu nie znajdę, a katedra to katedra, babcia ma rację. W kolońskiej katedrze też zawsze jest taki nieopisany ruch jak na deptaku. Kiedy szukam spokoju w moim mieście, omijam szerokim łukiem katedrę i idę do kościoła Świętej Kolumby.

Ten stary kościółek, nazywany również Madonną wśród ruin, został zbombardowany w czasie drugiej wojny światowej, nad zwałami gruzu sterczała tylko Madonna z Dzieciątkiem. Od tego czasu dla mieszkańców Kolonii jest symbolem nadziei. Często tam zaglądam, żeby się wyciszyć, pozostawić na zewnątrz zgiełk miasta i zapalić świeczkę.

Tutaj, w Mediolanie, jestem jedną z wielu turystek i turystów przechodzących przez ozdobny portal. Wszyscy spoglądają automatycznie na sklepienie katedry. Mój wzrok przyciąga barwna plama na jednej z kolumn. Słońce prześwieca przez kolorowe witraże i rysuje zachwycające, lekko psychodeliczne wzory na kamieniach – jak mandalę. Czerwone, lila, różowe, żółte, niebieskie. Nachodzą na siebie, przenikają się nawzajem, jakby w pudełku z akwarelami była powódź. Zatrzymuję się i podziwiam tańczącą grę kolorów. Jakiś turysta szturcha mnie w plecy. *Scusi*. Nie jestem tą niesympatyczną babą na zdjęciu. Niemożliwe. Ale kim w takim razie jestem?

Nazywam się Ewa Ludwig, mam trzydzieści trzy lata i pracuję jako fizjoterapeutka. Moja matka zmarła dawno temu w pewien słoneczny dzień od użądlenia osy. Ja leżałam wtedy w łóżku i spałam. Mój ojciec znalazł moją matkę, swoją żonę, nie mógł dojść do siebie i zniknł na zawsze z mojego życia. Tak bardzo ją kochał, że nie chciał mieszkać pod jednym dachem ze mną, jej młodszą kopią. Przeniosłam się do babci. Nie pamiętam tego. Tę historię mi opowiedziano. Dla mnie brzmi ona mniej więcej tak samo jak bajka o Małej Czarownicy albo Ronji, córce zbójnika – odrobinę strasznie, ale na koniec dziewczynki zostają bohaterkami.

Tego, co się tutaj dzieje, nikt nie zmyślił, a ja nie jestem bohaterką. Ani na początku, ani na końcu.

Więc kim jestem?

Jasnowłosy mężczyzna w wojskowej kurtce tak bardzo oddał się filmowaniu sufitu, że niemal mnie przewraca. A zaraz potem przeprasza w jakimś języku, którego nie potrafię do końca sklasyfikować. Chyba jakiś skandynawski. Uśmiecham się do niego, spoko, nic się nie stało – i wydostaję się z katedry z następną falą ludzi. Koniec zwiedzania.

Babcia siedzi w okularach na podmurówce jakiegoś pomnika. Wygląda na zrelaksowaną i chyba nie potrzebuje żadnej sakralnej budowli i żadnej świeczki, żeby się wyciszyć.

– Jak tam, babciu? Jeszcze tu jesteś? Nie przechodził tu przypadkiem jakiś przystojny Włoch? Hej, Antonio, gdzie się schowałeś? Wyłaź zza tego pomnika! Chcę cię zobaczyć.

– Bój się Boga, dziecko, co ty wygadujesz?! – Babcia kręci głową. – Właśnie pozbyłam się jednego trutnia, a już mam brać sobie na głowę następnego? Nie, dziękuję, postoję! – Macha ręką zniecierpliwiona. Jakbym słyszała Annę.

– Co teraz? Będziesz tu tkwić do wieczora? – pytam. – Nie chciało ci się iść do katedry, bezbożna kobieto, to może dasz się namówić na spacerek po królestwie mody. W pasażu znajdują się eleganckie sklepy. Prada, Gucci i tak dalej. Wyłącznie dla szykownych kobiet. Przy kasie…

– O! Bardzo dobrze się składa. Bo muszę mianowicie do kibelka, inaczej zaraz się posikam. Za długo siedziałam na tym kamieniu, cholera jasna! Może u Prady mają toaletę dla klientów, co?

Podaje mi rękę, a ja stawiam ją na nogi.

– Jasne, że mają. Całą w marmurach. I, co ważniejsze, przy toalecie dla klientów na mur-beton jest bramka z paragonami SANIFAIR. Będziesz miała jeszcze jeden do kolekcji. Na pewno przydadzą się nam w drodze powrotnej…

– Tak?

– A co powiesz na małą przekąskę? Chodźmy, babciu. To prawda, dość się już nasiedziałaś. Najpierw u fryzjera, a teraz tutaj. Poszukamy jakieś miłej knajpki, gdzie nas dobrze nakarmią.

– Kebab?

– Wyłącznie. Sophia Loren też nie jada niczego innego.

– Tak właśnie myślałam – mówi sucho.

Nie chcę jej rozczarować, dlatego nabieram wody w usta i nie mówię, że Sophia Loren jest orędowniczką zdrowej kuchni. I autorką książki kucharskiej. Zdaje się, że nie było tam ani słowa o kebabie…

Babcia decyduje się na zestaw firmowy z panino kebabem i colą za pięć euro.

– Powiesz mu „ze wszystkim"? – prosi, ściszając głos. Nie mam niestety pojęcia, jak to będzie po włosku, a z angielskim nawet nie zamierzam próbować.

Jesteśmy w barze szybkiej obsługi, takim samym jak u nas w Niemczech. Mięso kręci się w kółko na rożnie, zimny sos stoi w plastikowej butli obok jasnego. Ale kiedy babcia wraca z toalety, w pierwszej kolejności staje przed automatem do gry.

– Ewa, nie sprawdziłam bingo. Psiakrew! Może już się wzbogaciłyśmy.

Że też o tym zapomniała! Niesłychane. Ta rutyna od wielu lat trzyma ją przy życiu. Nagle jakby przestała być dla niej ważna. Szczerze ją za to podziwiam.

– I wiesz co, Ewuniu? Jednak nie wezmę kebabu. – Patrzy na mnie spod oka. – Skoro już jesteśmy we Włoszech, wypadałoby spróbować lokalnej kuchni, co?

– Babciu, to prawdziwa kulinarna rewolucja!

– Bez przesady. Po prostu jestem ciekawa... Ten makaron wygląda bardzo apetycznie... – Pokazuje na fotografię na ścianie, talerz z pastą pomodori. Chwilę później na ladzie zjawia się kopiasta porcja tego sztandarowego dania kuchni włoskiej, brakuje tylko dekoracyjnego listka bazylii. Ale to szczegół.

– Najbardziej się boję, że będzie mi go brakować – mówię nagle ku swemu zdumieniu. Cholera, co to było?! – Jeśli opuszczę Johannesa i zwiążę się z Tobiaszem, nikt nie będzie mnie już nazywać „czekoladowo-orzechowym potworem". Tego też w ogóle nie mogę sobie wyobrazić. I tak bardzo lubię wąchać go z samego rana. Johannes tak cudownie pachnie za uchem. Tam ludzie pachną tak, jak naprawdę pachną, zawsze mi to mówiłaś, pamiętasz?

Babcia zajada z całym spokojem makaron i raz po raz kiwa głową.

– Zawsze myślałam, że Johannes jest mężczyzną mojego życia, tylko jeszcze o tym nie wie, że ja jestem kobietą jego życia. Teraz wiem na sto procent, że naprawdę jestem kobietą jego życia, ale nie mam pewności, czy on jest mężczyzną mojego życia. Wiesz, co mam na myśli?

Babcia odkłada widelec i wyciera złożone w dzióbek usta cienką papierową serwetką.

– Ach, dziecko, to są oczywiście pytania, które same się nasuwają. To normalne, że myślisz w ten sposób – tłumaczy mi, jakbym naprawdę była małą dziewczynką, która nie rozumie najprostszych rzeczy – i upija łyk coli z puszki.

– Ale babciu, czy to też nie jest miłość? Móc wąchać się nawzajem? Gdybym nagle oślepła albo nie miała już rąk do głaskania, gdybym nie mogła więcej słyszeć jego głosu, bo moje uszy się zestarzały, wtedy mogłabym przynajmniej dalej go wąchać.

– A wiesz, że chyba coś w tym jest... – zastanawia się głośno. – Ja nigdy nie lubiłam wąchać dziadka. Zawsze pachniał tak jakoś kwaśno. A w końcu zaczął śmierdzieć. Głupia sprawa, co? Ale może to nie on śmierdział...

– ...tylko tobie śmierdział – kończę, wyręczając babcię. – Kiedy to zauważyłaś?

– W grudniu.

– Jak to w grudniu? – Boję się, że zaraz powie: w grudniu tysiąc dziewięćset pięćdziesiątego czwartego. Na litość boską, przecież nie mogła tego znosić przez sześćdziesiąt lat!

– No, teraz.

– Teraz?

– Tak!

– Myślałam, że to trwa już znacznie dłużej. Babciu, nic a nic z tego nie rozumiem. Dopiero teraz cię olśniło, że ci z nim niedobrze? – zadaję kluczowe pytanie, chociaż nie wiem, czy naprawdę chcę usłyszeć odpowiedź.

– Tak naprawdę, Ewuniu, nigdy nie było dobrze. Ale skąd mogłam wiedzieć? Nigdy się do tego nie przyzwyczaisz. – Babcia kończy degustację i przykrywa talerz zmiętą serwetką. – Kiedy nie zalatywał kwasem, pachniał cudzymi perfumami. A najgorsze było to, że nawet jak śmierdział tymi cholernymi perfumami, wchodził do mnie do łóżka, a ja potem nosiłam na skórze perfumy jakiejś baby. To takie upokarzające…

Wielkie jak grochy łzy spadają na papierową serwetkę. Babcia płacze.

– Ewa, dziecinko, kto, na Boga, ci powiedział, że z Johannesem osiągnęłaś już szczyt wszystkich uczuć? Kto ci powiedział, że gdzieś tam nie czeka na ciebie coś wspanialszego? – Babcia kładzie rękę na mojej i ściska ją delikatnie. – Może po prostu powinnaś spróbować, jak to jest bez niego. Bez twojego Johannesa…

Kładę czoło na jej dłoni. Chciałabym zsunąć się z krzesła i położyć się na posadzce.

– Nie, babciu, to niemożliwe. Nigdy nie zamierzałam rozstać się z Jo. Nigdy, przenigdy. W każdym razie aż do tej chwili.

– Więc chociaż spróbuj.

– Łatwo ci mówić, bo jesteś stara – łkam na jej pomarszczoną dłoń. – A ja mam przed sobą całe życie. Babciu, przepraszam, ale tak właśnie myślę.

– Więcej już nie zepsujesz – szepce w moje włosy babcia.

– Ale skąd to możesz wiedzieć?

– Ach, Ewuniu, dziecinko.

Całuje mnie w głowę.

– Jeśli teraz od niego odejdziesz, to niczego jeszcze nie przesądza, prawda? Może kiedyś znów się zejdziecie. Czasem w życiu tak bywa. A przygoda czy romans, jak zwał, tak zwał, z Tobiaszem też ma na pewno jakąś przyczynę. Według mnie ten mężczyzna daje ci to coś, czego Johannes nie może albo nie potrafi ci dać. Jak długo to już trwa?

– Co?

– No, twoja znajomość z Tobiaszem.

– Krótko, bardzo krótko. Tobiasz mnie po prostu... po prostu oczarował.

– A co podpowiada ci serce? – Przyciąga moją głowę do swoich ramion. To, że siedzę w barze szybkiej obsługi w Mediolanie i ryczę na cały głos, nikogo nie interesuje.

– Nie mam pojęcia.

– Na pewno wiesz.

Podnoszę głowę i patrzę jej prosto w oczy.

– Co takiego wiem?

– Co trzeba zrobić.

– Nie, naprawdę. Ale jeśli ty wiesz, to mi powiedz.

Głowa mi ciąży jak kamień i marzę tylko o tym, żeby nie myśleć, nie myśleć, nie myśleć...

Babcia przygląda mi się bacznie i podaje mi colę.

– Masz, napij się, bo jeszcze rozboli cię głowa.

– Już mnie boli... – szepcę przez łzy. – Babciu, zlituj się, co mam robić?

– Nie, Ewa! Nikt nie może cię wyręczyć, nawet ja. – Babcia wzrusza ramionami. – Ja też musiałam sama zdecydować. Bo to moje życie, rozumiesz, dziecko? U mnie to trwało bardzo długo, naprawdę żałuję, że przez tyle lat nie byłam uczciwa wobec siebie samej. Nie miałam odwagi skoczyć na głęboką wodę i tyle... – wzdycha. – Musisz zadać sobie pytanie, czy tego chcesz.

– Czy chcę czego? Babciu, nie męcz mnie...

– Czekać aż do osiemdziesiątki, żeby się dowiedzieć, czy wybrałaś właściwą drogę. To znaczy właściwego mężczyznę.

– Mam trzydzieści trzy lata! Daleko mi jeszcze do osiemdziesiątki.

– Więc sama sobie odpowiedziałaś – mówi i uderza dłonią w blat stolika.

– Jakaś liczba, nawet dwucyfrowa, nie może stanowić odpowiedzi!

– Otóż to! Dość smęcenia. Chodźmy się napić ajerkoniaku, Ewuniu. Na pohybel smutkom!

– We Włoszech?

– Co we Włoszech?

– Nie wiem, czy mają tu ajerkoniak. A jeśli nawet, to chcę posmakować czegoś włoskiego.

– Więc napijmy się tego czegoś z limonką… jak to się nazywa?

– Limoncello.

Pomagam jej wstać z taboretu. To jest moja babcia – na koniec, choćby się waliło i paliło, zawsze pijemy wódkę. Tylko że teraz już wiem, że to jest nie koniec, ale dopiero początek.

Wracamy na piechotę do naszego miłego pokoiku, przed którym babcia tak się broniła. Jest późne popołudnie i powoli zaczyna się zmierzchać.

Bella siedzi ze swoją matką i Fini przy wielkim stole w kuchni. Rozkładają planszę do monopolu. Trochę to dziwne, Włochy zmagają się z kryzysem ekonomicznym, a one tu jakby nigdy nic grają w monopol.

Bella patrzy na babcię rozpromieniona i bierze ją pod rękę.

– Pięknie wyglądasz!

Babcia uśmiecha się skromnie, ale widzę, że cieszy ją uznanie naszej gospodyni. Komplementy najlepiej przełamują lody.

– Pomyślałam sobie, że będziecie chciały zostać na jeszcze jedną noc – mówi Bella i znów skupia się na planszy.

– Jeszcze się nad tym nie zastanawiałyśmy, szczerze mówiąc. Kusząca propozycja. Może faktycznie... Co nam w końcu szkodzi? Spoglądam na babcię, która nadal prezentuje towarzystwu nową fryzurę.

– Dziewczyny, nie dajcie się prosić. – Bella patrzy na mnie z nadzieją. – Zostańcie na jeszcze jedną noc. Ugotujemy sobie coś dobrego i zagracie z nami w monopol. – Odsuwa krzesło i wstaje.

– Nie sprawimy wam kłopotu? – Kątem oka widzę, jak babcia pokazuje Nonnie swoje „nowe" brwi. Dziewczyno!

– No coś ty! Będzie mi bardzo miło, a poza tym jesteśmy przyjaciółkami, prawda? Chodźcie, otworzymy wino.

– A, to co innego!

Sięga do dolnej półki w kredensie i wyciąga stamtąd butelkę czerwonego wina. Nawet nie patrząc na etykietkę, bierze korkociąg i otwiera butelkę. Fini klęczy na krześle i mówi coś po włosku. Nic z tego nie rozumiem i zadaję sobie w duchu pytanie, jak będziemy razem grać w monopol. Angielski też odpada...

Pomagam babci zdjąć kurtkę i od razu zabieram swoją do garderoby.

– Wiecie już, gdzie będziecie mieszkać na Elbie? – pyta Bella, przecierając ściereczką kieliszki.

– Nie. O tym też jeszcze nie myślałyśmy. Ale po drodze chcemy zahaczyć o Pizę. Jak sądzisz, czy to dobry pomysł?

– Piza jest strasznie nudna, możesz mi wierzyć na słowo! Pojedźcie lepiej do Lukki albo bezpośrednio do Piombino, gdzie macie prom.

– Myślałam, że Piza jest całkiem dobra. No wiesz, Krzywa Wieża i w ogóle...

– Nie, naprawdę. Ale jeśli koniecznie chcecie, to oczywiście zajrzyjcie tam. Zatrzymajcie się na parę minut pod wieżą i zróbcie zdjęcie, ale potem jedźcie dalej. To taka dobra rada...

Napełnia winem kieliszki i spogląda pytająco na babcię, ale ta tylko macha ręką. Pewnie, gdyby była wódeczka, to co innego...

– Moja kuzynka Valentina ma na Elbie dom, który wynajmuje turystom. Tak naprawdę to jest wieża. Kapitalna miejscówka, drugiej takiej nie znajdziecie w całych Włoszech. Jeśli chcesz, mogłabym ewentualnie ją spytać.

– Ach, byłoby super. Drogo?

– Owszem. Ale tylko w sezonie. *Saluti!* – Podnosi kieliszek.

– Zdrowie! Dziękuję!

– *Grazie!* – chrypi babcia.

Nie mogę sobie przypomnieć, kiedy ostatni raz grałam w monopol. Ale dobrze pamiętam, że stawianie pionków na ulicy Parkowej i alei Zamkowej nie jest szczególnie mądre. Od zawsze więc stawiam na elektrownię, wodociągi i kąpieliska. Problem pierwszy: tym sposobem jeszcze nigdy nie wygrałam. Problem drugi: nie wiem, jak to wszystko nazywa się po włosku.

Babcia i Nonna siadają u szczytu stołu i wspólnie czuwają nad finansami. Są niezwykle skoncentrowane i biada, jeśli któraś z nas ośmieli się wyciągnąć przed czasem rękę po dwa tysiące euro. Najpierw losowanie, potem gra. Obie seniorki stanowią optymalną załogę banku. Nonna bierze pieniądze i przelicza je po włosku do ręki babci, która potem wypłaca je po niemiecku: siedemset, osiemset, dziewięćset, tysiąc. Moja niemiecka seniorka jest w tym naprawdę dobra. W supermarkecie, w którym przepracowała prawie czterdzieści pięć lat, często siedziała w kasie.

Włoską ulicę Parkową zgarnia dla siebie Fini. Córka Belli planuje cały park mieszkaniowy na swojej ulicy i klaszcze ucieszona w dłonie, ponieważ w tym momencie naprawdę wierzy, że od teraz będzie mogła prowadzić bajeczne życie milionerki. Za każdym razem kiedy Bella i ja zbliżamy się do jej topowych inwestycji, oblicza cała w nerwach, ile musimy wyrzucić kostką.

– W szkole wcale nie jest taka dobra w te klocki. A tak między nami matematyka to jej pięta achillesowa – stwierdza Bella. Pierwszą butelkę już wykończyłyśmy. Bella rzuca mi przelotne spojrzenie, przechyla się na krześle i wymacuje w kredensie następną. Nie powiem nie...

– Muszę trzymać rękę na pulsie, żeby ten mały rekin nieruchomości nie stracił nerwów i nie puścił nas z torbami – mówi Bella, zerkając na córkę. Fini nie zna niemieckiego, ale patrzy tak, jakby rozumiała każde słowo. – W razie czego będę zmuszona jeszcze dziś zacząć się rozglądać za jakimś schroniskiem dla bezdomnych... – Bella się śmieje, kiedy podchwytuje spojrzenie córki.

Moja mama już nie żyła, kiedy nauczyłam się puszczać z torbami moich rywali w tej grze. Czasem naprawdę to robiłam. Właściwie to już nie boli. Nie brakowało mi jej, kiedy pierwszy raz dostałam okres, kiedy przeżywałam swoją pierwszą miłość, pierwsze zmartwienie albo kiedy przystępowałam do matury. Wiedziałam, że mogę to wszystko dzielić z babcią. Ale kiedy widzę inne córki ze swoimi matkami, wtedy zawsze trochę im zazdroszczę. Nie tego, że mają matki, tylko tego, że ich matki są takie młode. Babcia to babcia. I zawsze tak było, odkąd tylko pamiętam. Nie była już pierwszej młodości, kiedy przeprowadziłam się na Saturnweg, do domu dziadków. Nawet dziś nie jest jedną z tych supermłodzieżowych babć, które w niedzielę chodzą na tańce w minisukienkach i w ostrym makijażu, zrobione na superlaski, a we wtorki uczestniczą w kursie internetu dla zaawansowanych.

Moja prawie osiemdziesięcioletnia babcia jeszcze nigdy nie była tak młoda jak w dziś. Serce mi rośnie, kiedy na nią patrzę.

Fini robi się marudna. Wydyma policzki i stroi głupie miny.

– Jest zła, ponieważ nigdy nie dojdziemy na jej ulicę i nic na nas nie zarobi, biedactwo – wyjaśnia z uśmiechem Bella.

– A może małe rekiny finansowe muszą iść do łóżka? – zastanawiam się głośno. Jak gdyby mnie zrozumiała, Fini okrąża stół, szurając kapciami, kładzie głowę na kolanach Belli i kręci wesoło kuperkiem.

– Bank też idzie spać – mówi babcia, ziewając, a jej koleżanka uprząta kasę.

Fini protestuje jeszcze trochę, bardziej dla zasady, a Bella sięga po jej smartfon i robi zdjęcie planszy do gry.

– Jutro będziemy grać dalej, Fini nie odpuści. Dlatego musimy znać stan rozgrywki.

Fini dostaje całusa na dobranoc i idzie posłusznie do swojego pokoju.

– Nie idziesz z nią? – pytam zdziwiona. – No, umyć zęby, nakremować buzię, przeczytać bajkę?

– Nie. – Bella macha ręką. – W naszej rodzinie nigdy nie było czegoś takiego. Fini jest bardzo samodzielna, a jeśli chodzi o czytanie, to od kiedy sama nauczyła się czytać, nawet nie pozwala mi dotknąć swoich książek. Poza tym dziś zezłościłam ją pracami domowymi, więc się na mnie obraziła. – Bella przewraca oczami. – Moja córka jest w połowie Niemką, ale ma charakterek jak dwie Włoszki. To dopiero będzie zabawa, kiedy moja mała Wenus wejdzie w okres dojrzewania. Czas burzy i naporu. Aż strach pomyśleć. Tak bardzo bym chciała, żeby była szczęśliwsza niż ja...

Kiedy wszystkie nasze panie leżą już w łóżkach, nalewa nam jeszcze wina.

– Bella? Czy mogę cię o coś spytać?

– Jasne, wal śmiało! – Chichoce podchmielona do swojego kieliszka.

– Analiza retrospektywna, czyli patrząc wstecz. Postawiłabyś raczej na solidny, stateczny związek czy szaleństwo?

– Szaleństwo!

– Dlaczego? Nie zastanowiłaś się nawet pół minuty i już wiesz?

– Włoski temperament, moja droga. Nie znam obu tych mężczyzn i ciebie też w gruncie rzeczy nie znam. Ale mogę sobie wyobrazić, co kryje się za wszystkim twoimi myślami. Tutaj chodzi nie tylko o dwóch mężczyzn, zresztą sama na to wpadłaś. Chodzi o dwie różne koncepcje życia. Jak powiedziałaś? Solidność i szaleństwo?

– Tak, solidny i szalony – mówię do swojego kieliszka i piję do dna.

– Więc w czym rzecz? Ale tak z ręką na sercu.

– Nie chcę skrzywdzić Johannesa. Nie chcę, żeby cierpiał.

– Źle – mówi Bella. – O co chodzi?

Przesuwam kieliszek po stole.

– A o co ma chodzić?

– Ciebie o to pytam.

Bella podnosi się z krzesła, idzie do kredensu i wraca po chwili z dwoma małymi kieliszkami i butelką bez etykietki, w której przelewa się przejrzysty płyn.

– Chodzi o to, że… no więc, chodzi… ja… sama nie wiem…

– Czuję się jak na przesłuchaniu. Do licha, nie podoba mi się to! – Prawdopodobnie muszę…

– No, wyrzuć to już z siebie! – Napełnia kieliszki, podsuwa mi jeden i wznosi toast: – Zdrowie na budowie! – Pije wódkę do dna, a ja bez namysłu idę za jej przykładem.

– Zrób listę – proponuje. – Wypisz punkt po punkcie, co ci się podoba w Johannesie, a co w Tobiaszu.

– Chyba nie da się tego porównywać... – mówię bez entuzjazmu, ponieważ wolałabym nie wdawać się w szczegóły. Ale Bella już wzięła jedną z kredek Fini, przewróciła na drugą stronę rysunek autorstwa swojej córki – złotowłose syreny pluskające się w morskich falach – który czekał w szufladzie, żeby go powiesić na ścianie.

– Taak? Kto tak powiedział? Gdzie tak jest napisane? No, gdzie? – Patrzy na mnie wyczekująco. – Przy którym mam napisać „seks"?

Rysuje dwie kolumny, nad jedną pisze „Johannes", a nad drugą „Tobiasz".

– Słucham?

– Czy mogłabyś wziąć dla Johannesa zieloną kredkę? – pytam ostrożnie. – To jego ulubiony kolor.

– Jasne. – Bella grzebie w szufladzie i podnosi wzrok. – Nalejesz nam jeszcze po kieliszku grappy? Smakuje ci? Bo mnie bardzo! I dobrze wchodzi.

Fakt. Wyciągam korek z butelki.

– Niezawodność. Napisz, proszę, przy Johannesie „niezawodność" – mówię i stukam palcem w jego kolumnę.

– Niezawodność. Czy to pierwsza rzecz, która ci przychodzi do głowy?

– A co w tym złego? – Patrzę na nią zirytowana. W głowie mi szumi.

– Skąd możesz wiedzieć, czy ten twój Johannes rzeczywiście jest niezawodny? Sprawdziłaś już to? Niezawodność wcale nie oznacza, że ktoś przychodzi punktualnie na spotkania albo że zrobił zakupy, jak obiecał.

– Że zawsze jest ze mną, kiedy go potrzebuję.

– Kiedy go potrzebujesz, ach tak... Więc dlaczego nie siedzi teraz z nami? – Bierze kieliszek, stuka się ze mną i pije. Nawet się nie wstrząsając, ciągnie dalej: – Już dawno powinien być w drodze do Włoch.

– Musi być w szkole – natychmiast oponuję. – I właściwie chciałam to wszystko sama wyklarować.

– Coo? – Bella patrzy na mnie ze zgrozą.

– Nie! Johannes pracuje jako nauczyciel. Co ty sobie w ogóle wyobrażasz?

Moja włoska przyjaciółka śmieje się tak bardzo, że zaraz zacznie puszczać nosem bańki z grappy.

– Przez chwilę pomyślałam sobie... – parska, trzęsąc się ze śmiechu.

– Nie, jest nauczycielem. Chyba ci już mówiłam. A w dodatku wychowawcą i nie może ot tak, po prostu sobie przyjechać. Więc przestań rżeć jak głupia!

Bella natychmiast bierze się w karby.

– Ewa! Posłuchaj siebie. Przecież to kompletna bzdura. W takiej podbramkowej sytuacji człowiek idzie na zwolnienie, dzwoni do pracy i mówi, że złapał anginę albo inne świństwo, a potem jedzie za swoją kobietą, którą kocha. Choćby na koniec świata. Gdyby naprawdę to było dla niego takie ważne, przyjechałby.

Podsuwam jej mój pusty kieliszek, a ona wielkodusznie go napełnia.

– Noo, niby tak, ale prawda jest taka, że to ja go zdradziłam, więc nie mogę oczekiwać, że będzie za mną jeździł po całym świecie. Nawet jeśli w głębi duszy bardzo bym tego chciała.

– Naprawdę? Chciałabyś?

– Tak myślę.

– Myślisz? – Patrzy na mnie pytająco. – Okay, Johannes: niezawodność. Uwielbiam pasjami takich solidnych facetów. Ale żarty na bok. A teraz powiedz coś o Tobiaszu. Seks?

– Kpisz sobie ze mnie? – burczę. Teraz to już chyba naprawdę przesadziła.

– Ależ skąd, nigdy w życiu. – Uśmiecha się rozbrajająco. – Ale jeśli nie ma seksu, wtedy brakuje czegoś baardzo istotnego. Nie, w ogóle sobie tego nie wyobrażam. To nienormalne! Jesteśmy jeszcze za młode, żeby robić to dwa razy w miesiącu, nie sądzisz?

Myślę o babci. Ona musiała się z tym pogodzić. A może wcale jej tego tak bardzo nie brakowało… Przypominam sobie ostatni seks z Johannesem. Na podłodze w kuchni.

– Empatia! W Tobiaszu kocham to, że jest taki niesamowicie empatyczny.

– Nawet nie wiem, jak to się pisze – Bella obgryza zieloną kredkę – i jaki kolor wybrać. – Znowu szpera w szufladzie. – Czerwony jak miłość?

– Szczerze? Nie mam pojęcia. Nic o nim nie wiem. Ma syna, który jest moim pacjentem. Thore, ładne imię, prawda? I ma przepiękną żonę, byłą żonę, Tanię. Ona też czasem przychodzi z synkiem do gabinetu. A ja wciąż zadaję sobie pytanie, jeśli nie udało mu się z taką fantastyczną kobietą, to dlaczego ze mną ma się udać?

– Nigdy nie myśl w ten sposób. Bez sensu. Tylko się dołujesz, dziewczyno. Być może wcale nie chodzi o tę konkretną osobę, ale o kombinację dwojga ludzi. Mój były jest superfacetem, ja też, do licha, nie jestem taka najgorsza, a w kombinacji to nie zagrało, rozumiesz? Dlatego nie patrz na Tanię i Tobiasza, i Thorego. – Urywa, marszczy czoło i uśmiecha się. – Tania, Tobiasz i Thore? Jak to słodko brzmi. Wszyscy troje na „T”…

– Przecież ci mówię. Ta trójka musiała być fantastyczna. Tobiasz i Tania jednak muszą już od dłuższego czasu żyć w separacji, ponieważ Tania jest w ciąży. W ogóle nie wiedziałam, że to nie jest dziecko Tobiasza, nie miałam nawet pojęcia, że się rozstali.

I wtedy... ach... – Kręci mi się w głowie. Od wina? Raczej nie. Już prędzej od grappy.

– Mała dygresja. Uważam, że powinnaś jak najszybciej zacząć palić. – Bella wyciąga z paczki papierosa. – Najlepiej teraz. Masz. – Przypala mi papierosa. – Więc twoim zdaniem Tobiasz jest em... em... – wyjmuje papierosa z ust i podaje mi go – em... jak brzmiało to słowo?

– Empatyczny! Jeśli chcesz, mogę ci podać definicję encyklopedyczną. Empatia to umiejętność uczuciowego utożsamiania się z drugą osobą...

– Dobra, wystarczy...

– Okay, w takim razie powiem tylko, że jest ciepłym i serdecznym facetem, czyta w moich myślach jak w otwartej księdze i zna moje potrzeby. Nie muszę ich formułować. Widzi, że chciałabym, żeby mnie przytulił, i przytula mnie. Chociaż właściwie prawie się nie znamy. W każdym razie dość krótko. – Pociągam raz za razem papierosa.

– Ale czy nie jest tak zawsze na początku? – Ona ma większą wprawę, może dłużej pociągać. Ale jest też bardziej doświadczona, nie tylko w paleniu papierosów. – Na początku wszystko wygląda ładnie, pięknie, a miłość spada na nas jak wiosenna burza. Najpierw błyskawica przeszywa niebo, robi się niesamowicie jasno...

– Tak! Dokładnie tak było! – wykrzykuję. Zaciąga się papierosem i już przy trzecim machu prawie wypaliła go do końca.

– ...a potem, dwadzieścia jeden, dwadzieścia dwa, dwadzieścia trzy, nadchodzi uderzenie pioruna i zwala cię z nóg. – Gasi papierosa w glinianym garnuszku. – Tylko, Ewa? Teraz cię o coś zapytam! – Bella zabiera mi papierosa. – Jak długo trwa grzmot? I co się dzieje później? Jak odróżnisz tę swoją empatię od miłości? – Gasi mojego papierosa, sięga po kieliszek i odchyla się do tyłu.

– Uff! Witamy w klubie urżniętych filozofek! – Wzdycham ciężko i podpieram głowę łokciami.

– *Si!*

– Jakie było pierwsze pytanie? – mruczę. – Chyba się wstawiłam. I to na maksa.

– Ja też, moja droga niemiecka przyjaciółko. – Bella zrywa się z krzesła i obejmuje mnie serdecznie. – Chodź, łóżko!

Nie jestem pewna, czy dotarła do swoich językowych – czy też raczej alkoholowych – granic.

– Tak, łóżko! – U mnie to jest na pewno alkohol.

– Bez demakijażu! Co za okropne słowo… – krzywi się, opróżnia kieliszek i maszeruje prosta jak świeca do swojej sypialni, która sąsiaduje przez ścianę z kuchnią.

Idę przez podwórko i spoglądam na bezchmurne niebo. Na ciemnym granacie błyszczą odważnie trzy gwiazdy, a ja wyobrażam sobie, że to jesteśmy my – Tobiasz, Thore i Ewa.

13 stycznia

Śni mi się, że babcia stoi przy moim łóżku i powtarza jak nakręcona: „No już, Ewa, wstawaj!'". Ma nową fryzurę i za diabła nie chce mi dać spokoju. „Przecież jedziemy dziś nad morze!". Litości! Trwa to już dobrych parę minut, aż wreszcie ku swemu niezadowoleniu konstatuję, że to nie sen, tylko jawa. Babcia naprawdę stoi przy łóżku i mówi podniesionym głosem:

– Ewa! Ty zapijaczone dziecko! Wstawaj, jedziemy nad morze. Nie po to tłukłam się tym starym gratem Bóg wie ile kilometrów, żeby teraz przez twój pociąg do kieliszka utknąć na dobre w jakimś Mediolanie. Po kim ty to w ogóle masz?

Podnoszę kołdrę i wołam:

– Po Sophii Loren!

– Nic może być.

– Dobra, dobra, i tak wiem swoje. Dlaczego jesteś już gotowa do wyjścia?

– Ponieważ zrobiło się bardzo późno, a my chcemy jechać nad morze. Bella już wstała. I Nonna też.

Wynurzam się z mojej pieczary, chwytam babcię za nadgarstek lewej ręki i przyciągam go do siebie.

– Twój zegarek źle chodzi. Siódma dwadzieścia? Niemożliwe, babuniu. Normalni ludzie o tej porze są jeszcze w piżamach. Albo koszulach nocnych.

– Ewa, przestań się ze mną droczyć! Wynocha z łóżka, chcę wreszcie zobaczyć morze, tak długo na to czekałam. Całe życie.

Ostrożnie wysuwam spod kołdry stopę w ciepłej podkolanówce. W zimniejszych miesiącach nigdy nie śpię z gołymi stopami.

Babcia zawsze robiła mi na drutach podkolanówki. We wrześniu każdego roku pojawiała się nowa para. Od paru lat już nie dzierga, machanie drutami za bardzo ją męczy. I oczy już nie te, jak sama mówi. Dlatego chodzi do sklepu pani Stoll i zaopatruje się w pod- kolanówki. Dla siebie i dla mnie. Pani Stoll ma także chusteczki do nosa, z materiału oczywiście, i lniane ściereczki z kwiatowym wzo- rem. Kiedy byłam mała, babcia kupowała mi w tym miłym sklepiku rozmaite aplikacje, które potem naszywała na dżinsy i podkoszulki. Pani Stoll jest rówieśniczką babci i pracuje już tylko na pół gwizdka, dwa popołudnia w tygodniu, ale wtedy w jej sklepie brzęczy jak w ulu. Klientki walą do niej drzwiami i oknami bynajmniej nie z powodu bombowych towarów, chociaż zawsze coś kupią przy oka- zji, żeby sprawić jej przyjemność. Starsze panie spotykają się tam od trzydziestu lat, żeby raczyć się winiakiem przy kontuarze i najśwież- szymi ploteczkami. A tak w ogóle pani Stoll powinna złożyć wniosek o koncesję na prowadzenie lokalu z napojami wyskokowymi.

W kuchni leży dla nas kartka:

Kochana Ewo,
musiałam już wyjść. Mam nadzieję, że jeszcze kiedyś się spo-
tkamy. Bardzo bym chciała.

Moja siostra cioteczna Valentina ma w Porto Azzuro dom i miesz-
kanie dla letników. Akurat teraz nie ma jej na Elbie (styczeń! Tylko
szaleńcy wybierają się wtedy na wyspę), więc możecie tam mieszkać.
Chata wolna.

Jej sąsiadka Giulia będzie na was czekać dziś wieczorem, ma
klucz. Jeśli wszystko dobrze pójdzie, możecie w Piombino złapać
prom o siedemnastej.

Mały haczyk: Giulia mówi tylko po włosku. Może być śmiesznie...
Jakby co, dzwoń śmiało.

Twoja Bella

– Co ona tam pisze? – Babcia zezuje na kartkę.

– Załatwiła nam mieszkanie na Elbie. – Patrzę rozpromieniona
na babcię. – Babciu, jedziemy nad morze!

– Babciu Loren! Od dziś proszę tylko tak do mnie mówić –
poprawia mnie z surową miną.

Opuszczamy miasto zaskakująco sprawnie. Żadnych przygód z miłymi
panami tramwajarzami. Moja komórka mówi perfekcyjnie po włosku.
Tak perfekcyjnie, że musimy bardzo, ale to bardzo dokładnie patrzeć,
czy to naprawdę jest właściwa *via*, którą mi podaje. Babcia próbuje
naśladować kobiecy głos z nawigacji, raz lepiej, częściej gorzej.

– Wiieja Kantulczi – mówi. – Brzmi całkiem inaczej niż u nas,
co, Ewa?

– Możliwe.

– Ewanella! To też brzmi piękniej, tak właśnie myślę. – Babcia
ma na kolanach Milusię. – Jak się nazywasz, krówko? – Patrzy głęboko w szklane oczy pluszowej krowy. – Jak się nazywasz? – Babcia
przyciska jej grzbiet i przez krótką chwilę wygląda to tak, jakby
Milusia trzęsła nóżkami. – Jesteś Milusinna, cioo?

– A ty? – pytam, nie odrywając wzroku od szosy. – Jak ty się nazywasz, babuniu? Twoje imię? Nonna?

– Nonna? Nie, jedną Nonnę już przecież mamy. – Kątem oka widzę, że razem z Milusią patrzą na mnie i oczekują, że zaraz znajdę jakieś piękne włoskie imię.

– Hm, może Babulinna?

– Babulinna – powtarza, jakby najpierw musiała to omówić z Milusią, przepraszam, z Milusinną. – No więc, Babulinna… Tak, podoba się nam. Zatwierdzamy.

– *Bene!*

Pling!

– Och, przyszedł SMS od twojego Tobiaszka – informuje mnie babcia, która podczas jazdy zawiaduje moją komórką. – To on, prawda? – pyta, nie odrywając wzroku od wyświetlacza.

– Co pisze?

– „Dzień dobry, kochana Ew. Właśnie wylądowałem z Uffesem Kleinem* na lotnisku we Florencji. Gdzie jesteście? W…" – Babcia urywa. – Dalej nie mogę rozczytać.

– Musisz przewinąć w dół.

– Zaraz, zaraz. O, już mam. „Dzień dobry, kochana Ew…", nie, nie, to już było. A więc… „W pobliżu? Mam dla ciebie torebkę smerfów…"

– Miały być dwie torebki gumisiów…

– Taak? Słuchaj dalej. „…jeden całusek od Thorego i jeden całus ode mnie. Po południu spotykam się z kolekcjonerką, a potem mógłbym przyjechać do Mediolanu albo na Elbę. Bardzo za tobą tęsknię". – Babcia patrzy zdziwiona na komórkę, a potem na mnie.

– Skąd ten twój Romeo wie, gdzie jesteśmy?

---

* Yves Klein – francuski artysta, malarz i rzeźbiarz. Uznanie zdobył jako pierwszy twórca monochromów. Opatentował swój ulubiony malarski kolor – ultramarynę – pod nazwą International Klein Blue.

– Romeo? No dobra, niech ci będzie. W końcu jesteśmy we Włoszech. Rozmawialiśmy przez telefon, wtedy mu powiedziałam.

– Dlaczego? – W jej głosie pobrzmiewa rozczarowanie. – Przyjedzie do nas, tak?

– Nie, babciu, jest we Włoszech służbowo. Sprawy zawodowe.

– Babulinna! – poprawia mnie natychmiast.

– Pokaż, naprawdę napisał Uffes Klein? Dziwne.

Podaje mi z westchnieniem komórkę.

– Przecież tu jest napisane „Yves Klein". Nie Uffes – mówię ze śmiechem.

– Kto to taki?

– Nie mam pojęcia. Powiedział, że musi przypilnować transportu jakiegoś bardzo cennego dzieła sztuki. Pewnie to jakiś kolega, który mu pomaga. Zaraz go poinformuję, że z jego planów nici.

– Ewuniu, jeśli koniecznie chcesz się z nim zobaczyć, to możemy to jakoś zorganizować. Więc chcesz czy nie?

– Sama nie wiem… A Johannes?

– On też może przecież do nas dołączyć.

– Bardzo śmieszne!

Nagle ogarnia mnie to niezwykłe uczucie swobody znane mi z filmów drogi. Śmigamy autostradą. Nikt nie może nas zatrzymać. Hurra! Niech żyje wolność! Niech żyją Włochy! W odtwarzaczu CD Peter Licht: „Wszystko, co widzisz, należy do ciebie".

Krajobraz się zmienia, kolory stają się bardziej intensywne, drzewa smuklejsze i wyższe. A więc to są te słynne cyprysy, a to ta słynna Toskania.

Babcia śpi obok mnie z otwartymi ustami i chrapie. Za kilka godzin po raz pierwszy w swoim życiu zobaczy morze. Moje pierwsze spotkanie z morzem było w Bułgarii. Wujek Richard i jego żona zabrali mnie do Złotych Piasków, lata osiemdziesiąte. Wtedy pierwszy raz się bałam, że dzień może za szybko się skończyć. Chciałam na zawsze pozostać w Morzu Czarnym, które w ogóle nie było czarne, zresztą plaża też nie miała koloru złota. A mimo to zakochałam się od pierwszego wejrzenia w tym miejscu. Jeszcze dziś pamiętam to cudowne uczucie, kiedy unosiłam się na falach. Czy nie mogłabym zostać na zawsze sześciolatką? Miałam dopiero sześć. Sześć lat – tyle czasu jestem z Johannesem. Chociaż liczyłam na co najmniej sześćdziesiąt. A jeśli się przeliczyłam? Mam postawić krzyżyk na moim związku z Jo i zacząć wszystko od nowa z Tobiaszem? Czekać, aż znów upłynie sześć lat. I co dalej?

Pling!

Komórka leży w bezwładnej dłoni babci. SMS od Johannesa. Co za przypadek. Na szczęście mam wprawę w czytaniu krótkich wiadomości, kiedy jadę sto czterdzieści kilometrów na godzinę.

SMS od Johannesa
Ewa – siedzę w pokoju nauczycielskim i myślę o Tobie. Czy jesteście już nad morzem?
Nawet nie wiesz, jak bardzo chciałbym być teraz z Tobą!

– Kto tym razem? – rozlega się nagle z prawej strony.

– Nie śpisz?

– Tylko tak udaję. No więc: kto? Tobiasz?

– Nie, Jo. – Podaję jej telefon.

– A nie mówiłam! Jak im się pali grunt pod nogami, zaraz miękną. Wcale bym się nie zdziwiła, gdyby postanowił tu przyjechać. Musisz jeszcze odpowiedzieć Tobiaszowi. Stoi teraz, nie wiadomo gdzie, ze swoim kolegą i na pewno czeka. – Podnosi atlas z podłogi, kładzie go na kolanach i przerzuca kartki. – Gdzie dokładnie jest Tobiasz?

– We Florencji. Wiem, że to niedaleko. I co z tego?

– Ewa, spójrz! – Babcia puka palcem wskazującym w szybę. – Co to jest?

– Gdziee?

– Tam! Czy to jest morze? – pyta, ściszając głos.

– Tak, to właśnie morze!

Włączam kierunkowskaz i zjeżdżam na pobocze.

Babcia rozcapierza palce i kładzie dłoń na szybie.

– Naprawdę jest błękitne – nie posiada się ze zdumienia. – Przecudowne. Naprawdę jesteśmy nad morzem.

Potrząsa głową i nie może oderwać wzroku od wody.

– Naprawdę tego dokonałyśmy, jesteśmy nad morzem. Zerknij na mapę, Ewuniu. Ciekawa jestem, jak daleko jeszcze do Piombino?

No, patrzcie tylko! Dwa niezwykłe wydarzenia równocześnie: jesteśmy nad morzem, a Johannes napisał mi bardzo miłego SMS-a.

I tak obie przeżywamy coś nowego. Nieważne, ile ma się lat i o co właściwie chodzi. Grunt, że nawet z osiemdziesiątką na karku może być jeszcze ten pierwszy raz.

W porcie Piombino zostajemy obsłużone szybciej niż w kasie w supermarkecie, ale też mniej się tutaj dzieje. Z nami tylko trzy samochody, które również chcą się dostać na prom płynący na Elbę. Szaleńcy albo miejscowi… Infrastruktura przy porcie pozwala domniemywać, że w zimniejszych miesiącach nie ma tu za wiele do roboty.

Zapada zmierzch, a babcia od dobrych dwóch godzin prawie nic nie powiedziała. Ostatni raz widziałam taki zachwyt w jej oczach, gdy oglądała świąteczną galę programu *Ludowi muzykanci*. Jeszcze jeden babciny faworyt… Kiedy idiotycznie podskakujące niunie z baletu telewizyjnego z piórami na głowach i w beznadziejnych strojach kąpielowych schodziły po schodach, a Flori Silbereisen otwierał szeroko ramiona, była w siódmym niebie. Zwłaszcza że wypiła do tego kilka puszeczek piwa. Teraz owa wizualna kulminacja została za jednym zamachem przyćmiona przez widok morza.

Wjeżdżamy w ogromną gardziel promu. Pracownik portowy w pomarańczowym kombinezonie wskazuje mi świecącym lizakiem drogę na rampę. Dla niego to rutyna, dla nas kolejna premiera.

– Zostajemy tu? – pyta babcia, kiedy już stoimy we wnętrzu promu.

– Nie, pójdziemy na pokład i popatrzymy sobie z góry na port z przyległościami. I krzątaninę na promie. A Milusia też z nami pójdzie.

Odpinam pas, po czym odwracam się do tylnego siedzenia, żeby poszukać szalika i zabrać kurtkę babci. Siedzi nieporuszona.

– Ejże, babciu, co tak siedzisz? No, odepnij się już, ruchy, ruchy!

Pii.

Kiedy wysiadam, bucha mi w nos chmura spalin i benzyny. Okrążam auto, czując na sobie wzrok babci. Otwieram jej drzwi i kucam przed nimi. Ściska w dłoni telefon. Na kolanach położyła atlas, pluszową krowę i swoją kurtkę.

– Nie chcesz pójść ze mną na górę, Babulinna?

– Chcę, chcę, ale… – Zwiesiła głowę i pociąga nosem.

– Co się dzieje? Dlaczego masz taką smutną minę? Odechciało ci się nagle morza?

– Nie… tylko…

Wysuwa do przodu dolną wargę, wzdycha ciężko i w tym momencie z zapachem spalin i benzyny miesza się jakiś skisły odór. W połączeniu z innymi oparami cuchnie nagle jak pod mostem.

– Czujesz to? – Węszę jak pies myśliwski, który podjął trop. – Cholera, skąd tak jedzie?

Patrzy zawstydzona na swoje buty i wszystko jasne.

– Ach, babciu, przecież nic się nie stało. No, już dobrze, dobrze…

Jej oczy napełniają się łzami. Jeszcze powieka powstrzymuje ich napór. Już nie za długo, potem pierwsze łzy płyną po policzkach.

– Po drodze nigdzie się nie zatrzymywałyśmy... i wtedy... – Babcia próbuje się usprawiedliwiać.

– Możesz już skończyć? Wielkie rzeczy! Mięśnie przepony miednicy wiotczeją z upływem lat, a jeszcze do tego byłaś taka podekscytowana, pierwszy raz nad morzem i w ogóle, więc po prostu zapomniałaś. – Trzymam ją mocno za rękę. – Trochę to jeszcze potrwa, zanim prom odbije od brzegu, mamy czas. Zaraz poszukam w twoim kartonie czystych majtek i spodni, znajdziemy toaletę i doprowadzimy wszystko do porządku. No, uszy do góry!

– Kiedy tak mi głupio. I wstyd...

– Babciu, o czym ty mówisz? Już zapomniałaś, ile razy ja robiłam w gacie, a ty mi pomagałaś? Więc przestań już lamentować, okay? A poza tym, jak chcesz wiedzieć, Sophia Loren też ma na bank ten sam problem. W końcu nie jest już młódką...

– Pewnie zrobiła sobie operację plastyczną, żeby nie popuszczać jak ja...

Babcia uśmiecha się udręczona, a ja wściekam się na siebie, że nie pomyślałam o regularnych krótkich postojach. To wszystko moja wina. Myśl, która wciąż jest dla mnie nowa: przejąć odpowiedzialność za babcię.

Toaleta na promie jest ciasna, ale babcia dobrze sobie radzi. Wkładam jej przemoczone spodnie i majtki do plastikowej reklamówki. Dobrze, że na promie nie ma wielu ludzi, na pokładzie znajdujemy się nawet zupełnie same. Nic dziwnego, kto w styczniu wybiera się na Elbę i na dodatek siada pod gołym niebem? Dwie szalone kobiety!

Tymczasem zrobiło się już ciemno, a nad nami krąży kilka mew. Jest bardzo zimno, najwyraźniej jednak babci to nie przeszkadza.

Z naszej perspektywy Piombino przypomina trochę kopalniany krajobraz: wszędzie dymiące kominy.

Babcia po raz pierwszy w życiu znajduje się w pojeździe, który nie ma kół. Kiedy rozlega się huk, wzdryga się i patrzy na mnie z przestrachem. Kotwica zostaje podniesiona i szczękanie łańcuchów zakłóca na kilka minut ciszę.

Mew już nie słychać, a silnik jęczy i sapie. Babcia ściska z całych sił moją rękę. Kostki jej palców zbielały. Trzyma moją rękę tak mocno jak dawniej, kiedy się bałam. Może ona też zawsze się bała, tylko nie dała mi tego odczuć.

Przez wielkie cielsko promu przebiega drżenie, potem szarpnięcie. Odbijamy od brzegu. Babcia jest zafascynowana morzem, oczy jej błyszczą, a uśmiech przez cały czas nie znika z twarzy. To chyba jednak zupełnie coś innego niż Eder...

Przeprawa ze stałego lądu na wyspę nie trwa nawet godzinę, na horyzoncie widać już góry i światła, ponieważ powoli zapada noc. W miarę jak zbliżamy się do brzegu, w babcię wstępuje nowy duch, mimo to jednak wciąż nie puszcza mojej ręki. Pali papierosa i obserwuje, jak odpowiadam Tobiaszowi na SMS-a.

Drogi Tob, dziękuję za Twojego pięknego SMS-a. Płynę teraz z babcią promem na Elbę.
Myślę, że to nie jest najlepszy moment na spotkanie. Jak długo zatrzymasz się we Florencji? Dobrej zabawy z panem Kleinem. Buziaczki, Ew.

– Ale tak całkiem wyraźnie mu tego nie napisałaś, co? – pyta babcia, zerkając ciekawie na moją komórkę.

– Babciu! Co to za zwyczaje? Nie możesz czytać moich wiadomo-
ści, a potem jeszcze ich komentować... – strofuję ją, kręcąc głową.
– Myślałam tylko, że ty...
Pling!

SMS od Tobiasza
Pan Klein jest niebieski jak włoskie niebo - ultramaryna
- i już wisi. Spotykam się teraz z kolekcjonerką na kolacji.
Gdybyś jednak zmieniła zdanie, mogę jutro o dziesiątej
rano wsiąść na prom.

– Ach, jakie to urocze – wzdycha babcia. – Ile on właściwie ma
lat? Może lubi starsze kobiety?
– Babciu!
– No co? Przecież ty masz swojego Johannesa. A ja jestem taaka
samotna. – Trzęsie się ze śmiechu, ale nie puszcza mojej ręki.
– Jak zdecydowałaby mama? – pytam nagle.
– Twoja mama? – Babcia w jednej chwili poważnieje. – Barbara,
twoja mama, była nieustraszona, zawsze brała życie za rogi. Kiedy
spotkała twojego ojca, od razu wiedziała, że z tym mężczyzną chce
mieć dziecko. Nigdy się nie zastanawiała nad konsekwencjami, nie
myślała o przyszłości. Żyła tu i teraz, jak wy to mówicie. Twoja matka
zawsze polegała na swoim sercu. To ono wskazywało jej drogę.
Wiatr dmucha nam zimno w twarze.
– Ciekawe, po kim to miała? – dziwię się, ponieważ babcia
i dziadek nie są tacy scrcowi.
– Nie mam pojęcia. Może po mojej stryjecznej babci... – Uśmiecha
się lekko. – Ona zadawała sobie tylko jedno pytanie: Czy to mi dobrze
zrobi? Potem według tego działała. Konsekwentnie. Nigdy inaczej.
– Tęsknisz za nią? – pytam i ściskam mocno jej rękę.

– Nauczyłam się żyć bez niej, czas robi swoje… I na szczęście mam przecież ciebie. Zawsze pociesza mnie to, że czuła się bardzo szczęśliwa, kiedy odeszła. To naprawdę wielka pociecha.

– Mam pewne wyobrażenie, jaka była… ale tak naprawdę jej nie pamiętam. – Patrzę z boku na babcię.

Podnosi na mnie wzrok.

– Jeśli ja chcę sobie przypomnieć moją Barbarę, wtedy wącham jej perfumy. Zawsze pachniała wanilią.

– Już tego nie pamiętam…

– Kiedy umarła, była młodsza niż ty teraz.

SMS od Tobiasza
Ew! Właśnie widzę gwiazdę i chcę jej posłać całusa.
Kąt wpadania równa się kątowi wypadania, ląduje wtedy u Ciebie.

– Ona nie pozwoliłaby mu przyjechać – mówi babcia, patrząc w zadumie na SMS-a. – Pojechałaby do niego. Ponieważ sprawy naprawdę dla niej ważne brała w swoje ręce. Taka była…

SMS od Tobiasza
Całus ma kask, żeby nie potłukł sobie głowy o gwiazdę.

– Dziecinada, co? – pyta babcia.

Jak na komendę wybuchamy śmiechem, a ja wsuwam komórkę do kieszeni kurtki i słyszę jeszcze dwa razy pling.

Giulia czeka już na nas w Porto Azzuro i macha do nas rękami. Jest raczej niska, ma długie czarne włosy i najwyraźniej nie stroni od pasty i pizzy. W dużych ilościach.

– *Ciao*, Ewa? *La nonna?*

– *Si.* – Babcia natychmiast się ożywia. Rozmówki włoskie weszły jej krew.

– *Non parlo italiano* – dodaję czym prędzej wykute na blachę zdanie, które wydaje mi się mocno nielogiczne. Mówić w danym języku, że się nim nie mówi.

– *Lo so, nessun problema**. – Giulia się śmieje.

– Co powiedziała? – pyta mnie babcia.

– A skąd mam wiedzieć? Przecież to ty jesteś tutaj Włoszką. Ja umywam ręce.

Giulia daje nam znak, żebyśmy poszły do samochodu i jechały za nią. Wsiada do białego fiacika, za kierownicą siedzi już jakiś mężczyzna, zapewne jej mąż, i toczymy się za tą dwójką lekko pod górę. Żwir chrzęści pod kołami.

– Dokąd jedziemy? – pyta babcia sceptycznie.

– Do domu? Zaparkować? – Jest naprawdę ciemno, z ledwością mogę coś rozpoznać, dlatego kierujemy się światłem reflektorów przed nami, które rozjaśniajją gęsty mrok.

– Czy to już nasz dom? – pyta babcia, kiedy białe autko przed nami zwalnia.

– Nie, jak na mój gust to jest kościół – stwierdzam. – Ale może ten dom z tyłu…

– Plebania?

Samochód z naszymi przewodnikami hamuje nagle, Giulia wysiada i wskazuje na wieżę kościelną. O kurczę, jesteśmy na miejscu! Odpinamy pasy i otwieramy drzwi.

Giulia cała promienieje, pokazuje na babcię i na mnie, a potem na dom. Jej mąż otworzył już nasz bagażnik i wyciąga tobołki.

---

* *Lo so...* (wł.) – Wiem, nie ma problemu.

I rzeczywiście, Giulia wchodzi po zewnętrznych schodach na wieżę kościelną. Suche pędy wiją się po murze. Latem będą tu kwitły kwiaty. Babcia idzie za nami krok za krokiem, zatrzymując się co kilka stopni i ciężko dysząc. Miejscówka jest naprawdę kapitalna, ale dotarcie do niej to już inna bajka. Zwłaszcza dla babci.

U góry Giulia otwiera drzwi i oto stoję na progu idealnego letniego mieszkania.

– Babciu! Tu jest przepięknie! Będziesz zachwycona.

Moja starowinka nie pokonała jeszcze nawet połowy schodów.

Wchodzimy do dużego pomieszczenia z otwartą kuchnią i aneksem mieszkalnym ze stylowym kominkiem. Wysokie okna sięgają do samej podłogi.

Po trzech niskich schodkach wychodzi się na taras. Ciekawostka – taras mieści się na dachu. Obok znajduje się sypialnia z wielkim łóżkiem. Więc babcia, Milusia i ja mamy dużo miejsca. Łóżko jest już przygotowane do spania. Pościel ma wzór w kwiatki, jak u babci w domu.

– Ooch! Jak ładnie – słyszę babcię z głównego pomieszczenia. Dotarła, chwała Bogu. – Babcia musi najpierw usiąść i odsapnąć. – Giulia w jednej chwili jest przy babci i pomaga jej usiąść w fotelu, który stoi przy oknie.

Mąż Giulii wniósł na górę nasz dobytek i daje babci do picia kranówkę.

– W łazience jest nawet prysznic. Uwielbiasz brać prysznic, prawda? I okno. Z firanką. Żeby nikt cię nie podglądał, Babulinno.

Giulia macha w moją stronę, mówi coś po włosku i dotyka kaloryferów. Aha, rozumiem. Przypuszczalnie dopiero co włączyła ogrzewanie i chce mi teraz powiedzieć, że to trochę potrwa, zanim zrobi się naprawdę ciepło. Drobiazg, dobrze to znam ze swojego kolońskiego mieszkania.

– Nie chcesz obejrzeć mieszkania? Spójrz, babciu, mamy tu nawet taras, i to na dachu. Możesz palić.

Uśmiecha się zmęczona i wyciąga do mnie rękę.

– Babciu... wszystko dobrze?

Przykucam obok niej. Giulia i jej mąż stoją przed nami i nie rozumieją ni w ząb.

– Przyjechałyśmy, jesteśmy we Włoszech – mówię do niej cicho i całuję ją delikatnie w wierzch dłoni. Dawniej zawsze tak ze mną robiła.

– Tak, przyjechałyśmy – szepce. – Jesteśmy na Elbie...

Giulia i jej mąż machają w naszą stronę i dają nam do zrozumienia, że już idą, pobrzękują kluczem do domu i kładą go na stole. Gdzie stoi już butelka czerwonego wina, zapewne prezent powitalny, poza tym leży kartka z kodem wi-fi i numerem telefonu Giulii. Zastanawiam się, jak będziemy rozmawiać przez telefon. Na migi odpada... Może być zabawnie.

Babcia macha im na pożegnanie i zostajemy same. Same na Elbie, w kościelnej wieży.

– Masz ochotę na kolację? Może pójdziemy coś zjeść? Prawdę mówiąc, trochę zgłodniałam. Po drodze, całkiem niedaleko, widziałam pizzerię.

– Posiedźmy tu chwilę, dobrze Ewuniu? Mamy tak dużo czasu?

– Mamy czasu pod dostatkiem – uspokajam ją szybko. Ale pytanie samo w sobie wcale nie jest takie od rzeczy. Dotarłyśmy do celu. Jak długo chcemy tu zostać?

Babcia wzdycha z ulgą, zamyka oczy i drzemie, a ja tymczasem wypakowuję nasze rzeczy. Panuje taka cisza, że słyszę jej równomierny oddech z fotela.

Kładę w łazience kosmetyczkę babci, wstawiam do kubeczka nasze szczoteczki do zębów i przygotowuję szklankę, żeby mogła tam umieścić na noc swoją protezę. Włoski klajster kładę obok.

Czy umiem to sobie wyobrazić? Co zrobię, kiedy babcia nie będzie już mogła mieszkać sama? Prędzej czy później to nastąpi. Kto się nią wtedy zajmie? Powrót do naszej małej wspólnoty mieszkaniowej? Tylko adres się zmieni… Dziwne, nigdy się nad tym nie zastanawiałam.

Kiedy mama umarła, babcia też się mną zaopiekowała, z oddaniem i miłością, jak swoim własnym dzieckiem. Być może jeszcze przez jakiś czas będzie mogła mieszkać sama w swoim nowym mieszkaniu, ale co potem?

Co zrobię, kiedy samodzielność babci skończy się definitywnie? Do tej pory nie musiałam się tym martwić. Ta kwestia nigdy się nie pojawiła. Jeszcze nie… Babcia zawsze cieszyła się dobrą formą, zarówno fizyczną, jak i umysłową, a do tego przecież był jeszcze dziadek. Jakby miała z niego jakąś pociechę!

Podchodzę do niej i przysuwam nos do jej ucha, jak najciszej. „To ty mi powiedziałaś, że ludzie za uchem pachną tak, jak naprawdę pachną", myślę z rozczuleniem.

– Ewa?

– Ojej!

– Co ty wyprawiasz?

– Budzę cię, moja droga babuniu, Babulinno, tak po złości…

Łaskoczę ją nosem i uśmiecham się na wszelki wypadek. Nie chcę, żeby domyśliła się, że trochę mi smutno.

– Jednak ci się udało! Zuch dziewczyna! – mówi z zamkniętymi oczami i przyciska mój policzek do swojego. – Teraz babcia znów trochę lepiej się czuje – kłamie. – Rozejrzę się po mieszkaniu. Pomożesz mi wstać?

– Jasne. Babciu, jeśli chcesz, pójdę do tej pizzerii i przyniosę nam coś dobrego, okay? Jakieś specjalne zamówienie?

– Nie, przecież trzeba powiedzieć „cześć" Elbie i zobaczyć, kto tutaj mieszka po sąsiedzku. No i oczywiście musimy sobie golnąć na przywitanie cytrynówki.

To znowu ona – moja babcia wódczana.

Miejscowa pizzeria wygląda kropka w kropkę jak ta w Mediolanie. Brzuchaty piec do pizzy, brzuchaty piekarz, chudy kelner, małe stoliki. Różnica: Jesteśmy tu jedynymi gośćmi. Elba w styczniu jest naprawdę wyludniona. A to znaczy, że skupia się na nas pełna uwaga. Również ten piekarz jest w nastroju do flirtowania i mruga wymownie do babci.

– Czy ten tłuścioch ma coś z okiem? – pyta z przekąsem babcia.

– Nie, puścił ci oczko. Przecież jesteś singielką.

– Daj spokój! – woła babcia rozbawiona.

Zamawiam dla siebie arrabiatę, a funghi dla babci.

Piekarz obraca w powietrzu ciastem, nie spuszczając z oczu babci.

– Na pewno podziwia twoją fryzurę, moja ty piękna Babulinno. Myśli, że jesteś Sophią Loren – komentuję gimnastykę przy piecu.

– Zaraz oberwiesz! – Babcia nie może powstrzymać się od śmiechu. Pije colę i wino. – Pięknie tu – mówi nagle. – To był naprawdę dobry pomysł.

– Tak, babciu, najlepszy.

Chrupiemy paluszki grissini, aż w końcu zjawia się chudy kelner i zamaszyście stawia nam na stoliku dwa talerze. Kiedy babcia widzi, co ma przed sobą, rumieni się jak panienka i chrząka zawstydzona – pizza w kształcie serca.

Piekarz uśmiecha się figlarnie, przesyła babci całusa i woła:

– *Pizza Cuore, Bellissima**.

– Miejmy nadzieję, że nie przesolił tej pizzy – mruczy babcia i przekraja w poprzek serce. Au, to boli.

Na koniec raczymy się limoncello.

– No, to siup, babciu!

– Siup, moja wnusiu!

Kiedy znów siedzimy w samochodzie, babcia promienieje. Powitanie z Elbą wypadło nad podziw dobrze. Oby tak dalej!

– Już nie mogę się doczekać, kiedy się obudzę – mówi po powrocie do naszej wieżyczki. Nawet schody pokonała jakby szybciej, chociaż z pełnym żołądkiem. – Dopiero gdy zacznie świtać, to my naprawdę tu będziemy. – Kładzie aparat słuchowy na szafce nocnej i bierze w ramiona Milusię.

– Ewa, nie kładziesz się spać?

– Nie, napiję się jeszcze wina, kieliszek albo dwa, napiszę mail i potem do was przyjdę.

– Co powiedziałaś?

No tak, jej aparat jest już w trybie wypoczynkowym.

– Słodkich snów, babciu. Zaraz do ciebie przyjdę.

Zamykam drzwi do sypialni.

I wtedy otacza mnie cisza. Panuje taka cisza, że nie mogę tego znieść. Nie jestem przyzwyczajona. W Kolonii zawsze gra w tle radio albo szumi miasto. A teraz – nic.

Nie wytrzymuję takiej niczym niezmąconej ciszy. Ze słuchawkami w uszach słucham mojej ulubionej listy przebojów. *Mój osobisty miks kaset 2.0.*

---

* *Pizza...* (wł.) – Pizza Serce, Piękna.

Are You Gonna Be My Girl / Jet
One / Johnny Cash
Angels / The XX
Ich will nur / Philipp Poisel
Girlfriend / Phoenix
Twilight Omens / Franz Ferdinand
Alles was Du siehst / Peter Licht
Sing Song Girl / Er France
I Want You Back / Jackson 5
Die Stadt / Klee
The Frozen Man / James Taylor
Perhaps, Perhaps, Perhaps / Cake
Paris im Herbst / Thees Uhlmann
Just Breathe / Pearl Jam
Das leichteste der Welt / Kid Kopphausen
Esmeralda / Ben Howard

Dopiero teraz widzę, co stanowi motyw przewodni tej listy: tęsknota.

Kto wie, może naprawdę byłam ślepa? Może jednak istniała gdzieś jakaś emocjonalna luka, której nie widziałam? Albo nie chciałam widzieć... A jeśli w moim pozornie idealnym związku z Johannesem już od dłuższego czasu drzwi były uchylone? I tamtędy mógł się wślizgnąć Tobiasz?

Johannes i ja – kiedy tak naprawdę rozmawialiśmy ze sobą jak dawniej?

Na ekranie pojawia się wiadomość od Tobiasza.

Darling. Where are you? I miss you.
I want to kiss you.

Siedzę w naszej przecudownej wieży kościelnej.
Piję wino i słucham muzyki. Babcia śpi.

Jak ładnie! Wino też już piłem.
Właśnie idę przez Florencję i czuję się bardzo włosko.
Czego słuchasz?

Wszystkiego po trochu. Mam słabość do undergroundu. To
moja muzyka.
Dlaczego piszesz po angielsku, jeśli czujesz się włosko?

Nie znam włoskiego i przez cały wieczór rozmawiałem po
angielsku z włoską kolekcjonerką.
Aniele mój, zaśpiewajmy: „And when the rain begins to fall.
You'll ride my rainbow in the sky.
And I will catch you if you fall...".

...„You'll never have to ask me why"*. Kochałam tę piosenkę!
Pia Zadora i Jermaine Jackson. Wspaniały duet.

Moja Ty undergroundowa dziewczyno, znasz może Nielsa
Freverta?
„Kiedy wpadniesz i oprzesz się na mnie,
masz moje serce tak nieposprzątane,
po prostu wejdź".

Nie, nie znam. Ale już go lubię. Przepiękny tekst.

---

* *And when...* (ang.) – I kiedy deszcz zaczyna padać, / jesteś moją tęczą na
niebie. / I złapię cię, gdy upadniesz... / Nigdy nie musisz pytać dlaczego...

Gdybyś tu była, skarbie, zaśpiewałbym Ci go do ucha.

Ewa, jest coś nowego? Mogę przyjechać?

Niestety nie. Nadal nie wiem, co powinnam zrobić.

Czuję się tak, jakbym stała na wysokiej wieży i chciała z niej skoczyć, ale nie mam odwagi.

Rozumiem. Pomyśl, że ja tu jestem. Nie rób żadnych głupstw!

Całuję Cię! Dobranoc!

Dobranoc! Dziękuję.

Buziaczki.

Z powrotem.

Babcia leży w łóżku, obok niej Milusia. Jakim to sposobem udawało się jej przed laty zabierać ją nocą z moich objęć, żeby zrobić na drutach nowe ciuszki dla pluszowej krówki?

Na szafce nocnej leży aparat słuchowy babci. Wężyk jest kompletnie zapchany woskowiną. Ble, paskudztwo! Obracam aparat w palcach. Trzeba go oczyścić. Ale jak to zrobić? Wypłukać? Siadam przy stole w kuchni.

Tak musiało być również z babcią, kiedy nocą potajemnie dziergała ubranka dla Milusi. Czuję nieopisaną radość, wyobrażając sobie, jak z samego rana babcia włoży do ucha swój aparat i nagle będzie lepiej słyszała.

Na YouTube bez trudu znajduję filmik „Czyszczenie aparatów słuchowych". Muszę go rozłożyć na części pierwsze. Jeśli jednak nie uda mi się go ponownie złożyć, będziemy miały problem. Co robić? Bo z czyszczenia nie zrezygnuję.

Już wiem. Przed każdym odcinkiem pracy zrobię zdjęcie moją komórką, żebym później wiedziała, co i jak. W pierwszej kolejności wyciągam wężyk z aparatu. Zaschnięta woskowina kruszy się na blat stołu. Czy woskowina uszna jest w rzeczywistości stwardniałym stekiem bzdur, których dzień po dniu musimy wysłuchiwać?

Jeśli tak, to biedna babcia musiała się ich nasłuchać, oj baardzo dużo!

Idę do łazienki, odkręcam kran z ciepłą wodą i próbuję przepłukać wężyk. Psiakość, za wąski. Nie ma rady, trzeba go namoczyć. Kiedy wszystko się rozpuszcza, myję go pod bieżącą wodą i suszę suszarką do włosów. Praktycznie: babcia tego nie usłyszy.

Na szafce nocnej po stronie babci rozkładam chusteczkę do nosa i umieszczam na niej ostrożnie czyściutki aparat. To będzie dopiero święto, kiedy go włoży do ucha. Jest wpół do trzeciej w nocy. Babcia pochrapuje. Jutro będzie się zarzekać, że to na pewno, ale na pewno była Milusia. Przecież ona nigdy nie chrapie!

14 stycznia

– Ewa! Morze! – Nie muszę nawet otwierać oczu, żeby wiedzieć, co się dzieje. Babcia już zwarta i gotowa: wzięła prysznic, ubrała się i uczesała. – Ewa, wstawaj! Słyszysz? – Jest bardzo podekscytowana.

– Naprawdę? Morze? Widać je z naszej wieży?

To jest jak ta chwila, kiedy spada pierwszy śnieg. Wyskakuję z łóżka i pędzę na taras. Babcia otworzyła już oba skrzydła drzwi i słońce świeci nam prosto w twarz. Ale gdzie jest morze?

– Widzisz coś? – Babcia powoli idzie za mną.

– Średnio na jeża. Jak mi zrobisz złodziejską drabinkę, to może wtedy je zobaczę – wyjaśniam. Muszę bardzo mocno przechylić się przez balustradę, żeby móc rozpoznać je w oddali. Ale jest!

– No i co? – pyta niecierpliwie. – Przecież wcale nie powiedziałam, że jest pod nami.

– Nieważne, popatrz tylko, góry i lasy… Czym to pachnie? – Wdycham głęboko powietrze.

– Pachnie ciepło. – Babcia uśmiecha się zadowolona.

– Tak, ale czym dokładnie? – zastanawiam się głośno. Byłam kiedyś z grupą młodzieży na Korsyce, tam też tak pachniało.

– Pachnie Elbą – stwierdza babcia z całym spokojem.

Słusznie, a czym by innym.

– I spójrz tylko na niebo! Jest takie błękitne… – Biorę ją pod rękę i nie posiadam się z radości, że stoimy tu razem i spoglądamy z góry na Elbę.

– Ewa, bój się Boga, jesteś tylko w pidżamie. Marsz do środka, bo jeszcze się zaziębisz! Przecież to nie lato.

– Która godzina?

– Ósma!

– Ósma? Zwariowałaś? Za wcześnie. – Przewracam oczami. – Co planujesz?

– Napić się kawy, oczywiście.

– Zrobimy to z fasonem. Nie tu, tylko w miejscowości. A najlepiej nad samym morzem.

Wracam do mieszkania, żeby poszukać w mojej torbie stosownej garderoby na kawę w słońcu. Kiedy cztery dni temu wyruszałyśmy w naszą podróż, nie miałam pojęcia, że w gruncie rzeczy wystarczy mi jeden T-shirt.

W łazience lekki szok. Dostałam okres.

Jeszcze i to, właściwie w ogóle teraz się nie spodziewałam, nie czas przecież – co za piorun, cholera, fatalnie! Oczywiście nie mam przy sobie ani podpasek, ani tamponów. Co robić? Myśl, Ewa, myśl!

Wtedy przypominam sobie o babcinych wkładkach na nietrzymanie moczu. Są wprawdzie duże jak na podpaski, ale jak się nie ma, co się lubi… Grunt, że będzie sucho. We wsi na pewno będę się mogła zaopatrzyć.

Mój Boże, ile to już razy pragnęłam, żeby okres mi się zatrzymał. Byłabym w ciąży. Nie omawiając tego z Johannesem. To nasze dziecko zdecydowałoby, kiedy przyjdzie na świat, nie my. Dotykam krwi w moich majtkach i rozmazuję ją w palcach.

Ciąża? Właśnie teraz? Z kim? Johannesowi byłoby to oczywiście nie na rękę, tak nagle, nieoczekiwanie. A teraz znowu nic.

A gdyby to było dziecko Tobiasza? W takim przypadku wszystko poszłoby jak po maśle, mam nadzieję... Przyklejam pieluchę do majtek. Przyrodnie rodzeństwo Thorego. Czy dla Tobiasza byłoby to czymś szczególnym? Fakt, że znów zostanie ojcem?

Tak bardzo, bardzo chciałabym przeżyć to pierwszy raz.

Po raz pierwszy w życiu stwierdzić, że nie dostałam okresu, po raz pierwszy zobaczyć na ultrasonografie obraz dzidziusia, po raz pierwszy rzygać jak kot, po raz pierwszy uprawiać seks z ciążowym brzuchem. Być we troje. Jestem zdumiona, jak niesamowicie mnie te myśli zachwycają. Czy właśnie o to chodzi?

– Babciu, pożyczyłam sobie twoją wkładkę – wołam w stronę tarasu.

– Nie krzycz tak! – odpowiada. – Słucham ptaków.

Wychodzę do niej na taras. Siedzi na białym plastikowym krześle i patrzy w niebo.

– Co mówiłaś?

– Ogłuchłaś czy jak? Posłuchaj, ptaki tak cudnie szczebiocą. U nas w domu co najwyżej kraczą. A tutaj śpiewają.

Operacja „aparat słuchowy" najwyraźniej się powiodła.

– Babciu, jestem gotowa. Umalowałam nawet usta naszą nową szminką, widzisz? Cappuccino nad morzem?

– Chciałabym napić się takiej kawy z serduszkiem w mleku – mówi rozmarzona i podaje mi rękę, żebym pomogła jej wstać z krzesła.

Bierzemy torebki i schodzimy po krętych schodach na duży, wysypany żwirem plac, na którym stoi długi drewniany stół.

Wyobrażam sobie, że w lecie leży na nim biały obrus, a wokół stołu siedzi wielka, kilkupokoleniowa rodzina. Piją wino i jedzą włoskie specjały, a dzieci grają na łące w piłkę nożną. Albo bawią się w berka.

– W takim miejscu pięknie byłoby wziąć ślub – mówię cicho.

– Ale nie trzeba – ripostuje babcia.

Fakt. Moja Babulinna naprawdę słyszy super. Mogę sobie pogratulować.

Centrum wioski musi być niedaleko, może pięć minut na piechotę, może dziesięć, ale babcia wydaje się dziś podejrzanie chybotliwa, dlatego bierzemy auto. Kiedy zjeżdżamy do bramy po lekko spadzistej drodze, babcia nuci pod nosem.

Porto Azzurro ma niewielki port z pomostem, przy którym kołyszą się na wodzie cztery łódki. Na placu przed nim stoi jeszcze choinka, na której kręcą się na wietrze duże, kolorowe paczki. Osobliwy widok: dla nas to coś w rodzaju lata, chociaż Boże Narodzenie było przecież nie tak dawno. Odstawiam samochód, wszystkie miejsca parkingowe są wolne – i to bardzo blisko morza.

Do wyboru mamy dwie kawiarenki zaraz przy wodzie. Prawie się nie różnią, obie wyglądają jak lodziarnie, w każdej siedzi po dwóch gości. Zapewne przedstawiciele lokalnej społeczności.

Między kawiarniami znajduje się kiosk. Na zewnątrz stojak obrotowy z codzienną prasą, na którym babcia natychmiast odkrywa swoją ulubioną gazetę.

– Ewuniu, no, popatrz tylko! Co za historia! Przecież mam w torebce moje karty do bingo. Może to jest mój szczęśliwy dzień? Jeśli dziś wygram, zostaniemy tu na zawsze. – Klaszcze ucieszona w dłonie.

– Babciu, masz ponad sześćdziesiąt kart, jak długo chcesz to sprawdzać? Trzy godziny? Cztery?

– Chyba warto poczekać i sprawdzić, czy jesteśmy bogaczkami. Co, wnusiu?

– No, ba…

Pijemy kawę z serduszkiem w mleku, a babcia dostaje jeszcze croissanta z nadzieniem czekoladowym i colę. Świąteczne menu.

– Jakieś specjalne życzenia na dziś, Babulinna?

– Życzenia? Przecież mam wszystko, czego mi trzeba, a nawet więcej.

– To może chociaż jakaś wycieczka, co?

Babcia nie słucha, zajęta szukaniem w torebce kart do bingo. W końcu wyjmuje z niej pokaźny stosik związany gumką i uśmiecha się zadowolona.

– Musimy jeszcze kupić kilka rzeczy, a potem chętnie poszłabym z tobą na plażę – wyliczam program obowiązkowy i dowolny.

Zajada ze smakiem croissanta, okruszki przylepiają się jej do policzka.

– Wiesz co? Ja sobie tu posiedzę i sprawdzę bingo, a ty pojedź sama na zakupy. Tylko dopij kawę, Ewuniu.

– Akurat. Przecież nie zostawię cię tutaj samej. Nie mówisz po włosku, a gdyby coś się stało… – Jestem sceptyczna.

– Ty też nie znasz włoskiego i co z tego? No idź już, dziecinko. Szkoda czasu. Przyniesiesz mi papierosy?

– Dobrze, w takim razie idę na zakupy, a później cię odbiorę, okay?

Wyjmuje z paczki przedostatniego papierosa i pochyla się nad kartami. Z torebki wygrzebuje jeszcze swój stary długopis z nadrukiem „SPD”, który wygrała kiedyś w mieście na loterii i od tego czasu wierzy, że pewnego dnia przyniesie jej szczęście. Musiałam już wielokrotnie zmieniać wkład.

– Okay, babciu, to idę, dobrze?

– Dobrze!

– W razie gdyby coś, to…

– Ewa! Nie jestem małą dziewczynką.

„Tylko czasem…", myślę. Wstaję z krzesła, całuję ją w policzek i w rzeczywistości czuję się trochę zagubiona, kiedy idę sama przez plac w kierunku centrum wsi.

Uliczki są wąskie, a nieliczni przechodnie przyglądają mi się z irytacją. Mogę nawet czytać w ich myślach, chociaż nie mam zdolności telepatycznych: „Kto to? Co ona tu robi? Przecież mamy styczeń!".

Lubię włoskie filmy, zwłaszcza te stare. Zawsze tam, prócz pięknych i charakternych kobiet oczywiście, można zobaczyć rozpięte nad ulicami sznury, na których suszy się pranie. Tutaj wisi pościel, majtki i podkoszulki jako naturalna ozdoba na ścianach i nad bramami. Domy są beżowe, czerwone i pomarańczowe – cóż za miła odmiana w porównaniu z osiedlem babci. Tam wszystko ma barwę szarą. Albo ciemnoszarą. Życie w górniczym osiedlu byłoby naprawdę dużo weselsze, gdyby domy pomalowano na różne kolory, a nad ulicami wisiało na sznurach pranie.

Naprzeciwko mnie idą dwie starsze kobiety z torbami na zakupy, eleganckie, aż miło patrzeć.

Mój Boże, gdybym mogła podarować babci chociaż kilka lat! Chciałabym dać jej włoskie życie. Moja Babulinna byłaby wspaniałą Włoszką, to pewne. Z każdą godziną coraz bardziej utwierdzam się w przekonaniu, że przyjechałyśmy tu nie bez powodu. Pomysł z wycieczką do Włoch okazał się naprawdę strzałem w dziesiątkę. Co miałybyśmy robić na Juist? Jeść sztukę mięsa z kuracjuszami? Rzadko widywałam babcię w tak dobrym nastroju.

Odkrywam po drodze sklepik z papierosami, przed którym wystawiono stojak z pocztówkami. Papier zżółkł i trochę się pofalował. Odkąd z Elby wyniósł się latem ostatni turysta, nikt się już wami nie interesował, co? Wybieram trzy pocztówki: jedną dla moich dziewczyn z pracy, drugą dla Johannesa i trzecią dla Tobiasza i Thorego. A ponieważ nie chcę nikogo potraktować niesprawiedliwie, wszyscy dostają takie same widokówki. Morze, plaża, błękitne niebo. I taki sam miejscowy znaczek. Porto Azzuro, Elba.

W sklepie znajduje się nawet włoska loteria. Bez namysłu wypełniam jeden kupon liczbami babci, a co mi tam. Może to będzie mój szczęśliwy dzień? Oczywiście znam je na pamięć, nigdy się nie zmieniały. Klasyka – daty urodzenia. Jak to będzie po włosku „natychmiastowa wypłata"?

Jestem jedyną klientką, biorę jeszcze czekoladowy batonik i kładę wszystko przy kasie. Sprzedawczyni ma okulary na łańcuszku i mówi coś, nie patrząc na mnie.

– Scusi, non parlo italiano.

Najwyraźniej jej to nie przeszkadza. Stuka palcem w kasę i mówi, ile mam zapłacić.

Uśmiecham się do niej i wzruszam ramionami. To chyba rozumie.

Śmieje się, a następnie pisze na kartce sumę. Ekran na jej kasie nic nie wyświetla, pewnie włącza go tylko w sezonie.

– Supermercado? – pytam w nadziei, że trafnie odgadłam włoskie słowo dla supermarketu.

– Supermercato? – I znów się zaczyna, opis drogi po włosku, ale ja i tu jestem głupia. Jak mogę zadawać pytania? Przecież to oczywiste, że nie zrozumiem odpowiedzi. Śmiejemy się, a ona pokazuje mi w końcu, że mam iść dalej. Proste.

Co robi teraz babcia? Na pewno jest przy trzydziestej siódmej albo czterdziestej piątej karcie bingo i pije trzecią kawę z serduszkiem. A jej serduszko? Powinna bardziej o nie dbać.

Faktycznie, nie muszę iść daleko, żeby znaleźć sklep. Chleb, pomidory, mleko, kawa, makaron, wino, tampony, cola, masło, dżem – całkiem normalny supermarket, mimo to jednak natychmiast spostrzegam, że to nie jest niemiecka wersja. Pomidory wyglądają inaczej, jest więcej oliwek i inne gatunki sera. Starsze panie, które prowadzą niespiesznie swoje wózki długimi alejkami, znów są wystrojone jak na bal. Lub przynajmniej na uroczystą kolację. Babcia w swoim nieśmiertelnym fartuchu byłaby tu punkiem.

Damy rozmawiają głośno, gestykulując z ożywieniem, a kiedy przejeżdżam obok nich ze swoim wózkiem, zagadują do mnie przyjaźnie. Gdzie jest babcia ze swoim „włoskim", kiedy jej potrzebuję? Nagle słyszę swój głos: *si, si*. Może po powrocie do Kolonii zapiszę się na kurs języka włoskiego.

Gdzie, u licha, podziewają się młodzi Włosi?

Kupuję jeszcze koszyk z łyka, żebym mogła nieść zakupy, i wychodzę na ulicę. Wracam spacerkiem do kawiarni przy plaży, gdzie czeka na mnie babcia, jakby była tu u siebie, jakby przebywanie na Elbie było najbardziej normalne na świecie. Wyobrażam sobie, jak poznaję tu jakiegoś Włocha, który okaże się miłością mojego życia. Babcia i ja po prostu wszystko zostawimy za sobą: gabinet, nowe mieszkanie, facetów, i będziemy tutaj wiodły fantastyczne życie pomiędzy serduszkami w kawie i ploteczkami w alejkach supermarketu, wśród pachnących słońcem pomidorów i mnóstwa rodzajów makaronu. I wiszącej na sznurach pościeli.

Mijam sklep, którego wystawa mnie fascynuje. Za szybą widzę jakieś popiersia, ramy obrazów, mosiężne dzwonki, zakurzony globus. Wszystko wygląda tak, jakby od trzydziestu lat nikt tego nie ruszał.

Powodowana ciekawością wchodzę do środka. Pomiędzy wszystkimi tymi starociami wyrasta nagle facet, może trochę star-

szy ode mnie. Ciemne lśniące włosy, stylowa bródka, oczy jak dwa
migdały. Tylko się zakochać… Najwyraźniej należy do inwentarza,
bo ma na sobie szary fartuch, a w dłoni pilnik i zanim się spostrzegam, stoi już przede mną.

– *Ciao, me che bella sorpresa!**

– *Mi scusi multo, non parlo italiano.* – Ojej, skąd nagle wzięły się
mi dwa nowe włoskie słówka?

– *Come no, non parli italiano? Che fai al momento?***

– *Do you speak English?*

– *No capisco inglese. So solo italiano****.

– Hm. – Zakłopotany uśmiech.

– Hm. – Słodki uśmiech.

– Wszystko jasne, mój przyjacielu. Jak na początek wcale nieźle
nam idzie.

– *Ma potrebbe essere divertente!*****

– Okay: Ewa. – Dotykam palcem wskazującym piersi. Odważne
posunięcie, a niech mnie.

– Raafaaellee.

– Raafaaellee.

– *Si!* Raafaaellee.

– Ewa.

– Eewaa.

Stara jak świat gra Raafaaellee – Eewaa. Czy moglibyśmy wziąć
ślub, najlepiej na tym wielkim placu przed naszą wieżyczką, i przez
całe życie mówić do siebie tylko Raafaaellee i Eewaa?

---

* *Ciao...* (wł.) – Witaj, jaka miła niespodzianka!

** *Come...* (wł.) – Jak to nie mówisz po włosku? A co zrobiłaś przed chwilą?

*** *Non...* (wł.) – Nie rozumiem angielskiego. Mówię tylko po włosku.

**** *Ma...* (wł.) – To może być zabawne.

– *Bene*. – Czy nadal szczerzę się do niego jak głupia?

– *Bene*.

Super! Jestem w siódmym niebie. Do Raafaallee – Eewaa doszło jeszcze *bene*. Coś z tego będzie.

Raafaaelllee odwraca się i nastawia muzykę w swoim smartfonie, którego wcześniej podłączył do małej kolumny. Joe Cocker?

Sklep jest niewiarygodnie zapchany. Jeden kąt skrywa tajemnicze instrumenty żeglarskie i mapy morskie, w innym piętrzą się stare ramy i obrazy marynistyczne. Od czasu do czasu biorę coś do ręki.

– *Belissima* – wzdycham z zachwytem, a on na to odpowiada:

– *Si! Bellissima!*

Gdybym podnosiła każdą rzecz po kolei, a do tego jeszcze piała z zachwytu, bylibyśmy zajęci przez następne dwanaście lat. Joe Cocker chyba nie jest jego faworytem, bo jeszcze raz zmienia muzykę – włoski pop.

Na inkrustowanym stoliczku, który stoi za gipsowym posągiem Diany, spostrzegam gipsową tabliczkę z dwoma aniołkami i podnoszę ją wysoko.

– *Carino, si? L'ho fatto io. Era solo un tentative**.

– Ile to kosztuje?

Pochodzi do stołu roboczego, na którym leżą małe szkice ołówkiem, śmieszny młoteczek i kilka pilników. Domyślam się, że ten przystojniak jest młodym mistrzem Edkiem** z Elby.

---

* *Carino...* (wł.) – Słodkie, prawda? Sam to zrobiłem. To była tylko próba.

** Mistrz Edek – bohater popularnych od lat sześćdziesiątych słuchowisk, książek i filmów dla dzieci pod tytułem *Mistrz Edek i jego Pumukl*. Bohaterów i ich perypetie wymyśliła Ellis Kaut. Edek Frankowski prowadzi zakład stolarski w Monachium. Jest kawalerem po sześćdziesiątce, ma poczucie humoru i złote serce. Zamieszkał z nim mały domowy duszek – Pumukl.

Bierze ołówek i pisze trzydzieści osiem euro i pięćdziesiąt centów na bloku.

– *Si*, biorę.

– *Si, bene.*

Wyciągam z portmonetki pięćdziesiąt euro i podaję mu banknot. Raafaaellee idzie do iPhone'a i jeszcze raz zmienia muzykę. O, nie mogę! Petula Clark. *Downtown?*

Bierze pieniądze i wzdycha ciężko.

– *Mi fai impazzire*.*

Zamknął oczy. Liczy w myślach czy zaraz mi się oświadczy?

– Tak, chcę! – mówię.

Zaczyna pisać liczby na bloku.

Ach, oblicza, ile reszty ma mi wydać.

– Eech…

Ja też jestem stanowczo przeciążona.

Śmieje się, jak słodko. Zaczynam nawijać kosmyk włosów na palec. Co za idiotyzm!

– *Emozioni. Si?* – Mistrz Edek uśmiecha się do mnie.

– *Si! Emozioni.*

Potem odkłada na bok pięćdziesiąt euro i zaczyna pisać ołówkiem na odwrocie bloku. Nie daje mi zobaczyć, co tam pisze. Pewnie: „Ty stuknięta turystko, naucz się włoskiego i przestań stroić głupie miny!".

– Czy mógłbyś dać mi kilka lekcji języka włoskiego?

Podnosi wzrok.

– *Come?*

– Przesadziłam, skarbie. Wystarczy mi jedna… – Posyłam mu uśmiech numer pięć.

---

* *Mi...* (wł.) – Doprowadzisz mnie do szału.

Mistrz Edek pakuje aniołki w starą gazetę, uśmiecha się czarująco i podsuwa mi banknot pięćdziesiąt euro. No, nie! Skarbie, jak mogłabym ci się zrewanżować? Potem jeszcze raz zmienia muzykę i całuje mnie w prawy i lewy policzek.

– *Arrivederci!*

– *Emozioni! Grazie*, Raafaaellee.

– *Grazie*, Ewa. *Emozioni.*

Babcia siedzi na krześle i patrzy na morze. Najwidoczniej uporała się już z kartami do bingo. A ponieważ na stole nie stoi butelka szampana, najwidoczniej z milionowej wygranej nic dziś nie wyszło. A to pech! Znowu trzeba będzie zmienić wkład w jej długopisie… Jestem przekonana, że moja niepoprawna hazardzistka będzie sprawdzać do końca życia te cholerne karty, nawet gdyby wygrała sto milionów.

– *Ciao*, Babulinna! – pozdrawiam ją i całuję w czółko.

– No, jak tam? Wszystko załatwione? Szybka jesteś, moja Ewuniu – odpowiada zrelaksowana. – Przyniosłaś mi fajki?

– A nie? – Stawiam koszyk na ziemi i szukam papierosów. Dopiero teraz widzę, że jej trumniaczki stoją pod stolikiem, a babcia siedzi w rajstopach i chłodzi swoje u-bootowe stópki.

– Proponuję, żebyśmy najpierw zaniosły zakupy do naszej wieżyczki, a potem…

– Co?

– Pojedziemy na plażę!

– Już nie mogę się doczekać.

Opuściłyśmy szyby, wiatr rozwiewa nam grzywki, a mapa wyspy leży na kolanach babci. Znalazła ją w biblioteczce przy kominku. Po drodze do Capoliveri musi być piękna plaża. Nie ujechałyśmy nawet pięciu kilometrów, kiedy widzimy brązową tablicę dla turystów: parasol przeciwsłoneczny, nadmuchiwana piłka i fale. Okay, dotarłyśmy na miejsce.

Na parkingu pusto, nie ma żadnego gburowatego dozorcy, który domaga się dziesięciu euro za parkowanie, żadnych upartych dzieciaków, które nie chcą nieść same na plażę swoich nadmuchiwanych żółwi, krokodyli, słoni i hipopotamów. Jesteśmy same, tylko babcia, ja i morze. Cudownie.

Wzięłam ze sobą łykowy koszyk, w którym skompletowałam skromne piknikowe menu. Butelka wody mineralnej, papierosy, cola i herbatniki.

Już chcę zeskoczyć z ostatniego stopnia, ale zatrzymuję się jeszcze, bo coś mi przyszło do głowy.

– Babciu, wiesz co? Zdejmiemy buty i rajstopy. Będzie fajnie, zobaczysz!

Jest w spódnicy, ale nie waha się ani sekundy. Siada na wytartym schodku i zdejmuje rajstopy.

– Mały krok dla człowieka, ale wielki dla babci – mówię z patosem w głosie. – Och, *pardon*, Babulinny!

– Ewa, dziecino, nie przesadzaj, stałam już gołymi stopami na piasku, kiedy jeszcze w ogóle nie było plaż. Takich prawdziwych, oczywiście.

Daje mi klapsa w pupę.

– A poza tym pół życia spędziłam z tobą na placu zabaw. Już zapomniałaś?

– Ale jeszcze nigdy nie byłaś na nadmorskiej plaży.

– Co prawda, to prawda.

Babcia podaje mi rękę i idziemy ostrożnie w stronę morza.

– Już czuję ten zapach – mówi babcia z przejęciem.

Ten obrazek pasuje bardziej do zakochanych par. Styczeń, bezkres nieba, samotna plaża, a ja odczuwam głęboką miłość do tej starej kobiety u mego boku.

Prawie przy wodzie rozkładam duży kąpielowy ręcznik. Babcia patrzy na morze i milczy.

– Chodź, pomóż mi, Ewuniu – mówi, dając mi do zrozumienia, że ciężko jej stać. Chwytam ją za rękę i siadamy ostrożnie.

– Chcesz się napić coli? A może zapalisz papierosa? Marlboro setki.

Potrząsa głową i kładzie się ostrożnie na plecach.

– Żadnej coli? Żadnych fajek? Babciu, co się z tobą dzieje?

– Ach, Ewuniu, tak sobie myślę, że chciałabym ci podarować piękniejsze życie. Gdyby to było tylko w mojej mocy...

– No coś ty! Moje życie jest piękne, zapewniam cię, Babulinna.

Zaskoczyły mnie jej słowa, ale nie komentuję ich dłużej, nie chcę zepsuć nastroju. Kładę się na piasku i patrzę razem z nią na błękitne bezkresne niebo nad Elbą.

– Kiedy twoja mama powiedziała, że jest w ciąży, wszyscy pomyśleliśmy – za wcześnie, za młodo. A gdy odeszła, wiedziałam, dlaczego tak wcześnie cię urodziła. Ewa, jesteś moim szczęściem. Nigdy nie było nam lekko, ale ty nigdy się nie skarżyłaś. Nawet nie wiesz, jak mi przykro, że nie mogłam cię zabrać na prawdziwe wakacje nad morze. Że nie wyprawiałam ci w ogrodzie urodzinowych przyjęć, na które mogłabyś zapraszać swoje przyjaciółki, że nie stać mnie było na kupowanie ci nowych pięknych sukienek, bluzeczek i spódniczek, tylko musiałaś donaszać stare ciuchy po dzieciach sąsiadów...

– Babciu...

– Pozwól mi skończyć. Wiem, że ty patrzysz na to zupełnie inaczej, i pewnie zaraz mi powiesz, iż wcale nie potrzebowałaś tego wszystkiego. I ja ci wierzę. Zawsze byłaś miłą, skromną dziewczynką, która potrafiła się cieszyć nawet z drobiazgu. Ale jest coś, czego bardzo, naprawdę bardzo żałuję. Chciałabym ci pokazać, że warto walczyć o miłość. Że trzeba o nią walczyć, bez względu na wszystko.

– Jakoś daję radę. Są gorsze rzeczy na tym świecie. A poza tym przecież to nie ma nic wspólnego z tobą.

– Nie mogę patrzeć, jak cierpisz. Serce mi pęka. Znam cię, moje dziecko, ale nic nie mogę zrobić.

– Już zrobiłaś, przyjechałaś tu ze mną. I to jest najlepsze ze wszystkiego. – Biorę ją za rękę. – Babciu, przecież sama właśnie rozstałaś się z dziadkiem, o tym nie można zapominać.

Leżymy na piasku i mówimy w błękitne niebo. Jeszcze nigdy tego nie robiłyśmy.

– Nie, nie, chodzi mi o coś innego. Myślisz, że martwię się tą całą przeprowadzką? Przeciwnie. Bardzo się cieszę na nowe mieszkanie z kafelkami, kabiną prysznicową i centralnym ogrzewaniem.

– W ogóle się nie smucisz? Nie żal ci tych wszystkich lat spędzonych na Saturnweg? Babciu, nie wmówisz mi, że jesteś taka bez sentymentów. – Nie mogę sobie wyobrazić, że nawet bez mrugnięcia okiem zamknie za sobą drzwi i pójdzie na nowe.

– Pewnie, że trochę mi smutno. Po pierwsze dlatego, że nie udało się nam z dziadkiem. Widocznie tak musiało być. A po drugie i najważniejsze, że tak późno się na to zdecydowałam. A życie tak szybko biegnie. Z każdym rokiem coraz szybciej i szybciej…

Sposób, w jaki babcia mówi, wzrusza mnie tak bardzo, że łza spływa mi po skroni. Zamknęłam oczy i słyszę tylko jej spokojny głos i szum morza. Opowiada tak, jak nigdy dotąd.

– Ewa, wiem, czym jest miłość. Wiem, jakie to przecudowne uczucie. Miłość jest bułką z wiśniowymi konfiturami, górną połówką. My każdego dnia spędzaliśmy razem nasze przerwy śniadaniowe. Przez dziewiętnaście lat, zawsze o dziesiątej trzydzieści. Codziennie smarował mi bułkę masłem i kładł przede mną otwartą gazetę, dodatek lokalny. Potem razem jedliśmy śniadanie i opowiadaliśmy sobie, co ciekawego znaleźliśmy w gazecie. A najlepsze fragmenty czytaliśmy sobie na głos.

– Pan Schmitt? Twój kierownik?

– Tak, pan Schmitt i ja. Dziewiętnaście lat.

– Byliście parą?

– Byliśmy przyjaciółmi.

– Parą zakochanych? Kochaliście się?

– Tak, kochaliśmy się.

Koniec świata! W ogóle nie mogę sobie tego wyobrazić. Pan Schmitt zawsze zachowywał się w stosunku do mnie bardzo miło, ale był też „małym pomarszczonym człowieczkiem". Miał rozczochrane siwe włosy i nosił takie śmieszne okulary w niklowych oprawkach, lenonki, i biały fartuch z przypiętym do kołnierzyka identyfikatorem. Pan Schmitt zawsze nosił cukierek w kieszeni fartucha i kiedy po szkole przychodziłam do babci do sklepu, czasem dawał mi plasterek mortadeli. W ustach się rozpływała, jeszcze dziś pamiętam tamten smak...

– Czy ty z nim... no więc... to znaczy... mam na myśli... czy wy ze sobą też... Oj, babciu, wiesz, o co mi chodzi... – plączę się zakłopotana i poruszona do głębi tym nieoczekiwanym wyznaniem szukam gorączkowo odpowiednich słów, żeby jej, broń Boże, nie urazić.

– ...czy spaliśmy ze sobą? Nie o to chodziło. Czasem tańczyliśmy w pomieszczeniu na śniadania, kiedy w radiu leciała jakaś fajna melodia. Albo po prostu trzymaliśmy się za ręce, przytulaliśmy się do siebie, wtedy chciałam już na zawsze zostać z nim w tym pokoiku. Tylko on i ja... Codziennie o wpół do jedenastej. Czasami podrzucał mi karteczkę do kieszeni fartucha. Liścik miłosny. A jednego dnia znalazłam tam pierścionek.

Podnosi prawą rękę i trzyma palce pod słońce. Na prawym palcu serdecznym ma skromny złoty pierścionek.

Otwieram szeroko oczy i szukam obok pierścionka zaręczynowego od dziadka jeszcze innego pierścionka. Ale tam jest tylko jeden.

– I ten pierścionek nie jest od dziadka? – pytam lekko zirytowana.

– Nie, to prezent od pana Schmitta. Nikt nie zauważył, że zamieniłam pierścionki. Nawet dziadek. Pierścionek pozostał, a on odszedł beze mnie, po prostu umarł.

– Pamiętam...

– Moje serce rozpękło się na tysiąc kawałków. Już nigdy go nie poskładałam.

– Dziewiętnaście lat? – pytam zdumiona. – Kurczę, przecież to kawał czasu. Obłęd! Dlaczego nie zostaliście prawdziwą parą? Babciu, przecież się kochaliście....

– Myślałam, że to nie wypada, przecież byłam mężatką. Człowiek decyduje się raz na kogoś, idzie z nim do ołtarza, a potem tak to już trwa... – tłumaczy mi z rezygnacją w głosie. – Najpierw nie wiedziałam, co w ogóle z tym począć. To dziwne, przejmujące uczucie spadło na mnie jak grom z jasnego nieba. Nie znałam tego. Tak pięknie ze sobą rozmawialiśmy i śmialiśmy się. Zabrakło mi odwagi, żeby odejść od dziadka. Co powiedzieliby ludzie?

– Babciu, nie miałam pojęcia... – mówię ze ściśniętym gardłem. – Czy to takie ważne, co powiedzą ludzie?

– Dzisiaj pewnie już nie... Czasy się zmieniły. I ludzie wydają się jakby bardziej tolerancyjni. Ale wtedy to był jeszcze temat. Nie daliby mi żyć, rozumiesz? Ja... po prostu nie miałam odwagi.

– Czego się bałaś? Oprócz złośliwych języków? Że pan Schmitt kiedyś cię rzuci i zostaniesz sama jak palec?

– Może na początku. Dokładnie nie pamiętam. Dziś naprawdę nie rozumiem, dlaczego tego nie zrobiłam. Ludzie się przecież już wtedy rozwodzili, chociaż nie tak często jak teraz. A ja nie zrobiłam po prostu nic.

– Nie wiedziałam... – Trochę mi wstyd.

Babcia siada, postękując cicho.

– Nie mogłaś wiedzieć, Ewuniu. Nikt nie wiedział. To była nasza tajemnica. Teraz też nie opowiedziałabym ci tego wszystkiego, gdyby nie...

– ...gdyby nie to, że znalazłam się w podobnej sytuacji. Dwóch mężczyzn i zamęt w głowie, tak?

Patrzymy na siebie w milczeniu.

– Musisz sama zdecydować – mówi babcia po chwili – a Johannes nie jest dziadkiem, weź to pod uwagę, ale gdybym mogła jeszcze raz podjąć decyzję, wtedy... – Urywa i oddycha głęboko. – Wracajmy, Ewuniu. Głowa mnie boli. Za dużo kawy, psiakrew! Czuję się zmęczona.

– Powiedz! Powiedz, co ty byś postanowiła. Baabciuu!

– Zdecyduj się, moje dziecko. Zdecyduj tak, żeby tobie było dobrze. – Głaszcze mnie po włosach. Kładę rękę na jej policzku.

Chyba nagle dostała piegów na nosie. Oczy jej błyszczą, dopasowały się do koloru morza.

– Babciu, ale przedtem musimy coś zrobić. Inaczej się stąd nie ruszę, przysięgam! Idziemy do wody! – mówię z uśmiechem i podnoszę się z ręcznika. Potem podaję jej rękę i dźwigam babcię do góry.

– Do wody? W styczniu? Bój się Boga, dziecko! Przecież jest za zimno!

– Opowiadasz bajki. No, dawaj, Babulinno! Zanurzymy się, przynajmniej nogi!

Zdejmuję spodnie. Ach, racja, zapomniałam o wkładce w majtkach. Nieważne, i tak nikt nie widzi. Babcia chwyta mnie za rękę, drugą zgarnia fałdy spódnicy. Biegniemy, trzymając się za ręce na brzeg wody. Fale chlupocą cicho i uderzają chłodno o nasze bose stopy. Krok po kroku wchodzimy do morza, aż do kolan, potem z babcinej piersi wyrywa się przeciągły okrzyk. Puszcza spódnicę i moją rękę. Stoi w morzu, pierwszy raz w życiu. Krzyczy. Krzyk zamienia się w śmiech, a w końcu we łzy.

– W pewien słoneczny styczniowy dzień weszłyśmy do morza i krzyczałyśmy ze szczęścia – powiem kiedyś.

15 stycznia

Ojej, a to co? Dlaczego babcia leży jeszcze obok mnie? Albo jest tak wcześnie, że to jeszcze nie jej pora na wstawanie, albo moja staruszka tak bardzo weszła w tryb urlopowy, że jeszcze drzemie.

Zupełnie nie znam jej z tej strony. Leży na boku, zawinięta w kołdrę. Wykradam się z łóżka. Moja pierwsze kroki tego dnia kieruję na taras. Cudownie! Z samego rana najpierw powitać morze! Idę na bosaka po chłodnej terakocie do kuchni i gotuję kawę na kuchence gazowej. Na dwóch talerzykach kładę herbatniki. Może ucieszy się też ze szklanki coli? Idę na palcach do zaciemnionej sypialni.

Babcia leży pod kołdrą i trzyma w objęciach Milusię. Wciąż nie mogę się przyzwyczaić do jej rudych włosów.

– Babulinna – mówię cicho. – *Buongiorno.*

Nie reaguje. No jasne, aparat słuchowy leży na szafce nocnej. Siadam na brzegu łóżka.

– Dziś nie wstajesz? Czekaj, zaraz cię obudzę, śpiochu... Haalloo, proszę pani, pobudka! – Gładzę jej policzek. Dlaczego jest taki zimny?

– Babciu? Babciuu! Obudź się, kochana, Milusia i ja też już nie śpimy.

Potrząsam ją delikatnie, ale babcia się nie rusza. Robi mi się gorąco.

– Nie! Babciu, nie tak! Teraz to już naprawdę musisz otworzyć oczy i powiedzieć: „To był tylko taki niewinny żarcik...”.

Trzymam jej głowę w moich rękach. Żadnego drgnienia. Serce bije mi bardzo szybko i bardzo głośno, czuję je aż w głowie. Potem odrzucam na bok kołdrę i przykładam ucho do jej piersi. Może ja też źle słyszę.

– Babciu, proszę, niee!

Trzymam jej zimną dłoń. Z całych sił. Tak jak dawniej, kiedy się bałam i myślałam, że babcia mnie obroni.

Kilka minut później jest ze mną Giulia. To zdumiewające, jak można się porozumieć, nawet bez znajomości języków obcych. Idzie do sypialni i przechodząc, zasłania lustro chustą. Kiedy podchodzi do łóżka babci, żegna się znakiem krzyża i przyciska mnie do piersi. Płaczę w jej ramionach.

Później dzwonię do wujka Richarda i usiłuję wyjaśnić coś, czego sama nie rozumiem. „Jeszcze dziś wsiadam w samolot”, zapewnia mnie.

To, co dzieje się później, przesuwa się obok mnie jak film: Giulia telefonuje do lekarza, po kwadransie zjawia się siwowłosy mężczyzna, bada babcię, siada przy kuchennym stole, wyjmuje pieczątkę i przyciska ją do papieru. Wybucham płaczem i wybiegam na taras, żeby zapalić babcinego papierosa. Kiedy znów wchodzę, lekarz chowa poduszkę do stempli i pokazuje na stół, gdzie leżą dokumenty.

Wujek Richard przybywa jeszcze tego samego wieczoru. Bierze mnie w ramiona i mówi, że babcia tak często mu powtarzała, że boi się, iż któregoś dnia umrze sama. A teraz ja byłam przy niej, próbuje mnie pocieszać. Tak jak ona była przy mnie, kiedy mama odeszła.

Tego wieczoru opróżniamy dwie butelki wina. Po jednej na głowę.

Jestem pewna, że tej nocy mama i pan Schmitt przybyli po babcię.

Leży spokojna, jakby spała, ręce splotła na kołdrze w kwiatki. Pierścionek od pana Schmitta, jej ukochanego, błyszczy na palcu serdecznym i przez krótką chwilę zastanawiam się, czy go nie wziąć. Ale nie, pan Schmitt na pewno się ucieszy, widząc, że wciąż go nosi, że nie zdjęła… Dobrze, że babcia zdążyła zrobić sobie nową fryzurę.

Siedzę na brzegu łóżka i przyciskam do piersi Milusię. Pluszowa krówka z dzierganą torebką jest ciepła, kiedy kładę ją w ramiona babci.

– Żegnajcie, moje kochane!

Całuję babcię w policzek, zabieram aparat słuchowy z szafki nocnej i wychodzę.

16 stycznia

Wuj Richard już z samego rana zaczął telefonować i organizować wszystko po kolei. Proponuje mi, że pojedzie moim autem, żebym ja mogła wrócić do domu samolotem. Kategorycznie odmawiam i biorę przedpołudniowy prom. Podczas przeprawy drzemię na ławce w wewnętrznym pomieszczeniu. Syrena i komunikat po włosku przypominają mi, żeby wsiąść do samochodu, przybijamy do brzegu, a ja odjeżdżam. To, że pracownik stacji benzynowej w pobliżu portu rozmawia ze mną po niemiecku, rejestruję jako niemal sensacyjne dopiero po kilku kilometrach. Wzdłuż autostrady ciągną się szpalery cyprysów. Kiedy patrzę na lewo, widzę morze. Jest tak, jakbyśmy jechali razem. Krótko przed Aullą żegnam się też z wodą.

Jest mglisto. Radio nie chce znaleźć żadnych stacji. Nie mam pojęcia, jak długo już szumi, i wyłączam je. Wycieraczki skrzypią i piszczą na przedniej szybie. Jak na złość pada za bardzo, żeby je wyłączyć, a za mało na funkcję interwału.

Za Mediolanem zatrzymuję się obok dużego zajazdu przy autostradzie i piję cappuccino, siedząc, z filiżanki. Mogłabym tu kupić jeszcze świeży makaron, salami i parmezan, sklep przy stacji benzynowej ma świetne zaopatrzenie. Ale biorę tylko miętową gumę do żucia.

Po kilku kilometrach opakowanie jest puste. Potrzeba tylko kilku obrotów językiem i słodki smak znika, a guma do żucia robi się nudna.

Zauważam, że coś się we mnie zmieniło. Długo towarzyszyło mi niespokojne uczucie w piersi. Najpierw pomyślałam o zbyt mocnej kawie, a potem o chorym zwierzęciu, które miota się w mojej klatce piersiowej, próbując rozpaczliwie wydostać się na zewnątrz. Teraz albo znalazło wyjście, albo położyło się spać.

Na granicy ze Szwajcarią lato w styczniu definitywnie się kończy. Wszędzie biało od śniegu. Jestem kierowcą i w jakiś niebezpieczny sposób również pasażerką. Głowę oparłam na podgłówku, z prawej i lewej strony mam góry. Dalekie szczyty spowite błękitną mgiełką.

Kiedy widzę czarny wjazd do tunelu Gotarda, wstrzymuję oddech i zanurzam się w czeluść. Czuję ssanie, które wyciąga mnie przez rurę wydechową. W pewnym momencie coś rozbłyskuje. O co chodzi? Jadę za szybko?

Odstępy, w których mrugam oczami, stają się coraz dłuższe. Zaraz za niemiecką granicą jeszcze raz zjeżdżam z autostrady, żeby zatankować. Przy dystrybutorze ktoś z tyłu na mnie trąbi. Dopiero teraz spostrzegam, jak cicho jest w samochodzie. Paragon SANI-FAIR podczas przerwy na siusiu zostawiam przy bramce obrotowej.

Śnieg znika, za to niebo staje się bardziej przejrzyste. Widzę gwiazdy. Naprawdę tam świecą, czy tylko jestem tak niesamowicie zmęczona? Zrobiło się już późno, niedługo będzie noc. Przed Stuttgartem postanawiam zjechać z autostrady i poszukać noclegu. Stara sztuczka: w pobliżu dworca kolejowego na pewno znajdę

jakiś hotel. Parkuję zaraz przy dworcu, głowa opada mi na kierownicę. Umieram ze zmęczenia. Chcę spać, tylko spać... Dokąd tak
naprawdę dotarłam? Wysiadam z samochodu i wdycham głęboko
do płuc rześkie styczniowe powietrze, w nosie czuję łaskotanie.
Idę przed siebie, nie wiedząc dokąd. W pewnym momencie mrużę
oczy, żeby zaostrzyć obraz. Rzeczywiście, widzę wyraźniej. Nad
wejściem do hali dworcowej widnieje napis:

„...że ten lęk przed popełnieniem błędu już sam w sobie jest
błędem. Czasami trzeba zbłądzić, żeby później znaleźć właściwą
drogę".